協律大成

협률대성

협률대성

協律大成

황충기 주석

序文

『歌曲源流』系 가집으로 『青邱永言』(=河合本 가곡원류)을 비롯하여 『青丘樂章』(=六堂本 가곡원류), 『歌詞集』(=國樂院本 가곡원류)과 『海東樂章』에 이어 『協律大成』의 주석본을 내놓는다. 異本이 가장 많은 가집으로 알려진 『歌曲源流』는 가집 나름대로의 특징이 있고 어느 臺本이 되는 가집을 참고하거나 또는 轉寫하면서 編者나 轉寫者는 나름대로의 가집 編纂意識을 가지고 가집을 편찬했거나 단순한 轉寫가 아님을 발견할 수 있다고 하겠다.

지금까지도 『歌曲源流』의 편자가 朴孝寬과 安玟英이란 주장이 그대로 통용되고 있는 실정이다. 註釋者는 종래의 주장대로 박효관과 안민영이 『歌曲源流』의 편자가 아님을 전제로 1986년 5월에 韓國語文敎育硏究會 주최 제57회 연구발표회에서 「歌曲源流 編者에 대한 異見」이란 제목으로 논문을 발표한 이래 『語文硏究』와 『時調學論叢』에 이 문제에 대한 논문을 발표했고, 또 이를 묶어 『歌曲源流에 관한 硏究』란 제목으로 上梓한 바도 있다. 그리고 위의 이본들의 주석을 통해 일관된 주장을 해왔다.

『協律大成』은 江陵 李燉熙씨의 所藏으로 가람 李秉岐 박사가 轉寫한 사본이 있고, 동국대학교에서 國語國文學資料叢書 第7輯으로 印刊한 바가 있는 가집이다. 沈載完 교수가 "歌曲源流系 歌集 硏究"란 글에서 본 가집이 『歌曲源流』계 가집의 하나라고 발표한 이후 이에 대해 이제까지 누구도 언급한 바가 없다.

協律이란 詩를 음악적 伴奏에 맞추는 것으로 이 가집이 시조를 음악에 맞추어 불러서 唱으로 大成하기를 바라는 뜻에서 만든 가집인지는 몰라도 가집에 수록된 시조나 歌詞 자체로 보아서는 단순히 『歌曲源流』계 이본의 하나에 지나지 않기 때문에 관심의 대상이 되지 못했던 것이 아닌가 한다.

『歌曲源流』에 대해 자세하게 論한 沈載完 교수가 그의 저서 『時調의 文

獻的 研究』에서 『歌曲源流』계 가집 가운데 국악원본(=歌詞集)을 박효관과 안민영이 편찬한 藁本 내지는 原本으로 推定하고 여타의 이본들은 국악원본 이후에 이루어진 것으로 보았고, 『校本歷代時調全書』에 臺本으로 삼은 순서 가 그대로 가집이 이루어진 것으로 믿게 만들었다. 따라서 『花源樂譜』가 가 장 늦게 만들어진 이본이고 그 앞이 『協律大成』인 것처럼 인식하게 되었다. 하지만 가집의 내용을 보면 오히려 원본으로 추정한 국악원본보다도 앞서 만들어진 가집이며, 『歌曲源流』계 가집 가운데 제일 먼저 편찬된 것으로 추 정되는 『靑邱永言』(=河合本) 다음에 편찬된 것으로 『靑邱永言』에 수록된 것 에서 歌唱에 적당하지 않다고 여겨지는 것들을 과감하게 생략하여 오늘날 우리가 알고 있는 『歌曲源流』의 체제로 만든 매우 중요한 자료가 되는 가집 이다. 『靑丘樂章』(=육당본)과 『歌詞集』(=국악원본)보다 분명히 앞서는 가집 이라 하겠다. 나중에 이루어진 가집이 먼저 발굴되어 세상에 알려지고 이것 을 그대로 믿게 되었고, 먼저 이루어진 가집은 뒤늦게 알려져 가집의 편찬 先後가 분명하지만 제대로 평가를 받지 못하는 실정이다.

이제 『靑邱永言』에서 『協律大成』, 『靑丘樂章』, 『歌詞集』을 거쳐 『海東樂 章』까지를 비교해보면 『歌詞集』에 수록되어 있는 이른바 '朴孝寬跋文'만을 근거로 박효관과 안민영이 『歌曲源流』란 가집을 편찬했다는 주장은 잘못된 것임을 충분히 인식되리라 믿는다.

陶南이 『靑丘永言』을 비롯한 『海東歌謠』와 『歌曲源流』를 三大歌集이라 일컬은 이후 아직도 이 주장이 그대로 통용되고 있다. 가집의 실체가 없는 『歌曲源流』를 존재하는 것처럼 믿고 있으며, 그것도 박효관과 안민영이 공 동으로 엮은 가집이란 인식은 이제 拂拭되어야 할 것이라 주장한다.

끝으로 이런 일련의 주장을 세상에 알릴 수 있도록 꾸준하게 출판해주신 푸른사상사 韓鳳淑 사장님께 감사를 드린다.

2013년 4월 25일
주석자 황충기 적음

目次

協律大成 解題

1. 들어가는 말

고종(高宗) 13년(1875)에 가객 朴孝寬과 安玟英에 의해 엮어진 가집이 『歌曲源流』이며, 많은 이본(異本)들이 있는데, 국악원본(國樂院本)으로 알려진 것이 원본으로 추정되고 있다고 하는 것이 이제까지 학계의 정설로 굳어져 있다.

가집 『가곡원류』에 대한 연구는 六堂 崔南善을 시작으로 해서 陶南 趙潤濟를 거쳐 慕山 沈載完에 이르러 본격적인 연구가 이루어졌고, 그 외에도 金根洙와 黃淳九의 연구도 있다. 필자도 이 가집에 대해 관심을 가지고 일련의 연구를 통하여 현재 전하는 『가곡원류』의 이본들이 박효관과 안민영에 의해 편집된 것이 아니고 누군가에 의해 전사(轉寫)된 가집들이며, 더 나아가 국악원본에 수록되어 있는 박효관 추정의 발문만 가지고 『가곡원류』가 이들이 편집한 가집이라고 하나 사실이 아닐 가능성에 대해 논문으로, 또는 이들 이본들의 해제(解題)와 주석을 통하여 계속 주장하여 왔다. 원본으로 추정하고 있는 국악원본은 지금까지 河合本 『가곡원류』로 알려지고 책의 제첨(題簽)이 『靑邱永言』으로 된 가집과 그 수록내용을 보면 이 가집은 『가곡원류』 이전의 가집인 가람본 『靑邱詠言』의 영향을 대단히 많이 받은 가집임을 알 수 있다. 가람본 『靑丘詠言』이 언제 편집된 가집인지는 정확하지 않으나 가집의 편찬 방법이 육당본 『靑丘永言』의 영향을 받아 크게 우조(羽調)와 계면조(界面調)로 나뉘어 있다. 또 수록 작품도 가람본 『靑丘詠言』에 수록되어 있는 것이 상당히 많아 『가곡원류』계 가집의 이본들과 비교해 볼 때 『靑邱永言』에 수록된 작품이 다른 이본들에 수록되지 않은 경우가 많다. 다시 말해서 『靑邱永言』은 가집의 곡목이 대부분 『가곡원류』 이본과 같지만 수록된 작품들은 이들과 상당한 차이가 있다.

『가곡원류』계 가집 이본들 가운데 편자로 알려진 박효관과 안민영의 작품을 얼마나 수록했느냐 하는 것이 이들 가집이 어느 것이 먼저 이루어진 가집인가를 대충 가늠할 수 있은 기준이 된다고 할 수 있다. 이들의 작품을 가장 적게 수록한 『靑邱永言』(=河合本)에서 『靑丘樂章』(=六堂本)을 거쳐 『歌詞集』(國樂院本), 『海東樂章』 순으로 이루어진 것이라 하겠다. 이본 가운데 하나인 『協律大成』은 막연히 『가곡원류』의 이본 가운데 하나이며 이본들 가운데 비교적 늦게 이루어진 가집으로 인식되고 있다. 그러나 이 가집은 『청구악장』이나 『가사집』보다 먼저 이루어진 가집으로 생각되어 앞에 거론한 『靑邱永言』을 비롯하여 『청구악장』, 『가사집』과 『해동악장』과 비교해 가집의 체재와 박효관과 안민영의 작품이 수록된 것을 중심으로 차이 나는 점 등을 고찰하여 적어도 『청구악장』이나 『가사집』보다 먼저 이루어진 가집임을 밝혀보고자 한다.

2. 『靑邱永言』과는 어떤 차이가 있나

『靑邱永言』은 이 가집을 처음 소개한 沈載完에 의해 『歌曲源流』계 가집 가운데 이본의 하나로 일본 京都大學 河合文庫에 소장되어 있기 때문에 河合本 『가곡원류』로 학계에 소개된 가집이다. 그러나 책 말미에 筆寫者가 兪炳迪(유병적)으로 되어 있어 兪氏本 『歌曲源流』라고 하는 것이 더 나은 것이 아닌가 한다.

이 가집은 가람본 『靑丘詠言』의 영향을 많이 받은 가집으로 『靑丘詠言』은 다른 가집에 비해 書頭에 다른 가집보다 序(서)와 樂譜(악보) 등에 관한 기록이 상당히 많이 수록되어 있는 것이 특색이다. 『靑丘詠言』은 書頭에 '海東歌謠錄'이란 서문 다음에 金壽長과 洪于海, 金得臣의 序文이 계속하여 실려 있는데, 洪于海는 洪萬宗(1643~1725)의 자(字) 우해(宇海)의 잘못이다. '海東歌謠錄'은 金壽長의, '海東歌謠序'가 김수장의 이름이 생략된 채 洪于海의 서문으로 되어 있다. 그 다음으로 '歌之風度形容十四條目', '調格', '長短點數' 등이 수록되어 있다. 『靑邱永言』에는 序文 대신에 『能改齋漫錄』 가운데 '歌曲源流'와 '論曲之音'의 2항목이 첫머리에 수록되어 있고, '調格'의 일부가 있다. '歌之風度形容十四條目'은 '弄歌'가 보태어진 '歌之風度形容十五條目'으로 되어 있다. 다음에 '長短點數'와 비슷한 '長鼓長短'이 있고, '梅花點長短'이 추가되었다. 『靑丘詠言』의 '歌之風度形容十四條目'의 곡조 다음에 있는 글들은 일부는 '五音論'이란 항목을 붙였다. 그리고 끝으로 唱으로 부를 때의 音符의 記號를 기록했다. '歌之風度形容十四條目'은 『海東歌謠』에서 시작하여 『靑邱永言』을 거쳐 『가곡원류』계 가집에 이르기까지 변천을 계속한다. 처음 周氏本 『海東歌謠』에서 14조목이던 것이 육당본 『靑丘永言』에서는 '栗糖數葉'(율당삭엽)과 '言樂時調'(언락시조)가 늘어난 16조목으로, 『靑邱永言』 이후로는 육당본 『靑丘永言』에서 증가되었던 2조목은 없어지고 새로 '弄歌'(농가)가 추가된 15조목으로 되었다. 이후의 『가곡원류』계 가집들도 이를 그대로 따르고 있다.

風度와 形容도 변천을 거듭한다. 『해동가요』에서부터 風度와 形容이 차이가 난다. 『해동가요』 周氏本과 一石本은 '搔聳'(소용)의 형용이 '飛燕橫行'(비연횡행)과 '春鸞橫虎'(춘연횡호)로 되어 있다. 이것이 『靑丘詠言』에 와서는 二數大葉의 풍도가 '杏壇說法'(행단설법)이 '杏壇講禮'(행단강례)로 되었고, 搔聳의 형용이 '飛鸞橫行'에서 '燕子橫飛'(연자횡비)

로 바뀌었다. 그러다가 憲宗 초기에 엮어진 가집으로 推定되는 육당본 『靑丘永言』에서는 14조목이 아닌 16조목으로 '栗糖數葉'과 '言樂時調'가 추가되면서 騷聳(=搔聳)에는 새로 '波濤漓湧 舟楫出沒'(파도이용 주즙출몰)이라 했고, 栗糖數葉에는 기왕의 소용에 해당하는 '暴風驟雨 燕子橫飛'(폭풍취우 연자횡비)를 썼다. 그러면서 言樂時調에 새롭게 '花含朝露 變態無窮'(화함조로 변태무궁)이라 했다. 그러나 이 '歌之風度形容十四條目'이 육당본 『靑丘永言』과 가람본 『靑丘詠言』, 그리고 『靑邱永言』을 거쳐 『가곡원류』계 가집으로 이어지면서 변천되었다가 다시 본래의 모습으로 돌아가거나 하는 것을 볼 수 있다. 搔聳에 해당하는 풍도와 형용은 『해동가요』周氏本과 一石本에서부터 차이가 나더니 가람본 『靑丘詠言』과 육당본 『靑丘永言』에 와서는 형용이 '燕子橫飛(연자횡비)'로 되었다. 『靑邱永言』에 와서는 二後庭花의 형용이 '寂寞悽愴'(적막처창)이 '寂寞悽悵'(적막처창)으로 된 것은 단순한 차이라 하더라도 初數大葉의 형용이 『해동가요』와 『靑丘詠言』에서 '細柳春風'(세류춘풍)이던 것이 '綠楊春風'(녹양춘풍)으로, 搔聳의 형용이 '飛燕橫行'(비연횡행)으로, 樂時調의 풍도 '堯風湯日'(요풍탕일)이 '飛鳳朝陽'(비봉조양)으로 되었다. 『靑丘樂章』에서는 三數大葉의 형용이 '舞力刀戟'(무력도극)으로 되어 있는데 이는 '舞刀提賊'(무도제적)의 잘못이라 생각된다. 이들이 『가곡원류』계 가집에 와서는 初數大葉의 형용이 '綠柳春風'(녹류춘풍)으로, 樂時調의 풍도는 다시 '堯風湯日'(요풍탕일)로 돌아갔다. 그리고 『靑邱永言』에 와서 '歌之風度形容十四條目'이 아니라 '弄歌'가 추가된 '歌之風度形容十五條目'으로 굳어졌다. 弄歌의 풍도와 형용은 '浣沙淸川 逐浪飜覆'(완사청천 축랑번복)이다. 풍도와 형용의 변화가 많은 것이 『靑邱永言』이고 여기에 있는 '歌之風度形容十五條目'은 그대로 『가곡원류』계 가집에 영향을 주었다.

　現傳하고 있는 가집 가운데 가장 오랜 것이 金天澤이 엮은 것으로 간주(看做)되는 珍本 『靑丘永言』을 비롯한 金壽長의 『해동가요』가 전한다. 이들은 분명 곡조별로 편집된 가집이나 단순한 곡조만 앞세운 가집이 아니다. 珍本 『靑丘永言』에는 聾巖 李賢輔의 '漁父歌'를 비롯한 李滉, 鄭澈, 朴仁老, 申欽, 鄭斗卿, 郎原君과 朱義植, 金聖器, 金裕器와 편자인 金天澤 본인의 작품에는 해당하는 작품의 발문을 함께 수록했고, 趙存性과 申欽의 작품에는 漢譯도 동시에 수록했다. 그러면서도 無氏名 작품과 蔓橫淸類(만횡청류)에 관한 편자 자신의 글과, '將進酒辭'(장진주사)와 '孟嘗君歌'(맹상군가)는 洪萬宗의 『旬五志』에 수록되어 있는 글을 수록했다. 『해동가요』에도 李賢輔, 尹善道 작품의 발문과 李珥의 작품은 漢譯과 최립(崔岦)의 '高山九曲潭記'(고산구곡담기)를, 李柔의 작품은 한역을 수록했다. 그리고 鄭夢周의 '丹心歌' 다음에는 간략하게 李芳遠의 '何如歌' 대한 답으로 지은 내용을 수록했다. 작가의 소개도 단순한 字나 號 같은 인적사항만 아니라 작품이해를 돕기 위한 편자의 소감까지를 적었으니, 가령 端宗을 寧越까지 호송했던 王邦衍(왕방연)의 경우 '世宗時人 以金吾郎押去魯山君 及還彷徨川邊 有感而作是歌 盖卽此一曲 斯人愛君之誠可見矣'(세종시인 이금오랑압거 노산군 급환방황천변 유감이작시가 개즉차일곡 사인애군지성가견의)라고 하였다.

그러나 육당본 『靑丘永言』에 와서는 곡조가 羽調와 界面調로 구분되고 곡목도 珍本 『靑丘永言』의 10항목에 비해 24항목으로 늘었다, 또 編數大葉 이후의 곡목은 편자든 아니면 轉寫者의 실수인지는 몰라도 女唱에 해당하는 것으로 '女唱'이란 표기가 빠진 것으로 보는 것이 타당하다. 그렇다면 가집에서 여창을 별도로 다룬 가집은 『가곡원류』계 가집이 아니라 육당본 『靑丘永言』이 그 효시(嚆矢)가 된다고 하겠다. 그러면서도 이 가집은 작품에 관계되는 序跋文이나 漢譯 등을 수록하지 않았다. 편찬목적이 가창을 위한 대본으로 엮었기 때문이다.

이제 육당본 『靑丘永言』 이후에 편찬된 대표적인 가집으로 『靑邱永言』을 꼽을 수 있다. 이 가집을 보면 무엇보다도 수록된 작품에 歌唱

을 위한 連音符號가 붙어 있다는 사실이다. 육당본 『靑丘永言』은 가창
과 관련이 있는 가집이기는 하나 직접 가창을 위한 가집이 아니지만
『靑邱永言』은 가창을 위한 가집이다. 이처럼 연음부호가 붙은 가집은
『協律大成』과 『가사집』(=국악원본 『가곡원류』)이 있다.

　이제까지 일반적으로 『靑邱永言』을 처음 소개한 沈載完의 주장을
따라 『가곡원류』계 가집의 하나로 보고 이를 『가사집』보다 늦게 엮어
진 가집으로 보고 있다. 男唱은 曲目의 數나 編次가 서로 일치하나 女
唱에 이어서는 『가사집』은 끝에 ‘歌畢奏臺’(가필주대)라 하여 가집에
따라 작자가 成守琛으로 알려진

　　　이리ᄒ여도太平聖代 져리ᄒ여도聖代로다
　　　堯之日月이요舜之乾坤이라
　　　우리도 太平聖代니놀고놀녀ᄒ노라. (歌詞集 856)

를 수록하면서 가집이 끝난다. 이는 가집에 따라 명칭이 규장각본
과 박씨본 『가곡원류』에서는 ‘闋絡唱臺’(결락창대), 『海東樂章』에서
는 ‘闋終唱臺’(결종창대), 『協律大成』에서는 ‘歌終奏臺’(가종주대)로
되어 있고, 『詩歌謠曲』에서는 ‘턱평가’라 되어 있다. 이는 『가곡원
류』계 가집으로 알려진 국악원본(=歌詞集), 규장각본, 박씨본, 구황
실본, 『해동악장』과 가람본에만 수록되어 있다. 이 작품의 수록 여부
가 『가곡원류』계 가집 편찬의 선후를 가름하는 또 하나의 판단 기준
이 된다고 하겠다.

　수록된 작품을 보면 『가곡원류』계 가집들은 가창을 위한 가집이므로
從來의 가집들과 비교할 때 단순히 많은 작품을 수록하는 방식보다는
가창에 무게를 두고 이와 관련이 있는 작품을 수록하였다. 결과적으로
곡조가 다양해지고 이에 해당하는 대본이 부족하니까 한 작품을 이 곡
조로, 또는 다른 곡조로 부르다 보니 중복하여 수록하는 경우가 생겼

다. 이러한 현상은 육당본 『靑丘永言』에서 비롯되었으며, 그 이전의 가집에서는 혹 편자의 착오로 중복되는 경우가 어쩌다 있었다.

『靑邱永言』에서는 종래의 가집들의 영향을 받아 아직도 가창과는 거리가 있는 작품들을 수록하고 있다. 가령 李滉의 작품이나 鄭澈, 申欽, 金光煜 등의 작품은 『가곡원류』계 다른 이본에 비해 많이 수록하고 있다. 이들 작품들은 비록 가창은 되고 있으나 다른 이본에 수록되지 않았다는 것은 가창과는 거리가 있으며 이전의 가집들을 참고한 흔적이 많이 남았음을 말해주는 것이라 하겠다.

『가곡원류』계 가집들은 편자로 알려진 박효관과 안민영의 작품을 얼마나 수록하고 있느냐 하는 것이 바로 가집을 편찬한 순서라고 할 수 있을 것이다. 가장 적게 수록한 『靑邱永言』에서 가장 많이 수록한 『해동악장』 순으로 편집된 것으로 보는 것이 타당하리라 믿는다. 자신이 편집한 가집임에도 자기의 작품을 적게 수록한다는 것은 아무래도 그 가집은 편자와는 거리가 있는 가집이라 볼 수밖에 없다.

『靑邱永言』에 박효관의 작품 수록을 보면 그의 작품은 『가곡원류』계 가집에 모두 15수가 수록되어 있다. 이 가운데 2수는 『청구악장』(=육당본)과 불란서본에만 수록되어 있다. 나머지 13수는 각 이본에 고르게 수록되어 있으나, 『靑邱永言』에는 男唱部分에 4수, 女唱部分에 1수로 모두 5수가 수록되어 있다. 이 가운데 3수는 박효관으로 記名되어 있으나 2수는 無記名으로 되어 있다. 무기명으로 된 2수 가운데 하나는 남창 부분에, 하나는 여창 부분에 수록되어 있는데 남창 부분에 수록되어 있는 것은 박씨본과 구황실본만 무기명인 것으로 미루어 이들 異本 사이에는 서로 관련이 있는 것이 아닌가 생각된다. 여창 부분에 수록되어 있는 것은 다른 이본들 대부분이 남창 부분과 중복하여 수록되어 있는데 남창 부분에서는 박효관의 記名으로 되어 있으나 여창 부분에서는 무기명으로 되어 있다.

안민영의 작품은 그의 개인 가집인 『金玉叢部』에 수록된 180수를 제외한 『가곡원류』계 가집에 수록된 것은 모두 82수다. 안민영의 작품은 『靑邱永言』에 記名, 無記名과 타인의 작품으로 된 것을 포함하여 남창 부분에 4수, 여창 부분에 11수를 합하여 15수가 수록되어 있으나 중복된 2수를 빼면 13수가 수록된 셈이다. 記名은 남창 부분에 수록된

　　夕陽 高麗國에 닷는 말을 멈췃시니
　　슯푸다 五百年이 물르쇼러 가운더라
　　너 엇지 술을 끼고서야 滿月臺를 지나리요. (靑邱永言 430)

것 1수뿐이다. 남창 부분에는 또

　　붓 씃히 져즌 먹을 더져보니 花葉이로다
　　莖垂露而將低ㅎ고 香從風而襲人이라
　　이 무슴 造化를 부렷관더 投筆成眞 ㅎ인고. (靑邱永言 134)

는 무기명으로 되어 있다. 다른 이본들도 다 무기명으로 되어 있고, 『해동악장』여창 부분에만 안민영으로 기명되어 있다. 심지어 『가사집』에도 남창 부분과 여창 부분에 중복하여 수록했으면서 무기명으로 되어 있다.

　　豪放헐쁜 뎌 늙으니 술 아니면 노리로다
　　端雅象中文士貌요 古奇畵裏老仙形을
　　뭇느니 雲臺에 숨언지 몃몃 히나 되는고. (靑邱永言 299·687)

　　揮毫紙面何時禿고 磨墨硏田畢竟無ㅣ라
　　문노라 뎌 ᄉ롬아 이 글 ᄯᅳᆯ 能히 알다
　　其人이 莞爾而笑ㅎ고 唯唯而退 ㅎ더라. (靑邱永言 615·730)

의 2수는 남창 부분에서는 각각 李輔國(=李載冕)과 大院君의 작품이라

했고, 여창 부분에서는 무기명으로 되어 있다. 그러나 앞의 작품은 『金玉叢部』에 수록된 안민영의 작품이고 뒤의 것은 『海東樂章』에서 안민영 작품으로 되어 있다. 아마도 안민영이 대원군과 그의 아들 이재면의 배려를 받아 어울려 지냈기 때문에 안민영의 작품을 대원군이나 이재면의 작품으로 잘못 인식한 것이 아닌가 한다. 여창 부분에 수록된 11수는 전부 무기명으로 되어 있다.

박효관은 정조 24년(1800)에 태어났고, 안민영은 16년이 늦은 순조 16년(1816)에 태어나 16년의 나이 차이가 있다. 노래의 솜씨는 박효관이 뛰어나 안민영이 스승으로 모셨으나, 시조를 짓는 것은 안민영이 더 활발했던 것이 아닌가 한다. 『靑邱永言』 편자가 가집을 엮을 당시에 박효관은 가객으로서의 聲價(성가)를 발휘하고 있었으나 안민영은 아직 세상에 그 이름이 널리 알려지지 않았다고 하겠다.

그러므로 이 가집은 필사자의 개입이 뚜렷한 가집이라 하겠다. 영조가 丁丑年(1757) 肅宗妃 仁元王后의 進饌(진찬) 때 지었다고 하는 시조 2수를 각각 남창 부분과 여창 부분에 수록하였는데 이는 다른 가집에 볼 수 없는 것이다. 또 다음의

> 故人無復洛城東이요 今人還對落花風을
> 歲歲年年花相似여늘 歲歲年年人不同이로다
> 花相似 人不同ᄒᆞ니 그를 슬허 ᄒᆞ노라. (靑邱永言 283)

> 洞庭湖 밝은 달이 楚懷王 넉시 되여
> 七百里平湖에 두렷이 빗쵠 뜻즌
> 屈ㄹ三閭 魚腹忠魂을 못닉 밝혀 홈이라. (靑邱永言 307)

를 그의 先祖로 太宗朝에 문과를 하여 판서를 지낸 兪尙智(유상지)와 端宗朝에 進士를 한 兪遂(유수)의 작품이라고 한 것은 분명 필사자가 爲先(위선)을 한 것이 틀림없다고 하겠다.

3. 『青丘樂章』과는 어떤 차이가 있나

『靑邱永言』이 육당본 『靑丘永言』 이후 가집 가운데 제일 먼저 편집
된 가집으로 여겨지며 이 가집의 체계가 그대로 『歌曲源流』계 가집으
로 이어졌다고 하겠다.

곡목을 비교해 보면 남창 부분은 『靑邱永言』이 30항목이고 『靑丘樂章』
은 28항목으로 되어 있다. 이는 계면조 二數大葉의 平擧가 '平頭'라 하
여 앞의 中擧에 붙여 '中擧附平頭'(중거부평두)라 하여 다른 이본들의
평거에 해당하는 것들을 中擧에 덧붙였다. '羽樂'은 항목을 빠뜨렸다.
'界樂'은 원래 우락이나 編樂보다 앞에 오는 것이나 이 가집에서는 編
樂 뒤에 넣어 순서가 바뀌었다. 二數大葉의 平擧는 中擧에 붙였고, 羽樂
은 항목이 빠졌을 뿐 실제는 『靑邱永言』과 같은 30항목이다.

곡목의 이름과 풍도와 형용을 표시한 것이 『靑邱永言』과 다른 것은
보면 다음과 같다. 가집 처음에 나오는 '羽調 初中大葉'을 '羽中大葉'
이라 했다. '二後庭花'는 『海東樂章』에만 새삼스럽게 "今失其調可惜"
(금실기조가석)이라 하여 編者 또는 轉寫者 개인의 의견을 삽입했다.
풍도와 형용은 서로 생략하거나 삽입한 차이가 있다. 먼저 『靑邱永言』
을 보면 界面調 二中大葉에 '海濶孤帆 平川挾灘'(해활고범 평천협탄)과
羽調 三數大葉에 '轅門出將 舞力刀戟'(원문출장 무력도극), 蔓橫에 '舌
戰群儒 變態風雲'(설전군유 변태풍운)이 있고, 『靑丘樂章』에는 羽調 三
中大葉에 '項王躍馬 高山放石'(항왕약마 고산방석)과 搔聳伊(＝搔聳)에
'暴風驟雨 飛燕橫行'(폭풍취우 비연횡행)이 있다. 『靑邱永言』이나 『해
동악장』 모두 栗糖數葉(율당삭엽)은 '歌之風度形容十五條目'에는 없
으나 蔓橫의 풍도와 형용인 '舌戰群儒 變態風雲'을 가져다 썼다. 『청
구악장』에는 『靑邱永言』에서 우조 이삭대엽의 頭擧에 '존자즌한닙'
이라고 한 것은 같으나, 계면조 이삭대엽의 中擧와 平擧의 '중허리드

는 자즌한닙'이나 '막드는 자즌한닙'과 旕編(엇편)의 '지르는 편'은 없다. 율당삭엽에 『靑邱永言』에는 "純羽調則爲弄歌之"(순우조즉위농가지)라 했고, 『청구악장』에서는 "或稱半數大葉 純羽調則以羽弄歌之"(혹칭반삭대엽 순우조즉이우농가지)라 했고, 蔓橫은 『靑邱永言』에서 "俗稱旕弄與三數大葉 同頭而爲弄也"(속칭엇농여삼삭대엽 동두이위농야)라 했고, 『청구악장』에서는 "一曰弄 一曰半只其"(일왈농 일왈반지기)라 고 하였다.

女唱部分은 곡목의 수는 차이가 없으나 『청구악장』에서 우조나 계면조 이숭삭엽의 頭擧 대신에 '短數大葉'(단삭대엽)이라 했다. 後庭花나 將進酒의 '臺'와 우조와 계면조의 中擧, 平擧, 頭擧에 각각 '중허리드는 자즌한닙', '막드는 자즌한닙', '존 자즌한닙'과 栗糖數大葉과 編數大葉에 '혹팅밤엇'과 '편자즌한닙'이 없다.

이 가집에는 남창 부분에 626수 여창 부분에 178수로 모두 804수가 수록되어 있다. 가집의 편제는 불란서본과 흡사하고 동양문고본과도 관련이 깊다고 하겠다. 불란서본이나 동양문고본이 본 가집보다 늦게 이루어진 것이라고 본다면 본 가집에만 수록되어 있는 작품은 남창 부분과 여창 부분을 합하여 모두 14수가 된다.

남창 부분에 수록되어 있는 작품을 보면 작자를 밝힌 것은 安玟英(1수), 朴孝寬(2수), 鄭澈(2수), 趙光祖(1수)가 있다. 또 다른 가집에서 金裕器, 金天澤, 成忠, 李鼎輔의 작품으로 되어 있는 것이 각각 1수가 있다.

世事를 뉘 아던가 고리라 渭水邊에
世上은 나를 씐들 山水둇츠 나를 끠랴
江湖에 一竿漁父ㅣ 되야잇셔 待天時만 흐리라. (靑丘樂章 268)

北窓凉風下에 훨쩍 벗고 누엇시니
紅塵에 念絶ᄒᆞ고 一卷 茶經 샌이로다
아마도 羲皇上人은 나샌인가 ᄒᆞ노라. (靑丘樂章 369)

은 무기명으로 되어 있다. 앞의 작품은 珍本『靑丘永言』에 수록되어 있고, 뒤의 작품은 본 가집과 불란서본과 동양문고본에만 수록되어 있는데 동양문고본에서는 작자를 金敏淳이라 하였다.

여창 부분에서는 마지막에 수록된

初生달 뉘 버혀 져그며 보름달 뉘 그려 둥그랴는요
너물 흘너 마르지 안코 연긔 나며 스라지니
세상에 영허소장 느는 몰나. (靑丘樂章 804 <178>)

는 작자를 "東山 李先生 牛峰人"이라 했는데, 終章의 末句가 없는 것으로 보아 後人이 追錄했을 가능성이 크다고 하겠다. 이 가집에만 새롭게 수록된 작품은 박효관과 안민영의 작품을 비롯하여 金敏淳의 작품으로 되어 있는 것과 여창 부분에 수록된 1수 등 모두 5수이다.

이 가집보다 먼저 이루어진 가집과 특히 관련이 있는 가집의 하나가 朴相洙本『詩歌』이다.『詩歌』에만 수록된 작품이『청구악장』에 수록된 것이

다만 한 間 草堂에 箭筒 걸고 冊床 놋코
나 안고 님 안즈니 거문고란 어듸 둘고
두어라 江山風月이니 한듸 둔들 엇더리. (靑丘樂章 273)

져건너 一片石이 嚴子陵의 釣臺로다
蒼苔 빗긴 가에 흰 두 點이 무슴 것고
至今에 先生 遺跡이 白鷗 한 雙 쩌 잇도다. (靑丘樂章 351)

의 2수로 뒤의 작품은 무기명으로 되어 있으나『청구악장』에서 새삼스레 趙光祖라고 記名을 하였다. 앞의 작품은 약간의 차이가 있으니 다음과 같다.

다만 草廬 흔 間 집에 冊床 노코 箭筒 걸고
나 안고 임이 안즈니 沈香거믄고를 어디 둘고
江山을 들일 더 업시니 둘너두고 보리라. (詩歌 357)

　　다음으로 박효관과 안민영의 작품 수록을 살펴보면 다음과 같다. 박효관의 작품은 『가곡원류』계 가집에 모두 15수가 수록되어 있다. 이 가운데

文王子 武王弟로 富貴雙全허신 周公
握髮吐哺ㅎㅅ 愛下敬勤ㅎ샷거든
어디ᄐ 後世不肖는 驕奢自尊ㅎ는고. (靑丘樂章 59)

南極老人星이 四敎齋에 드리오서
우리님 壽福富貴를 康寧으로 도으셔든
우리도 德蔭을 무르와 太平燕樂ㅎ노라. (靑丘樂章 317)

의 2수는 본 가집과 불란서본에만 수록되어 있다.

洛城 西北 三溪洞天에 水澄淸而山秀麗ㅎ듸
翼然 佳亭에 伊誰在矣오 國太公之偃仰이시라
비ᄂ니 南極老人 北斗星君으로 享壽萬年 ㅎ오쇼셔. (歌詞集 155)

서리 티고 별 성긘 제 울고 가는 져 기럭아
네 길이 긔 언마ㅣ나 밧바 밤ㅁ길좃ᄎ 녜는 것가
江南에 期約을 두엇시미 늣져 갈ㄱ가 져혜라. (歌詞集 214)

　　의 2수는 『청구악장』에는 누락되었다. 앞의 작품은 『靑邱永言』에도 누락되었고, 『金玉叢部』에서는 안민영이 자신의 작품으로 하였으며 『歌詞集』을 비롯한 박씨본과 『花源樂譜』에서는 박효관의 작품으로 다루었고, 舊皇室本이나 『해동악장』에서는 무기명으로 하였다. 뒤의 작품

은 『청구영언』을 비롯한 박씨본과 구황실본에서는 무기명으로 되어 있고, 『가사집』을 비롯한 『해동악장』, 『협률대성』, 『화원악보』 등에서는 박효관의 작품으로 되어 있다. 이처럼 박효관의 작품을 2수만이 다른 이본에 없다고 하는 것은 편자가 새롭게 박효관의 작품을 발굴한 것이고, 누락시킨 작품은 작가에 대한 문제가 있기 때문에 누락시켰고, 앞선 가집으로 여겨지는 『靑邱永言』에서 작자를 박효관이라 밝히지 않았기 때문에 누락시킨 것이라 짐작된다,

　안민영의 작품은 『가곡원류』계 가집에 남창 부분과 여창 부분에 記名 또는 無記名으로 모두 82수가 수록되어 있다. 15수가 수록된 『청구영언』을 비롯해 19수가 수록된 『화원악보』와 20수가 수록된 『협률대성』이 있고, 다음으로 22수가 수록된 『청구악장』과 구황실본이 있다. 15수가 수록된 『청구영언』에는 안민영으로 기명된 것이 1수뿐인데 비하여 『청구악장』에는 수록된 작품 가운데 1수만 무기명이다. 『청구영언』에서 무기명으로 다룬 것을 대부분 기명으로 처리하였다는 것은 이 가집이 분명 『靑邱永言』보다 뒤에 이루어진 가집임을 증명하는 것이라 하겠다. 또 하나 특이한 점은 『청구영언』에서는 박효관이나 안민영의 작품을 특별히 의식하지 않고 가집 중간 중간에 수록한 것에 비해 『협률대성』에서 부터 우조 初數大葉부터 계면조 初數大葉에 이르기까지의 각 곡목 끝에 박효관이나 안민영을 비롯해 『가곡원류』계 가집에만 등장하는 金汝根이나 任義直의 작품을 수록했다는 점이다 이는 기존의 가집에 이들의 작품을 삽입하는 형식을 취했다고 하겠다. 『靑丘樂章』도 이와 같이 박효관이나 안민영의 작품을 곡목 뒤쪽에 삽입했다. 또 박효관이나 안민영의 작품이 수록되어 있는 순서가 『협률대성』과 같다.

　결론적으로 말해서 『청구악장』은 이 계통의 가집의 최초의 가집으로 여겨지는 『靑邱永言』과 『협률대성』을 참고했고, 이 가집의 체계에 따랐다. 그러니 가집 후반에 이들 가집과 곡목의 순서가 차이가 나는

것은 혹 참고할 때 순서를 착각한 것이거나 아니면 편자 나름대로의
새롭게 편집한 가집이라 하겠다.

4. 『歌詞集』과의 관계는?

이제까지 『歌曲源流』계 가집 가운데 박효관과 인민영이 편찬한 원
본에 가장 가까운 가집으로 추정되고 있는 가집이다. 이 가집을 그렇
게 인정하는 데에는 沈載完과 金根洙의 역할이 컸다고 하겠다. 심재완
의 「歌曲源流系 歌集 硏究」와 김근수의 「歌曲源流考」란 논문에서 그
들 나름대로의 주장을 통하여 이렇게 결론을 내린 것을 학계에서 그
대로 인정하고 있는 실정이다.

먼저 이루어진 가집이 뒤에 만들어진 가집에 영향을 주는 것은 당
연하다. 다만 그 영향을 주고받은 것이 어느 정도냐에 따라 가집 편찬
에 영향을 주었다, 또는 아무런 관련이 없다고 말할 수 있을 것이다.
이제까지 후대에 나온 가집들은 선대의 가집에 영향을 받지만 특정한
한두 가지가 같다고 해서 결정적인 영향을 받았다고 하기는 어렵다.
그러나 『가곡원류』계 가집들은 육당본 『靑丘永言』의 영향을 받았음이
분명하다. 『가곡원류』계 가집으로 제일 먼저 이루어진 가집이라 생각
되는 『靑邱永言』을 보면 우선 곡목을 羽調와 界面調로 구분한 것부
터가 같으며 곡목도 육당본 『靑丘永言』보다 후대에 생겨난 것으로
보는 우조와 계면조의 이삭대엽 다음에 中擧, 平擧, 頭擧나 旕編이
없다. 『가곡원류』계 가집에 수록되어 있는 많은 작품들이 그 선대
가집인 육당본 『靑丘永言』에 처음 수록되어 있는 작품들이 상당히
많다. 육당본 『靑丘永言』 이전에 이루어진 가집으로 알려져 있는 수다
한 가집이 있지만 『靑邱永言』에 수록된 작품의 많은 작품들이 육당본
『靑丘永言』에만 수록되어 있다고 하는 것은 이 가집을 대본으로 삼았

음이 분명한 사실이다.

　다음의 작품은 『東國歌辭』에 수록되어 있으면서 육당본 『靑丘永言』
과 『가곡원류』계 가집에 수록된 작품이다. 종장이 가집에 따라 차이가
난다.

　　　南山에 鳳이 울고 北岳에 麒麟이 논다
　　　堯天舜日이 我東方에 발가세라
　　　우리는 歷代逸民으로 醉코 놀녀 ᄒ노라. (東國歌辭 220. 231)

　　　南山에 鳳이 울고 北岳에 麒麟이 논다
　　　堯天舜日에 我東方에 붉가시니
　　　아마도 唐虞世界를 이어본 듯 ᄒ여라. (六堂本 靑丘永言 501)

　　　南山에 鳳이 울고 北岳에 麒麟이 논다
　　　堯天舜日이 我東方에 밝아세라
　　　우리도 聖主뫼옵고 同樂太平 ᄒ리리. (靑邱永言 175)

　위의 작품은 가집에 따라 종장이 달라졌다. 『가곡원류』계 가집들은
모두 『靑邱永言』과 같은 점을 미루어 『가곡원류』계 가집들은 모두 『靑
邱永言』을 대본으로 삼거나 참고했음이 분명하다고 하겠다. 『동국가사』
는 곡목의 수가 初中大葉을 비롯하여 二中大葉, 三中大葉, 羽調初數葉,
羽調數葉, 騷聳, 栗糖數葉, 界面調, 樂時調의 9항목으로 되어 있다. 우조
와 계면조가 곡목으로 등장하지만 '羽調初數葉'이나 '羽調數葉'이라 하
였으나 '羽調初數大葉'이나 '羽調二數大葉' 또는 '羽調三數大葉'의 구
분이 확실치 못하고 계면조도 마찬가지다. 우조와 계면조의 구분이 확
실한 육당본 『靑丘永言』보다는 먼저 이루어진 가집이 틀림없다고 하
겠다. 육당본 『靑丘永言』에서는 작가를 吳擎華(오경화)라고 밝히고 있
는데, 오경화는 주씨본 『海東歌謠』에 들어 있는 '古今唱歌諸氏'(고금창
가제씨)에도 수록되어 있다. 그렇다면 『동국가사』는 肅宗代 이후에 이

루어진 가집에 틀림이 없다. 다만 이 가집 冊尾(책미)에 "夫此東國歌辭
一冊은 吾國正宗大王 時代 寫本으로 推測한다. 檀紀4292年 8月 22日 華
山書林主人改表裝於寒泉精舍"라고 한 것이 있다. 이는 당시 화산서림
주인인 李聖儀 씨가 쓴 것으로 자신이 오랫동안을 다룬 書誌의 경험을
말한 것으로 적어도 正祖代에 이루어진 사본임을 말해주는 것이다. 憲
宗 初에 이루어진 것으로 추정되는 육당본 『靑丘永言』에서 編者가 이를
肅宗代의 오경화의 작품으로 고증하였으나 『靑邱永言』에 와서는 작품
의 작가에 대한 배려가 적은 탓으로 누락된 것이다.

> 울며 줍은 소매 썰치고 가지 마쇼
> 草原長堤에 히 다져 져믈엇다
> 客窓의 殘燈을 도도고 안즈보면 알니라. (육당본 靑丘永言 187)

은 『瓶窩歌曲集』을 비롯한 몇몇 가집에 작자가 李明漢으로 되어 있
고, 육당본 『靑丘永言』에도 수록되어 있다. 그런데 『靑邱永言』을 비
롯한 『가곡원류』계 가집에는 남창 부분과 여창 부분에 동시에 수록되
어 있으면서 남창 부분의 대부분은 李明漢이 아닌 金明漢으로 잘못
표기되어 있다.

> 菊花야 너는 어이 三月東風 스려헌다
> 성근 울 찬빗 뒤에 찰하리 얼디언정
> 반둣시 群花로 더부러 한봄 말여 ㅎ노라. (靑丘樂章 396)

안민영의 위 작품은 『청구악장』을 비롯한 몇몇 이본들에 수록되어
있으나 『靑邱永言』에는 없다. 이 작품이 수록되어 있는 몇몇 이본들과
안민영 개인 가집인 『금옥총부』에 수록되어 있는 작품해설을 보면 다
음과 같다.

先生高致雅韻 正與東籬菊一般 (靑丘樂章)

贊其師雅韻高致 與東籬菊一般趣味云 而作此歌 (歌詞集, 奎章閣本)

爲先生高致雅韻 正與東籬菊一般而作 (東洋文庫本)

藥峴金相國 詩曰 疏籬雨後寫寒死 不如群花共一春 (金玉叢部)

처럼 이는 단순히 약현 김상국의 詩句를 가지고 중장과 종장을 만든
것이다. 그런데도 『가곡원류』계 가집에서는 도연명의 詩句인 “採菊東
籬下 悠然見南山”(채국동리하 유연견남산)을 연상시켜 박효관의 인품
을 기리는 작품으로 본 것은 『청구악장』의 실수임에도 『가사집』을
비롯한 몇몇 가집에서 그대로 쓰고 있는 것은 『가사집』이 『청구악장』
의 영향을 받았음을 말해주는 것이다.

　박효관의 작품을 수록한 것을 보면 『해동악장』과 똑같이 13수가 수
록되어 있으나 『해동악장』과 불란서본에만 수록된 2수가 없는 대신에
『靑邱永言』에 누락되거나 무기명으로 되어 있는 2수가 없다. 안민영의
작품은 남창 부분과 여창 부분에 중복된 6수를 포함하여 모두 43수가
수록되어 있다. 이 가운데 記名은 25수이다. 남창 부분과 여창 부분에
記名과 無記名과 중복된 것을 포함하여 15수가 수록된 『청구영언』에
서 비롯하여 22수가 수록된 『청구악장』, 43수가 수록된 『가사집』 순으
로 가집이 편찬되었음을 알 수 있다.

　끝으로 『가사집』은 이 가집에 수록되어 있는 ‘朴孝寬 跋文’에서 언
급한 것처럼 박효관과 안민영이 엮은 가집이냐 하는 문제다. 앞에서도
언급한 “菊花야 너는 어이……”는 분명 藥峴(약현) 金相國(김상국)의
시를 가지고 지은 작품이지 박효관의 인품을 생각하고 지은 것처럼
말한 해설은 잘못된 것이다. “豪放헐뿐 더 늙으니……”는 『금옥총부』
에서 분명 자신의 작품으로 수록하고 있음에도 李載冕(이재면)의 작품

으로 되어 있고, "洛城西北 三溪洞天에……"는 마찬가지로 『금옥총부』에 자신의 작품으로 수록하고 있음에도 박효관의 작품으로 되어 있는 것은 분명한 잘못으로 이를 失手로 인정할 수는 없을 것이다. 또 여창 부분의 작품 수록이 끝난 다음에 歌詞로는 유일하게 '漁父詞'만 수록되어 있는 것도 이 가집이 다른 가집처럼 여러 편의 가사가 있었지만 생략되거나 다른 것이 누락된 것이라 할 수 있다.

5. 『協律大成』은 어떤 가집인가?

『歌曲源流』계 가집의 공통점은 書頭에 吳曾의 『能改齋漫錄』 가운데 '歌曲源流'와 '論曲之音'의 二條가 수록되어 있다는 점이다. 『가곡원류』계 가집 가운데 제일 먼저 편찬된 것으로 推定되는 『靑邱永言』(=河合本 歌曲源流)에서부터 『靑丘樂章』(六堂本 歌曲源流)과 『歌詞集』(=國樂院本 歌曲源流)에 이르기까지 다 서두에는 위의 기록이 수록되어 있다. 그러나 『協律大成』에는 이것이 없다. 대신에 '與民樂'과 '本還入' '細還入'을 비롯하여 '平調靈山會' 上과 羽調와 界面調의 歌曲唱의 본보기가 실려 있다. 다음에는 唱을 위한 連音符號가 있고 『가곡원류』계 가집에 공통으로 수록되어 있는 '歌之風度形容十五條目'을 비롯하여 '梅花點長短'과 '長鼓長短'이 있다.

書頭에 與民樂과 本還入이나 細還入이 수록되어 있는 것은 『瓶窩歌曲集』과 연관이 있다. 그렇다면 『협률대성』은 가집의 本文에 해당하는 우조 초중대엽 이하 여창 부분은 『靑邱永言』과 관련이 있다고 하더라도 『靑邱永言』을 그대로 대본으로 삼지는 않았다고 하겠다.

다음 가곡의 羽調 初數葉(初數大葉의 잘못인 듯)을 비롯해 二數大葉, 平擧數大葉 女唱, 三數大葉, 騷聳, 半旕數大葉 2首, 界面調初數大葉, 二數大葉, 中擧數大葉 女唱, 三數大葉, 界旕弄, 旕弄, 界弄, 始弄返樂, 羽

樂 2首, 麥樂, 編樂, 編數大葉, 麥編, 界樂의 곡목에 해당하는 가사의 唱樂譜가 실려 있다. 이는 다른 가집에서는 볼 수가 없는 것이며 '始弄返樂'(시농반락)과 같은 것은 처음으로 등장하는 曲目이다. 곡목의 순서가 가집과 대부분 일치하나 界樂을 끝에다 둔 것은 『靑丘樂章』의 곡목의 순서와 관련이 있는 것이 아닌가 한다.

본문에 해당하는 곡목에 있어서는 羽調 初中大葉에서 麥編에 이르는 30항목으로 『靑邱永言』과 순서가 똑같다. 『歌詞集』도 『靑丘樂章』은 계면조 平擧와 頭擧를 같이 붙여놓았기 때문에 29항목으로 되어있고 순서가 界樂이 뒤로 가서 다른 가집과 차이가 있는 것이 다를 뿐이다.

周氏本 『海東歌謠』에서부터 보이기 시작한 '歌之風度形容十四條目'은 六堂本 『靑丘永言』을 거쳐 『靑邱永言』이 이르기까지 곡목의 수가 六堂本 『청구영언』에서는 16항목이었다가 『청구영언』 이후에는 15항목으로 굳어졌다. 『해동가요』나 육당본 『청구영언』에서는 이 風度와 形容이 가집 書頭에 수록되어 있을 따름이나 『청구영언』 이후에는 해당 곡목 다음에 그 곡목에 해당하는 風度와 形容을 적고 있다. 그러나 『靑邱永言』을 비롯한 『청구악장』과 『가사집』을 보면 15항목 모두에 이를 같이 적고 있는 것은 아니다. 『협률대성』도 마찬가지다. 『청구영언』에서는 우조 초중대엽을 비롯한 10개 곡목에, 『청구악장』은 우조 초중대엽을 비롯하여 11개 곡목에, 『협률대성』에는 10개 곡목에, 『가사집』은 13개 곡목에 풍도와 형용을 같이 적고 있다. 이 가운데 羽調 初中大葉을 비롯한 後庭花, 羽調 初數大葉, 栗糖數葉, 編樂時調는 공통으로 적고 있으나 나머지는 가집 사이에 차이가 있다. 『협률대성』에서는 栗糖數葉과 蔓橫에 '舌戰羣儒 變態風雲'이라 하였고, 三數大葉에 해당하는 '轅門出將 舞刀提賊'을 『청구영언』에서는 우조 삼삭대엽에 적고 있으나 나머지 가집들은 계면조 삼삭대엽에 적은 것으로 미루어 이들 가집들은 서로 참고를 하였을 뿐 특별히 특정한 가집을 臺本으로 삼은 것은 아닌가 한다.

창을 위한 連音符號가 붙은 것은 『靑邱永言』을 비롯하여 『協律大成』과 『歌詞集』이 있다. 『南薰太平歌』는 한 작품을 3章으로 구분하고 終章 末句를 생략한 것으로 미루어 이는 歌曲唱이 아닌 時調唱의 대본으로 만든 가집이 분명한 것이라면 『청구영언』과 『협률대성』, 『가사집』은 가곡창을 위하여 만들어진 가집임에 틀림이 없다고 하겠다.

現傳하는 가집 가운데 가장 오래된 것으로 알려진 珍本 『靑丘永言』은 큰 원칙은 곡조별로 엮은 가집이나 우조와 계면조의 구분이 없다. '二數大葉'은 곡목이 누락되었으면서 유명씨 작품을 麗末의 牧隱을 비롯한 圃隱과 東浦의 3인을 비롯하여 本朝에 節齋를 비롯한 名公碩士 41인의 작품과, 列聖御製라 하여 太宗을 비롯한 孝宗과 肅宗의 작품을, 閭巷六人이라 하여 張鉉(=炫의 잘못임)을 비롯한 朱義植, 金三賢, 漁隱(=金聖器), 金裕器와 編者 자신의 작품과, 閨秀三人이라 하여 黃眞과 小栢舟, 梅花의 작품과 年代次考라 하여 林晋을 비롯한 李仲集과 西湖主人의 작품 287수는 작가별로 편집하였다. 계속하여 같은 이삭대엽 속에 무명씨라고 하여 248수는 주제 또는 소재에 따라 분류하여 내용별로 수록하였다. 그러면서도 李賢輔을 비롯한 李滉, 鄭澈, 朴仁老, 申欽, 鄭斗卿, 朗原君의 작품과 여항육인 가운데 朱義植과 漁隱, 金裕器와 자신의 작품에는 작품과 관련이 있는 발문을 같이 수록하였다. 또 龍湖(=趙存性)와 象村(=申欽)의 작품에는 해당 작품의 漢譯까지 수록했다. 여기에 무명씨 작품과 蔓橫淸類에 대해서는 편자의 나름대로의 소회를 적었다. 鄭澈의 "將進酒辭"와 작자미상의 "孟嘗君歌"에는 洪萬宗의 저서 『旬五志』에 수록되어 있는 작품평과 글을 수록하였다. 또 작가는 字나 號 외에 歷官 등 간단한 인적사항을 비롯하여 관련된 역사적 사실이나 일화 등을 간략히 수록하여 작품 이해에 도움이 되도록 하였다. 한마디로 말해 편자인 김천택은 단순히 가집을 편찬하는 것이 아니라 이를 통해 자기 나름대로의 가집 편찬의식을 가지고 가창을 위한 가집을 편찬한 것이 아니라고 하겠다. 이러한 현상은 『해동가요』에도 계속되고 있다. 그러나 『瓶窩歌曲集』에 와서는 이런 의식이 차차로 감소되니 『병와가곡집』에는 李賢輔를 비롯하여 李滉, 鄭澈, 鄭斗卿, 申欽, 金聖器, 朴仁老, 朱義植, 朗原君의 작품에 대한 발문을 진본 『청구영언』의 것을 계속 수록한 정도이고 한역은 趙存性의 작품뿐이다. 그러다가 六堂本 『靑丘永言』에 와서는 李賢輔의 '歸去來歌' 1수만 『해동가요』에 수록되어 있는 글이 수록되어 있을 뿐, 작품과 관련된 다른 기록은 찾아 볼 수 없다.

작가에 대한 해설은 진본 『청구영언』과 『해동가요』, 육당본 『청구영언』에는 간략하게라도 작가에 대한 字號를 비롯한 간략한 인적사항이나 歷官, 역사적 사실, 일화 등이 기록되어 있으나 『병와가곡집』에는 작가에 대한 아무런 기록이 없다.

> 冊덥고 窓을 여니 江湖에 비 떠 잇다
> 往來白鷗는 무음 뜻 먹음은지
> 이後란 功名을 썰치고 너룰 좃ᄎ 놀니라. (六靑 180)

의 작가로 알려진 鄭蘊(1569~1641)에 대한 작가에 대한 해설을 보면

> 號梧溪 丙子胡亂 隨駕入南漢和議成 剌刃幾死 乃日 吾不死於南漢 何面目見吾妻子 入山作此歌 (六靑)

> 字輝遠 號桐溪 光海時弼善 丙子胡亂隨駕入南漢 及和議成 剌刀幾死 乃日 吾不死於南漢 何面目對妻子 入山作此歌 云 (靑邱永言)

> 字輝遠 號桐溪 光海時弼善 丙子胡亂隨駕入南漢 及和議旣成 剌刀幾死 (靑丘樂章)

> 字輝遠 號桐溪 光海時弼善 丙子胡亂隨駕入南漢 及和議旣成 剌刀幾死 乃日 吾不死於南漢 何面目對妻子 入山作此歌 (歌詞集)

에서 보는 것처럼 육당본 『靑丘永言』에 수록된 내용과 거의 비슷한 내용들을 『청구영언』이나 『청구악장』과 『가사집』에는 수록하고 있으나 『협률대성』은 간단하게 號만 적고 있다. 이는 『청구영언』이나 『가사집』이 『협률대성』과 마찬가지로 가곡창을 위한 대본으로 만들어진 가집이나 以前 가집들의 편찬과 관련이 있으나 『협률대성』은 이들과 달리 철저하게 唱을 위한 대본으로 엮어진 가집임을 증명하는 것이라 하겠다. 그러면서노

> 말ᄒ면 雜類ㅣ라 ᄒ고 말 아니ᄒ면 어리다니
> 貧寒을 남이 웃고 富貴를 시오나니
> 이 하늘 아리셔 술올 일이 어려웨라. (協律大成 85)

은 작가가 『靑邱永言』에는 누락되었고, 『청구악장』과 『가사집』에는 金尙容으로 되어 있다. 『협률대성』에는 작가가 김상용으로 되어 있으면서 "號仙源 仁祖朝右相 丁丑殉節江都"란 기록이 추가되었다. 이 작품은 진본 『청구영언』에 朱義植의 작품으로 되어 있는 것으로 『동국가사』 이후 『가곡원류』계 가집에 김상용의 작으로 되어 있고 작가에 대한 해설을 어느 가집에도 없다. 다만 『협률대성』에만 위와 같이 되어 있다. 鄭夢周의 '丹心歌'의 경우에도 가집에서 이 작품을 짓게 된 동기를 『해동가요』에서는 "麗史曰 太宗設宴邀致鄭夢周 至酒闌 太宗 把盃作歌 以觀夢周之意 夢周作此歌以和 太宗 知其終不變也"라 했고, 洪氏本 『靑丘永言』에서는 "太宗大王 設宴邀公至酒闌 把盃作歌 而觀公之意 公作此歌"라고 한 것이 있다. 그러나 『협률대성』에서는 "太祖晬宴日作"이라 하여 틀린 내용을 적고 있다. 이는 가집의 편집자이든 아니면 轉寫者이든 臺本이 되는 가집을 참고하거나 아니면 자기 나름대로 어떤 주

관을 가지고 편집했거나 轉寫한 것이라 하겠다.

다음으로 『가곡원류』의 편자로 알려진 朴孝寬과 安玟英의 작품 수록을 보면 다음과 같다. 우선 朴孝寬의 경우는 『靑邱永言』에 가장 적어 남창에 4수, 여창에 1수를 합하여 5수가 수록되어 있는데, 이 가운데 여창에 수록된 것은 무기명으로 되어 있다. 『청구악장』과 불란서본 『가곡원류』에만 수록되어 있는 2수를 제외하고는 대체로 수록된 작품이 비슷하나

洛城西北三溪洞天에 水澄淸而山秀麗호듸
翼然佳亭에伊誰在矣오國太公之偃仰이시라
비누니 南極老人北斗星君으로享壽萬年호오쇼셔. (歌詞集 155)

는 『가사집』을 비롯한 몇몇 異本에는 박효관의 작품으로 되어 있으나, 안민영의 개인가집인 『金玉叢部』에서는 자신의 작품이라 하였고, 『해동악장』을 비롯한 몇몇 異本에서는 무기명으로 되어있는 작품이다. 이런 이유에서인지는 몰라도 『청구악장』과 『협률대성』에서는 누락시켜 버렸다.

안민영의 경우도 박효관과 마찬가지로 『靑邱永言』에서도 수록작품이 제일 적다. 안민영의 작품은 『가곡원류』계 가집에 모두 82수가 수록되어 있으나 『청구영언』에는 남창 부분에 4수와 여창 부분에 11수를 합하여 14수가 수록되어 있다. 그러면서도 여창 부분에 수록되어 있는 것은 전부 無記名으로 처리되어 있다. 『청구악장』에는 남창 부분에 19수와 여창 부분에 3수를 합하여 22수가 수록되어 있는데 다른 이본들에 비하여 여창 부분에 수록작품이 적은 것이 특이하다고 하겠다. 안민영의 작품을 남창 부분에 35수, 여창 부분에 36수를 합하여 가장 많이 수록하고 있는 『해동악장』이나 이보다 조금 적은 작품을 수록하고 있는 『가사집』이 있고, 다음으로 적은 것으로 朴氏本과 舊皇

窒本이 있다. 『협률대성』은 『청구악장』보다 적은 남창 부분에 17수와
여창 부분에 3수를 합하여 모두 20수가 수록되어 있다.

> 上元于甲子之春에 우리聖主卽位신져
> 堯舜을法바드사光被四表ᄒ오시니
> 物物이 春風和氣를쯰여同樂太平ᄒ더라. (靑丘樂章 21)

은 高宗 卽位(1864)를 축하하여 지은 것으로 『청구악장』을 비롯해 불란
서본 『가곡원류』과 『해동악장』에 수록되어 있다. 그러면서 『해동악장』
과 『금옥총부』에는

> 上元甲子之春에 우리聖上卽位신져
> 堯舜을法바드ᄉ光被四表허오시니
> 美哉라 億萬年東方紀數ㅣ이로좃츠비로ᄉ다. (金玉叢部 1)

처럼 終章이 달라졌다. 이는 처음에 불리었던 高宗 元年과 나중『금옥
총부』나 『해동악장』에 수록할 때와는 종장을 고친 것이라 하겠다. 또
『청구악장』에는

> 놉프락나즈락ᄒ며 멀기와갓갑기와
> 모지락둥그락ᄒ며길기와저르기와
> 平生을 이라ᄒ엿시니무삼근심잇시리. (靑丘樂章 162)

가 안민영 작으로 수록되어 있다. 이것은 『금옥총부』에도 수록되어 있
는 것으로 『청구영언』이나 『협률대성』, 『가사집』과 『해동악장』에도 女
唱에 수록되어 있으나 무기명으로 되어 있다. 그러나 『청구악장』에서는
남창 부분과 여창 부분에 중복하여 수록하면서 다 안민영의 작품으로
되어 있다.

안민영의 작품이 『가곡원류』계 가집에 수록한 것을 보면 대부분 곡목의 맨 뒤가 아니면 뒷부분에 수록되어 있다. 『협률대성』에서 보면 우조 초삭대엽, 이삭대엽, 두거, 소용, 율당삭대엽 등이 있다. 『청구악장』에는 우조 초삭대엽, 이삭대엽, 평거, 두거, 소용, 율당삭대엽, 계면조 초삭대엽 등에, 『가사집』은 우조 초삭대엽, 이삭대엽, 중거, 평거, 두거, 율당삭대엽, 계면 초삭대엽이고 평거의 마지막은 안민영보다 후배로 여겨지는 扈錫均의 작품이다. 이처럼 우조와 계면조 가운데 우조의 끝부분은 대체로 박효관이나 안민영의 작품을 수록하여 누군가에 의해 편찬된 『靑邱永言』에다 그들의 작품을 삽입한 형태가 되었다.

가집은 남창을 위한 臺本으로 편찬되었기 때문에 굳이 남창이라 밝히지를 않았다. 『가곡원류』계 가집에서는 남창 부분에 해당하는 대본이 끝난 다음에 부록으로 여창 부분의 대본을 붙였다. 여창의 시작이 언제부터인지는 모르겠으나 육당본 『靑丘永言』을 보면 編數大葉 다음의 아무런 설명도 없이 우조 이삭대엽을 비롯하여 율당삭엽, 계면 이삭대엽, 弄, 羽樂時調, 界樂時調와 編數大葉이 있다. 이들 곡목은 남창에도 있는 것으로 중복해서 편찬한 것이 아니라 우조 이삭대엽 앞에 '女唱'이란 표시를 빠뜨린 것이라고 하겠다. 여창은 『靑邱永言』에서도 아무런 설명 없이 '旕編'(엇편) 다음에 羽調 中大葉을 시작으로 女唱이 이어지고 있다. 『청구악장』에서는 '女唱類聚'(여창류취)라 하였고, 『협률대성』에서는 '女唱秩'(여창질), 『가사집』에서는 '女唱'이라 했다. 달리 여창만을 엮은 가집은 '女唱歌謠錄'이라 하여 남창 부분이 없는 여창 부분만으로 된 동양문고본이 있다.

육당본 『靑丘永言』은 대본으로 삼은 진본 『靑丘永言』은 우조 이삭대엽은 작가별로 되어 있으나, 계면조 이삭대엽은 주제나 소재를 중심으로 편집한 것이라 무명씨의 작품을 수록하고 있어 무기명으로 되어 있다. 女唱에 해당하는 작품들은 우조와 계면조만 아니라 界樂時調에도 작가표시를 했다. 『청구영언』에는 작자 표시가 전혀 없다. 이는 『女唱

歌謠錄』과 마찬 가지다. 그러나 『협률대성』과 『청구악장』, 『가사집』은 몇몇 작품에 대해 작가 표시를 했다. 이는 육당본 『靑丘永言』과 같다고 하겠다.

다음으로 여창 부분에 수록된 작품수를 보면 216수를 수록하고 있는 『해동악장』을 제외하고는 대체로 190수 정도를 수록하고 있는 가집과 180수를 수록하고 있는 가집으로 나눌 수가 있다. 180수 정도를 수록하고 있는 가집은 『협률대성』을 비롯하여 『청구악장』과 『여창가요록』을 들 수 있고, 190수 정도를 수록하고 있는 가집은 『청구영언』과 『가사집』, 舊皇室本을 들 수 있다. 10수 징도의 차이가 나는 것은 그만큼 안민영의 작품을 더 수록하고 있기 때문이다.

여창이 수록되어 있는 가집들을 보면 『여창가요록』과 수록된 작품들과 순서가 일치하는 부분이 많다. 그러나 가집들을 비교해 보면 『청구악장』은 다른 가집들에는 수록되어 있으나 누락된 작품들이 많다. 이런 점은 『가사집』이나 『청구영언』에도 있지만 특히 『청구악장』이 두드러진다. 『협률대성』에는 다른 가집에서 여창 부분에 수록하고 있는 작품을 남창 부분에도 수록하는 경우가 있어 가집 상호간에 차이가 있음을 볼 수 있다.

『가곡원류』계 가집에 박효관과 안민영의 작품이 수록된 순서를 보면 박효관의 작품은 『靑邱永言』은 남창에 4수가 수록 되어 있는데 이중 2수의 순서가 다른 이본들과 같으며, 나머지 작품들은 『협률대성』과 일치한다. 안민영의 작품도 마찬가지다.

끝으로 누가 뭐라고 해도 『협률대성』은 『靑邱永言』이나 『청구악장』, 『가사집』처럼 轉寫本이 틀림없다. 여창 181수 다음에 추가해서 '男唱 艶編'이라 하여

    지넘어싀앗을두고 손뼉티며익써넘어가니
    말만호草屋에 헌덕석나소깔고 년놈이마조누어 얽어지고트러졋네 이제슨

어림쟝이 반로쉰에들거고나
　　두어라 메밀쩍에두長鼓를 시와무슴ᄒ리요. (協律大成 182(여창)

　　一身이 스쟈ᄒ엿더니 물썻계워 못술니로다
琵琶것튼蠐玳삭기使슈것튼등에어이갈ᄲ귀숨위약이센박퀴누룬박퀴핏겨것
튼가랑이며보리알것튼슈통이며주린니갓신니벼룩倭벼룩쒸는놈긔는놈에다리
기다혼모긔부리쑈족혼모긔술진보긔여윈모긔그리마쑈록이甚혼唐비루에더어
려웨라
　　그즁에춤아얄뮈울쓴五六月伏다림에쉬파린가ᄒ노라. (協律大成 183(여창)

과 數大葉에

　　술먹지 마자ᄒ고 重혼盟誓ㅣ ᄒ엿더니
　　盞줍고굽어보니 盟誓ㅣ 듕듕술에쩟다
　　兒禧야 盞가득부어라 盟誓ㅣ 푸리ᄒ리라. (協律大成 184(여창)

과 中擧에

　　靑山 自仆松아 네어이 누엇는다
　　風霜을못이긔여 뿌리졋져누엇노라
　　가다가良工을만나거든 날엣다닐너라. (協律大成 185(여창)

는 『靑邱永言』과 비교해 보면 남창의 마지막 부분으로 『청구영언』에 있는

　　草堂秋夜月에 蟋蟀聲도못禁커던
　　무슴홀리라夜半의 鴻雁聲고
　　千里에 님이別ᄒ고좀못일워ᄒ노라. (靑邱永言 657)

이 없다. 數大葉에 해당하는 작품은 『협률대성』보다 이전의 가집으로

는『槿花樂府』에만 수록되어 있는 것으로『靑丘永言』에는 없다 혹 착각을 한 것이 아닌가 한다. 中章은 다음과 같이 차이가 있다.

> 술먹지마쟈ᄒ고 큰盟誓ᄒ엿더니
> 蓋잡고구버보니선우음절노나너
> 아희야 蓋 ᄀ득부어라盟誓푸리ᄒ오리라. (槿花樂府 212)

또 中擧의 작품은 우조인지 계면조인지를 밝히지 않고 막연히 中擧라고 했지만 이는 계면조 中擧의 마지막 작품으로 처음에 빠뜨렸다가 보충한 것이다. 그러면서도 "歌終奏臺"라 하여『가사집』에서 "歌畢奏臺"라고 한 것을 歌詞의 끝에다 붙인 것은 실수라고 하겠다.

위에서 언급한 것을 정리하면『협률대성』은『가곡원류』계 가집의 嚆矢가 되는 가집으로 推定되는『靑邱永言』을 대본으로 하였다. 그러나 書頭는 이 가집을 그대로 참고한 것이 아니라『병와가곡집』과 관련이 있는 가집을 참고하였다. 본문에 해당하는 남창과 여창은『청구영언』을 참고로 하였음이 분명하고 창을 위한 連音符號를 달고 있는 것은『청구영언』과『가사집』을 비롯한 3本에만 있고, 수록된 가집의 편집 내용을 비교해 보면 오히려『청구악장』보다도 앞서는 가집이라 推定된다.

6. 맺음말

『協律大成』은 편자와 편찬연대 미상의 필사본으로 江陵 선교장(船橋莊) 이돈희(李燉熙)씨의 소장본으로 이의 전사본으로 가람 李秉岐의 소장본이 있다. 또 동국대학교 문리과대학에서 국어국문학자료총서 제7집으로 印刊한 것이 있다. 이것은 이근우(李根宇)의 소장으로 되어 있다. 沈載完은 그의 저서『시조의 문헌적 연구』에서

本歌集은 卷頭에 與民樂 平調靈會上, 歌曲(羽調 界面調의 作品에 音符記
入)이 있고, 源流系各本에 보이는 能改齋漫錄의 歌曲源流, 論曲之音이 없
는 것과 아울러 源流系 各本과는 異色的인 點이 있으나 거기에 이어 連音
目錄, 歌之風度, 梅花點長短, 長鼓長短 等이 源流系와 같이 收錄되어 있으
며, 本文 內容, 排列과 冊尾의 長歌까지 源流系 各本과 軌를 같이 하기에
源流系의 一本으로 다루기로 한 것이다.

고 한 것이 이 가집을 알고 있는 전부이다.

수록하고 있는 작품은 시조 828수와 歌詞는 漁父詞를 비롯하여 處
士歌, 相思別曲, 春眠曲, 名妓歌, 關東別曲, 白鷗詞, 勸酒歌 등 8편이
수록되어 있다. 시조는 남창 642수와 여창 181수 다음에 男唱 瓷編 2
수를 비롯해 삭대엽 1수, 계면조 中擧 1수 등 4수가 추가 되었고, 가
사 끝에 "歌終奏臺"라 하여 여창 1수가 수록되어 있다. 따라서 남창은
646수가 되고 여창은 182수가 되는 셈이다.

본 가집은 『청구영언』과 『가사집』과 함께 唱을 위한 臺本으로 엮은
것으로 가집 앞부분에 우조 초중대엽에서부터 계면조 界樂에 이르는
唱을 위한 악보가 수록되어 있다. 이는 다른 가집에서 볼 수 없는 것
으로 『청구영언』보다 더 발전된 것이 아닌가 한다.

본문에 해당하는 남창과 여창에 수록된 시조는 다른 異本에 다 수
록된 것으로 새롭게 발견되는 작품은 없다. 『청구영언』에 비해 박효관
과 안민영의 작품을 월등히 많이 수록하고 있다. 그들의 작품이 『가곡
원류』계 가집에 다량으로 수록하게된 것이 본 가집에서 부터다.

『가곡원류』계 가집으로 嚆矢가 되는 것은 앞에서도 언급한 것과 같
이 『청구영언』이 분명하고 이를 臺本으로 삼아 엮은 것이 『협률대성』
을 고찰하기 이전에는 『청구악장』이라고 여겼으나 다시 내용을 검토
한 결과 『협률대성』이 『청구악장』을 앞서는 것이고, 그 뒤를 이는 것
이 『가사집』과 『해동악장』이라 하겠다.

□ 參考文獻

東國大學校 印刊 『協律大成』
沈載完; 『校本歷代時調全書』
────; 『時調의 文獻的 研究』
拙　著; 『歌曲源流에 관한 研究』
────; 『靑邱永言』(註釋)
────; 『靑丘樂章』(註釋)
────; 『歌詞集』(註釋)
────; 『海東樂章』(註釋)

□ 일러두기

1. 이 책은 東國大學校에서 國語國文學資料叢書 第7輯으로 印刊한 『協律大成』을 臺本으로 하였다.
2. 책 첫머리 부분에 수록되어 있는 일부는 생략하였다.
3. 시조는 章의 구분이 없고 連音符號가 붙어 있는데, 이를 3章으로 구분하고 띄어쓰기는 연음부호 가운데 쉼표의 표시가 있는 곳으로 하였다.
4. 『歌曲源流』系 가집들과 크게 차이가 나는 부분은 '대조'라는 항목을 두어 참고가 되도록 하였다.
5. 주석은 되도록 쉽게 했고, 특별히 故事나 人名 등에 대한 자세한 주석은 피했다. 자세한 것은 拙著 『古時調注釋事典』을 참고하기를 권한다.

協律大成

協律大成

與民樂　　　　省略

本還入　　　　省略

細還入　　　　省略

平調靈山會 上　省略

羽調 初數葉 이하 界面調 界樂 唱譜　省略

歌之風度形容十五條目

初中大葉　　南薰五絃　行雲流水

二中大葉　　海闊孤帆　平川挾灘

三中大葉　　項王躍馬　高山放石

後 庭 花　　雁叫霜天　草裏驚蛇

二後庭花　　空閨怨婦　寂寞悽悵

初數大葉　　長袖善舞　綠柳春風

二數大葉　　杏壇說法　雨順風調

三數大葉　　轅門出將　舞刀提賊

搔　　聳　　暴風驟雨　飛鳶橫行

編搔聳　　　兩將交戰　用戟如神

蔓　橫	舌戰羣儒	變態風雲	俗稱旕弄반지기
弄　歌	浣紗淸川	逐浪飜覆	
樂時調	堯風湯日	花爛春城	
編樂時調	春秋風雨	楚漢乾坤	
編數大葉	大軍驅來	鼓角齊鳴	

梅花點長短

單手拍之以五點用而復始不拘半刻

長鼓長短

初章二十點

二章十七點

三章二十三點

中念十點

四章十七點

五章三十點

大念三十三點

永言全部

羽調 初中化大葉　南薰五絃　行雲流水

1
黃河水 맑다터니 聖人이나시도다
草野羣賢이 다니러나단말가
어즈버 江山風月을 눌을쥬고거니. 鄭忠臣 字可行 錦南君

◉ 대조; '눌을쥬고거니'는 '눌을쥬고니거니'의 잘못임.

　黃河水(황하수) 맑다터니 聖人(성인)이 나시도다=황하의 물은 천년
에 한 번씩 맑아지는데, 그 때엔 성군(聖君)이 난다고 함.『拾遺記』(습
유기)에 '丹丘千年一燒 黃河千年一淸 至聖之君 以爲大瑞'(단구천년일소
황하천년일청 지성지군 이위대서)라고 하였음 ◇草野羣賢(초야군현)이
다 니러나단 말가=벼슬을 버리고 초야에 묻힌 여러 현인들이 다 일어
났다는 말이냐 ◇江山風月(강산풍월)을=자연의 아름다운 경치를 ◇눌
을 쥬고 거니='거니'는 '이거니'의 잘못. 누구에게 주고 가느냐. 또는
갔느냐.

2
仁心은터이되고 孝悌忠信 기동이되여

禮義廉恥로 가득이예엿시니
千萬年 風雨를만는들 기울줄이잇시랴.

◉ 대조; 본 가집만 가번 2번과 3번이 바뀌었음.

仁心(인심)은 터이 되고=인자스러운 마음은 터가 되고 ◇孝悌忠信
(효제충신) 기동이 되여=효제와 충신은 기둥이 되어 ◇禮義廉恥(예의
염치)로 가득이 예엿시니=예의와 염치로 많이 이었으니. 가득하게 얹
었으니 ◇千萬年 風雨(천만년풍우)를 만는들=천만년의 비와 바람을
만난들. 오랜 동안의 시련을 겪는다고 한들 ◇기울 쥴이 잇시랴=기울
까닭이 있느냐. 나라가 망할 까닭이 없다.

3
空山이 寂寞호듸 슬히우는 뎌杜鵑아
蜀國興亡이 어졔오늘아니여든
至今이 피나게우러셔 남의이를굿느니. 鄭忠信

空山(공산)이 寂寞(적막)호듸=아무도 없는 산이 고요하고 쓸쓸한데
◇슬히우는 뎌 杜鵑(두견)아=서럽게 우는 저 두견새야. 두견새는 蜀
(촉)의 望帝(망제)의 죽은 혼이 되었다고 하는 새.『蜀王本紀』(촉왕본기)
에 '鼈靈死 其屍逆江而流至蜀 王杜宇以爲相 宇自以德不及靈 傳位而去
其魄化爲鳥 因名此 亦曰杜鵑 卽望帝也'(별영사 기시역강이류지촉 왕두
우이위상 우자이덕불급령 전위이거 기백화위조 인명차 역왈두견 즉망
제야)라고 했음 ◇蜀國興亡(촉국흥망)이=촉나라의 흥하고 망함이. 촉
(蜀)은 중국 상고시대 帝嚳(제곡)의 왕자가 봉함을 받았던 나라로 하·
은·주를 거쳐 秦(진)에 멸망하였음 ◇至今(지금)이=지금에 ◇피나게
우러셔=피를 토하는 듯한 애절한 소리로 울어서 ◇남의 이를 굿느니
=애는 창자. 다른 사람의 창자를 끊느냐. 가슴 아프게 하느냐.

長大葉

4
松林에 눈이오니 柯枝마다 곳이로다
한柯枝것거너여 님계신듸드리과져
님ㄱ겨셔 보오신後에 녹아진들엇더리.

松林(송림)에=소나무가 우거진 숲에 ◇곳이로다=꽃이로구나 ◇님 계신 듸 드리과져=임이 계신 곳에 드리고 싶다 ◇녹아진들 엇더리=녹는다고 한들 어떻겠느냐.

三中大葉 項王躍馬 高山放石

5
三冬에 뵈옷닙고 巖穴에 눈비마쟈
구름씬볏뉘도 쬔적이업건마는
西山에 ᄒᆡ지다ᄒᆞ니 눈물계워하노라. 曺南溟名植字達仲文貞公

三冬(삼동)에=한 겨울에. 겨울 석 달 동안에 ◇구름 씬 볏뉘도 쬔 적이 업건마는=구름이 끼어 화창하지 못한 햇볕이라도 쬔 때가 없지마는. 임금의 조그마한 혜택도 입은 바가 없지마는 ◇西山(서산)에 ᄒᆡ지다 ᄒᆞ니=서산으로 해가 넘어간다고 하니. 임금이 돌아가시다의 뜻.

6
浮虛코 셤써을쓴 아마도 西楚霸王
긔ᄯᅩᆼ天下야 엇으나못엇으나
千里馬 絶代佳人을 눌을쥬고이거니.

浮虛(부허)코 섬써을쓴=허황되고도 싱거운 것은 ◇西楚覇王(서초패왕)=項羽(항우)를 가리킴. 항우가 關中(관중)을 평정하고 咸陽(함양)을 불태우고 彭城(팽성)에 들어가서 스스로 일컬은 號(호) ◇귀쏭 天下(천하)야=그까짓 천하야. 세상이야 ◇千里馬, 絕代佳人(천리마절대가인)을 눌을 쥬고 이거니='이거니'는 '니거니'의 잘못. 천리마와 아리따운 여자를 누구에게 주고 갔느냐. 죽었느냐. 하루에 천리를 달릴 수 있는 말과 아름다운 미인. 여기서는 항우가 타던 말 烏騅馬(오추마)와 항우의 애첩 虞美人(우미인)을 가리킴.

界面調　初中大葉

7
잘식는 나라들고 식달이 돗아온다
외나무다리로 홀노가는져禪師야
네절이 언마ㅣ나ㅎ관더 遠鐘聲이들니느니.

잘식는 나라들고=자려고 하는 새들이 둥지로 돌아오고 ◇져 禪師(선사)야=저 스님아 ◇얼마ㅣ나 ㅎ관더=얼마나 되기에. 얼마나 멀기에 ◇遠鐘聲(원종성)이 들니느니=멀리서 치는 종소리가 들리느냐.

二中大葉

◉ 대조; 본 가집에는 風度形容 '海闊孤帆 平灘挾川'이 누락되었음.

8
碧海渴流後에 모리모혀 섬이되여
無情芳草는 힉마다푸루로되

엇짓타 우리의 王孫은 歸不歸를 ᄒᆞᄂ니. 具容字大叟號竹窓

◉ 대조; '碧海竭流後에'가 '碧海渴流後에'로 되었음.

碧海渴流後(벽해갈류후)에=푸른 바닷물이 다 마르고 난 뒤에. 물이 빠지고 난 뒤에 ◇모리 모혀=모래가 쌓여 ◇無情芳草(무정방초)는=아무런 감정도 없는 푸른 풀은. 세월이 되면 저절로 푸르러지는 풀은 ◇엇짓타=어찌하여 ◇王孫(왕손)은 歸不歸(귀불귀)를 ᄒᆞ나니=그대가 돌아올지 아니 돌아올지. 왕손은 상대방의 존칭으로 쓰였음. 당(唐)나라 시인 왕유(王維)의 시 「送別」(송별) '山中相送罷 日暮掩柴扉 春草年年綠 王孫歸不歸'(산중상송파 일모엄시비 춘초연년록 왕손귀불귀)의 일부를 시조로 만들었음.

三中大葉

9
清凉山 六六峯을 아나니나와白鷗
白鷗야헌ᄉᆞᄒᆞ랴 못밋을쓴桃花ㅣ로다
桃花야 쩌지디마라 漁舟子ㅣ 앍가ᄒᆞ노라. 李滉號退溪

淸凉山 六六峯(청량산육륙봉)을=청량산의 열두 봉우리를. 청량산은 경상북도 奉化郡(봉화군)에 있는 산. 李滉(이황)이 학문을 연구하던 푬山堂(오산당)이 있음 ◇아나 니=아는 사람이 ◇헌ᄉᆞᄒᆞ랴=喧詞(훤사)하겠느냐. 시끄럽게 떠들어대겠느냐 ◇쩌지디마라 漁舟子(어주자)ㅣ 앍가=떠내려가지 마라, 고기잡이가 알까. 속세의 사람들이 알까.

後庭花　雁叫霜天　草裏驚蛇

10
누운들 잠이오며 기다린들 님이오랴
이제누엇신들 어늬줌이하마오리
찰하로 안즌곳이셔 긴밤이나시오쟈.

　어늬 줌이 하마 오리=어떤 잠이 벌써 오겠느냐. 쉽게 잠이 들겠느
냐 ◇찰하로=차라리. ◇안즌 곳이셔 긴 밤이나 시오자=앉은 곳에서
밤새도록 자지 말고 새우자.

臺

11
秦淮에 비를믜고 酒家를 차져가니
隔江商女는 亡國恨을모르고셔
烟籠水 月籠沙헐제 後庭花만 부르더라. 鄭逑 號寒岡

● 대조; ‘烟籠水’로 옳게 된 가집은 가곡원류계 가집 가운데 규장각본과 본
　가집뿐임.

　秦淮(진회)에=진회에. 진회는 강 이름. 중국 강소성에 근원을 두고
南京(남경)으로 흘러드는 강. 남경의 花柳地帶(화류지대)임 ◇隔江商女
(격강상녀)는 亡國恨(망국한)을 모르고셔=강을 격해 있는 상(商)나라
여자는 나라가 망한 한을 모르고. 商(상)나라는 蕩(탕)이 夏(하)나라를
멸망시키고 세운 나라임 ◇烟籠水 月籠沙(연롱수월롱사)헐제 後庭花(후
정화)만 부르더라.=연기는 차가운 물 위에 어리고 달빛은 모래 위에
비출 때 후정화만 부르더라. 後庭花(후정화)는 노래 곡조의 하나. 당

(唐)나라 두목(杜牧)의 「秦淮」(진회) '烟籠寒水月籠沙 夜泊秦淮近酒家 商
女不知亡國恨 隔江猶唱後庭花'(연롱한수월롱사 야박진회근주가 상녀부
지망국한 격강유창후정화)를 시조로 만든 것임.

羽調 初數大葉　長袖善舞　綠柳春風

12
天皇氏 지으신집을 堯舜에와 洒掃ㅣ러니
漢唐宋風雨에 기우런지오리거다
우리도 聖主뫼옵고 重修ᄒ려ᄒ노라.

　天皇氏(천황씨)=상고(上古) 때 삼황(三皇)의 하나. 一萬八千歲(일만팔
천세)를 살았다고 함 ◇堯舜(요순)에 와 洒掃(쇄소)ㅣ러니=요순시대에
와서 깨끗이 쓸어버렸더니 ◇漢唐宋 風雨(한당송풍우)에 기우런지 오
리거다=한(漢)나라를 거처 당(唐)나라와 송(宋)나라에 이르기까지의 오
랜 세월에 나라가 기운지가 오래 되었다 ◇聖主(성주) 뫼옵고 重修(중
수)ᄒ려= 훌륭한 임금을 뫼시고 낡은 것을 뜯어고치려.

13
南薰殿 달밝은밤에 八元八凱 다리시고
五絃琴一聲에 解吾民之慍兮ㅣ로다
우리도　聖主뫼옵고 同樂太平ᄒ리라.

　南薰殿(남훈전)=舜(순) 임금이 南風歌(남풍가)를 짓고 오현금을 타던
궁전 ◇八元八凱(팔원팔개)=凱(개)는 愷(개)의 잘못. 여덟 명의 선량한
사람과 여덟 명의 和合(화합)한 사람. 팔원은 高辛氏(고신씨)의 才子(재
자), 팔개는 高陽氏(고양씨)의 재자임 ◇五絃琴 彈一聲(오현금탄일성)에
解吾民之慍兮(해오민지온혜)ㅣ로다=오현금을 타는 소리에 내 백성의

한을 풀도다. 오현금은 순(舜) 임금이 만들어 남풍시를 타던 악기이고,
해오민지온혜는 남풍시의 한 구절임 ◇同樂太平(동락태평)=임금과 신
하가 함께 태평세월을 즐김.

14
南八아 男兒ㅣ死耳연정 不可以不義屈矣여다
웃고對答ᄒ되 공이有言敢不死아
千古에 눈물둔英雄이 몃몃친줄알니오. 金淸陰

　◉ 대조; '몃몃친줄알니오'는 다른 이본에 '몃몃줄을 지은고'로 되었으나 육당
　　본 『청구영언』을 본 가집이 참조한 듯.

　南八(남팔)아 男兒(남아)ㅣ 死耳(사이)연정=남팔아 남자가 죽을지언
정. 남팔은 唐(당)나라 南霽雲(남제운). 팔은 형제의 排行(배항)이 여덟
째임을 나타냄 ◇不可以不義屈矣(불가이불의굴의)여다=불의에 굽히는
것은 옳지 않다. 안녹산의 난에 수양성(睢陽城)이 함락되자 장순(張巡)
이 남팔에게 '南八男兒死耳 不可爲不義屈(남팔남아사이 불가위불의굴)'
이라 격려하여 끝내 적에게 굴하지 않았다는 고사에서 유래함 ◇공이
有言敢不死(유언감불사)아=공이 말씀하시니 감히 죽지 아니하랴. 죽겠
다 ◇눈물 둔 英雄(영웅)이 몃몃 친줄 알니오=눈물을 흘린 영웅이 몇
이나 되는 줄 아는가.

15
東窓이 밝앗ᄂ냐 노고질이 우지진다
소티는兒戲놈은 상긔아니니럿ᄂ냐
지넘어 스러긴밧츨 언졔갈녀ᄒᄂ니. 南九萬 號藥泉

　노고질이 우지진다=종달새가 우짖는다 ◇소티는 兒戲(아희)놈은 상
긔 아니 니럿ᄂ냐=소 먹이는 아이놈들은 아직도 아니 일어났느냐 ◇

지 넘어 스러 긴 밧츨 언제 갈녀 ᄒᆞᄂᆞ니 =고개 넘어 이랑이 긴 밭을 언제 갈려고 하느냐.

16
東君이 도라오니 萬物이皆自樂을
草木昆虫들은 힝힝마다回生거늘
스람은 어인緣故로 歸不歸를ᄒᆞᄂᆞᆫ고. 朴孝寛 字景華 東國名歌

◉ 대조; '號雲崖' 대신 '東國名歌'라고 한 것은 본 가집뿐임.

東君(동군)이 도라 오니=봄이 되니. 동군은 봄의 神(신)을 일컫는 말 ◇萬物(만물)이 皆自樂(개자락)을=만물이 다 즐거워함을 ◇어인 緣故 (연고)로 歸不歸(귀불귀)를 ᄒᆞᄂᆞᆫ고=무슨 까닭으로 가고는 다시 돌아오 지를 않는고. 죽으면 다시 살아올 수가 없는가.

17
周雖 舊邦이나 其命이維新이라
受天地詔命ᄒᆞᄉ 布德宣化ᄒᆞ오시니
다시금 我東邦生靈이 熙皞世를보리로다. 仝人

周雖舊邦(주수구방)이나 其命(기명)이 維新(유신)이라=주(周)나라가 비록 옛 나라이지만 그 명령이 새롭다. 시경(詩經)에 나오는 말임 ◇受 天地詔命(수천지조명)ᄒᆞᄉ 布德宣化(포덕선화)ᄒᆞ오시니 =밝은 천명을 받으시어 하늘의 덕을 받들어 널리 세상에 펴시니 ◇我東方 生靈(아동 방생령)이 熙皞世(희호세)를 보리로다=우리나라 백성들이 화락하고 나 라가 태평한 세월을 볼 것이로다.

18
冬至달 기ᄂᆞ긴밤을 한허리를 둘헤너여

春風니불아리 셔리셔리너헛다가
어룬님 오신날밤이여드란구뷔구뷔펴리라. 眞伊 松京名妓

한 허리를 둘헤 너여=한 부분을 잘라 내여 ◇春風(춘풍) 니불 아리
=봄바람처럼 따듯한 이불 속에 ◇어룬 님 오신 날 밤이여드란= 사랑
하는 임이 오시는 날 밤에는 ◇구뷔구뷔펴리라=한 굽이 한 굽이를 차
례로 펴리라.

19
어져니일이여 글일쥴을 모로던가
이시라ᄒ드면 가랴마ᄂᆞ졔굿하여
보너고 글이ᄂᆞᆫ情은 나도몰ᄂᆞᄒ노라. 小人

어져 니 일이여=아, 나의 일이여. 또는 내가 한 일이여 ◇글일 쥴을
모로던가=그렇게 될 줄을 몰랐던가 ◇이시라 ᄒ드면 가랴마ᄂᆞᆫ 졔 굿
하여=가지 말고 머물러 있으라고 하였더라면 제가 구태여 갔겠느냐마
ᄂᆞᆫ ◇보너고 글이ᄂᆞᆫ 情(정)은=보내놓고 그리워하는 심정은.

20
金鳥와 玉兔들아 뉘라너를 좃닐관더
九萬里長空을 허위허위단니ᄂᆞ니
이後란 十里에한번식쉬염쉬염단여라.

金鳥(금오)와 玉兔(옥토)들아=해와 달아. 금오와 옥토는 해와 달의
異稱(이칭). 금오는 三足鳥(삼족오)가 해 가운데 있다는 전설에서, 옥토
는 토끼가 달 가운데 있다는 전설에서 유래한 말 『釋林類聚』(석림유
취)에 '金鳥東上人皆貴 玉兔西沈佛祖迷'(금오동상인개귀 옥토서침불조
미)라 했음 ◇뉘라 너를 좃닐관더=누가 너를 좇아오기에 ◇九萬里長

空(구만리장공)을 허위허위 단니느니=멀고 넓은 하늘을 쉽게쉽게 다
니느냐.

21
梅影이 부드친窓에 玉人金釵 비겻슨져
二三白髮翁은 거문고와노릐로다
이윽고 盞줍아勸헐적에 달이쏘한오르더라. 安玫英

　梅影(매영)이 부드친 窓(창)에=매화의 그림자가 어른거리는 창문에
◇玉人金釵(옥인금채) 비겻슨져=어여쁜 여인의 금비녀가 빗겨 있구나.
매화의　盆栽(분재)를　말하는　듯　◇二三白髮翁(이삼백발옹)은=두셋의
머리가 흰 늙은이들은 ◇盞(잔)줍아　勸(권)헐 적에 달이 쏘한 오르더라
=술잔을 잡고 권하려고 할 즈음에 때마침 달이 떠오르더라.

二數大葉　杏壇說法　雨順風調

22
治天下五十年에 不知와라天下事를
億兆蒼生이　戴己를願하느냐
康衢에 聞童謠하니太平인가ㅎ노라. 成守琛字仲玉號聽松

◉ 대조; '不知와라'로 된 가집은 『永言類抄』와 본 가집뿐임.

　治天下五十年(치천하오십년)에　不知(부지)와라　天下事(천하사)를=帝
堯(제요)가 천하를 다스린 50년 동안 天下事(천하사)를 알지 못했다. 세
상에 어떤 일이 있었는지를 백성들이 모를 만큼 정치를 잘했다 ◇億
兆蒼生(억조창생)이　戴己(대기)를　願(원)하느냐=모든 백성들이 다 내가
임금이 되기를 원하느냐　◇康衢(강구)에　聞童謠(문동요)하니=번화한

거리에 가서 동요를 들으니. 민심을 파악하기 위해 거리에 나아가 아이들의 노래를 들어 봄.

23
江湖에 期約을두고 十年을 奔走ㅎ니
그모론白鷗는 더듸온다ㅎ건마는
聖恩이 至重ㅎ시민 갑고가려ㅎ노라.

江湖(강호)에 期約(기약)을 두고=자연과 약속을 하고 ◇十年(십년)을 奔走(분주)ㅎ니=오랜 세월을 바삐 살아가니 ◇그 모론 白鷗(백구)는 더듸 온다 ㅎ건마는=그런 사정을 모르는 백구는 늦게 온다고 하지마는 ◇聖恩(성은)이 至重(지중)ㅎ시민=임금의 은혜가 매우 소중하므로.

24
言忠信 行篤敬ㅎ고 酒色을 숨가ㅎ면
졔몸의병이업고 남아니우이러니
行ㅎ고 餘力이잇거든 學文좃차하리라. 成石璘號獨谷

言忠信 行篤敬(언충신행독경)ㅎ고=언행을 성실하게 하고 ◇남 아니 우이러니=다른 사람이 아니 웃으려니. 또는 미워하려니 ◇行(행)ㅎ고 餘力(여력)이 잇거든 學文(학문)좃차=실행에 옮기고 남은 힘이 있다면 글을 배우는 것 마저.

25
늙엇다 물너가즈 마음과 議論ㅎ니
이님바리고 어드러로가자하리
마음아 너란잇거라 몸이몬져가리라.

이 님 바리고 어드러로 가자하리=이 님을 버리고 어디로 가자고 하겠느냐 ◇너란 잇거라=(마음아) 너는 남아 있거라.

26
周公도 聖人이숫다 世上사람 드럿스라
文王의아들이요 武王의아이로되
平生에 一毫毛驕氣를 녀여본닐업세라.

◉ 대조; '一毫毛驕氣를'로 표기된 가집은 본 가집뿐임.

世上(세상) 스람 드럿스라=세상 사람들은 들어 보시오 ◇武王(무왕)
의 아이로되=무왕의 아우로되 ◇一毫毛驕氣(일호모교기)를 녀여 본
일 업세라=조금이라도 교만한 기색을 나타내 본 일이 없다.

27
마음이 어린後 ㅣ니 ᄒᆞᄂᆞᆫ닐이 다어리다
萬重雲山에 어늬님오리마ᄂᆞᆫ
지ᄂᆞᆫ닙 부는ᄇᆞ롬에 힝여건가ᄒᆞ노라. 徐敬德號花潭

마음이 어린 後(후) ㅣ.니=마음이 어리석은 때이니. 철이 들지 아니한
때니 ◇ᄒᆞᄂᆞᆫ 일이 다 어리다=하는 일마다 다 어리석다 ◇萬重雲山(만
중운산)에 어늬 님 오리마ᄂᆞᆫ=구름이 첩첩이 쌓인 깊은 산중에 어느
님이 오겠느냐만 ◇지ᄂᆞᆫ 닙 부는 ᄇᆞ롬에 힝여 건가=떨어지는 나뭇잎
과 부는 바람소리가 행여나 그이가 오는가.

28
마음아너는어이 每樣에 졈엇ᄂᆞ니
너늙은졔면 넨들아니늙을소냐
아마도 너좃쳐단이다가 남우일가ᄒᆞ노라.

마음아 너는 어이 每樣(매양)에 졈엇ᄂᆞ니=마음아 너는 어이 항상
졂었느냐 ◇너 좃쳐 단이다가 남 우일가 ᄒᆞ노라=너를 따라 다니다가
남에게 웃음거리가 될까 한다.

29
靑藜杖 드더지며 石逕으로 도라드니
兩三仙庄이 구룸에줌겨셰라
오늘은 塵緣을다썰치고 赤松子를좃츠리라.

靑藜杖(청려장) 드더지며=명아주로 만든 지팡이를 집어 던지며 ◇
石逕(석경)으로 도라드니=돌길로 돌아서 오니 ◇兩三仙庄(양삼선장)이
=두서넛 되는 선경(仙境)같은 집들이 ◇塵緣(진연)을 다 썰치고 赤松
子(적송자)를 좃츠리라=속된 인연을 다 떨쳐 버리고 적송자를 따르리
라. 적송자는 신농씨(神農氏) 때에 長壽(장수)한 신선(神仙)임.

30
梧桐에 雨滴ᄒᆞ니 舜琴을 니이ᄂᆞᆫ듯
竹葉에 風動ᄒᆞ니 楚漢이셧두ᄂᆞᆫ듯
金樽에 月光明ᄒᆞ니 李白본듯ᄒᆞ여라.

梧桐(오동)에 雨滴(우적)ᄒᆞ니=오동나무 잎에 빗방울이 떨어지니 ◇
舜琴(순금)을 니이ᄂᆞᆫ 듯=순(舜) 임금의 오현금(五絃琴)을 타는 듯. 이이
다는 흔들리다의 뜻임 ◇竹葉(죽엽)에 風動(풍동)ᄒᆞ니 楚漢(초한)이 셧
두ᄂᆞᆫ 듯=댓잎에 바람이 부니 마치 초나라와 한나라가 뒤섞이어 다투
ᄂᆞᆫ 듯 시끄럽다 ◇金樽(금준)에 月光明(월광명)ᄒᆞ니 李白(이백)본 듯=
술통에 달이 훤히 밝으니 마치 술을 좋아하는 이백을 본 듯.

31

天地로 帳幕슴고 日月노 燈燭슴아
北海水휘여다가 酒樽에다여두고
南極에 老人星對ᄒ여 늙을뉘를모로리라. 李安訥

● 대조; '다여두고'는 육당본에, 다른 이본에는 '듸여두고'로 되었음.

天地(천지)로 帳幕(장막)슴고 日月(일월)노 燈燭(등촉)슴아=천지로 집을 삼고 해와 달로 등과 촛불을 삼아 ◇北海水(북해수) 휘여다가 酒樽(주준)에 다여두고=북쪽 바닷물을 가져다가 술통에 담아두고 ◇南極(남극)에 老人星(노인성) 對(대)ᄒ여 늙을 뉘를 모로리라=남극에 떠 있는 노인성과 대작(對酌)하여 늙을 겨를을 모르리라. 노인성은 사람의 수명을 맡은 별이라 함.

32

唐虞도 됴커니와 夏商周ㅣ 더욱좃타
이졔를혜여ᄒ니 어늬젹만ᄒ져이고
堯天에 舜日이밝앗시니 아무졘줄몰너라. 朱義植 肅宗時人縣監

● 대조; 가곡원류계 가집에서 작자를 표시한 것 외에 하합본과 본 가집에만 해설이 붙어있음.

唐虞(당우)도 됴커니와=요(堯)와 순(舜)의 시대도 좋다고 하겠지만. 당은 요의 호(號), 우는 순의 호 ◇夏商周(하상주)ㅣ=중국 역사의 삼대(三代)라고 하는 시대. 상은 은(殷)과 같은 말임 ◇이졔를 혜여ᄒ니 어늬 젹만 훈 져이고=지금을 헤아려 보니 어느 때만 한 것인가 ◇堯天(요천)에 舜日(순일)이 밝앗시니 아무졘 쥴=요 임금 시절의 하늘에 순 임금 시절의 날이 밝았으니 어느 때인지를.

33

가마귀검다호고 白鷺야 웃지마라

것치검운들 속좃차검울쇼냐

것희고쇽검운즘성은 네야권가호노라. 李稷

것치 검운들 속좃차 검울쇼냐=겉이 검다고 해서 마음씨조차 검겠느냐 ◇네야 권가 호노라=네가 그런가 한다.

34

가마귀 쏜호눈골에 白鷺야 가지마라

셩닌가마귀 흰빗츨싀올셰라

淸江에 죠히씨슨몸을 더러일가호노라. 鄭圃隱母親爲圃隱赴太宗宴時作

흰빗츨 싀올셰라=흰 빛을 시기할까 두렵다 ◇죠히 씨슨 몸을 더러일가=깨끗하게 씻은 몸을 더럽힐까.

35

가마귀 너를보니 잇닯고도 잇달왜라

네무숨약을먹고 마리조츠검엇느냐

우리는 白髮검길약을 못어들가호노라.

잇닯고도 잇달왜라=애처롭고도 애처롭다 ◇마리좃츠 검엇느냐=머리카락마저 검었느냐.

36

감쟝시 젹다호고 大鵬아 웃지마라

九萬里長空에 너도날고져도는다

두어라 一般飛鳥ㅣ니 네오졔오다르랴. 李澤

大鵬(대붕)아=커다란 붕새야. 붕새는 상상의 새임 ◇九萬里長空(구
만리장공)에 너도 날고 져도 눈다=아득히 먼 하늘에 너도 날고 나도
난다 ◇一般飛鳥(일반비조)ㅣ니 네오 졔오 다르랴=날 수 있는 새는
마찬가지니 너와 내가 다르겠느냐. 새임에는 마찬가지다.

37
간밤의 부든바람 江湖에도 부돗던지
滿江船子들은 어이구러지너연고
山林에 드런지오러니 消息몰나ᄒ노라.

　江湖(강호)에도 부돗던지=강과 호수에도 불었던지 ◇滿江船子(만강
선자)들은 어이구려 지너연고=고기잡이를 하는 많은 사람들은 어떻게
지내는고 ◇드런지 오러니=들어온 지가 오래 되었으니. 산골에 사는
지가 오래니.

38
간밤에 우든여흘 슯히우러 지너여라
이졔야싱각하니 님이우러보너도다
져물이거스리흐르과져 나도우러보너리라. 元昊號觀瀾

　간밤에 우든 여흘=지난밤에 급하게 흐르던 여울물 ◇슯히 우러 지
너여라=섧게 울며 흘러갔구나 ◇이졔야 싱각하니 님이 우러 보너도다
=이제 와서 생각하니 님께서 울며 보내신 것이다 ◇거스리 흐르과져
=거슬러 흐르거라. 역류(逆流) 하거라.

39
柴桑里 五柳村에 陶處士의 몸이되여
줄업슨거문고를 쇼리업시집헛시니
白鷗이知音ᄒ눈지 우즑우즑ᄒ더라.

柴桑里 五柳村(시상리오류촌)에 陶處士(도처사)의 몸이 되여=시상리
에 있는 오류촌에 도처사의 처지가 되어. 시상리는 중국 강서성 구강
현(九江縣)의 서남쪽에 있어 도연명의 고향이라고도 함. 오류촌은 도연
명이 집 앞에 버드나무 5그루를 심고 자칭 오류선생(五柳先生)이라 하
였음. 도처사는 진(晉)나라 도잠(陶潛)을 가리킴 ◇줄 업슨 거문고를 소
리 업시 집헛시니=줄이 없는 거문고를 소리가 없이 짚었으니. 줄이
없느니 소리가 없는 것이 당연함 ◇知音(지음)ㅎ눈지=악기를 타는 소
리를 알아듣는지.

40
蕭湘江 긴디뷔혀하늘밋게 뷔를믜여
蔽日浮雲을 다쓰러ㅂ리과져
時節이 하殊常ㅎ니 뿔쏭말쏭ㅎ여라. 金北渚名塰

　瀟湘江(소상강) 긴 디 뷔혀=소상강의 긴 대나무를 베어. 소상강은
중국 호남성 동정호 남쪽에 있는 강으로 순(舜)의 두 왕후가 죽은 곳
◇하늘 밋게 뷔를 믜여=하늘에 닿도록 커다란 비를 만들어 ◇蔽日浮
雲(폐일부운)을 다 쓰러 ㅂ리과져=하늘을 가리는 뜬 구름을 다 쓸어
버리고 싶다. 폐일부운은 임금의 주변에 있는 간신배들을 뜻함.

41
蕭湘江 긴디뷔혀 낙시믜여 두러메고
不求功名ㅎ고 碧波로나려가니
白鷗야 날본쳬마라 世上알가ㅎ노라.

　不求功名(불구공명)ㅎ고 碧波(벽파)로 나려가니=공명을 바라지 않고
시냇가로 가니 ◇날 본 쳬 마라=나를 본 것처럼 행동하지 마라.

42
長生術 거진말이 不死藥를 긔뉘본고
秦皇塚漢武陵도 暮烟秋草뿐이로다
人生이 一場春夢이니 아니놀고어이리.

不死藥(불사약)을 긔 뉘 본고=불사약을 그 누가 보았는가 ◇秦皇塚
漢武陵(진황총한무릉)도 暮煙秋草(모연추초)뿐이로다=불사약을 구하려
했던 진시황의 무덤도 승로반(承露盤)에 이슬을 받아 오래 살려고 했
던 한무제(漢武帝)의 능도 저녁연기와 가을철의 풀처럼 처량할 뿐이다.

43
春風이 건듯부러 積雪을 다녹이니
四面靑山이 옛얼굴ㄴ노믹라
귀밋히묵은셔리야 녹을줄이잇시랴.

四面靑山(사면청산)이 옛 얼굴 ㄴ노믹라=사방의 푸른 산들의 옛 모
습이 그대로 나타나는구나 ◇귀밋히 묵은 셔리야 녹을 줄이 잇시랴=
백발이야 검어질 까닭이 있겠느냐.

◉ 대조; '묵은'은 '히묵은'의 잘못임.

44
겨을날 다ᄉ호ᄒ벗츨님의등에 쬐이과져
봄미나리술진마슬 님의손의드리과져
님쎄야 무엇시업스리요마ᄂᆞᆫ 니못이저ᄒ노라.

다ᄉ호ᄒ 벗츨=따뜻한 햇볕을 ◇등에 쬐이과져=등에 쬐이고 싶다 ◇
손의 드리과져=손에 드리고 싶다.

45
王祥의 鯉魚줍고孟宗의 竹筍썻거
감든ㅁ리희도록 老萊子의옷슬닙어
平生에 養志誠孝를 曾子갓치하리라. 朴仁老 肅宗時人

　王祥(왕상)의 鯉魚(잉어) 줍고＝왕상이 잡았다고 하는 잉어를 잡고. 왕상(王祥)은 진(晉)나라 때 효자로 계모가 겨울에 잉어를 구하므로 얼음을 깨고 잡으려 하니 잉어가 나왔다고 함 ◇孟宗(맹종)의 竹筍(죽순) 썻거＝맹종이 꺾었다고 하는 죽순을 꺾어. 맹종(孟宗)은 오(吳)나라 때 효자로 어머니가 죽순을 좋아했음. 겨울에 맹종이 대밭에 가서 애탄(哀歎)하니 죽순이 나왔다고 함 ◇감든 ㅁ리 희도록＝검던 머리카락이 백발이 되도록 ◇老萊子(노래자)의 옷슬 닙어＝노래자의 색동옷을 입어. 노래자가 나이 70에 색동옷을 입고 춤을 추어 노부모를 즐겁게 했다고 함 ◇養志誠孝(양지성효)를 曾子(증자)갓치 하리라＝뜻을 기르고 효성을 다하기를 공자(孔子)의 제자인 증자처럼 하겠다.

46
仁風이 부는날의 鳳凰이 來儀로다
滿城桃李는지는이곳이로다
山林에 굽져튼솔이야 곳이잇스져보랴.

◉ 대조: '굽져튼'은 '굽져온'의 잘못임.

　仁風(인풍)이 부는 날의＝인자한 바람이 부는 날에. 인풍(仁風)은 임금의 덕화(德化)를 뜻함 ◇鳳凰(봉황)이 來儀(내의)로다＝봉황이 날아와 춤을 춘다 ◇滿城桃李(만성도리)는 지는이 곳이로다＝성안에 가득한 복숭아는 떨어지느니 꽃이로다 ◇굽져튼 솔이야 곳이 잇스 져보랴＝굽어 있는 소나무야 꽃이 있어 떨어져 보겠느냐.

47

天心의 돗은달과 水面에 부는바람
上下聲色이 이中에달녓느니
사람이中을타낫시니 어질기는한가지라.

　天心(천심)에 돗은 달과＝하늘 한 가운데 떠 있는 달과 ◇上下聲色
(상하성색)이 이 中(중)에 달녓느니＝하늘에 떠 있는 달빛과 수면 위에
부는 바람소리가 다 중용(中庸) 덕을 지키는 것에 달려 있으니 ◇中
(중)을 타낫시니 어질기는 한 가지라＝이처럼 중용의 덕을 타고 태어
났느니 어질기는 똑같다.

48

靑牛를 빗기타고 綠水를 흘니건너
天台山깁흔골에 不老草를키라가니
萬壑에 白雲이즈즛시니 갈길몰느흐노라. 安挺 號竹窓官縣監

　靑牛(청우)를 빗기 타고＝검은 소를 비스듬히 타고. 청우는 노자(老
子)가 타고 다녔다고 함 ◇天台山(천태산) 깁흔 골에＝천태산의 깊은
골짜기에 ◇萬壑(만학)에 白雲(백운)이 즈즛시니＝온 산의 골짜기에 흰
구름이 가득 찼으니.

49

雷霆이 破山흐여도 聾者는 못듯느니
白日이到天흐여도 瞽者는못보느니
우리는 耳目聰明男子ㅣ로되 聾瞽갓치흐리라. 李退溪見上

　雷霆(뇌정)이 破山(파산)흐여도＝격렬한 천둥과 벼락이 산을 무너뜨
린다고 해도 ◇聾者(농자)는 못 듯느니＝귀머거리는 듣지 못하느니 ◇
白日(백일)이 到天(도천)흐여도 瞽者(고자)는 못 보느니＝해가 중천(中

天)에 떠있어도 장님은 못 보나니 ◇耳目聰明 男子(이목총명남자) ㅣ로
되 聾瞽(농고)갓치 ᄒ리라=귀와 눈이 잘 들리고 밝은 정상적인 사람
이지만 귀머거리나 장님같이 행동하겠다.

50
淳風이 죽다ᄒ니 眞實노 거즛말이
人性이어지다ᄒ니 眞實노올흔말이
天下에 許多英才를 속여말슴하리요. 仝人

淳風(순풍)이 죽다 ᄒ니=순박한 풍속이 없어진다고 하니 ◇人性(인성)
이 어지다 ᄒ니=사람의 성품이 어질다고 하는 것이 ◇許多英才(허다영
재)를 속여 말슴 하리요=하고 많은 영재들을 속여 하신 말이겠느냐.

51
珠簾을 半만것고 淸江을 굽어보니
十里波光이 共長天一色이로다
물우희兩兩白鷗ᄂ 오락가락ᄒ더라. 洪春卿 號石壁中宗文科監司

珠簾(주렴)을 半(반)만 것고=구슬로 만든 발을 절반쯤 걸어 올리고
◇十里波光(십리파광)이 共長天一色(공장천일색)이로다=멀리까지 펼쳐
진 물결의 반사됨이 물과 하늘이 한 가지 색이로다 ◇兩兩 白鷗(양양
백구)ᄂ=쌍쌍이 짝을 지어 나는 갈매기는.

52
明明德 실은수레어듸메나 가더이고
物格峙넘어드러 知止고기지너더라
가미야 가더라마ᄂ 誠意館을못갈너라. 盧守愼號蘇齋中宗朝文領相文懿公

明明德(명명덕) 실은 수레 어듸메나 가더이고=명명덕을 실은 수레

어디쯤이나 가는고. 명명덕은 명덕(明德)을 밝힌다는 뜻으로 대학(大學)
삼강령(三綱領)의 하나임 ◇物格峙(물격치) 넘어 드러 知止(지지)고기
지너더라=물격이란 고개를 넘어 지지라는 고개를 지나더라. 물격(物
格)은 대학 팔조목(八條目)의 하나로 사물에 이치를 궁구하여 궁극에
도달한다는 뜻으로, 지지(知止)는 그칠 때를 안다는 뜻으로 각각 고개
에다 비유했음 ◇가미야 가더라마는 誠意館(성의관)을 못 갈너라='誠
意館'(성의관)은 '誠意關'(성의관)의 잘못인 듯. 가기야 가지마는 성의관
에는 가지 못할 것이다. 성의관은 상상의 관문으로 성심성의껏 노력을
해도 뜻이 쉽게 이루어지지 않음을 말한 것임.

53
豪華코 富貴키야 信陵君만 헐짜마는
百年이 못ㅎ여셔 무덤우희풀이느니
허믈며 날갓튼丈夫야 일너무슴ㅎ리요. 奇大升號高峰明宗朝文科文憲公

信陵君(신릉군)만 헐짜마는=신릉군만 하겠느냐만. 위(魏)나라 공자
(公子) 무기(無忌)가 신릉(信陵)에 봉함을 받고 신릉군(信陵君)이 되었음
◇百年(백년)이 못ㅎ여셔 무덤 우희 풀이 느니=죽은 지 백년도 아니
되어서 무덤에 풀이 나니. 부귀와 영화도 죽은 뒤에는 소용이 없다는
뜻 ◇날갓튼 丈夫(장부)야 일너 무슴 ㅎ리요=나 같은 하잘 것 없는
남자야 말하여 무엇 하겠는가.

54
靑春의 곱든樣子 님으로야 다늙거다
이졔님이보면 날인줄아오실가
眞實노 알기곳아오시면 고딕죽다셜우랴.

靑春(청춘)의 곱던 樣子(양자)=젊었을 때의 아리따운 얼굴 ◇님으로

야 다 늘거다=님 때문에 다 늙었다 ◇알기곳 아오시면 고더 죽다 셜
우랴=(그런 줄을) 알기만 한다면 곧 죽어도 서럽겠느냐.

55
어리고 셩권柯枝 너를밋지 아녓더니
눈期約能히직혀 두세숑이퓌엿고나
燭잡고갓가이스랑헐졔 暗香좃츠浮動터라. 安玟英

　어리고 셩권 柯枝(가지)=약하고 듬성듬성 난 가지 ◇눈 期約(기약)
能(능)히 직혀=눈 속에서도 피겠다는 약속을 분명히 지켜. 또는 꽃눈
이 꽃을 피우겠다는 약속을 지켜 ◇燭(촉)잡고 갓가이 스랑헐졔 暗香
(암향)좃츠 浮動(부동)터라=촛불을 잡고 가까이 가 완상할 때 그윽한
향기조차 풍겨오더라.

56
堯舜것튼 님금을뫼야 聖代를 곳쳐보니
太古乾坤에 日月이光華ㅣ로다
우리도 壽域春臺에 同樂太平ᄒ리라.

　聖代(성대)를 곳쳐 보니=태평성대를 다시 만나니 ◇太古乾坤(태고건
곤)에 日月(일월)이 光華(광화)ㅣ로다=옛날처럼 순박한 세상에 해와 달
이 빛나도다 ◇壽域春臺(수역춘대)에 同樂太平(동락태평) ᄒ리라=성세
(聖世)에 임금과 백성이 함께 태평세월을 즐기리라.

羽 中擧

57
仁心은 터이되고 孝悌忠信 기동되여

禮義廉恥로 가죽이녜엿시니
千萬年 風雨를만느들 기울줄이잇시랴. 朱義植見上

⦿ 대조: 가번 2번과 중복

58
니고진 져늙으니 딤버셔 날을주소
우리는졈엇거니 돌인들무거우랴
늙기도 셜웨라커날 짐을좃츠지실까.

니고 진 져 늙으니=(짐을) 머리에 이고 등에 짊어진 저 늙은이 ◇딤 버셔=짐을 벗어 ◇늙기도 셜웨라커늘 짐을 좃츠 지실까=늙는 것도 서럽거늘 짐을 조금 지실 것을.

59
梧桐에 月上ᄒ고 楊柳에 風來ᄒ졔
水面天心에 邵堯夫를마조본듯
이中에 一般淸意味를 알니젹어ᄒ노라.

梧桐(오동)에 月上(월상)ᄒ고 楊柳(양류)에 風來(풍래)ᄒ졔=오동나무 위로 달이 뜨고 버드나무 사이로 바람이 불어올 때에 ◇水面天心(수면천심)에 邵堯夫(소요부)를 마조 본 듯=바람은 수면 위로 불어오고 달은 하늘 한가운데 떠 있을 때에 소요부를 마주본 듯. 소요부(邵堯夫)는 송(宋)나라 문인인 소옹(邵雍)의 자(字)임 ◇一般淸意味(일반청의미)를 알 니 젹어 ᄒ노라=한가지로 맑음의 뜻을 아는 사람이 적다고 하겠다. 소옹의 시 「淸夜吟」(청야음) '月到天心處 風來水面時 一般淸意味 料得少人知'(월도천심처 풍래수면시 일반청의미 요득소인지)를 시조로 만든 것임.

60
滄浪에 낙시넉코 釣坮에 안졋시니
落照淸江에 비ㅅ쇼리덕욱좃타
柳枝에 玉鱗을께여들고 杏花村에가리라. 宋獜壽號圭菴中宗朝文湖堂大司
憲丁未冤死

◉ 대조; '덕욱'은 '더욱'의 잘못.

釣坮(조대)에 안졋시니=낚시터에 앉았으니 ◇落照淸江(낙조청강)에=
해가 지는 때 맑은 강에 ◇柳枝(유지)에 玉鱗(옥린)을 께여 들고 杏花
村(행화촌)에 가리라=버드나무 가지에 비늘이 번쩍이는 물고기를 꿰
어 들고 술집을 찾아 가겠다. 행화촌은 술집을 가리킴.

61
天地大 日月明ᄒ신 우리의 堯舜聖主
普土生靈을 壽域에거ᄂ리스
雨露에 霈然洪恩이及禽獸를ᄒ솟다. 成聽松見上

普土生靈(보토생령)을 壽域(수역)에 거ᄂ리스=온 나라 안의 백성들
을 더 오래 살 수 있는 곳에 거느리시어 ◇雨露(우로)에 霈然洪恩(패연
홍은)이 及禽獸(급금수)를 ᄒ솟다=비와 이슬처럼 내리는 임금의 은혜
가 하잘 것 없는 날짐승과 길짐승에게까지 미치셨다.

62
淸江에 비듯ᄂ소리 긔무어시 우읍관더
滿山紅綠이 휘드르며웃ᄂ고야
두어라 春風이몃날이리 우을더로우어라. 孝宗大王御製

淸江(청강)에 비 듯ᄂ 소리=맑은 강에 빗방울 떨어지는 소리가 ◇

긔 무엇시 우읍관디=그 무엇이 우습기에 ◇滿山紅綠(만산홍록)이 휘
드르며 웃는고야=온 산에 붉고 푸른 나무와 풀들이 휘들거리며 웃느
냐 ◇春風(춘풍)이 몃 날이리 우을디로 우어라=봄바람이 며칠이나 계
속 되겠느냐 웃고 싶은 대로 웃거라.

63
山頭에 달떠오고 溪邊에 게ㄴ린다
漁網에슐甁걸고 柴門을ㄴ셔가니
히잇셔 몬져간兒戲는 더듸온다ㅎ더라.

◉ 대조: '몬져간兒戲는'은 이본엔 '몬져간兒孺들은'으로 되어 있음.

溪邊(계변)에 게 ㄴ린다=시냇가에 게가 잡힌다 ◇柴門(시문)을 ㄴ셔
가니=사립문을 나서서 가니 ◇히 잇셔 몬져 간=해가 지기 전에 먼저
간 ◇더듸 온다=늦게 온다고.

64
닉집이길칙냥ㅎ여 杜鵑이 나제운다
萬壑千峰에 외스립다닷는디
긔좃츠 즈즐닐업셔 곳지는듸조으더라.

닉 집이 길칙 냥 ㅎ여=내 집이 산 속 깊은 것 같아 ◇杜鵑(두견)이
낫제 운다=두견새가 저녁에 운다. 여기서는 낮에 운다는 뜻으로 쓰였
음 ◇萬壑千峰(만학천봉)에=깊은 산속에 ◇긔 좃츠 즈즐 닐 업셔 곳
지는듸 조으더라=개마저 짖을 일이 없어 꽃이 떨어지는 곳에 졸더라.

65
가마귀 칠ㅎ여검우며 힉오리 늙어희냐
天生黑白이 네붓터잇건마는

엇짓타 날보신님은 검다희다ᄒᆞᄂᆞᆫ고.

◉ 대조; '네붓터'는 '예붓터'의 잘못임.

天生黑白(천생흑백)이 네붓터 잇건만ᄂᆞᆫ=태어날 때부터 검고 흰 것
이 있는 것이지만. 옳고 그른 것은 본래부터 있는 것이지만 ◇엇짓타
날 보신 님은 검다 희다 ᄒᆞᄂᆞᆫ고=어쩌다 나와 관계를 맺은 님은 옳다
그르다 하는고. 표리가 부동하게 행동함을 말함.

66
君山을 削平턴들 洞庭ㅣ 널을늣다
桂樹를버혓던들 달이더욱밝을거슬
쑷두고 일우지못ᄒᆞ니 그를슬허ᄒᆞ노라. 李浣孝宗朝武左相

◉ 대조; '洞庭ㅣ'는 '洞庭湖ㅣ'의 잘못, '버혓던들'은 '버히던들'의 잘못으로 하
  합본과 본 가집에만 이렇게 되어 있음.

君山(군산)을 削平(삭평)턴들=군산을 깎아 평지를 만들었던들. 군산
(君山)은 동정호(洞庭湖) 안에 있는 산 ◇洞庭(동정)ㅣ 널을 늣다=동정
호가 더 넓었을 것이다 ◇桂樹(계수)를 버혓던들=달 속에 있다고 하
는 계수나무를 베어 버렸던들.

67
時節이 太平토다 이몸이 閑暇커니
竹林深處에 午鷄聲아니여든
깁피든 一場華胥夢을 어늬벗이ᄭᅢ오리. 成渾 號牛溪

◉ 대조; 아니여든'은 '아니런들'로, 육당본과 본 가집만 이렇게 되어 있음.

竹林深處(죽림심처)에 午鷄聲(오계성) 아니여든=대숲이 우거진 곳에 낮에 우는 닭소리가 아니었다면 ◇一場華胥夢(일장화서몽)을=한바탕의 아름다운 꿈을. 또는 낮잠을. 황제(黃帝)가 낮잠을 자다가 꿈속에서 화서(華胥) 나라에서 놀면서 태평한 광경을 보았다는 고사에서 낮잠을 일컫는 말.

68
兒戱야소먹여니여라 北郭에시슐먹즈
大醉ᄒ어골에둘씌여도라오니
어즈버 羲皇上天을 밋쳐본가ᄒ노라. 趙存性 號龍湖知敦寧

◉ 대조; '어골에'는 '얼골에', '羲皇上天'은 '羲皇上人'의 잘못임.

北郭(북곽)에=북쪽에 있는 마을에. 또는 전지(田地)에 ◇둘 씌여 도라오나=달빛을 띄고 돌아오니. 아침에 전답에 나가 일하고 밤늦게 집에 돌아옴을 말함 ◇羲皇上天(희황상천)을 밋쳐 본가=세상일을 잊고 편안하게 지내는 태평성대를 다시 보았는가. 희황상인(羲皇上人)은 복희씨(伏羲氏) 이전 태고 때의 사람이란 뜻.

69
金波에비를타고 淸風으로 멍에ᄒ여
中流에씌워두고 笙歌를알윌적의
醉ᄒ고 月下에젓시니 시름업서ᄒ노라. 任義直 善琴

金波(금파)에 비를 타고=달빛이 반사되는 물결에 배를 타고. 달밤에 배를 타고 ◇淸風(청풍)으로 멍에 ᄒ여=맑은 바람으로 멍에를 지워. 멍에는 소를 부리기 위해 소의 목에 잡아매는 기구 ◇笙歌(생가)를 알윌 적의=생황으로 노래를 불 때에 ◇月下(월하)에 젓시니=달빛 아래

누워 있으니.

70
江湖에 봄이드니 이몸이 閒暇ᄒ다
나ᄂ 그물깁고 兒戱ᄂ밧츨가니
뒷뫼헤 엄긴藥草를 언제키랴ᄒᄂ니. 黃熹 號厖村麗科我朝領相翼成公

◉ 대조; '閒暇ᄒ다'는 다른 가집에는 '일이하다'로 되어 있음.

봄이 드니=봄이 되니 ◇엄 긴 藥草(약초)를=움이 길게 자란 약초를.

71
幽僻을 차져가니 구름속에 집이로다
山菜예맛드리니 世味를니즐노다
이몸이 江山風月과 함끽늙ᄌᄒ노라. 趙昱 號龍門中宗時官主簿

幽僻(유벽)을 차져가니=한적하고 궁벽한 곳을 찾아가니 ◇구름 속
에 집이로다=집이 구름에 쌓여 있구나. 깊숙한 산속에 집이 있다 ◇
山菜(산채)예 맛드리니 世味(세미)를 니즐노다=산나물에 맛을 들이니
속세의 맛을 잊겠다.

72
烟霞로 집을숨고 風月노 벗슬숨아
太平聖代에 病으로늙어갈신
이中에 바ᄅᄂ닐은 허물이나업과져. 李退溪見上

烟霞(연하)로 집을 숨고 風月(풍월)로 벗슬 숨아=연기와 안개로 집
을 삼고 풍월로 벗을 삼아. 자연으로 집과 친구를 삼아 ◇바ᄅᄂ 닐은
허믈이나 업과져=바라는 것은 허물이나 없었으면.

73
드른말 即時닛고 본닐도 못본드시
니人事이러ㅎ니 남의是非모를노다
다만지 손이셩ㅎ니 盞줍기만ㅎ노라. 宋寅號頤庵中宗駙馬

니 人事(인사) 이러ㅎ니 남의 是非(시비) 모를노다=내가 하는 일에 극진하다보니 다른 사람의 시비를 모르겠다 ◇다만지 손이 셩ㅎ니 盞(잔)줍기만 ㅎ노라=다만 술잔을 잡은 손에 이상이 없으니 술잔 잡기만 한다. 술이나 마음 편하게 마시겠다.

平擧

74
夏禹氏 濟河할제 負舟ㅎ던 져黃龍아
滄海를어듸두고 半壁에와걸녓느냐
志槩야 쟉ㅎ랴마는 蝘蜓보듯ㅎ돗도. 英宗大王 御題

● 대조; '호돗도'는 '호돗다'의, '御題'는 '御製'의 잘못.

夏禹氏 濟河(하우씨제하)할 제 負舟(부주)ㅎ던 져 黃龍(황룡)아=하우씨가 내를 건널 때 배를 업고 가던 저 황룡아. 하우씨(夏禹氏)는 하(夏)나라의 우(禹) 임금으로 南巡(남순)할 때 강을 건너려 하니 황룡이 나타나 하우씨가 탄 배를 업고 갔다고 함 ◇滄海(창해)를 어듸 두고 半壁(반벽)에 와 걸녓느냐= 넓은 바다를 어디 두고 벽의 중간쯤에 와서 걸렸느냐. 용을 그린 그림이 벽에 붙어 있는 것을 가리킴 ◇志槩(지개)야 쟉ㅎ랴마는 蝘蜓(언정)보 듯ㅎ돗다=뜻이야 오죽 하랴만 도마뱀 보 듯 하도다. 뜻을 이루지 못했음을 비유함.

75

富春山 嚴子陵이 諫議大夫 마다ᄒ고
小艇에낙더싯고 七里灘도라드니
아마도 物外閑客은 이뿐인가ᄒ노라.

富春山 嚴子陵(부춘산엄자릉)이 諫議大夫(간의대부) 마다ᄒ고=부춘
산의 엄자릉이 간의대부를 싫다하고. 부춘산(富春山)은 중국 절강성 동
려현(桐廬縣) 서쪽에 있는 산. 엄자릉(嚴子陵)은 동한(東漢) 때 엄광(嚴
光)으로 벼슬을 마다하고 부춘산에 있으면서 낚시질하며 농사를 지었
음 ◇七里灘(칠리탄)=엄자릉이 낚시를 하던 곳 ◇物外閑客(물외한객)
은=세상의 번잡을 피하여 한가롭게 지내는 사람은.

76

景星出 鄕雲興ᄒ니 日月이 光華로다
三王禮樂이요 五帝文物이라
四海로 太平酒비져너여 萬姓同醉ᄒ리라.

◉ 대조; '鄕雲興'은 '慶雲興'의, '五帝文物'은 '五帝의 文物'의 잘못으로 하합본
과 본 가집만 이렇게 되어 있음.

景星出 鄕雲興(경성출향운흥)ᄒ니='卿雲'은 '慶雲'의 잘못. 경성이
나타나고 경운이 일어나니. 경성(景星)과 경운(慶雲)은 도(道) 있는 나
라의 태평세월에 나타난다고 함 ◇日月(일월)이 光華(광화)로다=해와
달이 빛나도다. 즉 태평세월이다 ◇三王 禮樂(삼왕예악)이요 五帝(오제)
文物(문물)이라='三王'은 '三皇'의 잘못. 삼황시대의 예악이오 오제시
대의 문물이다. 삼황은 천황씨(天皇氏), 지황씨(地皇氏)와 인황씨(人皇
氏). 오제(五帝)는 중국에 있던 전설상의 다섯 황제. 오제는 여러 설이
있으나, 황제(黃帝), 전욱(顓頊), 제곡(帝嚳)과 요순(堯舜)을 말함.

77
눈마자 휘여진티를 뉘라서 굽다턴고
굽을節이면 눈쏙에푸를소냐
아마도 歲寒高節은 티쑨인가ᄒ노라. 元天錫號芸谷麗朝人入我朝隱居雉嶽
山 太宗親迎不出

눈마자 휘여진 티를 뉘라셔 굽다턴고＝눈이 내려 눈 때문에 휘어
진 대나무를 누가 굽었다고 하던가 ◇굽을 節(절)이면 눈 쏙에 푸를
소냐＝절개를 굽혔다면 차가운 눈 속에서도 푸를 수가 있겠느냐 ◇
歲寒高節(세한고절)은 더 쑨인가＝추운 때에도 높은 절개를 지킴은
대나무뿐인가.

78
武王이 伐紂여시늘 伯夷叔齊 諫ᄒ오디
以臣伐君이 不可ㅣ라ᄒ돗더지
太公이 扶而去之ᄒ니 餓死首陽ᄒ니라.

◉ 대조; '돗더지'는 'ᄒ돗던지'의 잘못으로, 하합본과 본 가집에는 'ᄒ돗던지'
나 다른 이본에는 '諫톳던지'로 되어 있음.

武王(무왕)이 伐紂(벌주)여시늘 伯夷叔齊(백이숙제) 諫(간)ᄒ오되＝한
(漢)나라 무왕(武王)이 폭군 주(紂)를 정벌하시거늘 백이와 숙제의 형제
가 간하되 ◇以臣伐君(이신군벌)이 不可(불가)ㅣ라 諫(간)돗더지＝신하
로서 임금을 치는 것은 불가하다고 간하였던지 ◇太公(태공)이 扶而去
之(부이거지)ᄒ니 餓死 首陽(아사수양) ᄒ니라＝강태공(姜太公)이 도와
서 돌아가게 하니 수양산에서 굶어죽으니라.

79
먼뒷긔 자로즛져 멋스람을 지너연고

오지못헐세면 오만말이나말거시지
오마고 아니오는일은 너너몰나ᄒᆞ노라.

◉ 대조; '못헐세면'은 '못헐제면'의 잘못. '말거시지'는 다른 이본에 '말을거시'
로 되어 있음.

먼 뒷 기 자로 즛져 몃 스람을 지니연고=먼 곳의 개가 자주 짖어
몇 사람을 깨웠는가 ◇오지 못헐세면 오만 말이나 말 거시지=오지 못
할 것이면 온다는 말이나 하지 말 것이지 ◇너너 몰나 ᄒᆞ노라=끝내
모르겠도다.

80
善으로 敗ᄒᆞᆫ닐보며 惡으로 일운닐본다
이두즈음에 取捨ㅣ아니明白ᄒᆞᆫ가
平生에 惡된닐아니ᄒᆞ면 自然爲善ᄒᆞ리라. 嚴昕號十省堂中宗科典籍

善(선)으로 敗(패)ᄒᆞᆫ 닐 보며 惡(악)으로 일운 닐 본다=착한 것으로
실패한 일 보았으며 악한 것으로 성공한 일 보았느냐 ◇이 두 즈음에
取捨(취사)ㅣ 아니 明白(명백)ᄒᆞᆫ가=선과 악의 취하고 버림이 어찌 분
명하지 않은가 ◇惡(악)된 닐 아니 ᄒᆞ면 自然爲善(자연위선) ᄒᆞ리라=
악한 일을 하지 않으면 저절로 착한 것이 되리라.

81
大海에 觀魚躍이요 長空 任鳥飛라
丈夫ㅣ 되야나셔 志業을못니루고
허믈며 博施濟衆이야 病되옴이잇시랴.

◉ 대조; '長空'은 '長空에'의 잘못임.

大海(대해)에 觀魚躍(관어약)이요 長空(장공) 任鳥飛(임조비)라=큰 바다에 고기가 뛰노는 것을 바라보고 아득히 먼 하늘에 새가 마음대로 난다 ◇志槩(지개)를 못 니루고=뜻을 이루지 못하고 ◇博施濟衆(박시제중)이야 病(병)되옴이=은혜를 널리 베풀어 사람들을 구제하는 것이 허물됨이.

82
헌숫갓 즈른되롱 鍤집고 호뮈메고
논쑥에믈보리라 밧기음이엇더ᄒ니
아마도 박將碁보리술이 틈업슨가ᄒ노라. 趙顯命號歸鹿軒 英宗朝相臣豊原府院君

헌 숫갓 즈른 되롱=헌 삿갓에 짧은 도롱이 ◇밧기움이 엇더 ᄒ니=밭에 기음은 어떠하거니. 기음은 밭에 잡초를 제거하여 곡식이 잘 자라도록 북돋아 주는 것 ◇박將碁(장기) 보리술이 틈업슨가 ᄒ노라=바가지 쪼가리로 만든 장기를 두고 보리로 만든 술이지만 장기를 두고 술 마실 여가가 없는가 한다.

83
싯별지ᄌ 동딜이쩟다 호뮈메고 스립나니
긴숩풀찬이슬에 뵈줌방이다젓ᄂ다
兒戲야 時節이조흘쓴 옷시젓다關係ᄒ랴. 李在 英宗時庶尹

 ● 대조; '싯별지ᄌ'는 다른 이본에 '실별디자'로 되었고, '동딜이'는 '동다리'의 잘못임.

싯별 지ᄌ 동딜이 쩟다 호뮈 메고 스립 나니=샛별이 지자 종달새가 떳다 호미를 들고 사립문을 나서니 ◇긴 숩풀 찬 이슬에 뵈줌방이 다 젓ᄂ다=길게 자란 수풀에 내린 차가운 이슬에 베로 만든 잠방이가 다

젓는다.

84
너本是 남만못ㅎ야 히욘닐이 바히업ᄂ
활쏘와헌일업고 글닐너인닐업다
차하로 江山에물너와서 밧갈기나ㅎ리라.

니 本是(본시) 남만 못ㅎ야 히욘 닐이 바히 업ᄂ=내가 본래 다른 사람들보다 못해서 할 일이 전혀 없네. 또는 이룬 일이 하나도 없다 ◇활 쏘와 헌 일 업고 글 닐너 인 닐 업다=무예를 닦아 한 일이 없고 글을 읽어 이룬 일이 없다 ◇차하로=차라리.

85
말ㅎ면雜類ㅣ라ㅎ고 말아니ㅎ면 어리다ᄂ
貧寒을남이웃고 富貴를싀오나니
아마도 이하늘아러서 술올일이어려웨라. 金尙容號仙源仁祖朝右相 丁丑
殉節江都

말 아니면 어리다ᄂ=말을 아니 하면 어리석다고 하네 ◇貧寒(빈한)을 남이 웃고 富貴(부귀)를 싀오ᄂ니=가난하고 천한 것을 다른 사람이 비웃고 부귀를 시새움을 하나니 ◇술올 일이=살아갈 수 있는 일이.

86
大棗 볼붉은골에 밤은어이 듯드르며
벼뷘그르히 게논좃츠나리ᄂ고야
슐닉ᄌ 체장ᄉ도라가니 아니먹고어이ㅎ리. 黃喜見上

大棗(대조) 볼 붉은 골에=대추가 빨갛게 익은 골짜기에 ◇밤은 어이 듯드르며=밤은 왜 떨어지며 ◇벼 뷘 그르히 게논 좃츠 나리ᄂ고야

=벼를 븬 그루에 게는 물을 따라 저절로 나오는 것이냐.

87
니히 죳타ᄒ고 남슬흔일 ᄒ지말며
남이혼다ᄒ고 義아녀든죳지마소
우리ᄂ 天性을직회여 숨긴디로ᄒ리라. 卞季良號春亭麗朝年十七科入我朝
文衡

니히 죳타 ᄒ고 남 슬흔 일 ᄒ지 말며=내가 하기 좋다고 해서 남이 싫어하는 일을 하지 말며 ◇남이 혼다 ᄒ고 義(의) 아녀든 죳지 마소=다른 사람이 한다고 하더라도 옳은 일 아니면 따르지 마시오.

88
世事ᄂ 琴三尺이요 生涯ᄂ酒一盃라
西亭江上月이 두렷이밝앗ᄂ되
東閣에 雪中梅다리고 玩月長醉ᄒ리라.

世事(세사)ᄂ 琴三尺(금삼척)이요 生涯(생애)ᄂ 酒一盃(주일배)라=세상의 일은 석자 거문고와 같고 생애는 술 한 잔과 같다. 세상의 복잡한 일은 거문고 가락으로 풀어 버릴 수가 있고, 삶의 어려움도 술 한 잔으로 잊을 수 있다 ◇西亭 江上月(서정강상월)이 두렷이 밝앗ᄂ되=서쪽에 있는 정자의 강 위에 뜬 달이 둥그렇게 밝았는데 ◇東閣(동각)에 雪中梅(설중매) 다리고 玩月長醉(완월장취) ᄒ리라=동쪽에 있는 누각에서 설중매와 함께 달을 구경하며 오래도록 취하리라. 설중매는 꽃이 아닌 기생으로 볼 수도 있음.

89
古人도 날못보고 나도古人 못뵈오니
古人을못뵈와도 녜든길앏히잇ᄂ

녜던길 앏희잇거든 아니녜고어이ᄒ리. 李退溪見上

녜던 길 앏히 잇니=가던 길 앞에 있네. 가던 길은 실행하던 사실 ◇아니 녜고 어이 ᄒ리=아니 실행하고 어찌 하겠느냐.

90
歲月이 流水ㅣ로다 어늬덧셰 ᄯ봄일시
舊圃에新菜나고 古木에名花ㅣ로다
兒戲야 시슐만이두어스라 시봄노리ᄒ리라. 朴孝寬見上

어늬 덧셰 ᄯ 봄일시=어느 사이에 또 봄이 되었네 ◇舊圃(구포)에 新菜(신채) 나고 古木(고목)에 名花(명화)ㅣ로다=묵은 밭에 새 야채 나고 고목에 꽃이 피었다. 늙은이에게도 좋은 일이 생겼다.

91
蔽日雲 쓰르치고熙皥世를 보럿더니
닷는말셔서늙고 드는칼도보뮈 썻다
가지록 白髮이지촉ᄒ니 不勝慷慨ᄒ여라. 仝人

蔽日雲(폐일운) 쓰르치고 熙皥世(희호세)를 보럿더니=해를 가리는 구름을 쓸어버리고 백성이 화락하고 태평한 세상을 보려고 했더니. 폐일운은 달리 천총(天聰)을 가리는 간신배로 볼 수 있음 ◇닷는 말 셔서 늙고 드는 칼도 보뮈 썻다=천리마처럼 잘 달리는 말도 마구간에 하릴 없이 서서 늙고 보검처럼 좋은 칼도 녹이 났다. 하는 일 없이 세월만 감을 한탄하는 말.

92
氷姿 玉質이여 눈속의네로고나
가만이香氣노아 黃昏月을期約ᄒ니

아마도 雅致高節은 너뿐인가호노라. 安玫英

氷姿玉質(빙자옥질)이여 눈 속의 네로고나=얼음같이 맑고 깨끗한
살결과 구슬같이 아름다운 자질이여, 눈 속에 너로구나. 빙자옥질은
매화(梅花)를 가리킴 ◇가만이 香氣(향기) 노아=가만히 향기를 풍기어
◇雅致高節(아치고절)은=아담한 풍치와 절개는.

93
눈으로期約터니 네果然 뛰엿고나
黃昏에달이오니 그림즈도성긔거다
淸香이 盞에쩌잇스니 醉코놀녀호노라. 仝人

눈으로 期約(기약)터니=눈 올 때에 꽃을 피우겠다고 약속하더니. 또
는 꽃눈이 돋았더니 ◇黃昏(황혼)에 돌이 오니 그림즈도 성긔거다=저
녁에 달이 떠오르니 그림자도 엉성하구나. ◇淸香(청향)이 盞(잔)에 쩌
잇스니=맑은 향기가 술잔에 떠 있으니.

94
座上에 客常滿이오 樽中에 酒不空을
北海風流를 너남업시헐듯호되
아마도 草堂大夢은 못밋즐가호노라. 金敏淳

◉ 대조; '草堂大夢은' 국악원본에는 '草堂上夢'으로 되었음.

座上(좌상)에 客常滿(객상만)이오=자리에는 항상 손님이 가득하고
◇樽中(준중)에 酒不空(주불공)을=술통에는 술이 떨어지지 않음을 ◇
北海風流(북해풍류)를 너 남 업시 헐 듯호되=북해의 풍류를 너와 내
가 없이 모두가 할 수가 있을 것 같지만. 북해풍류는 공융(孔融)이 북

해상(北海相)을 지냈기 때문에 붙여진 이름이며 그의 멋스런 생활을
말함 ◇草堂大夢(초당대몽)은 못 밋츨가=초당의 커다란 꿈에는 미치
지 못할까. 초당대몽은 제갈량이 융중(隆中)에 숨어 있으면서 가졌던
제세구국(濟世救國)의 큰 꿈을 말함.

95
世上에 마음이업서 北山下에 누엇시니
功名이可笑] 로다 至樂이여긔어니
이윽고 有意헌明月은 날을좃츠오느다.

◉ 대조; 작자 金敏淳이 본 가집에만 누락되었음.

世上(세상)에 마음이 업서 北山下(북산하)에 누엇시니=벼슬할 생각
이 없어 방 안에 누웠으니 ◇功名(공명)이 可笑(가소)] 로다 至樂(지락)
이 여긔여니=공명이란 것이 우습구나 지극한 즐거움이 여기에 있으니
◇有意(유의)헌 明月(명월)은=내 뜻을 아는 듯한 밝은 달은.

頭擧 (존즈진흐닙)

96
구름이 無心탄말이 아마도 虛浪흐다
中天에쩌이셔 任意로단이면셔
굿흐여 光明흔날빗츨 덥퍼무숨흐리요. 李存吾高麗注書

구름이 無心(무심)탄 말이 아마도 虛浪(허랑)흐다=구름이 아무런 생
각이 없이 떠다닌다는 말이 아마도 허무맹랑하다 ◇中天(중천)에 쩌
이셔 任意(임의)로 단이면셔=하늘 가운데 떠 있어 제멋대로 다니면서
◇굿흐여 光明(광명)흔 날빗츨 덥퍼 무숨 흐리요=구태여 밝고 빛나는

햇볕을 가려 무엇 하겠느냐.

97
一生에 恨ᄒ기를 義皇쎄 못ᄂ쥴이
草衣를무릅고 木實을먹을만졍
人心이 淳厚ᄒ던쥴을 못너불허ᄒ노라. 崔冲 高麗時四朝出將入相

義皇(희황) 쎄 못ᄂ 쥴이=태평 시절이 태어나지 못한 것이 ◇草衣
(초의)를 무릅고 木實(목실)을 먹을만졍=초의를 무릅쓰고 나무열매를
먹을망정. 거친 옷을 입고 거친 음식을 먹을망정 ◇淳厚(순후)ᄒ던 줄
을 못너 불허=사람의 마음이 순박하고 후덕한 줄을 끝내 부러워.

98
太白이 仙興을겨워 采石江에 달좃츠드니
니졔니르기를 술의타시라ᄒ건마ᄂ
屈原이 自投汨灑헐제 무슴술을먹은고.

太白(태백)이 仙興(선흥)을 겨워 采石江(채석강)에 달 좃츠드니=이백
(李白)이 신선다운 흥취를 이기지 못하고 채석강에 들어가 달을 따라
물에 들어가더니 ◇니졔 니르기를 술의 타시라 ᄒ건마ᄂ=지금에 와서
사람들이 말하기를 술의 탓이라 하지마는 ◇屈原(굴원)이 自投汨羅(자
투멱라)헐제 무슴 술을 먹은고=굴원이 멱라수에 빠져 죽을 때 무슨
술을 먹었느냐. 굴원은 술을 먹고 죽은 것이 아니다.

99
拔山力 盖世氣ᄂ 楚伯王의 버거이요
秋霜節 烈日忠은 伍子胥의우히로다
千古에 凜凜ᄒ丈夫ᄂ 壽亭侯ᄂ가ᄒ노라. 林慶業 仁祖朝兵使

拔山力 蓋世氣(발산력개세기)는 楚伯王(초백왕)의 버거이요=힘은 산
을 뽑을 만하고 기개는 세상을 덮을 만하기는 초백왕의 버금이요. 초
백왕(楚伯王)은 항우를 가리킴 ◇秋霜節 烈日忠(추상절열일충)은 伍子
胥(오자서)의 우히로다=추상같은 절개와 뜨거운 태양과 같은 충성심
은 오자서보다 위로다. 오자서(伍子胥)는 춘추전국시대 초(楚)나라 사람
으로 뒤에 아버지와 형을 죽인 초의 평왕을 죽임 ◇壽亭侯(수정후)ㄴ
가=수정후인가. 壽亭侯(수정후)는 촉한의 관우(關羽)를 가리킴.

100
泰山에 올나안즈 大海를 굽어보니
天地四面이 훤츨도훈저이고
丈夫의 浩然之氣를 오늘이스알괘라. 金裕器 肅宗朝散人善歌

훤츨도 훈저이고=넓고 탁 트이기도 하였구나 ◇浩然之氣(호연지기)를
오늘이스 알괘라=마음이 넓고 뜻이 아주 큰 기상을 오늘에야 알겠다.

101
泰山이 놉다흐되 하늘아리 뫼히로다
오르고쏘오르면 못오를理업건마는
스람이 제아니오르고 뫼흘놉다흐돗다. 楊士彦本中國人明宗朝府使

못 오를 理(리) 업건마는=오르지 못할 까닭이 없건만. 또는 오르지
못할 사람이 없건만 ◇제 아니 오르고=제 자신이 오르지 아니하고.

102

딕막딕 너를보니 有信코 반가왜라
나니兒戱ㄴ제 너를타고단이더니
이後란 窓뒤에서잇다가 날뒤세우고단여라. 金光煜

나니 兒孩(아희)ㄴ제 너를 타고 단이더니=나는 어린아이 때 너를
타고 놀았더니 ◇窓(창) 뒤에 서 잇다가 날 뒤 세우고 단여라=창문
뒤에 서 있다가 나를 뒤에 세우고 다녀라.

103

白鷗야 부럽고나 네야무음 일잇스리
江湖에써단이니 어듸어듸 景좃터니
날다려 仔細히일너든 너와함께놀니라.

네야 무음 일 잇스리=너야 무슨 일이 있겠느냐 ◇景(경) 좃터니=경
치가 좋더냐 ◇날다려 仔細(자세)히 일너든=나에게 자세하게 알려주
면은.

104

白鷗야 놀ㄴ지마라 너줍을 너아니라
聖上이바리시니 갈듸업서예왓노라
이제란 功名을하직ㅎ고 너를좃처놀니라.

너 줍을 너 아니라=너를 잡을 내가 아니다 ◇聖上(성상)이 바리시
니 갈 듸 업셔 예 왓노라=임금께서 나를 버리시니 갈 곳이 없어 여
기에 왔다.

105

白髮이 功名이런들 스람마다 닷톨지니

날갓튼愚拙은 브라도못ᄒ려니
世上에 至極公道는 白髮인가ᄒ노라.

스람마다 닷톨지니=사람마다 다툴 것이니 ◇날 갓튼 愚拙(우졸)은
브라도 못 ᄒ려니=나 같은 어리석고 못난 사람은 원해도 못할 것이니
◇至極公道(지극공도)는 白髮인가=아주 공평한 도리는 나이를 먹는
것처럼 누구에게나 같은 것이니. 늙는 데는 빈부귀천이 없음을 말함.

106

白雪이 자자진골에 구름이 머흘례라
반가온梅花는 어늬골에퓌엿는고
夕陽에 호을로셔잇셔 갈곳몰나ᄒ노라. 李穡 號牧隱麗朝侍中

◉ 대조; '어늬골에'는 '어느곳에'의 잘못임.

白雪(백설)이 자자진 골에 구름이 머흘례라=흰 눈이 자욱한 골짜기
에 구름이 험하구나. 나라의 장래가 어찌 될까를 짐작하기 어렵다는
뜻임 ◇夕陽(석양)에 호을로 셔잇셔 갈 곳 몰나 ᄒ노라=해 저물 무렵
에 홀로 서서 갈 곳을 몰라 하는구나. 나라가 어려운 때에 어찌 처신
해야 할지를 망설임을 말함.

107

씌업슨 손이오는날 갓버슨主人이마ᄌ
여나무景子아리 박將棊버려놋코
兒戲야 덜괸슐걸으고 외ᄯᅳᆫ按酒노아라.

◉ 대조; '오는날'은 '오나늘'의 잘못임.

씌 업슨 손이 오는날=예절을 갖추지 않은 손님이 오거늘. 허리띠를

매지 아니하는 것을 창피(猖披)라고 함 ◇갓 버슨 主人(주인)이 마즈=
갓을 쓰지 않은 주인이 맞이하여. 예절을 갖추지 않음을 말함 ◇여 나
무 景子(경자) 아리 박 將棊(장기) 버려 놋코=몇 그루의 나무가 서 있
는 정자 아래 박 쪼가리로 만든 장기판을 벌여놓고 ◇덜 괸 술 걸으
고 외 ᄯᅡ 按酒(안주) 노아라=덜 익은 술을 거르고 오이 따서 안주로
내 오너라.

108
쓴나물 데친거시 고기두곤마시잇셔
草屋좁운쥴이 긔더욱너分이라
다만지 身安心淸ᄒ니 그를조하ᄒ노라. 鄭澈 號松江 明宗朝文壯左相文淸公

◉ 대조; '두곤'은 '도곤'의 잘못임.

쓴 나물 데친 거시 고기두곤 마시 잇셔=쓴 나물을 데친 것이 고기
보다 맛이 있네. 쓴 나물은 산나물을 가리킴 ◇草屋(초옥) 좁운 쥴이
긔 더욱 너 分(분)이라=초가집이 작은 것이 더욱 나의 분수에 맞는다
◇身安心淸(신안심청)ᄒ니 그를 조하 ᄒ노라=몸이 편안하고 마음이
상쾌하니 그런 것을 좋아한다.

109
綠水靑山 깁푼골에 靑藜緩步 들어가니
千峯에白雲이요 萬壑에烟霞ㅣ로다
이곳이 景槩조ᄒ니 예와놀녀ᄒ노라.

◉ 대조; '烟霞'는 '烟霧'의 잘못임.

靑藜緩步(청려완보) 들어가니=청려장(靑藜杖)을 짚고 느린 걸음으로

들어가니. 청려장은 명아주대로 만든 지팡이 ◇千峯(천봉)에 白雲(백운)
이요 萬壑(만학)에 烟霞(연하) | 로다=많은 뫼 뿌리와 골짜기에 구름과
안개로다 ◇景槩(경개) 조흐니 예와 놀녀 ᄒ노라=경치가 좋으니 여기
에 와서 놀까 한다.

110
綠水靑山 깁푼골에 차자오리 뉘잇시리
花逕도쓸니업고 柴扉를 닷안ᄂ듸
仙尨이 雲外吠ᄒ니 俗客올까ᄒ노라.

◉ 대조; 국악원본에는 수록되지 않았음.

차자오 리 뉘 잇시리=찾아올 사람이 누가 있겠느냐 ◇花逕(화경)도
쓸 니 업고 柴扉(시비)를 닷안ᄂ듸=꽃잎이 떨어져 있는 길도 쓸 사람
이 없고 사립문도 굳게 닫았는데 ◇仙尨(선방)이 雲外吠(운외폐)ᄒ니
俗客(속객)올까 ᄒ노라=삽살개가 멀리서 짖으니 속세의 손님이 올까
두렵다.

111
碧梧桐 심은ᄯᅳᆺᄉ 鳳凰을 보렷터니
너심운타신지 기다려도아니오고
밤中만 一片明月만 뷘柯枝에걸녀세라.

碧梧桐(벽오동) 심은 ᄯᅳᆺᄉ 鳳凰(봉황)을 보렷터니=벽오동을 심은 뜻
은 봉황이 와서 깃드는 것을 보려고 하였는데 ◇너 심운 탓신지=내가
심었기 때문인지.

112
菊花야 너는어이 三月東風 다지너고

落木寒天에 네홀노퓌엿는다
아마도 傲霜高節은 너뿐인가ᄒ노라. 李鼎輔

落木寒天(낙목한천)에=나뭇잎이 떨어지고 차가운 때에. 가을에 ◇傲
霜高節(오상고절)은=서리를 업신여기는 높은 기개는.

113
일심어 느즛퓌니 君子의 德이로다
風霜에아니지니 烈士의節이로다
至今에 陶淵明업스니 알니석어ᄒ노라. 成汝完 太祖朝昌寧府院君

일 심어 느즛 퓌니=봄에 일찍 심어 가을 늦게서야 꽃이 피니 ◇風
霜(풍상)에 아니 지니=서리가 내리는 차가운 바람에도 꽃이 시들지
아니하니 ◇陶淵明(도연명) 업스니 알 니 적어 ᄒ노라=도연명이 없으
니 알 사람이 적은가 한다. 도연명은 진(晉)나라 도잠(陶潛)을 말함.

114
壁上에 돗은柯枝 孤竹君의 二子ㅣ로다
首陽山어듸두고 半壁에와걸녀나냐
至今에 周武王업스니 하마남즉ᄒ여라. 李華鎭 肅宗時監司

壁上(벽상)에 돗은 柯枝(가지) 孤竹君(고죽군)의 二子(이자)ㅣ로다=벽
에 걸린 그림 속에 돋은 가지가 고죽군의 두 아들이다. 고죽군은 백이
(伯夷)와 숙제(叔齊)의 아버지 ◇首陽山(수양산) 어듸 두고 半壁(반벽)에
와 걸녀나냐=수양산을 어디에 두고 벽 가운데 와서 걸렸느냐 ◇周 武
王(주무왕) 업스니 하마 남즉 ᄒ여라=주 나라 무왕이 없으니 벌써 싹
이 날 법도 하구나. 주 무왕은 은(殷)나라 폭군인 주(紂)를 치려고 하는
것을 간(諫)한 백이와 숙제를 죽이려고 하였음.

115
截頂에 오르다ᄒ고 나즌데를 웃지마소
雷霆된바람에 失足기怪異ᄒ랴
우리ᄂᆞᆫ 平地에안젓시니 두릴거시업세라.

◉ 대조; '두릴거시'는 '두릴일이'로 된 것도 있음.

截頂(절정)에 오르다 ᄒ고 나즌 데를 웃지 마소=높은 곳에 올랐다고 하여 낮은 곳에 있는 사람들을 웃지 마시오 ◇雷霆(뇌정) 된 바람에 失足(실족)기 怪異(괴이)ᄒ랴=천둥과 번개와 강풍에 다리를 헛짚는 것이 이상한 일이냐. 떨어지거나 넘어지는 것이 당연하다 ◇平地(평지)에 안젓시니 두릴 거시 업세라=평지에 앉았으니 두려울 일이 없다.

116
이몸이 죽고죽어 一百番 곳쳐죽어
白骨이塵ㅣ 되야 넉시야잇고업고
님向ᄒᆞᆫ 一片丹心이야 가싈줄이잇시랴. 鄭夢周見上 太祖晬宴日作

◉ 대조; '塵ㅣ되야'는 '塵土ㅣ되야'의 잘못임.

一百番(일백번) 곳쳐 죽어=백번이라도 다시 죽어 ◇白骨(백골)이 塵(진)ㅣ 되야 넉시야 잇고 업고=백골이 먼지와 흙이 되어 넋이야 있고 없고 ◇가싈 줄이 잇시랴=변할 까닭이 있느냐.

117
힉지고 돗ᄂᆞᆫ달이 너외期約 두엇던가
閣裡에ᄌ든곳이 香氣노아맛ᄂᆞᆫ고야
니엇지 梅月이벗되ᄂᆞᆫ쥴 몰낫던고ᄒ노라.

희지고 돗는 달이 너외 期約(기약) 두엇던가=해가 지고 돋는 달이 너와 약속을 하였던가 ◇閤裏(합리)에 즈든 곳이 香氣(향기) 노아 맞는고야=집안에 자던 꽃이 향기를 내보내어 맞이하는구나 ◇梅月(매월)이 벗되는 줄 몰낫던고=매화와 달이 어우러져 좋은 경치를 이루는 것을 이제까지 몰랐던가.

三數大葉　轅門出將　舞刀提賊

118
秋江에 月白거늘 一葉舟를 흘니저어
낙더를썰처드니 자든白鷗ㅣ 다놀나는다
져희도 스람의興을아라 오락가락ㅎ더라. 金光煜

秋江(추강)에 月白(월백)거늘=가을철 강물에 달빛이 환하게 밝거늘 ◇一葉舟(일엽주)를 흘니저어=조그마한 배를 물이 흐르는 대로 저어.

119
秋江에 밤이드니 물결이 츠노미라
낙시드리오니 고기아니무노미라
無心혼 달빗만싯고 뷘비도라오노라. 月山大君 號風月亭

秋江(추강)에 밤이 드니 물결이 츠노미라=가을철 강에 밤이 되니 물결이 차갑구나.

120
이제야 스람되야 웬몸에 깃시돗쳐

九萬里長天에 수루룩소스올나
님계신 九重宮闕에 굽어볼가ᄒ노라. 孝宗大王

　이제야 스람 되야 왼 몸에 깃시 돗쳐=이제야 사람이 되어 온몸에
털이 돋아나 ◇九萬里長天(구만리장천)에 수루룩 소스올나=높은 하늘
에 가볍게 날아올라 ◇九重宮闕(구중궁궐)에 굽어 볼가 ᄒ노라=대궐
을 굽어 살필까 하노라.

　121
가마귀 눈비마자 희눈듯 검노미라
夜光明月이 밤인들어두오랴
님向ᄒ 一片丹心이야 變헐줄이잇시랴. 朴彭年 號醉琴 端宗六臣

　희눈 듯 검노미라=검은 까마귀가 눈을 맞아 흰빛인 듯하다 곧 검어
진다.

　122
朔風은 나무긋헤불고 明月은 눈속에찬데
一丈釖쎄여들고 戍樓에놉히안져
긴파람 큰ᄒ소리에 것칠거시업세라. 金宗瑞 號節齋 端宗領相

　◉ 대조; '一丈釖'은 '一長劒'의 잘못임.

　朔風(삭풍)은 나무 긋헤 불고 明月(명월)은 눈 속에 찬데=차가운 북
풍은 나무 끝에 불고 밝은 달은 눈 속에서 더욱 차게 느껴지는데 ◇
一丈釖(일장일) 쎄여들고 戍樓(수루)에 놉히안져=긴 칼을 빼어들고 초
소에 높이 앉아 ◇긴 파람 큰 한 소리에 것칠 거시 업세라=길게 울리
는 휘파람과 크게 질러대는 소리에 두려울 것이 없어라.

123
桃花李花 杏花芳草들아 一年春光을 恨치마라
너희는그리ㅎ여도 與天地無窮이로다
우리는 百年쑨이민 그를슬허ㅎ노라.

◉ 대조; '百年'은 다른 이본은 '百歲'로 되어 있음.

桃花李花杏花(도화이화행화) 芳草(방초)들아 一年春光(일년춘광)을 恨
(한)치마라=봄철이 피는 복숭아 오얏 살구꽃들과 싱싱한 풀들아 한
해의 봄볕이 짧음을 한탄하지 마라 ◇그리ㅎ여도 與天地無窮(여천지무
궁)이로다=그래도 천지와 더불어 무궁하구나.

124
屈原忠魂 비혜너흔고기 采石江에 긴고리되여
李謫仙등에언쬬 하늘우희올낫시니
이제논 시로논고기니 낙가닌들엇더리.

屈原 忠魂(굴원충혼) 비혜 너흔 고기=굴원의 충성스런 넋을 배에
넣은 고기가 ◇采石江(채석강)에 긴 고리 되여=채석강에 긴 고래가
되어. 긴 고래는 파도를 비유하여 말하는 것임 ◇시로 논 고기니 낙가
닌들 엇더리=멱라수에 빠저 죽은 굴원이나 채석강에 빠진 이백(李白)
의 넋과는 관계가 없이 새로 태어난 고기들이니 낚아낸다고 한들 어
떻겠느냐.

125
어듸자고 여기를왓노 平壤즈고 여긔왓니
臨津大同江을뉘뉘빈로건너왓노
船價논 만터라마논 女妓비타고건너왓니.

어듸 자고 여긔를 왓노=어디서 자고 여기를 왔느냐 ◇臨津 大同江
(임진대동강)을 뉘뉘 비로 건너 왓노=임진강과 대동강을 누구누구의
배를 타고서 건너 왔느냐 ◇船價(선가)는 만터라마는 女妓(여기) 비 타
고 건너왓너=배편은 많더라만 기생의 배를 타고 건너 왔네. 배〔船〕과
배〔腹〕의 동음이의어를 대비하여 지은 시조임.

126
어우하 날속엿고나 秋月春風이 날속엿다
節節이도라오민 有信이녁엿더니
白髮을 날다맛기고 少年좃녀이거고나.

어우하 날 속엿고나 秋月春風(추월춘풍)이 날 속엿다=어와 나를 속
였구나. 세월이 나를 속였구나 ◇節節(절절)이 도라오민 有信(유신)이
녁엿더니=세월이 철마다 돌아오매 믿음직하게 여겼더니 ◇白髮(백발)
을 날 다 맛기고 少年(소년) 좃녀 이거고나=백발을 나에게 다 맡기고
젊음을 따라갔구나.

127
楚山秦山 多白雲ᄒ니 白雲處處 長隨君을
長隨君君入楚山裡ᄒ다 雲亦隨君渡湘水ㅣ로다
湘水上 女蘿衣白雲堪臥 君早歸를ᄒ여라.

● 대조; 국악원본을 비롯한 몇몇 이본에 작자가 '李白詞'(이백사)로 되어 있
  으나 작자가 아니라 시조의 歌詞(가사)가 이백의 글이란 뜻임.

楚山秦山多白雲(초산진산다백운)ᄒ니 白雲處處長隨君(백운처처장수군)
을=초산과 진산에 백운이 덮였으니, 백운이 곳곳에서 오래도록 그대
를 따르도다 ◇長隨君 君入楚山裡(장수군군입초산리)ᄒ다 雲亦隨君渡

湘水(운역수군도상수)ㅣ로다=오래도록 그대를 따르고 그대는 초산 속으로 들어가고 구름 또한 그대를 따라 상수를 건너도다 ◇湘水上 女蘿衣(상수상여라의)로 白雲堪臥君早歸(백운감와군조귀)를 ᄒ여라=상수 위의 여라의로 백운에 누워 머물음 즉하나 그대는 빨리 돌아오라. 이백(李白)의 「白雲歌送劉十六歸山」(백운가송유십륙귀산)을 시조로 만든 것임.

128
若不坐禪 消妄念인딘 直須浸醉 放狂歌ㅣ라
不然이면秋月春風夜에 爭奈尋思往事何요
每日에 芳樽을對ᄒ여 觴詠消遣ᄒ리라.

若不坐禪消妄念(약불좌선소망념)인딘 直須浸醉放狂歌(직수침취방광가)ㅣ라='妄念'(망념)은 '忘念'(망념)의 잘못인 듯. 만약 좌선하여 망념을 없애지 못할진대 곧바로 모름지기 몹시 취하여 미친 노래를 부르노라 ◇不然(불연)이면 秋月春風夜(추월춘풍야)에 爭奈尋思往事何(쟁내심사왕사하)오=그렇지 아니하면 가을 달 밝고 봄바람 부는 밤에 지난 일을 헤아려 무엇 하리오. 백낙천(白樂天)의 「强酒」(강주)란 시임 ◇芳樽(방준)을 對(대)ᄒ여 觴詠消遣(상영소견) ᄒ리라=좋은 술을 대하여 술을 마시며 시를 읊고 소일하리라.

129
바람부러 쓰러진남기 비오다가 삭시나며
님글여든병이 藥먹다ᄒ릴소냐
져님아 널노든病이니 네고칠가ᄒ노라.

◉ 대조: '비오다가'는 '비오다고'의 잘못임

비 오다가 삭시 나며=비가 온다고 싹이 나며 ◇님 글여 든 病(병)
이 藥(약) 먹다 하릴소냐=님을 그리워해서 생긴 병이 약을 먹는다고
낫겠느냐.

130
바람부러 쓰러진뫼보며 눈비마즈 셕은돌본다
눈情에거룬님이 술커늘어듸본다
돌셕고 뫼쓸닌後야 離別인줄알니라.

ㅂ롬 부러 쓰러진 뫼 보며 눈비 마즈 셕은 돌 본다=바람이 불어 쓰
러진 산을 보았으며 눈비를 맞아 썩은 돌을 보았는가 ◇눈情(정)에 거
룬 님이 술커늘 어듸본다=눈 정(情)에 들었던 님이 싫거늘 어찌 다시
보겠느냐 ◇돌 셕고 뫼 쓸린 後(후)야 離別인 줄 알니라=돌이 썩고 산
이 쓸려 없어진 뒤에야 이별인 줄 알 것이다. 이별이란 있을 수 없다.

131
바롬이 눈을모라 山窓을 부듯치니
찬氣運시여들어 좀든梅花를침노호다
아모리 얼우려ㅎ인들 봄뜻이야아슬소냐. 安玟英

◉ 대조; '山窓을'은 '山窓에'의 잘못임.

찬 氣運(기운) 시여 들어 좀든 梅花(매화)를 침노호다=차가운 기운
이 문틈으로 새어들어 가만히 있는 매화를 침범한다. 아직도 바람이
차다 ◇얼우려 ㅎ인들 봄 뜻이야 아슬소냐=연약한 매화를 얼게 만들
려고 한들 따뜻해지는 봄의 뜻이야 빼앗을 수 있겠느냐.

132
閣氏네 차오신칼이 一尺釼가 二尺釼가

龍泉釼太阿釼에 匕首釼아니여든
丈夫에 九回肝腸을 수흘수흘긋느니.

◉ 대조; '匕首釼'은 '匕首短釼'의 잘못임.

閣氏(각씨)네 차오신 칼이=각씨가 차고 있는 칼이 ◇龍泉釼 太阿釼
(용천검태아검)에 匕首釼(비수검) 아니여든=용천검이나 태아검과 같은
보검도, 비수나 단검도 아니거든 ◇九回肝腸(구회간장)을 수흘수흘 긋
느니=구곡간장을 마디마디 끊느냐.

133
玉것튼 漢宮女도 胡地에 塵土되고
解語花楊貴妃도 驛路에뭇쳐느니
閣氏네 一時花容을 앗겨무숨ᄒ리요.

玉(옥)것튼 漢 宮女(한궁녀)도 胡地(호지)에 塵土(진토)ㅣ 되고=옥처
럼 고운 한(漢)나라 궁녀도 오랑캐 땅에 한 줌 흙이 되고. 한(漢)나라
궁녀인 왕소군(王昭君)이 오랑캐 땅에 묻혀 진흙이 되고 ◇解語花 楊
貴妃(해어화양귀비)도 驛路(역로)에 뭇쳣느니=말을 알아듣는 꽃이라고
한 양귀비도 죽어 마외역(馬嵬驛)의 길가에 묻혔느니 ◇一時花容(일시
화용)을 앗겨 무숨 ᄒ리요=젊어 한때의 아름다운 얼굴을 아끼어 무엇
하겠는가.

134
엇그제 님離別ᄒ고 碧紗窓에 디혓시니
黃昏에디는곳과 綠柳에걸닌달이
아모리 無心히보아도 不勝悲感ᄒ여라.

碧紗窓(벽사창)에 디혓스니=푸른 사창에 기대었으니. 사창은 방에

쳐놓은 가리개 ◇黃昏(황혼)에 지는 곳과 綠柳(녹류)에 걸닌 달이=저
녁이 되면 시드는 꽃과 푸른 버들에 걸린 것처럼 보이는 달이 ◇無心
(무심)히 보아도 不勝悲感(불승비감) 흐여라=아무런 생각 없이 보아도
슬픈 감정을 이기지 못하겠더라.

135
赤兎馬 살지계먹여 豆滿江에 싯겨셰고
龍泉釰드는칼을 션뜻쎄쳐두러메고
丈夫의 立身揚名을 試驗홀짜흐노라.

　赤兎馬(적토마) 살지계 먹여 豆滿江(두만강)에 싯겨 셰고=적토마를
살지게 먹여 두만강 물에 씻겨 세우고 ◇龍泉釰(용천검) 드는 칼을 션
뜻 쎄쳐 두러메고=용천검과 같은 보검을 선뜻 빼어 둘러메고 ◇丈夫
(장부)의　立身揚名(입신양명)을　試驗(시험)홀짜=사내대장부가　태어나
처음으로 이름을 떨쳐볼까.

136
가로지느 셰지나ㄷ中에 죽은後면 뉘알넌가
나죽은무덤우희 밧츨갈찌논을풀찌
酒不到 劉伶墳上土ㅣ니 아니놀고어이흐리.

　가로 지느 셰지나ㄷ 中(중)에=가로 짊어지거나 세로 짊어지거나 간
에. 제 명에 죽거나 또는 그렇지 못하거나 간에 ◇나 죽은 무덤 우희
밧츨 갈찌 논을 풀찌=내가 죽어 묻힌 무덤을 밭을 만들어 갈지 논을
만들지 ◇酒不到 劉伶墳上土(주부도유령분상토)ㅣ니=술이 유령의　무
덤 위에까지는 오지 않으니. 유령은 진(晉)나라 사람으로 술을 몹시 즐
겼음.

137
이러나 져러ᄒᄂ 이草屋 便코조타
淸風은오락가락 明月은들낙날낙
이中에 病업슨이몸이 자락ᄭ락ᄒ리라.

이러나 져러ᄒᄂ 이 草屋(초옥) 便(편)코 조타=이렇거나 저렇거나
이 초가집이 편하고 좋다 ◇자락ᄭ락 ᄒ리라=자다가 깨다가 하겠다.

138
너가슴 쓰러만저보소 술한졈이 바히업너
굼던아니ᄒ되 自然이그러ᄒ예
져님아 너로든病이니 네고칠까ᄒ노라.

너 가슴 쓰러 만저보소 술 한 점이 바히 업너=내 가슴을 쓰다듬어
만져 보시오 살이라고는 한 점도 아주 없네 ◇굼던 아니 ᄒ되 自然(자
연)이 그러ᄒ예=굶지는 아니하였으나 자연 그렇게 되었네.

搔聳　暴風驟雨　飛燕橫行

139
어졋밤도혼ᄌ 곱송그려시오잠ᄌ고 지ᄂ밤도혼자 곱송그려시오잠잔너
어인놈의八字ㅣ가 晝夜長常에 곱송그려셔시오잠만자노 오오우오오우우
우오오
오늘은 글이던님만나발을펴바리고 찬찬휘감아잘까ᄒ노라.

어인 놈의 八字(팔자)ㅣ가 晝夜長常(주야장상)에 곱송그려서 시오줌
만 자노=어떻게 된 놈의 팔자가 밤낮을 가리지 않고 항상 몸을 꾸부
리고 새우잠만 자느냐.

140
어흠아긔뉘오신고 건넌佛堂에動鈴중이외러니
홀居士에호을노자는 房안에무ᄉ것ᄒ라와계오신고 오오우우우오오
홀居士님의 놈감탁이버셔거는말겻헤니굇갈버셔걸다왓슴녜.

　● 대조; '놈감탁이'는 '노감탁이'의, '걸다'는 '걸나'의 잘못임.

어흠 아 긔 뉘오신고=어흠, 아 그 누구십니까 ◇건넌 佛堂(불당)에
動鈴(동령) 중 이외러니=건너 절의 동냥하러 다니는 중이오니 ◇홀
居士(거사)님의 놈감탁이 버셔거는 말겻헤 니 굇갈 버셔 걸다 왓슴녜=
홀아비 거사님의 노감탁이 벗어 걸은 말코지 곁에 내 고깔을 벗어 걸
러 왔습네. 노감탁이는 노를 꼬아서 만든 감투.

141
아마도 太平헐쓴 우리君親 이時節이여
聖主ㅣ 有德ᄒ샤 國有豊雲慶이요 雙親이有福ᄒ샤家無桂玉愁ㅣ라　아아아
아아아하아아
億兆蒼生들이 年豊에興을겨워白酒黃雞로 熙皞同樂ᄒ더라.

聖主(성주)ㅣ　有德(유덕)ᄒ샤　國有豊雲慶(국유풍운경)이요　雙親(쌍친)
이　有福(유복)ᄒ샤　家無桂玉愁(가무계옥수)ㅣ라=훌륭한　임금이　덕이
있으시어 나라에 풍년이 드는 경사가 있고, 양친이 복이 있으시어 집
에 먹고 사는 걱정이 없다. 계(桂)는 땔나무, 옥(玉)은 쌀을 가리킴 ◇
億兆蒼生(억조창생)들이　年豊(연풍)에　興(흥)을　겨워　白酒黃鷄(백주황계)
로 熙皞同樂(희호동락) ᄒ더라=많은 백성들이 해마다 풍년에 흥을 겨
워 탁주와 수닭으로 임금과 함께 한가지로 즐거움을 누리더라.

142
大棗 볼붉은柯枝 에후루여 홀터ᄯᆞ담고
올밤닉어벙그러진가지를 휘두드려발나쥬어담고   오오上同
벗모하 草堂으로드러가니 슐이樽에豊充淸잇셰라.

에후루여 홀터 ᄯᅡ 담고=휘어잡아 훑어서 따 담고 ◇올밤 닉어 벙그
러진 가지를 휘두드려 발나 쥬어 담고=일찍 먹는 밤이 익어 밤송이가
벌어진 가지를 마구 두드려 밤송이를 발라 알밤을 주워 담고 ◇슐이
樽(준)에 豊充淸(풍충청) 잇셰라=술이 술통에 넘치도록 있구나.

143
불아니ᄯᅥᆯ지라도 절노닉는솟과 여무쥭아니먹여도 크고술져한것는말과
딜삼잘ᄒᆞ는女妓妾과 슐심는酒煎子와胖部도낫는감운암소 오오上同
平生에 이다섯가지두량이면 부러울거시업셰라.

◉ 대조; '胖部도'는 '胖部로'의 잘못임.

불 아니 ᄯᅥᆯ지라도 절노 닉는 솟과=불을 때지 않아도 저절로 밥이
되는 솥과 ◇여무쥭 아니 먹여도 크고 술져 한 것는 말과=여물과 소
죽을 먹이지 아니하여도 크고 살져서 잘 걷는 말과 ◇술 심는 酒煎子
(주전자)와 胖部(양부)도 낫는 감운 암소=술이 샘솟듯이 나오는 주전
자와 새끼를 잘 낳는 검은 암소. 양부는 '양보'의 한자 표기로, 소의
밥통 부위를 말함.

144
닉쇠시랑을 닐허버련지가 오늘좃ᄎᆞ찬三年이외러니
轉展듯헤聞傳言ᄒᆞ니 閣氏네房안에셔잇드라ᄒᆞ데 이이이이이이이이이이
柯枝란 다몰속뭇쳐쓸디라도 자루드릴구룽이나남기소.

◉ 대조; '구룽'은 '구멍'의 잘못임.

오날좃ᄎ 찬 三年(삼년) 이외러니=오늘까지 꽉 찬 삼년이 되었더니 ◇轉展(전전) 듯헤 聞傳言(문전언)ᄒ니 閣氏(각씨)네 房(방)안에 셔 잇드라 ᄒ데='轉展'(전전)은 '轉傳'(전전)의 잘못인 듯. 여러 사람을 거쳐 전해진 끝에 전하는 말에 들으니 각씨네 방 안에 세워져 있다고 하더라 ◇柯枝(가지)란 다 몰속 뭇쳐쓸디라도 자루 드릴 구룽이나 남기소=가지는 전부 다 묻히더라도 자루를 끼울 구멍이나 남기시오. 구멍은 여성의 성기를 비유한 말임.

145
더건너 검어무투룩ᄒ바회 錠디여ᄶ두드려너여
털돗치고쓸을박아서 흥성드뭇것게밍글녀라감운암소 오오上同
두엇다가 님離別ᄒ고가오실제 것구로틱여보너리라.

더 건너 검어 무투룩ᄒ 바회=저 건너 검고 울퉁한 바위에 ◇錠(정) 디여 ᄶ 두드려 너여=정을 대고 깨처 두드려서 ◇털 돗치고 쓸을 박아셔 흥성 드뭇 것게 밍글녀라 감운 암소=털이 돋아나고 뿔을 박아서 흥청거리며 천천히 걷게 만들겠다, 검은 암소를 ◇가오실제 것구로 틱여 보너리라=가실 때에 거꾸로 태워 보내겠다.

146
閣氏네 되오려논이 물도만코 걸다ᄒ데
倂作을듀려ᄒ거든 撚匠됴흔날을쥬소 오오上同
眞實노 쥬기곳쥬량이면 가레들고씨지여볼까ᄒ노라.

되 오려논이=피 올벼를 심은 논이. 여성의 성기를 은유함 ◇물도 만코 걸다 ᄒ데=물도 많고 기름지다고 하더라 ◇倂作(병작)을 듀려ᄒ

거든 撚匠(연장) 됴흔 날을 쥬소=병작을 주겠거든 연장이 좋은 나에
게 주시오. 연장은 남자의 성기를 은유함 ◇쥬기곳 쥬량이면 가레 들
고 씨 지여볼짜 ᄒ노라=주기만 한다면 가래를 들고 씨를 떨어뜨려 볼
까 한다. 가래는 농기구와 가랑이를 뜻하는 중의적 표현임.

147
玉의논 틔나잇지 말곳ᄒ면 다셔방인가
늬안뒤혀남못뵈고 이런답답ᄒ일이ᄶ어듸잇나 아아아上同
열놈이 百말을헐디라도 님이斟酌ᄒ시쇼.

말곳 ᄒ면 다 셔방인가=말만 잘하면 다 서방인가 ◇늬 안 뒤혀 남
못 뵈고=내 심정을 뒤집어서라도 남에게 못 보이니 ◇열 놈이 百 말
을 헐디라도=열 사람이 백 마디나 되는 말을 할지라도.

148
이몸이 싀여져셔 三水甲山 뎨비나되여
님의집窓밧쳐음츄혀ᄭᆺ부터집을ᄌ루종종다라지어두고 오오上同
밤中만 졔집으로드ᄂᆫ체ᄒ고 님의품의드니라.

◉ 대조; ‘드니라’는 ‘들니라’의 잘못임.

이 몸이 싀여져셔 三水甲山(삼수갑산) 뎨비나 되여=이 몸이 죽어서
삼수갑산에 제비가 되어. 삼수와 갑산은 함경남도에 있는 오지(奧地)임
◇ᄌ루 종종 다라 지어 두고=계속하여 잇달아 집을 지어 두고.

149
고ᄉ리닷丹 ᄶᅦ醬직어먹고 물업슨岡山에올나
아무리목말나물다구혼들 어늬歡陽의ᄯᅡᆯ년이날물쩌다듀리 口號上同
밤ㅁ中만 閣氏네품의들면 冷水ㄱ景이업세라.

고사리 닷 丹(단) 쪠醬(장) 직어 먹고=고사리나물 다섯 단을 된장에
찍어 먹고 ◇물 업슨 岡山(강산)에 올나=물이 없는 산 위에 올라 ◇
아무리 목말나 물다구흔들=아무리 목이 말라 물을 달라고 한들 ◇어
늬 歡陽(환양)의 쌀년이 날 물 쩌다주리=어느 화냥년의 딸이 나에게
물을 떠다 주겠느냐 ◇閣氏(각씨)네 품에 들면 冷水ㄱ景(냉수경)이 업
세라=각씨의 품에 들게 되면 냉수를 찾을 경황이 없더라.

150
더건너 羅浮山눈속에 검어웃쑥울퉁불퉁 匡隊등걸아
네무슴심으로柯枝돗처 곳좃츠져리뛰엿는다 口號上仝
아무리 셕은비半만남앗슬만졍 봄쓰즐어이ᄒ리요. 安玟英 字荊寶

羅浮山(나부산)=중국 광동성 혜주부(惠州府) 부라(傅羅)에 있는 산
◇검어 웃쑥 울퉁불퉁 匡隊(광대)등걸아=검어 우뚝 울퉁불퉁하고 험
상궂게 생긴 등걸아. 등걸은 나무를 베어낸 그루터기 ◇셕은 비 半(반)
만 남앗슬만졍 봄 쓰즐 어이 ᄒ리요=썩은 배가 반만 남았을망정 봄을
맞아 싹을 틔우려는 의지를 어찌 하겠느냐. 배는 씨앗 속에 있어 자라
서 싹이 되는 부분.

栗糖數大葉　舌戰羣儒　變態風雲 (或稱半旕數大葉　純羽調則
爲弄歌之)

151
이럿타저럿튼말이 오로다 두리숭숭
빗거나스거나 깁푼盞에가득부어
平生에 但願長醉코 不願醒을ᄒ리라.

이럿타 저럿튼 말이 오로다 두리숭숭=이렇다 저렇다고 하는 말이

오로지 다 뒤숭숭 ◇빗거나 스거나 깁푼 盞(잔)에=술을 담그거나 돈을 주고 사거나 큰 잔에 ◇但願長醉(단원장취)코 不願醒(불원성)을 ㅎ리라=다만 오랫동안 취하길 바라면서 깨기를 바라지 않으리라.

152
三月三日 李白桃紅 九月九日 黃菊丹楓
靑帘에술이닉고 洞庭에秋月인제
白玉盃 竹葉酒가지고 玩月長醉ㅎ리라.

李白桃紅(이백도홍)=오얏꽃은 하얗게 복숭아꽃은 붉게 피고 ◇靑帘(청렴)에 술이 닉고 洞庭(동정)에 秋月(추월)인제= 청렴(靑帘)에 술이 익고 동정호에는 가을 달이 비추는데. 청렴은 금준(金樽)의 잘못인 듯. 청렴은 술집을 알리는 주기(酒旗)임 ◇玩月長醉(완월장취)ㅎ리라=달을 완상하며 오래도록 취하리라.

153
이승저승 다지너고 흐롱화롱 인일업다
功名도어근버근 世事ㅣ라도싱숭상숙
每日에 흔盞두盞ㅎ며 그렁저렁ㅎ리라.

◉ 대조; '싱숭상숙'은 '싱숭상숭'의 잘못임.

이 숭 서 슝 나 시너고=이런 흥 저런 흥을 다 겪고 ◇흐롱화롱 인일 업다=흐롱하롱하며 이룬 일이 없다 ◇功名(공명)도 어근버근=공명도 마땅치 않아 할까 말까를 망설이고.

154
흐리ᄂ맑으낫中 에이濁酒됴코 더테메운딀瓶들이더보기도회
어룬즛박국이를쓰렝등당당지둥둥둥씌워두고

兒戱야 져리沈菜ㄹ만정업다말고너여라. 蔡裕後 號湖洲 仁祖朝判書

◉ 대조; '보기도회'는 '보기조희'또는 '보기됴회'의 잘못임.

흐리나 맑으낫 中(중)에＝흐린 술이거나 맑은 술이거나 가운데 ◇더
테 메운 딜甁(병)들이 더 보기 도회＝대나무로 테를 메운 질병들이 더
보기 좋구나 ◇어룬즈 박구기를＝얼씨구나, 술구기로 쓰는 바가지를
◇져리沈菜(짐채)ㄹ만정＝소금에 절인 김치일망정.

155
東閣에 숨은꼿치 躑躅인가 杜鵑花ㄴ가
乾坤이눈이여늘 제엇지감히퓌리
알괘라 白雪陽春이 梅花밧게뉘잇시리. 安玟英

東閣(동각)에 숨은 꼿치 躑躅(척촉)인가 杜鵑花(두견화)ㄴ가＝동쪽에
있는 집안에 핀 꽃이 철쭉인가 진달래꽃인가 ◇乾坤(건곤)이 눈이여늘
제 엇지 감히 퓌리＝온 세상이 다 눈으로 덮였거늘 제가 어찌 감히 피
겠느냐 ◇白雪陽春(백설양춘)은 梅花(매화) 밧게 뉘 잇시리＝흰 눈이
쌓인 따뜻한 봄철에 피는 꽃은 매화밖에 또 누가 있겠느냐.

界面調 初數大葉

156
압못세 든고기들아 뉘라서너를모라다가넉커늘든다
北海淸沼를 어듸두고이못세와든다
들고도 못나는情은 네오너오다르랴.

뉘라셔 너를 모라다가 넉커늘 든다＝누가 너를 몰아다가 넣었거늘

들어왔느냐 ◇北海淸沼(북해청소)를=넓은 북해나 맑은 웅덩이를. 연못
보다 넓은 곳을. 궁궐 밖을 가리킴 ◇들고도 못 나는 情(정)은 네오 니
오 다르랴=들어왔다가 못 나가는 사정은 너와 내가 다르겠느냐.

157
靑石嶺 디나거냐 草河衢ㅣ 어드메오
胡風도츳도출소 구즌비는무음일고
뉘라서 니行色을그려니여 님계신듸드리리. 孝宗大王 被執往瀋陽途中作
以上落漏此歌

靑石嶺(청석령) 디나거냐 草河衢(초하구)ㅣ 어드메오='草河衢'(초하
구)는 '草河溝'(초하구)의 잘못. 청석령은 지났구나 초하구가 어디냐.
청석령과 초하구는 평안북도 의주(義州)에서 중국의 심양(瀋陽)으로 가
는 도중에 있는 지명 ◇胡風도 츳도출소=오랑캐 땅에서 부는 바람이
차갑기도 차갑구나 ◇뉘라서 니 行色(행색)을 그려니여=누가 나의 모
습을 그려서.

158
窓밧게 菊花를심어 菊花밋헤 술을비저두니
술닉자菊花뛰쟈 벗님오자둘이돗아온다
兒禧야 거문고니여라 벗님待接ᄒ리라.

술 닉자 菊化(국화) 뛰쟈 멋님오사 둘이 못아 온나=술이 익사 국화
가 피고 벗이 오자 달이 솟아오른다. 곧 술, 꽃, 벗, 달의 네 가지 아
름다움을 다 갖추었음.

159

春風에 花滿山이요 秋夜에 月盈臺라
四時佳興이 스람과한가지로다
ᄒ물며 魚躍鳶飛雲暎天光이야 어늬굿이잇시리. 李退溪

◉ 대조; '月盈臺'는 月滿臺'의, '雲暎天光'은 '雲影天光'의 잘못.

春風(춘풍)에 花滿山(화만산)이요 秋夜(추야)에 月盈臺(월영대)라=봄
바람에 꽃이 온 산에 가득하고 가을밤에 달빛이 뜰에 가득하다 ◇四
時佳興(사시가흥)이=일 년 내내의 아름다운 흥취가 ◇魚躍鳶飛 雲暎
天光(어약연비운영천광)이야 어늬 굿이 잇시리=고기가 뛰어오르고 솔
개가 날며 구름의 그림자와 하늘의 빛은 어느 끝이 있겠느냐. 자연의
이치는 한이 없다는 말임.

160

靑山은 엇제ᄒ야 萬古에 푸르르며
流水는엇제ᄒ야 晝夜에굿디아닛는고
우리도 긋디지마라 萬古常靑ᄒ리라.

◉ 대조; 작자가 누락되었음.

流水(유수)는 엇제ᄒ야 晝夜(주야)에 긋지 아닛는고=흐르는 물은 어
찌해서 밤낮으로 흘러도 그치지를 아니 하는가 ◇긋디지 마라 萬古常
靑(만고상청) ᄒ리라=사람들도 그치지 아니하고 항상 젊음을 유지하
리라.

161

華山에 春日暖이요 綠柳에 鶯亂啼라
多情好音을 못니들어ㅎ던次에
夕陽에 繫柳靑驄이 欲去長嘶ㅎ더라.

華山(화산)에 春日暖(춘일난)이요 綠柳(녹류)에 鶯亂啼(앵난제)라=꽃
이 피어 있는 산에 봄볕이 따뜻하고 푸른 버드나무에는 꾀꼬리가 시
끄럽게 운다 ◇多情好音(다정호음)을 못니 들어 ㅎ던 次(차)에=다정하
고 듣기 좋은 소리를 항상 들었으면 할 때에 ◇夕陽(석양)에 繫柳靑驄
(계류청총)이 欲去長嘶(욕거장시) ㅎ더라=저녁때 버드나무에 매어놓은
청총마가 달리고 싶어 길게 울더라. 청총은 좋은 말.

162

山上에 밧가는百姓아 너身勢 閒暇ㅎ다
鑿飮耕食이 帝力인줄모로더냐
ㅎ물며 肉食者도모로거든 무러무슴ㅎ리요.

◉ 대조; '百姓아'는 '百姓들아'의, '너身勢'는 '네身勢'의 잘못임.

山上(산상)에 밧 가는 百姓(백성)아=산에서 농사를 짓는 사람아 ◇
鑿飮耕食(착음경식)이 帝力(제력)인줄 모로더냐=우물을 파서 물을 마
시고 밭을 갈아 밥을 먹는 것이 다 임금의 덕택인 줄을 몰랐단 말이
냐 ◇肉食者(육식자)도 모로서든=고기 먹는 사람들도 모르거늘. 고기
먹는 사람은 일반 백성이 아닌 높은 벼슬아치를 가리킴.

163

山村에 눈이오니 돌길이 뭇처셰라
柴扉를여디마라 날츠즈리잇시리
밤口중만 一片明月이 긔벗인가ㅎ노라. 申欽 號象村 領相文貞公

◉ 대조; '잇시리'는 '뉘잇시리'의 잘못임.

柴扉(시비)를 여지마라 날 츠즈리 잇시리=사립문을 여지 마라 나를 찾을 사람이 누가 있겠느냐.

164
山外에 有山ᄒ니 넘도록 山이로다
路中에 多路ᄒ니 녤스록길히로다
山不盡 路無窮ᄒ니 님가ᄂᆞᆫ데몰너라.

山外(산외)에 有山(유산)ᄒ니=산 밖에 또 산이 있으니 ◇路中(노중)에 多路(다로)ᄒ니 녤스록 길히로다=길 가운데 또 길의 갈래가 많으니 갈수록 길이로다 ◇山不盡 路無窮(산부진노무궁)ᄒ니 님 가ᄂᆞᆫ 데 몰너라=산이 다함이 없고 길이 끝이 없으니 님이 가는 곳을 모르겠다.

165
山밋헤스즈ᄒ니 杜鵑이도 붓그럽다
니집을굽어보며 숫적다ᄒᄂᆞᆫ고야
져시야 世事間보다간 그도큰가ᄒ노라.

杜鵑(두견)이도 붓그럽다=두견새 보기도 부끄럽다 ◇니 집을 굽어보며 숫 적다 ᄒᄂᆞᆫ고야=내 집을 내려다보며 솥이 적다고 하는구나. 살림이 구차하다고 하는구나 ◇世事間(세사간)보다간 그도 큰가 ᄒ노라=세간의 일을 보면 이것도 큰 것이 아닌가 한다.

166
風波에 놀ᄂᆞᆫ沙工 비ᄑᆞ라 말을사니
九折羊腸이 물도곤어려웨라
이後란 비도말고 밧가라나ᄒ리라. 張晩 玉山府院君號洛西

● 대조; '비도말고밧가라나"는 '비도말도말고밧가리나'의 잘못임.

風波(풍파)에 놀는 沙工(사공) 비 포라 말을 사니=거센 비바람과 파도에 놀란 사공이 배를 팔고 말을 사니 ◇九折羊腸(구절양장)이 물도 곤 어려웨라=양의 창자처럼 구불구불한 산길에 짐을 나르는 것이 뱃길보다도 어렵더라.

167
네집이 어드메요 이뫼넘어긴江우희
竹林푸르르고 외스립닷앗눈듸
그압희 白鷗ㅣ 쩌잇시니 게가무러보시소.

어드메오=어디쯤이냐 ◇게가 무러 보시소=그곳에 가서 물어 보시오

168
梧桐에 듯는빗발 無心히 듯건마는
니시름ᄒ니 닙닙히愁聲이로다
이後야 닙넙운나무를 심을줄이잇시랴. 金尚容見上

梧桐(오동)에 듯는 빗발 無心(무심)히 듯것마는=오동나무에 떨어지는 빗발이 무심히 떨어지건만. 또는 아무런 생각 없이 떨어지고 있건만 ◇니 시름 ᄒ니 닙닙히 愁聲(수성)이로다=내 근심과 생각이 많으니 나뭇잎 하나하나가 다 걱정하는 소리로 들리는구나 ◇닙 넙운 나무를 심울 줄이 잇시랴=잎이 넓은 나무를 심을 일이 있겠느냐.

169
琵琶를 두러메고 玉欄干에 지혓시니
東風細雨에 듯드ᄂ니桃花ㅣ로다
春鳥도 送春을슬허 百般啼를ᄒ더라.

玉欄干(옥난간)에 지혓스니=옥난간에 기댔으니 ◇東風細雨(동풍세우)에 듯드느니 桃花(도화)ㅣ로다=봄바람이 불면서 내리는 가랑비에 떨어지는 것이 복숭아꽃이다 ◇春鳥(춘조)도 送春(송춘)을 슬허 百般啼(백반제)를 ᄒ더라=봄철의 새도 봄이 가는 것이 서러워 온갖 소리로 울더라.

170
슐먹지 마즈터니 슐이라서 졔ᄯ론다
먹는니윈지 ᄯ로논슐이윈지
盞줍고 달더려뭇너니 뉘야윈고ᄒ노라.

술이라서 제 ᄯ론다=술이라고 해서 제가 따르는구나 ◇먹는 니 윈지 ᄯ로논 술이 윈지=먹는 내가 잘못인지 따르는 술이 잘못인지 ◇달더려 뭇너니 뉘야 윈고 ᄒ노라=달에게 묻노니 누가 잘못인가 하노라.

171
松壇에 션잠ᄭᅵ여 醉眼을드러보니
夕陽浦口에 나드너니白鷗ㅣ로다
아마도 이江山임즌나ᄲᅮᆫ인가ᄒ노라. 金昌翕 號三淵

松壇(송단)에 션잠 ᄭᅵ여 醉眼(취안)을 드러 보니=소나무 숲 속에 만들어 놓은 단에서 겨우 든 잠을 깨어 취기가 남아 있는 눈을 억지로 떠보니 ◇夕陽浦口(석양포구)에 나드너니=해질 무렵의 강 어구에 들어오고 나가는 것이.

172
秋水는 天一色이요 龍舸ᄂᆞᆫ 泛中流ㅣ라
簫鼓一聲에 解萬古之愁兮로다
우리도 萬民다리고 同樂太平ᄒ리라. 肅宗大王

秋水(추수)는 天一色(천일색)이요 龍舸(용가)는 泛中流(범중류) ㅣ 라=가을의 맑은 물은 하늘과 같이 맑아 한 가지 빛이요 용을 새긴 배는 강의 가운데에 떴다. 용가는 달리 임금의 전용선(專用船)으로 볼 수 있음 ◇簫鼓一聲(소고일성)에 解萬古之愁兮(해만고지수혜)로다=퉁소와 북 치는 소리에 만고에 쌓인 근심을 풀어버리는구나.

173
秋山이 夕陽을쯰고 江心에 줌겻신제
一竿竹두레메고 小艇에안졋시니
天公이 閑暇히넉이스달을좃츠보너시다. 柳自新

秋山(추산)이 夕陽(석양)을 쯰고 江心(강심)에 줌겻 신제=가을의 산 그림자가 석양을 받아 강 가운데 잠겨 있을 때 ◇天公(천공)이 閑暇(한가)히 넉이스 달을 좃츠 보너시다=하늘이 한가롭게 여기시어 달마저 보내셨구나.

174
秋月이 滿庭혼듸 슯피우는 저기럭아
霜風이日高혼듸 도라갈쥴모로고셔
밤中만 中天에쩌잇서줌든날을쯰우나냐. 宋宗元

秋月(추월)이 滿庭(만정)혼듸=가을 달빛이 뜰에 가득한데 ◇霜風(상풍)이 日高(일고)혼듸='日高'(일고)는 '一高'(일고)의 잘못인 듯. 서릿바람이 높이 부는데.

175
柴扉에 기짖거늘 님오시느 반겼더니
님은아니오고 닙지는소리로다
져긔야 秋風落葉을즈져 날놀닐쥴잇시랴.

닙 지는 소리로다=나뭇잎이 떨어지는 소리로다 ◇秋風落葉(추풍낙
엽)을 즈져 날 놀닐 쥴 잇시랴=가을바람에 떨어지는 나뭇잎을 보고
짖어 나를 놀라게 할 일이 있느냐.

176
張翰이 江東去홀졔 쩐마츔 秋風이라
白日뎌문듸 限업슨滄波ㅣ로다
어듸셔 외로온기럭기는 함끠녜자흐더라. 金光煜 號竹所

張翰(장한)이 江東去(강동거)홀졔=장한이 강동으로 갈 때에. 장한(張
翰)은 진(晉)나라 사람으로 벼슬하고 있다가 가을바람이 불자 고향의
순채(蓴菜)와 농어회(鱸魚膾) 생각이 나서 벼슬을 그만두고 고향으로
돌아갔다고 함 ◇白日(백일) 뎌문듸 限(한) 업슨 滄波(창파)ㅣ로다=해
는 저물었는데 끝없이 펼쳐진 물결이로구나 ◇함끠 녜자흐더라=같이
가자고 하더라.

177
南山에 鳳이울고 北岳에 狻猊이논다기
堯天舜日이 我東方에밝아세라
우리도 聖主뫼옵고 同樂昇平흐리라.

● 대조; ‘우리도 聖主뫼옵고 同樂昇平 하리라’는 ‘우리는 歷代逸民으로 醉코놀
  녀 하노라’, 또는 ‘우리는 唐虞世界를 이어본듯 하여라’로 되었으나 『歌曲源
  流』 국악원본만 이렇게 되어 있음. 작자는 『靑丘永言』 육당본에만 표시가
  되었음.

鳳(봉)・狻麟(기린)=봉황과 기린은 다 상상(想像)의 동물로 나라가
태평하면 나타난다고 함 ◇堯天舜日(요천순일)이=요 임금과 순 임금
때 비추었던 해가.

178

南陽에 躬耕홈은 伊尹에 經綸이요
三顧草廬홈은 太白의 王佐才라
三代後 正大人物은 武侯ㅣ런가ᄒᆞ노라. 郭輿 麗睿宗朝棄官隱者號金門羽客

● 대조; '太白의'는 '太公의'의 잘못임.

南陽(남양)에 躬耕(궁경)홈은 伊尹(이윤)의 經綸(경륜)이요=남양에서
몸소 밭 갈고 농사를 지은 것은 이윤이 잘 다스림이요. 이윤(伊尹)은
은(殷)나라 재상임. 처음 신야(莘野)에서 밭을 갈다가 탕왕(湯王)의 초
빙으로 출사하여 탕왕을 도와 걸(桀)을 침 ◇三顧草廬(삼고초려)홈은
太公(태공)의 王佐才(왕좌재)라='太公'(태공)은 '諸葛亮'(제갈량)의 잘못
인 듯. 세 번씩이나 초려를 방문하여 도움을 청하였을 때 허락한 제갈
량의 왕을 도울 만한 재량이다 ◇三代後(삼대후) 正大人物(정대인물)은
武侯(무후)ㅣ런가=중국의 삼대, 즉 하·은·주 이후의 바르고 큰 인물
은 제갈무후인가. 제갈무후(諸葛武侯)는 제갈량을 말함.

179

梨花雨 흣날닐제 울며줍고 離別ᄒᆞ님
秋風落葉에 져도날을싱각ᄂᆞᆫ가
千里에 외로운꿈만 오락가락ᄒᆞ괘라. 桂娘扶安名妓能詩出梅窓集與劉村隱
希慶故人村隱還京無音信作此而守節

梨花雨(이화우) 흣날닐 제=배꽃 잎이 마치 비처럼 흩어져 떨어질
때 ◇秋風落葉(추풍낙엽)에=가을바람에 나뭇잎이 떨어질 때에도. 봄부
터 가을까지.

180

丹楓은 半만붉고 시ᄂᆞᆫ 맑앗ᄂᆞᆫᄃᆡ

여흘에그물티고 바회우희누엇시니
아마도 事無閑身은 나뿐인가ᄒ노라.

여흘에 그믈 티고=여울에다 그물을 쳐놓고 ◇事無閑身(사무한신)은
=특별히 하는 일 없이 한가하게 지낼 수 있는 신세는.

181
窓밧게 童子ㅣ와셔 오늘이시히라커늘
東窓을열고보니 녜돗든히돗아온다
두어라 萬古한히니 後天에와닐너라.

녜 돗든 히 돗아온다=예전에 돋던 해가 다시 돋아온다. 예전과 다
를 것이 조금도 없다 ◇萬古(만고) 한 히니 後天(후천)에 와 닐너라=
예전이나 지금이나 똑같은 해이니 후세에 와서나 새해라고 알려라.

182
前村에 鷄聲滑ᄒ니 봄消息이 갓가왜라
南窓에日暖ᄒ니 閣裡梅푸르럿다
兒曦야 盞가득부어라 春興겨워ᄒ노라.

前村(전촌)에 鷄聲滑(계성활)ᄒ니=앞마을에서 우는 닭소리가 매끄러
운 듯 부드러우니 ◇南窓(남창)에 日暖(일난)ᄒ니 閣裡梅(합리매) 푸르
럿다=남쪽으로 난 창가에 햇볕이 따뜻하니 뜰 안에 있는 매화는 푸르
렀구나 ◇春興(춘흥) 겨워 ᄒ노라=봄의 흥취를 억제하기 어렵구나.

183
비즌술다 먹으니 먼듸서 손이왓다
술딥은제연마는 헌옷세언마ㅣ 느티리
兒曦야 석이지말고서 듀는더로밧아라.

먼듸서 손이 왓다=먼 곳에서 손님이 왔다 ◇술딥은 졔연마는 헌옷
세 언마ㅣ느 티리=술집은 저기지만은 헌옷에 얼마나 따져 주겠느냐
◇석이지 말고서 듀는 디로=속이지 말고 주는 대로.

184

곳지쟈 속닙나니 綠陰이 다퍼젓다
술柯枝것거니여 柳絮를쓰룻치고
醉ᄒ여 계우든줌을 喚友鶯이씨와다.

곳 지쟈 속닙 나니=꽃이 떨어지고 속잎이 나오니. 여름이 되었으니
◇柳絮(유서)를 쓰룻치고=버들솜을 쓸어버리고 ◇喚友鶯(환우앵)이 씨
와다=벗을 부르는 꾀꼬리 소리가 깨우는구나.

185

田園에 남운興을 젼나귀에 모도싯고
溪山닉은길노 興티며도라와셔
兒戱야 琴書를ᄃ스려라 남운희를보닉리라. 河緯地 號臥隱堂 端宗六臣

젼나귀에 모도 싯고=다리를 저는 나귀에 모두 싣고 ◇溪山(계산)
닉은 길노 興(흥) 티며 도라와셔=시내가 흐르는 산의 익숙한 길로 흥
에 겨워 돌아와서 ◇琴書(금서)를 ᄃ스려라 남운 희를 보닉리라=거문
고와 서책을 챙기거라. 여생을 보내리라.

186

滕王閣 놉푼집이녯스룸의 노던데라
物換星移ᄒ야 멋三秋ㅣ 지닉엿노
至今에 檻外長江이 空自流를ᄒ도다.

滕王閣(등왕각)=중국 상서성 신건현(新建縣) 서쪽에 있는 누각. 왕발

(王勃의 서(序)와 한유(韓愈)의 기(記)로 유명함 ◇物換星移(물환성이)ᄒ
야 몃 三秋(삼추)ㅣ 지너엿노=사물이 바뀌고 별이 옮겨지기를 몇 년
을 지냈느냐 ◇檻外長江(함외장강)이 空自流(공자류)를 ᄒ도다=난간
너머로 긴 강이 공허하게 흐른다. 왕발의 「滕王閣序」(등왕각서) 가운데
'物換星移度幾秋'(물환성이도기추)와 '檻外長江空自流'(함외장강공자류)
를 말함.

187
青山아 말무러보즈 古今에 네알니라
萬古英雄이 몃몃치지ᄂ더냐
이後에 뭇너시잇거든 날도함끠일너라. 金尙玉 兵使

◉ 대조; '古今에'는 '古今일', '뭇너시'는 '뭇너니'의 잘못임.

古今(고금)에 네 알니라=예전부터 지금까지의 일을 네가 알 것이다
◇萬古英雄(만고영웅)이 몃몃치 지ᄂ더냐=이제까지의 영웅들이 몇몇
이나 있었더냐 ◇뭇너시 잇거든 날도 함끠 일너라=묻는 사람이 있거
든 나도 똑같은 영웅이었다고 말하여라.

188
青春은 어듸가고 白髮은 인제온고
오고가ᄂ길을 아둣던들막을거슬
알고도 못막ᄂ길히니 그를슬허ᄒ노라.

◉ 대조; '인제'는 '언제'의 잘못.

오고 가는 길을 아둣던들 막을 거슬=세월이 오고 가는 것을 알았다
면 미리 막았을 것을 ◇알고도 못 막는 길히니=늙음은 알고도 못 막

는 것이니.

189
靑蛇釰 두러메고 白鹿을지쥴트고
扶桑지는히에 洞天으로도라드니
仙宮에 鐘聲맑은소리 구름밧게들니더라.

　靑蛇釰(청사검) 두러메고 白鹿(백록)을 지쥴 트고=청사검을 둘러메고 흰 사슴을 올라타고. 청사검은 보검(寶劍)의 하나임 ◇扶桑(부상) 지는 히에 洞天(동천)으로 도라드니=부상은 함지(咸池)와 혼동한 듯. 부상으로 해가 지는 때 동천으로 돌아오니. 부상은 해가 뜨는 곳이고 함지는 해가 지는 곳임 ◇仙宮(선궁)에 鐘聲(종성) 맑은 소리 구름 밧게 들니더라=신선이 산다고 하는 궁전에서 울리는 종소리가 마치 구름 밖에서 들리는 것 같구나.

190
靑蒻笠 숙이쓰고 綠簑衣 님의츠고
細雨江口로 낙디메고나려가니
어듸셔 一聲漁邃은 밋친興을돕느니.

　靑蒻笠(청약립) 숙이 쓰고=푸른 대나무 껍질로 엮은 삿갓을 숙여 쓰고 ◇綠簑衣(녹사의) 님의 츠고=푸른 도롱이를 차려 입고 ◇細雨江口(세우강구)로=이슬비가 내리는 때에 강의 어구로 ◇一聲漁邃(일성어적)은 밋친 興(흥)을 돕느니=한 가락 어부들의 피리소리는 신나는 흥을 돕느냐.

191
春山에 눈녹인바롬 건듯불고 간듸업늬

져근덧비러다가 쑤리과져 므리우희
귀밋혜 희묵은셔리를 불녀볼까ᄒ노라. 禹倬 高麗祭酒通性理之學

건듯 불고 간듸 업늬=잠깐 불고 간 곳이 없다 ◇져근덧 비러다가
쑤리과져 므리 우희=잠간 빌려다가 뿌리고 싶구나, 머리 위에 ◇귀
밋혜 희 묵은 셔리를 불녀 볼까 ᄒ노라=귀밑에 해묵은 서리를 불리어
볼까 한다. 백발을 눈을 녹이듯 하여 볼까 한다.

192
臨高臺 臨高臺ᄒ여 長安을 굽어보니
雲裡帝城은雙鳳闕이요 雨中春樹萬人家ㅣ로다
아마도 繁華世界는 예쑨인가ᄒ노라.

臨高臺 臨高臺(임고대임고대)ᄒ야=높은 곳에 올라 높은 곳에 올라
서 ◇雲裡帝城(운리제성)은 雙鳳闕(쌍봉궐)이요 雨中春樹萬人家(우중춘
수만인가)ㅣ로다=구름 속으로 보이는 황성은 궁궐이 여럿이요, 비 오
는 가운데 봄철의 나무는 만백성의 집이다. 당(唐)나라 왕유(王維)의 시
의 한 구절임 ◇繁華世界(번화세계)는 예쑨인가=번화하고 아름다운
세계는 여기뿐인가.

193
空山에 우는접동 너는어이 우지는다
너도날과갓치 무음離別ᄒ엿느냐
아무리 피나게운들 對答이나ᄒ더냐. 朴孝寬 號雲崖

空山(공산)에 우는 접동= 아무도 없는 산에서 우는 접동새야 ◇너
도 날과 갓치 무음 離別(이별)=너도 나처럼 무슨 이별.

194
靑山에 눈이오니 峯마다 玉이로다
뎌山푸르기는 봄삐에잇거니와
엇지틋 우리의白髮은 검겨볼쥴잇시랴.

뎌 山(산) 푸르기는 봄삐에 잇거니와=저 산이 푸른 것은 봄비가 있
기 때문이거니와 ◇검겨 볼 줄 잇시랴=검게 만들 수 있겠느냐.

195
瀟湘江 細雨中에 簑笠쓴 져老翁아
뷘비를흘니져어 어드러로向ᄒᄂ냐
太白이 騎鯨飛上天ᄒ니 風月실너가노라.

瀟湘江 細雨中(소상강세우중)에=소상강에 이슬비가 내리는 속에 ◇
簑笠(사립) 쓴 져 老翁(노옹)아=삿갓을 쓴 저 늙은이야 ◇太白(이백)이
騎鯨飛上天(기경비상천)ᄒ니=이백(李白)이 고래를 타고 하늘로 날아갔
으니. 고래는 파도를 가리키는 듯.

196
瀟湘斑竹 길게뷔여 낙시미여 두러메고
不求功名ᄒ고 碧波로도라드니
白鷗야 날본체마라 世上알까ᄒ노라.

瀟湘 斑竹(소상반죽) 길게 뷔여=소상강에 아황과 여영의 눈물 흔적
이 남아 있다고 하는 대나무를 길게 잘라. 소상의 반죽은 순(舜)임금이
붕어하자 두 비(妃)인 아황과 여영이 피눈물을 흘리고 운 흔적이라 함
◇不求功名(불구공명)ᄒ고 碧波(벽파)로 도라드니=훈공이나 명예를 구
하지 아니하고 푸른 시내로 돌아오니.

197
거문고 쥴골느녹코 忽然이 줌을드니
柴扉에긔즈즈며 반가운손오노미라
兒禧야 點心도ᄒ려니와 濁酒몬져걸너라.

거문고 쥴 골느 녹코=거문고의 줄을 알맞게 조절해 놓고 ◇柴扉(시
비)에 긔 즈즈며 반가운 손 오노미라=사립문에 개가 짖으며 반가운
손님이 오는구나.

198
오거다 도라간봄을 다시보니 반갑도다
無情ᄒ歲月은 白髮만보너ᄂ고나
엇디틋 나의少年은 가고아니오나니.

오거다 도라간 봄을=오다가 되돌아간 봄을 ◇나의 少年(소년)은 가
고 아니 오ᄂ니=나의 어린 시절은 가고 아니 오느냐.

199
金風이 부ᄂ밤에 나무닙 다지거다
寒天明月夜에 기럭이우러녤제
千里에 집쩌ᄂ客이야 줌못일워ᄒ노라. 宋宗元

金風(금풍)이 부는 밤에=가을바람이 부는 밤에 ◇나무닙 다 지거다
=나뭇잎이 다 떨어지겠다 ◇寒天明月夜(한천명월야)에 기럭이 우러녤
제=서리가 내린 차갑고 달이 밝은 밤에 기러기가 울며 날아갈 때.

200
人生이 긔언마오 白駒之 過隙이라
어려셔혬못나고 혬이나ᄌ다늙거다

어즈버 中間光景이 쩌업슨가ᄒ노라. 소人

白駒之過隙(백구지과극)이라=흰 망아지가 문틈으로 달리는 것과 같
다. 매우 빠르다 ◇어려서 헴 못나고 헴이 나ᄌ 다 늙거다=어려서는
철이 들지 아니하였고 철이 들자 벌써 다 늙었다 ◇中間光景(중간광
경)이 쩌 업슨가 하노라=중간에 볼 수 있는 광경이 특별한 때가 있는
것이 아니다.

201
興亡이 有數ᄒ니 滿月臺도 秋草ㅣ로다
五百年王業이 牧笛에붓첫시니
夕陽에 지나는客이 눈물겨워ᄒ노라. 元天錫見上

興亡(흥망)이 有數(유수)ᄒ니 滿月臺(만월대)도 秋草(추초)ㅣ로다=흥
하고 망하는 것에도 다 운수가 있으니 만월대도 추초뿐이다. 만월대는
옛 고려의 궁궐 ◇五百年王業(오백년왕업)이 牧笛(목적)에 붓첫스니=
오백년 동안 이어온 고려의 역사도 한갓 목동의 피리소리에 날려 버
리니.

202
歸去來 歸去來ᄒ되 말쑌이요 가리업세
田園이將蕪ᄒ니 아니가고어이ᄒ리
草堂에 淸風明月은 나머들며기다린다. 李賢輔 號聾巖孝節公

歸去來 歸去來(귀거래귀거래)ᄒ되 말쑌이요 가리 업세=돌아가야지,
돌아가야지 하지만 말뿐이고 가려고 하는 사람이 없네 ◇田園(전원)이
將蕪(장무)ᄒ니 아니 가고 어이 ᄒ리=전원이 바야흐로 황폐하여 가니
아니 가고 어찌 하겠느냐 ◇淸風明月(청풍명월)은 나머 들며=맑은 바

람과 밝은 달빛은 초당 안으로 들어오고 나오면서. 시간이 흐르면서.

203
셔리티고 별셩긴제 울고가는 저기럭아
네길이긔언마ㅣ 나밧바 밤씰좃츠녜는것가
江南에 期約을두엇시민 느져갈짜져혜라. 朴孝寬

셔리 티고 별 셩긴 제=서리가 내리고 별이 드믄드믄 할 때에. 새벽
녘에 ◇긔 언마ㅣ나 밧바=그 얼마나 바빠 ◇밤씰 좃츠 녜는 것가=밤
길을 따라가는 것인가 ◇期約(기약)을 두엇시민 느져 갈짜 져혜라=약
속을 하였으므로 늦게 갈까 두렵다.

204
잘시는 나라들고 시달이 돗아온다
외나무다리로 홀노가는저禪師야
네절이 언마ㅣ나흐관더 遠鐘聲이들니느니.

◉ 대조; 가번 7번과 중복.

205
시름을 줍아너여 얽어미야 붓동혀셔
碧波江流에 돌안고아너헛시니
兒禧야 盞가득부어라 終日醉를흐리라.

碧波江流(벽파강류)에 돌 안고아 너헛시니=푸른 물결이 출렁이며
흐르는 강에 돌을 안기어서 넣었으니.

206
仙人橋 나린물이 紫霞洞에 흐르르니

半千年王業이 물ㅅ소리쑌이로다
兒孺야 古國興亡을 무러무엇ᄒ리요. 鄭道傳 號三峯太祖朝相臣

仙人橋(선인교) 나린 물이 紫霞洞(자하동)에 흐르르니=선인교 아래
흐르는 물이 자하동으로 흐르니. 선인교는 개성(開城) 자하동에 있는
다리 ◇半千年 王業(반천년왕업)이 물ㅅ소리 쑌이로다=오백년 동안
고려 왕통의 역사가 물소리뿐이다. 허망함을 뜻함.

207
간밤에 부던ㅂ롬에 눈서리 치단말가
落落長松이 다기우러가노미라
ᄒ물며 못다핀쏫이야 닐너무슴ᄒ리요. 兪應孚 摠管 端宗六臣

눈셔리 치단 말가=눈서리가 쳤단 말인가 ◇못다 핀 쏫치야 닐너 무
슴 ᄒ리요=다 피지 못한 꽃이야 말하여 무엇 하겠는가. 못다 핀 꽃은
젊은 선비에 비유한 것임.

208
닉마음 버혀닉여 져달을 믠들과져
九萬里長天에 번드시걸녀이셔
고은님 계신곳에가 빗최여나보리라. 鄭澈 字季涵號松江文淸公善作歌

닉 마음 버혀 닉어 져 달을 믠들과져=내 마음을 잘라내어 저 달을
만들고 싶다 ◇九萬里長天(구만리장천)에 번드시 걸녀 이셔=아득히
먼 하늘에 뚜렷하게 걸려 있어.

209
烏騅馬 우는곳에 七尺長釖 빗겻는듸

百二函關이 뉘쌋히되단말가
鴻門宴 三擧不應을 못너슬허ᄒ노라.

鳥騅馬(오추마) 우는 곳에 七尺長釖(칠척장검) 빗겻는듸=오추마가 우는 곳에 일곱 자나 되는 긴 칼을 비스듬히 찼는데. 오추마는 항우가 타던 말의 이름 ◇百二函關(백이함관)이 뉘 쌋히 되단말가=백이함관이 누구의 땅이 되었단 말인가. 백이함관은 진(秦)나라 땅이 험준하여 이만의 병력으로도 능히 백만의 제후를 당할 수 있다는 데서 유래한 말임 ◇鴻門宴 三擧不應(홍문연삼거불응)을 못너 슬허 ᄒ노라=홍문의 잔치에서 옥결(玉玦)을 세 번이나 들었으나 불응한 것을 끝내 서러워 하노라. 홍문연은 홍문에서 항우와 유방(劉邦)이 회음(會飮)한 잔치로 항우의 부하 범증(范增)이 옥결을 세 번이나 들어 유방을 저격할 것을 지시하였으나 성사시키지 못했음.

210
長沙王 賈太傅야 눈물도 여릴시고
漢文帝昇平時에 痛哭은무슴일고
우리도 그런쎄만늣시니 어이울쬬ᄒ노라. 李恒福號白沙鰲城府院君謚文壯公

長沙王 賈太傅(장사왕가태부)야 눈물도 여릴시고=장사왕의 태부인 가의야 눈물도 어리었구나. 또는 눈물도 많구나. 한(漢)나라 가의(賈誼)가 장사왕(長沙王)의 태부가 되어, 천하의 제후들이 강대하여 제어하기 어려움을 매우 슬퍼했다고 함 ◇漢文帝 昇平時(한문제승평시)에=한나라 고조(高祖)의 아들인 문제가 통치하던 태평한 시절에 ◇그런 쎄 만 늣시니 어이 울쬬=우리도 그런 때를 만났으니 어찌 울겠는고.

211
千萬里 머나먼길에 고은님 여희옵고
닉ᄆ음둘듸업셔 닛가에안잣시니
져물도 닉안과갓틔여 우러넬만ᄒ더라. 王邦衍 開城人魯山時蔭金吾郎

고은 님 여희옵고=고운 님과 이별하고 ◇닉 안과 갓틔여 우러 넬
만 ᄒ더라=나의 마음과 같아서 울며 흘러갈 법하더라.

212
頭流山 兩端水를 녜듯고 이제보니
桃花쁜맑은물에 山影좃ᄎ즘겨셰라
兒禧야 武陵이어드메오 나는옌가ᄒ노라. 曹植 號南溟文靖公

頭流山 兩端水(두류산양단수)를 네 듯고 이제 보니=두류산의 물길
이 서로 갈라진다고 하는 곳을 예전에 듣고 이제 와서야 보니. 두류산
은 지리산(智異山)의 다른 이름 ◇山影(산영)좃ᄎ 줌겨셰라=물이 맑아
산의 그림자마저 잠겨 있구나 ◇武陵(무릉)이 어드메오 나는 옌가 ᄒ
노라=무릉도원이 어디냐 나는 여기인가 한다.

213
믹암이 밉다울고 쓰르람이 쓰다우니
山荣를밉다는가 薄酒를쓰다는가
우리는 草野에뭇쳣시니 밉고쓴줄몰너라. 李廷藎 號百悔翁

草野(초야)에 뭇쳣시니 밉고 쓴 줄 몰너라=시골에 묻혀 사니 세상
살이의 어려움을 모르겠다.

214
벼슬을 져마다ᄒ면 農夫되리 뉘잇시며

醫員이 病곳치면 北邙山이져러ᄒ랴
우리ᄂ 天性을직희여 너뜻더로ᄒ리라.

◉ 대조; 종장이 '아희야 盞 가득부어라내쏫대로ᄒ리라'로 작자가 김창업(金昌
業)이라고 되어 있으나, 『歌曲源流』계 가집에서는 위와 같고 작자가 미상
으로 되어 있음.

農夫(농부) 되 리 뉘 잇시며=농부 될 사람이 누가 있으며 ◇北邙山
(북망산)이 져러 ᄒ랴=북망산이 저렇게 무덤으로 가득 찼겠느냐. 북망
산은 공동묘지임.

215
西廂에 期約ᄒ님이 돌돗도록 아니온다
지게門半만녈고 밤드도록기다리니
月移코 花影이動ᄒ니 님이오ᄂ넉엿노라. 朴英秀

西廂(서상)에 期約(기약)ᄒ 님이=서쪽에 있는 방에서 만나자고 약속
했던 임이 ◇지게門(문) 半(반)만 녈고 밤드도록 기다리니=출입문을
반쯤 열고 밤늦도록 기다리니 ◇月移(월이)코 花影(화영)이 動(동)ᄒ니
=달이 기울고 꽃그림자의 자리도 바뀌었으니. 밤이 깊었으니.

216
千里에 글이는님을 꿈속에ᄂ 보려ᄒ고
紗窓을倚支ᄒ야 午夢을이루더니
어듸셔 無心ᄒ黃鶯兒ᄂ 나의꿈을ᄭ오ᄂ니. 仝人

千里(천리)에 글이는 님을=멀리 떨어져 있어 그리워하는 님을 ◇紗
窓(사창)을 倚支(의지)ᄒ야 午夢(오몽)을 이루더니=비단 장막을 쳐놓은
창문에 기대어 낮잠이 들어 꿈을 꾸었더니 ◇無心(무심)ᄒ 黃鶯兒(황앵

아)논=아무런 생각도 없이 울어대는 꾀꼬리는.

217

主人이 술부으니 客으란 노릭ᄒ소
ᄒ盞술ᄒ曲調ㅅ식 시도록즐기다가
시거든 시술시노릭로 니여놀녀ᄒ노라. 李象斗 蔭尙州牧使

시도록 즑이다가=밤이 샐 때까지 즐기다가 ◇니여 놀녀 ᄒ노라=계속하여 놀려고 한다.

218

燈盞ㅅ불 그무러갈제 窓쪈집고드는님과
五更鍾나리올제 다시안고눕는님을
아무리 白骨이塵土ㅣ된들 니즐줄이잇시랴.

燈盞(등잔)ㅅ불 그무러갈 제 窓(창)쪈 집고 드는 님과=등잔불 꺼져 갈 때 창틀을 잡고 몰래 들어오는 님과 ◇五更鍾(오경종) 나리올 제=오경을 알리는 종소리가 들려올 때. 새벽에 ◇니즐 줄이 이시리=잊을 까닭이 있겠느냐.

219

空手來 空手去ᄒ니 世上事ㅣ 如浮雲을
成墳人盡歸면 月黃昏이오山寂寂이로다
져마다 이러헐人生이 아니놀고어이라.

◉ 대조; '어이라'는 '어이리'의 잘못인 듯.

空手來 空手去(공수래공수거)ᄒ니 世上事ㅣ 如浮雲(세상사여부운)을 =빈손으로 태어나 빈손으로 죽는 것이 인생이니 세상의 모든 일들이

뜬구름과 같은 것을 ◇成墳人盡歸(성분인진귀)면 月黃昏(월황혼)이요
山寂寂(산적적)이로다=무덤이 만들어지고 나서 사람들이 다 돌아간
뒤에는 어느새 황혼이 되고 산은 적적하여 진다.

220
꾀꼬리 고은노리 나뷔춤을 猜忌마라
나뷔춤아니런들 鸎歌너쑨이여니와
네겻헤 多情튼니를거슨 蝶舞론가ᄒ노라. 安玫英

꾀꼬리 고은 노리 나뷔 춤을 猜忌(시기) 마라=꾀꼬리는 노래를 잘
한다하고 나비의 춤을 시기하지 마라 ◇나뷔 춤 아니런들 鸎歌(앵가)
너 쑨이어니와=나비의 춤이 없다면 꾀꼬리 너의 노래뿐이니 ◇네 겻
헤 多情(다정)튼 니를 거슨 蝶舞(접무)론가 ᄒ노라=너의 곁에 다정하
다고 말할 수 있는 것은 나비춤인가 한다. 자기 자신만 잘난 체하고
남을 시기하지 마라.

221
桃花는 훗날니고 綠陰은 퍼저온다
꾀꼬리식노리는 烟雨에구을거다
마초아 盞드러勸ᄒ랼제 淡粧佳人오도다. 仝人

桃花(도화)는 훗날리고 綠陰(녹음)은 퍼저온다=복숭아꽃은 바람에
흩어져 날리고 녹음은 점점 짙어져 온다 ◇烟雨(연우)에 구을거다=안
개처럼 뿌옇게 내리는 비에 매끄럽게 구르는 것 같다 ◇마초아 盞(잔)
드러 勸(권)ᄒ랼 제 淡粧佳人(담장가인) 오도다=때를 맞추어 술잔을
들어 권하려고 할 때 담박하게 화장한 미인이 오더라.

222
龍樓에 우는북은 太簇律을 應ᄒ엿고

萬戶에밝힌불은 上元月를맛는고야
俄已요 百尺虹橋上에 萬人同樂ᄒ더라. 仝人 上元踏橋聽鐘作

龍樓(용루)에 우는 북은 太簇律(태주율)을 應(응)ᄒ엿고=커다란 누각에서 울리는 북소리는 태주율에 호응하였고. 태주율은 양률(陽律)의 두 번째로 동방을 가리키고 정월(正月)에 해당함 ◇萬戶(만호)에 밝힌 불은 上元月(상원월)을 맛는고야=많은 집들이 밝힌 등불은 정월 대보름의 달을 맞이하는구나 ◇俄已(아이)요 百尺虹橋上(백척홍교상)에 萬人同樂(만인동락) ᄒ더라=이윽고 무지개다리 위에서 여러 사람들과 함께 즐기더라.

223
長風이 건듯부러 浮雲을 헷처시니
華表千年에 달쎗치어제론듯
뭇노라 丁令威어듸가니 네가알짜ᄒ노라. 孝宗大王

長風(장풍)이 건듯 부러 浮雲(부운)을 헷처시니=먼 곳에서 불어오는 바람이 잠깐 불어 뜬구름을 흐트러뜨렸으니 ◇華表千年(화표천년)에 달쎗치 어제론 듯=화표는 천년이 지나도 변하지 않았는데 달빛은 마치 어제인 듯. 화표는 장소를 표시하기 위해 세운 푯말 ◇丁令威(정령위) 어듸가니=정령위는 어디 갔느냐. 정령위(丁令威)는 한(漢)나라 때 요동 사람으로 도술에 통하여 학이 되었다가 천년 만에 다시 고향에 돌아오니 성곽은 여전하나 사람이 간 곳이 없다고 한탄했다고 함.

224
朝天路 보뮈단말가 玉河舘이 뷔단말가
大明崇禎이 어드레로기시건고
三百年 事大誠信이 꿈이런가ᄒ노라. 上仝

朝天路(조천로) 보뭐단 말가 玉河舘(옥하관)이 뷔단말가=중국의 천자를 뵈러 가던 길이 녹이 슬었던 말인가 옥하관이 비었던 말인가. 옥하관은 중국 북경(北京) 근처에 있던 집의 이름. 조선시대 사신들의 숙소였음 ◇大明崇禎(대명숭정)이 어드레로 기시건고=대국이었던 명나라의 숭정이 어디로 갔는고. 숭정(崇禎)은 명(明)나라 말의 연호(年號). 명의 멸망을 한탄하는 말 ◇三百年 事大誠信(삼백년사대성신)이=삼백년 동안의 명나라를 섬기던 성의와 신의가.

225
가마귀 눈비마즈 희는듯 검노믹라
夜光明月이 밤인들어두오랴
님向흔 一片丹心일단 變헐쥴이잇시랴. 朴彭年 號醉琴軒 端宗六臣

226
功名도 富貴도말고 이몸이閑暇흐야
萬水千山에 슬커시노니다가
말업슨物外乾坤과 함끠늙즈흐노라.

萬水千山(만수청산)에 슬커시 노니다가=헤아릴 수 없이 많은 경치가 좋은 곳을 찾아 싫증이 나도록 놀다가 ◇말업슨 物外乾坤(물외건곤)과=아무런 말이 없는 속세 밖의 세상과.

227
唐虞는 언젯時節 孔孟은 뉘시런고
淳風禮樂이 戰國이되얏시니

이몸이 석은선비로되 擊節悲歌ᄒ노라.

◉ 대조; '선배'는 '선븨'로 된 곳이 있음.

唐虞(당우)는 언젯 時節(시절) 孔孟(공맹)은 뉘시런고=당우는 언제 시절이고 공자와 맹자는 누구시던가. 당우는 요순의 태평시절 ◇淳風禮樂(순풍예악)이 戰國(전국)이 되얏시니=순박한 풍속과 예법과 음악이 전국시대처럼 되었으니. 전국시대는 중국 주(周)나라 말기로 진시황이 천하를 통일하기 이전까지의 혼란한 시대를 말함 ◇석은 선비로되 擊節悲歌(격절비가) ᄒ노라=썩은 선배로 박자를 맞춰가며 슬프게 노래한다. 또는 썩은 선비로.

228
孔夫子 大聖人으로 陳蔡에 辱을보고
蘇季子口辯으로 남의손에죽엇ᄂ니
출하로 是非를모로고 니쯧더로ᄒ여라.

◉ 대조; 'ᄒ여라'는 'ᄒ리라'의 잘못임.

孔夫子 大聖人(공부자대성인)으로 陳蔡(진채)에 辱(욕)을 보고=공자(孔子)와 같은 훌륭한 성인도 진(陳)나라와 채(蔡)나라에서 욕을 보았고. 진(陳)나라나 채(蔡)나라는 모두 작은 나라로 공자가 초(楚)나라의 초청으로 이 두 나라를 가는 도중에 그 나라 병사들에게 포위를 당하여 욕을 본 일이 있음 ◇蘇季子 口辯(소계자구변)으로=소진(蘇秦)의 뛰어난 말주변으로. 소진은 전국시대 모사(謀士)임.

229
天地도 唐虞ㄷ적天地 日月도 唐虞ㄷ적日月

天地日月은 古今에 唐虞ㅣ로되
엇지탸 世上人事는 나날달나가느니. 李濟臣號淸江

唐虞(당우)=요순(堯舜) 시절 ◇世上 人事(세상인사)는 나날 달나 가
느니=세상의 사람들의 인심은 날이 갈수록 달라 가느냐.

230
나혼ᄌ 오늘이여 즑어온쟈 今日이야
즑어온오날이 倖혀나져물세라
每日에 오늘것트면 무슴시름잇시리. 金玄成號南窓

나혼ᄌ 오늘이여=즐겁구나, 오늘이여 ◇倖(행)혀나 져물세라=행여
나 저물까 두렵다.

231
놉푸나 놉푼남게 날勸ᄒ야 올녀두고
이보오벗님네야 흔들디나말념우나
나려져 죽기는셥디아니ᄒ되 님못볼까ᄒ노라. 李陽元號鷺渚完平府院君

날 勸(권)ᄒ야 올녀 두고=나를 권하여 올라가게 하고 ◇흔들디나
말념우나=흔들지나 말거라 ◇님 못 볼까 ᄒ노라=님 못 볼까 하노라.

232
술먹고 노ᄂ일은 나도外ㄴ쥴 알건마는
信陵君무덤우희 밧가ᄂ쥴몰보신가
百年이 亦草草ᄒ니 아니놀고어이ᄒ리.

◉ 대조: ‘몰보신가’는 ‘못보신가’의 잘못임.

나도 外(외) ㄴ줄 알건마는='外'는 한자어가 아님. 나도 잘못된 줄 알
지마는 ◇信陵君(신릉군) 무덤 우희 밧 가는 줄 몰 보신가=신릉군 무
덤이 밭이 되어 사람들이 갈고 있는 것을 못 보았는가. 위국(魏國)의
공자(公子) 무기(無忌)가 이곳에 봉함을 받고 신릉군(信陵君)이라 했음
◇百年(백년)이 亦草草(역초초)ᄒ니=백년이라고 하는 긴 세월도 또한
쓸쓸하기는 마찬가지니.

233
엇그제 부던ㅂ람 눈서리 치단말가
落落長松이 다기우러가노미라
ᄒ믈며 다못퓐곳이야 일너무슴ᄒ리요. 俞應孚

◉ 대조; 가번 207과 중복

234
房안에 혓ᄂ燭불 눌과離別ᄒ엿관ᄃ
것츠로눈물디고 속탄줄모로ᄂ고
뎌燭불 날과갓트여 속타ᄂ줄모르도다.

◉ 대조; '속탄줄'은 '속타ᄂ줄'의 잘못임.

房(방)안에 혓ᄂ 燭(촉)불 눌과 離別(이별)ᄒ엿관ᄃ=방 안에 켜 있는
촛불 누구와 이별을 ᄒ였기에.

235
龍것치 한것ᄂ말쎄 자남운 미를밧고
夕陽山路로 기부르며도라드니
아마도 丈夫의노리ᄂ이쁜인가ᄒ노라.

龍(용)것치 한 것는 말쎄 자 남운 미를 밧고=용처럼 잘 걷는 말과 한 자가 넘는 커다란 매를 받고 ◇夕陽山路(석양산로)로 기 부르며 도라드니=해가 지는 산길로 개를 부르며 돌아드니 ◇丈夫(장부)의 노리는=사나이의 즐기는 놀이는. 매사냥을 말함.

236
어제도 爛醉ㅎ고 오늘도 술이로다
그제는엇더턴지 긋그제는너몰너라
來日은 江湖에벗뫼이니 씰쏭말쏭ㅎ여라.

어제도 爛醉(난취)ㅎ고=어제도 술에 몹시 취하고 ◇그제는 엇더턴지 긋그제는 너 몰너라=그저께는 어떠했는지 그끄제는 나도 모르겠다.

237
雲澹風輕 近午天에 小艇에 술을싯고
訪花隨柳ㅎ여 前川을디나가니
어듸셔 모로논분네는 少年을學혼다ㅎ더라.

◉ 대조; '雲澹風輕'은 '雲淡風輕'의 잘못.

雲澹風輕近午天(운담풍경근오천)에=맑은 구름 떠 있고 가벼이 바람 불어 해는 정오에 가까웠는데 ◇訪花隨柳(방화수류)ㅎ여 前川(전천)을 디나가니=꽃을 찾고 버들을 따라 앞내를 지나가니 ◇少年(소년)을 學(학)혼다=소년은 배운다고 한다네. 송(宋)나라 정호(程顥)의 「在鄂詩」(재악시) '雲淡風輕近午天 訪花隨柳過前川 時人不識予心樂 將謂偸閑學少年'(운담풍경근오천 방화수류과전천 시인불식여심락 장위투한학소년)을 시조로 만든 것임.

238
霜風이 섯거친날에 갓픠온 黃菊花를
金盆에 7득담아 玉堂에보니오니
桃李야 곳인체마라 님의뜻을알니라. 宋純 號止齋靖肅公

◉ 대조; '止齋'는 '企齋'의 잘못임.

金盆(금분)에 7득 담아 玉堂(옥당)에 보니오니=좋은 화분에 가득
담아 옥당에 보내니. 옥당(玉堂)은 홍문관(弘文館)의 다른 이름임 ◇桃
李(도리)야 곳인체 마라 님의 뜻을 알니라=복숭아와 오얏 꽃들아 너
희들만 꽃인 체 마라, 임의 뜻을 알 것이다.

239
心如長江 流水淸이요 身似浮雲 無是非라
이몸이閑暇ᄒ니 ᄯ로ᄂ니白鷗ㅣ로다
어즈버 世上名利說이 귀예올까ᄒ노라. 申光漢號止齋文簡公

心如長江流水淸(심여장강유수청)이요 身似浮雲無是非(신사부운무시비)
라=마음은 긴 강을 흐르는 물과 같이 맑고, 몸은 뜬 구름처럼 시비가
없고 자유롭다 ◇世上名利說(세상명리설)이 귀예 올까 ᄒ노라=세상의
명예와 이득에 관한 말들이 귀에 들릴까 걱정이 된다.

中擧 (중허리드는ᄌ즌ᄒ닙)

290
池塘에 비ᄲ리고 楊柳에 너ᄭ인제
沙工은어듸가고 븬비만민엿는고
夕陽에 ᄶ일흔갈먹이는 오락가락하더라. 趙憲 號重峯

池塘(지당)에 비 쑤리고 楊柳(양류)에 너 끼인제=연못에는 비가 내리고 버드나무에는 안개가 자욱하게 끼었는데.

241

이시렴 부듸갈짜 아니가든 못헐소냐
無端히슬터나 남의毁言을드럿ᄂ냐
져님아 하이닯고야 가는쯧즐닐너라. 成宗大王

이시렴 부듸 갈쏜=있으려므나, 부디 가겠느냐 ◇無端(무단)히 슬터냐 남의 毁言(훼언)을 드럿ᄂ냐=아무 까닭도 없이 싫더냐, 아니면 다른 사람의 헐뜯는 말을 들었느냐 ◇하 이닯고야 가는 쯧즐 닐러라=너무 슬프구나, 가겠다는 뜻을 말하여라.

242

山村에 밤이드니 먼딋기즈져온다
柴扉를열고보니 하늘이츠고달이로다
져기야 空山좀든돌을 즈저무슴ᄒ리요.

山村(산촌)에 밤이 드니 먼딋 기 즈져 온다=산골 마을에 밤이 되니 먼 곳의 개들이 짖어 운다. 개 짖는 소리가 들린다 ◇柴扉(시비)를 열고 보니 하늘이 츠고 달이로다=사립문을 열고 바라보니 날씨가 차고 하늘에는 달만 떠 있다 ◇空山(공산) 좀든 돌을 즈저 무슴 ᄒ리요=텅 빈 산에 인적이 끊겨 조용한 가운데 떠 있는 달을 짖어 무엇 하겠느냐.

243

東窓이 旣明커늘 님을너여 보너오니
非東方卽明이라 月出之光이로다
脫鴛衾 退鴛枕ᄒ고 轉展反則ᄒ소라.

東窓(동창)이 旣明(기명)커늘 님을 너여 보너오니=동창이 이미 밝았거늘 서둘러 임을 내보내니 ◇非東方卽明(비동방즉명)이라 月出之光(월출지광)이로다=동방이 이미 밝은 것이 아니라. 날이 샌 것이 아니라, 달이 떠오르는 빛이로다 ◇脫鴦衾 退鴛枕(탈앙금퇴원침)ᄒ고 轉展反則(전전반칙) ᄒ소라='轉展反則'(전전반칙)은 '輾轉反側'(전전반측)의 잘못. 원앙을 수놓은 베개와 이불을 물리고 이리 뒹굴 저리 뒹굴면서 잠을 이루지 못하더라.

244
秋江에 밤이드니 물ㄱ결이 ᄎ도미라
낙시드리오니 고기아니무노미라
無心ᄒ 돌뺏만싯고 뷘비져어오노미라. 月山大君

◉ 대조; 가번 119와 중복. '차도미라'는 '차노미라'의 잘못임.

245
南樓에 북이울고 銀漢이 三更인제
白馬金鞍에 少年心도하다마는
紗窓에 기ᄃ릴님업스니 그를슬허하노라.

南樓(남루)에 북이 울고 銀漢(은한)이 三更(삼경)인제=남쪽 누각에 시각을 알리는 북소리가 울리고 은하수는 기울어 한밤중인데 ◇白馬金鞍(백마금안)에 少年心(소년심)도 하다마는=흰 말을 타고 아주 좋은 안장을 갖고 없는 호사를 하고 싶은 어릴 적 마음이 많기도 하지마는 ◇紗窓(사창)에 기ᄃ릴 님 업스니=집안에 기다릴 님이 없으니.

246
西山에 日暮ᄒ니 天地에 가히업다
梨花에月白ᄒ니 님싱각이시로외라

杜鵑아 너는눌을글여 밤식도록우느니.

◉ 대조; '식로이라'는 '식로왜라'의 잘못인 듯.

西山(서산)에 日暮(일모)ᄒ니 天地(천지)에 가히 업다=서산으로 해가
지니 세상에 끝이 없다. 캄캄하다 ◇梨花(이화)에 月白(월백)ᄒ니=배꽃
에 달빛이 밝아 더욱 희게 비추니 ◇너는 눌을 글여=너는 누구를 그
리워하여.

247
靑春에 보던거울 白髮에 곳처보니
靑春은간듸업고 白髮만뵈는고나
白髮아 靑春이제갓시랴 네쫏츤가ᄒ노라. 李廷藎號百悔翁

白髮(백발)에 곳처 보니=나이가 들어 다시 보니 ◇靑春(청춘)이 제
갓시랴 네 쫏츤가 ᄒ노라= 젊음이 제가 스스로 갔겠느냐 네가 쫓았는
가 한다.

248
靑山이 寂寞ᄒ듸 麋鹿이 벗이로다
藥草에맛드리니 世味를이즐노다
夕陽에 낙듸를메고나니 漁興겨워ᄒ노라.

麋鹿(미록)이 벗이로다=사슴이 벗이로구나 ◇世味(세미)를 니즐노다
=속세를 잊겠구나 ◇낙듸를 메고 나니 漁興(어흥) 겨워 ᄒ노라=낚싯
대를 메고 나서니 고기 잡는 흥취를 억제하기 어렵구나.

249
靑山이 不老ᄒ니 麋鹿이 長生ᄒ고

江漢이無窮ᄒ니 白鷗의富貴로다
우리는 이江山風景에 分別업시늙으리라. 任義直一國善琴

靑山(청산)이 不老(불로)ᄒ니 麋鹿(미록)이 長生(장생)ᄒ고=산이 늙지
아니하고 항상 푸르니 사슴이 오래 살고 ◇江漢(강한)이 無窮(무궁)ᄒ
니 白鷗(백구)의 富貴(부귀)로다=크고 작은 강들이 다 끊임없이 흐르
니 이는 갈매기들의 먹이가 풍부하여 부귀나 다름이 없다 ◇이 江山
風景(강산풍경)에 分別(분별) 업시=이 좋은 자연 속에서 걱정 없이.

250
靑天에 쩟는미가 우리님의 미오것다
단장고쎄짓체 방울소리더욱것다
우리님 酒色에줌겨서 미쩌는줄모로도다.

◉ 대조; '미오것다'는 '미도것다'의 잘못임.

단장고 쎄짓체 방울소리 더욱 것다=단장고와 쎄깃에 방울소리 마저
도 더욱 똑같다. 단장고는 매에게 하는 치장. 쎄깃은 매의 소유자를
표시하기 위하여 덧꽂는 깃털. 시치미 ◇더욱 것다=더욱 똑같다 ◇미
쩌는 줄=매가 뜬 줄을.

251
江村에 日暮ᄒ니 곳곳이 漁火로다
滿江漁子들은 북치며告祀ᄒ다
밤中만 欸乃一聲에 山更幽를ᄒ더라. 任義直

◉ 대조; '滿江漁子'는 다른 이본엔 '滿江船子'로 되었음.

江村(강촌)에 日暮(일모)ᄒ니 곳곳이 漁火(어화)로다=강가에 있는 마

을에 해가 저무니 곳곳에 고기잡이들의 횃불이로구나 ◇滿江漁子(만강
어자)들은 북티며 告祀(고사)흐다=강에 그득한 고기잡이배를 탄 사람
들이 북을 치며 고사를 지낸다 ◇欸乃一聲(애내일성)에 山更幽(산경유)
를 흐더라=노 젓는 시끄러운 소리에 사방이 다시 어둡고 고요해지더
라. 시끄러웠다 고요해짐을 말함.

252
門닷고 글닐넌지 멧歲月이 되엿관디
庭畔에심운솔이 老龍鱗을일우어다
名園에 픠여진桃李야 멧번인줄알니요. 李廷藎

　庭畔(정반)에 심운 솔이 老龍鱗(노룡린)을 일우어다=뜰에 심은 소나
무가 늙은 용의 비늘처럼 되었구나. 세월이 많이 흘렀다 ◇名園(명원)
에 픠여진 桃李(도리)야 멧 番(번)인 줄 알니요=이름난 동산에 피고지
고 하는 도리야 너는 몇 번이나 피고지고 하는 줄을 알겠느냐.

253
淸江에 낙시넉코 扁舟에 실녓시니
남이니르기를 고기낙다흐노미라
두어라 取適非取魚를 제뉘라서알니요. 宋宗元

　扁舟(편주)에 실녓시니=조그만 배에 실렸으니. 배를 타고 있으니 ◇
남이 니르기를 고기 낙다 흐노미라=다른 사람들이 말하기를 고기를
낚는다고 하는구나 ◇取適非取魚(취적비취어)를 제 뉘라서 알니요=고
기를 낚는 것에 아니라 세상의 일을 잊고자 하는 뜻을 그 누가 알겠
느냐.

254
人生이 꿈인줄을 저마다 아노라니
아노라ᄒ오시ᄂ 아ᄂ니를못볼너고
우리ᄂ 眞實노아오미 醉코놀녀ᄒ노라. 仝人

져마다 아노라니=저마다 안다고 하네 ◇아노라 ᄒ오시ᄂ 아ᄂ 니를
못 볼너고=알겠다고들 하시나 아는 이를 못 보았구나.

255
金樽에 가득ᄒ술을 슬커장 거우르고
醉ᄒ後긴노리예 즐거옴이시로이라
兒曹야 夕陽이盡타마라 달이좃츠오노미라.

◉ 대조; '싀로이라'는 '싀로왜라'의 잘못인 듯.

夕陽(석양)이 盡(진)타 마라 달이 좃츠 오노미라=석양이 다 되어 날
이 저물었다고 하지마라 달이 계속해서 떠오르는구나.

256
金樽에 酒滴聲과 玉女에 解裙聲이
兩聲之中에 어늬소리더됴흔고
아마도 月沈三更에 解裙聲인가ᄒ노라.

金樽(금준)에 酒滴聲(주적성)과 玉女(옥녀)에 解裙聲(해군성)이=술통
에서 술이 떨어지는 소리와 아름다운 여인의 옷 벗는 소리가 ◇兩聲
之中(양성지중)에 어늬 소리=두 가지 소리 가운데 어느 소리가 ◇月
沈三更(월침삼경)에 解裙聲(해군성)인가=달이 없는 캄캄한 한밤중에
여인의 옷 벗는 소리인가.

257
睢陽城 月暈中에 누구누구男子ㅣ런고
秋霜은萬春이요 烈日은濟雲이라
아무나 英雄을뭇거든 두스람을니르리라.

◉ 대조: '濟雲'은 '霽雲'의 잘못으로 다른 이본도 이렇게 된 곳이 많음.

　　睢陽城 月暈中(수양성월훈중)에=수양성에 달무리를 하는 가운데. 수
양성은 중국 하남성에 있던 당(唐)나라의 성으로 안녹산의 난 가운데
장순(張巡)과 남제운(南霽雲)이 죽음으로 지킨 성 ◇秋霜(추상)은 萬春
(만춘)이요 烈日(열일)은 濟雲(제운)이라=추상같이 엄한 장수는 뇌만춘
(雷萬春)이요 뜨거운 해와 같은 충신을 남제운(南霽雲)이다 ◇아무나
英雄(영웅)을 뭇거든 두 스람을 니르리라=누구든 영웅이 누구냐고 묻
는다면 만춘과 제운 두 사람을 일컬으리라.

258
기럭이 외기럭이 洞庭瀟湘 어듸두고
半夜殘燈에 줍든날을쌔우ᄂᆞ니
이後란 碧波寒月인제 影徘徊만ᄒᆞ여라.

　　洞庭 瀟湘(동정소상)을 어듸 두고=동정호(洞庭湖)와 소상강(瀟湘江)
을 어듸 두고. 동정호와 소상강은 다 중국에 있는 강과 호수임 ◇半夜
殘燈(반야잔등)에=한밤중 까물거리는 등불에 ◇碧波寒月(벽파한월)인
제 影徘徊(영배회)만 ᄒᆞ여라=푸른 물결 위에 차가운 달빛만 어릴 때
에 그림자만 왔다 갔다 하여라.

259
梨花에 月白ᄒᆞ고 銀漢이 三更인제
一枝春心을 子規야알냐마는

多情도 病이냥ㅎ야 좀못드러ㅎ노라. 李兆年 文度公

梨花(이화)에 月白(월백)ㅎ고 銀漢(은한)이 三更(삼경)인제=배꽃에 달빛이 하얗게 비취고 은하수는 기울어 한밤중인데 ◇一枝春心(일지춘심)을 子規(자규)야 알냐마는=한 가지에 어린 봄뜻을 소쩍새가 알겠느냐만 ◇多情(다정)도 病(병)이냥 ㅎ야=다정다감한 것도 병인 것 같아.

260
平沙에 落雁ㅎ고 荒村에 日暮ㅣ로다
漁船도도라들고 白鷗ㅣ다잠든적에
뷘비에 달시러가지고 江亭으로오더라. 趙重峯

平沙(평사)에 落雁(낙안)ㅎ고 荒村(황촌)에 日暮(일모)ㅣ로다=평평한 모래 벌에 기러기가 내려앉고 황량한 마을에 해가 저물도다 ◇漁船(어선)도 도라 들고=고기잡이배들도 들어오고.

261
閑山섬 둘밝은밤에 戍樓에 혼자안져
큰칼녑헤츠고 깁픈시름ㅎ는次에
어듸셔 一聲胡笳는 斷我腸을ㅎㄴ니. 李舜臣 忠武公

◉ 대조; '戌樓'는 '戍樓'의 잘못.

戍樓(술루)에 혼자 안져='戌樓'(술루)는 '戍樓'(수루)의 잘못. 수자리를 보는 누각에 홀로 앉아 ◇어듸셔 一聲胡笳(일성호가)는 斷我腸(단아장)을 ㅎㄴ니=어디서 들려오는 오랑캐 피리소리는 나의 애를 끊느냐.

262
時節도 저러ㅎ니 人事도 이러ㅎ다

이러ᄒ거니 어이저러아니힐소냐
이런자 저런즈ᄒ니 ᄒ숨겨워ᄒ노라. 李恒福見上

時節(시절)도 저러ᄒ니 人事(인사)도 이러ᄒ다=시절이 저렇게 어수선하니 인사도 이렇게 시끌시끌하다 ◇이런자 저런즈 ᄒ니 ᄒ숨 겨워 ᄒ노라=이렇다 저렇다 하고 일관성이 없느니 한숨이 절로 나오는 것을 어쩔 수 없어 하노라.

263
君平이 旣棄世ᄒ니 世亦 棄君平을
醉狂은上之上이요 詩思는更之更이라
다만지 淸風明月이니벗인가ᄒ노라. 鄭斗卿

君平(군평)이 旣棄世(기기세)ᄒ니 世亦棄君平(세역기군평)을=군평이 이미 세상을 버리니 세상 또한 군평을 이미 버렸음을. 군평(君平)은 지은이 정두경(鄭斗卿)의 자(字) ◇醉狂(취광)은 上之上(상지상)이요 詩思(시사)는 更之更(경지경)이라=술에 취해 미친 듯 세상을 잊고 사는 것은 잘한 것 가운데 으뜸이요 시에 대한 생각은 고치고 또 고치는 것이다.

264
가마귀 저가마귀 너를보니 익닯고야
너무슴藥을먹고 ᄆ리좃츠검엇는다
우리는 白髮검길藥을 못어들싸ᄒ노라.

◉ 대조; 가번 35와 유사함.

너를 보니 익닯고야=너를 쳐다보니 불쌍하구나. 여기서는 부럽고 나의 뜻으로 역설적인 표현임 ◇너 무삼 藥(약)을 먹고 ᄆ리좃츠 검엇는다=너는 무슨 약을 먹고 머리마저 검었느냐.

265
간밤에 쑴도됴코 시벽가치 일우더니
반가운ㅈ네를 보려ㅎ고그럿턴지
져님아 왓눈곳이니 쟈고간들엇더리.

새벽 가티 일 우더니=새벽에 까치가 일찍부터 울더니 ◇왓는 곳이
니 쟈고 간들 엇더리=이왕에 왔으니 자고 간들 관계하겠느냐.

266
烏江에 月黑ㅎ고 騅馬도 아니간다
虞兮虞兮여 너너를어이ㅎ리
平生에 萬人敵비와너여 이리될줄어이알니.

烏江(오강)에 月黑(월흑)ㅎ고 騅馬(추마)도 아니 간다=오강에 달이
캄캄하고 오추마도 가지 아니한다. 오강은 항우(項羽)가 해하성(垓下城)
에서 패해 자결한 곳이고 오추마는 항우가 타던 말의 이름임 ◇虞兮
虞兮(우혜우혜)여 너 너를 어이 ㅎ리=우여 우여 내가 너를 어찌하면
좋겠느냐. 우(虞)는 항우가 사랑하던 여인 ◇平生(평생)에 萬人敵(만인
적) 비와 너여 이리 될 줄 어이 알니=생전에 혼자서 만인의 적을 상
대할 수 있는 재주를 배워서 이렇게 될 줄을 어찌 알았겠느냐. 항우를
두고 한 말임.

267
져건너 一片石이 姜太公의 釣臺로다
文王은어듸가고 빈臺만남앗눈고(一作빈비만미엿눈고)
夕陽에 물차눈저비만 오락가락ㅎ더라.

姜太公(강태공)의 釣臺(조대)로다=강태공이 낚시하던 곳이다 ◇文王
(문왕)은 어듸 가고=강태공을 만나 그를 등용했던 주(周)나라 문왕은
어디 가고 ◇물 츠는 저비문=무심한 제비만.

268
峨嵋山月 半輪秋와 赤壁江山 無限景을
李謫仙蘇子瞻이 놀고남겨두온쯧즌
後世예 英雄豪傑로 니어놀게훔이라.

　娥眉山月半輪秋(아미산월반륜추)와 赤壁江上無限景(적벽강상무한경)을
=아미산에 반달이 뜬 가을과 적벽강의 무한한 경치를. '아미산월반륜
추'는 이백의 「娥眉山月歌」(아미산월가)의 기구(起句)임 ◇李謫仙 蘇子
瞻(이적선소자첨)이=이백(李白)과 소식(蘇軾)이. 이백은 당(唐), 소식은
송(宋)나라 문인임 ◇니어 놀게 훔이라=계속하여 놀게 함이다.

269
遠上寒山 石逕斜ᄒ니 白雲深處 有人家ㅣ라
停車坐愛楓林晚ᄒ니 霜葉紅於二月花ㅣ라
아마도 無限淸景은 이뿐인가ᄒ노라.

　遠上寒山石逕斜(원상한산석경사)ᄒ니　白雲深處有人家(백운심처유인가)
ㅣ라=멀리 한산의 돌길이 비꼈는데 흰 구름 깊은 곳에 인가가 있구나
◇停車坐愛楓林晚(정거좌애풍림만)ᄒ니　霜葉(상엽)이 紅於二月花(홍어이
월화)ㅣ로다=수레를 멈추고 늦가을의 경치를 보니 서리 맞은 나뭇잎
이 봄철의 꽃보다 붉더라. 당(唐)나라 두목(杜牧)의 「山行」(산행) 시를
초장과 중장으로 만들고, 종장을 새롭게 보탠 것임 ◇無限淸景(무한청
경)은=한없이 펼쳐진 아름다운 경치는.

270
우는거시 벅국신가 푸른거슨 버들쑵가
漁村두세집이 暮烟에줌겨세라
夕陽에 짝일흔갈멱이는 오락가락ᄒ더라.

暮煙(모연)에 줌겨세라＝저녁때 퍼지는 연기 속에 잠겼구나.

271
萬頃滄波 欲暮天에 穿魚換酒 柳橋邊을
客來問我興亡事여늘 笑指蘆花月一船이로다
술醉코 江湖에저이시니 節가는쥴몰늬라.

萬頃蒼波欲暮天(만경창파욕모천)에 穿魚換酒柳橋邊(천어환주유교변)을
＝만경창파에 해는 저물어가려 하는데 잡은 고기를 꿰어 버드나무가
있는 다리의 가에서 술과 바꾼다 ◇客來問我興亡事(객래문아흥망사)여
늘 笑指蘆花月一船(소지노화월일선)이로다＝손이 내게 와서 흥망사를
묻거늘, 흥망사(興亡事)는 속세의 일을 말함. 웃으며 갈대꽃에 달이 비
친 배 한 척을 가리키더라 ◇江湖(강호)에 저 이시니 節(절) 가는 쥴
몰늬라＝강호에 누워 있으니 시절이 가는 줄을 모르겠다.

272
故人無復 洛城東이요 今人還對 落花風을
年年歲歲花相似어늘歲歲年年人不同이로다
花相似 人不同ᄒ니 그를슬허ᄒ노라.

故人無復洛城東(고인무부낙성동)이요 今人還對落花風(금인환대낙화풍)
을＝옛 사람은 다시는 낙성 동쪽에 없고 금인은 다시 꽃을 떨어뜨리는
바람을 대한다 ◇年年歲歲花相似(연년세세화상사)여늘 歲歲年年人不同
(세세연년인부동)이라＝해마다 피는 꽃은 비슷한데 해마다 사람은 죽

고 다시 오지 않는구나. 유연지(劉延芝)의 「大悲白頭翁」(대비백두옹)의
일부를 시조로 만든 것임.

273
田園에 봄이오니 이몸이 일이하다
꼿남근뉘옴기며 藥밧츤뉘갈소냐
兒曺야 더뷔여오너라 삿갓몬저겨르리라. 成運 號大谷

◉ 대조; 『歌曲源流』계 가집에만 성운(成運)의 작품으로 되어 있음.

이 몸이 일이 하다=이 몸이 해야 할 일이 많다 ◇꼿 남근 뉘 옴기
며 藥(약)밧츤 뉘 갈소냐=꽃나무는 누가 옮기며 약밭은 누가 갈 것이
냐 ◇삿갓 몬져 결으리라=삿갓을 먼저 엮으리라.

274
老人이 듀령을집고 玉欄干에 디혀셔셔
白雲을가르치며 故鄕이제연마는
언제ㄴ 乘彼白雲호고 至于帝鄕호리요.

老人(노인)이 듀령을 집고 玉欄杆(옥난간)에 디혀 셔셔=노인이 지팡
이를 짚고 옥으로 만든 난간에 기대서서 ◇白雲(백운)을 가르치며 故
鄕(고향)이 제엿마는=흰 구름을 가리키며 내 고향이 저기지만 ◇乘彼
白雲(승피백운)호고 至于帝鄕(지우제향) 호리요=저기 떠 있는 흰 구름
을 타고 제향에 이르리요. 제향(帝鄕)은 신선이 사는 곳.

275
細버들 柯枝것거 낙근고기 쩨여들고
술딥을츠즈랴호고 斷橋로건너가니
그곳에 杏花ㅣ 져날리니 아문덴줄몰너라.

細(세)버들 柯枝(가지) 것거=수양버드나무 가지를 꺾어 ◇술딥을 츠
즈랴 ᄒ고 斷橋(단교)로 건너가니=술집을 찾고자 하여 끊어진 다리로
건너가니 ◇杏花(행화)ㅣ 져 날니니 아문뎬 쥴 몰너라=살구꽃이 떨어
져 바람에 날리니 어디인 줄을 모르겠구나.

276
곳이 진다ᄒ고 시들아 슬허마라
ᄇ롬에훗날리니 곳의탓시아니로다
가노라 희덧ᄂ봄을 시와무슴ᄒ리요.

곳이 진다ᄒ고=꽃잎이 떨어진다고 ◇ᄇ롬에 훗날리니 곳의 탓시 아
니로다=바람에 흩어져 날리니 꽃의 잘못이 아니다 ◇가노라 희짓ᄂ
봄을 시와 무슴 ᄒ리요=가겠다고 손짓하는 봄을 시기하여 무엇 하겠
느냐.

277
곳즌 밤비에퓌고 비ᄌᆫ술 다닉거다
거문고가진벗이 둘훔끠오마더니
兒禧아 茅簷에달올낫다 벗오시나보아라.

달 훔끠 오마더니=달이 뜨면 함께 온다고 하더니 ◇茅簷(모첨)에
달 올낫다=초가집 추녀에 달떴다.

278
곳아 色을밋고 오ᄂ나뷔 禁치마라

春光이덧업슨줄 넨들아니斟酌ᄒ랴
綠葉이 成陰子滿枝ᄒ면 어늬나뷔오리요.

곳아 色(색)을 밋고 오는 나뷔 禁(금)치마라=꽃아 아름다운 너의 색
깔만 믿고서 날아오는 나비를 막지 마라 ◇春光(춘광)이 덧업슨 줄 넨
들 아니 斟酌ᄒ랴=봄빛이 덧없는 것을 너인들 아니 짐작하였으랴 ◇
綠葉(녹엽)이 成陰子滿枝(성음자만지)면=푸른 잎이 그늘을 드리울 정
도로 가지가 번성하여 열매가 많이 열리면. 꽃이 지고 없으면. 본래의
뜻은 여자가 출가하여 자식을 많이 두는 것을 뜻함.

279
小園百花叢에 나니는 나뷔들아
香너를조히넉여 柯枝마다안디마라
夕陽에 숨쑤즌거뮈 그물걸고엿는다.

小園百花叢(소원백화총)에 나니는 나뷔들아=작은 동산에 핀 온갖
꽃 속을 날아다니는 나비들아 ◇香(향)너를 됴희 넉여=향내만 좋게
생각하여 ◇숨쑤즌 거뮈 그물 걸고 엿는다=음흉한 거미는 그물을 쳐
놓고 옅본다.

280
三萬六千日을 每樣만넉이지마소
夢裡靑春이 어슨듯지느나니
이조흔太平烟月인제 아니놀고어이리.

三萬六千日(삼만육천일)을 每樣(매양)만 넉이지 마소=백년을 매번
같은 것으로만 생각하지 마십시오 ◇夢裏靑春(몽리청춘)이 어슨 듯 지
느나니=꿈속과 같은 젊음이 어느덧 지나가느니.

281
於臥보안제고 글이던님을 보안제고
七年之旱에 열구름에빗발본듯
이後에 쏘다시만나면九年之水에 볏뉘본듯ᄒ여라.

於臥(어와) 보안제고=어와, 보았도다 ◇七年之旱(칠년지한)에 열구름
에 빗발 본 듯=칠 년 동안의 가뭄에 지나가는 구름의 빗발을 본 듯.
칠년대한(七年大旱)은 은(殷)나라 탕왕(湯王) 때에 있었다고 함 ◇九年
之水(구년지수)에 볏뉘 본 듯 ᄒ여라=구 년 동안의 홍수에 햇빛을 본
듯하여라. 구년지수는 요(堯) 임금 때에 있었다고 함.

282
於臥 너일이여 나도너일을 모롤노라
우리님가오실제 가지못ᄒ게못헐넌가
보너고 길고긴歲月에 쓸쓴싱각어이료. 朴孝寬

於臥(어와) 너 일이여 나도 너 일 모를노다=아, 내가 한 일이여. 또
는 나의 일이여. 나도 내가 한 일을 모르겠구나 ◇가오실제 가지 못ᄒ
게 못헐넌가=가려고 할 때에 가지 못하게 하지 못했는가 ◇쓸쓴 싱각
어이료=애타는 생각을 어찌 하리요.

283
님이 가오실적에 날은어이 두고간고
陽緣이有數ᄒ여 두고갈法은ᄒ거니와
玉皇게 所志原情ᄒ여 다시오게ᄒ시소. 仝人

날은 어이 두고 간고=나는 왜 두고 갔는고 ◇陽緣(양연)이 有數(유
수)ᄒ여 두고 갈 法(법)은 ᄒ거니와=‘陽緣’(양연)은 ‘良緣’(양연)의 잘못인
듯. 서로간의 좋은 인연이 관련이 있어 두고 갔을 법은 있거니와 ◇玉

皇(옥황)게 所志原情(소지원정)ᄒ여=‘原情’(원정)은 ‘願情’(원정)의 잘못인 듯. 옥황상제에게 마음에 원하는 바를 하소연하는 진정서를 올려.

284
울며 줍운시미 썰치고 가지마소
沼遠長堤에 히다저저무럿너
客窓에 殘燈도도고 시와보면알니라. 李明漢 號白洲

沼遠長堤(초원장제)에 히 다 겨무럿너=아득하게 먼 긴 둑에 해가 거의 저물었다 ◇客窓(객창)에 殘燈(잔등) 도도고 시와보면 알니라=객지에서 까물거리는 등잔불의 심지를 돋우고 밤을 새워 보면 알 것이다.

285
天下匕首釖을 한듸모하 뷔를미여
南蠻北狄을 다쓰러ᄇ린後에
그쇠로호뷔를밍그러 江上田을미리라.

天下 匕首釖(천하비수검)을 한듸 모하 뷔를 미여=세상에 잘 드는 칼을 한 곳에 모아 비를 만들어 ◇南蠻北狄(남만북적)을=남북의 오랑캐를. 만은 남쪽의 오랑캐, 적은 북쪽의 오랑캐를 지칭함 ◇江上田(강상전)을 미리라=강가에 있는 밭을 매겠다.

286
前山 昨夜雨에 봄쎗치 시로이라
豆花田관솔쌜에 밤호뭿빗치로다
兒禧야 뒷니ㄷ桶바리에 고기건저오너라.

前山昨夜雨(전산작야우)에=앞산은 지난 밤 내린 비에 ◇豆花田(두화전) 관솔쌜에 밤호뭿빗치로다=콩밭을 매는 관솔불에 밤에 호미가 반

짝인다 ◇뒷니 桶(통)바리에=뒷 개울의 통발에. 통발은 고기를 잡는
기구.

287
天地 몃번지며 英雄은 누구누구
萬古興亡이 垂胡子의꿈이로다
어듸셔 妄伶엣것들은 노지말나ᄒᄂ라.

　　萬古興亡(만고흥망)이　垂胡子(수호자)　쑴이로다='垂胡子'(수호자)는
'수유(須臾)'의 잘못인 듯. 이제까지의 흥하고 망하는 것이 잠깐의 꿈
과 같구나. 수호자(垂胡子)는 늙은이를 뜻함. ◇妄伶(망녕)엣 것들은=
사리 판단도 못하는 것들은.

288
淸風 北窓下에 葛巾을 기울쓰고
義王벼기우희 일업시누엇시니
夕陽에 短髮樵童이 弄笛還을ᄒ더라.

　　葛巾(갈건)을 기울 쓰고=츩으로 만든 건을 비스듬히 쓰고 ◇義王(희
황) 벼기 우희 일 업시 누엇스니='義王'(희왕)은 '義皇'(희황)의 잘못.
희황상인(義皇上人)이라 수놓은 베개를 베고 한가하게 누엇으니 ◇夕
陽(석양)에　短髮樵童(단발초동)이　弄邃還(농환적)을　ᄒ더라=저녁때 더
벅머리 나무꾼 아이들이 피리를 불며 돌아오더라.

289
明燭 達夜ᄒ니 千秋에 高節이요
獨行千里ᄒ니 萬古에 大義로다
世上에 節義兼全은 漢壽亭侯ㄴ가ᄒᄂ라.

明燭達夜(명촉달야)호니 千秋(천추)에 高節(고절)이요=촛불을 밝히고 밤을 새우니 이제까지 보기 드문 높은 절개요 ◇獨行千里(독행천리)호니 萬古(만고)에 大義(대의)로다=홀로 천리를 가니 만고에 없는 커다란 의리로다. 관우(關羽)가 의리를 중히 여겨 적진 천리를 달려 유비(劉備)에게 달려갔던 고사를 말함 ◇節義兼全(절의겸전)은 漢壽亭侯(한수정후)ㄴ가 호노라=절개와 의리를 온전하게 겸비한 사람은 한(漢)나라의 수정후인가 한다. 수정후는 관우에게 준 칭호임.

290

長空 九萬里에 구름을 쓰러열고
두려시굴녀올나 中央에밝앗시니
알괘라 聖世上元은 이밤인가호노라.

◉ 대조; 작가 안민영 누락되었음.

長空九萬里(장공구만리)에 구름을 쓰러 열고=아득히 먼 하늘에 구름을 쓸어버리고 하늘을 열고 ◇두렷이 굴러 올나 中央에 밝앗시니=둥글게 굴러 떠올라 하늘 중앙에 밝았으니 ◇聖世上元(성세상원)은=태평한 세월에 맞은 정월 보름은.

291

술이 몃가지오 濁酒와 淸酒ㅣ로다
먹고醉헐쎈졍 淸濁이關係호랴
月明코 風淸헌밤이여니 아니씬들엇더리. 申欽 見上

먹고 醉(취)헐쎈졍 淸濁(청탁)이 關係(관계)호랴=먹고 취할 것이라면 맑은 술과 막걸리를 관계하랴. ◇月明(월명)코 風淸(풍청)헌 밤이여니=달이 환하게 밝고 바람이 맑은 밤이니.

292
東嶺에 둘오르니 柴扉에 기즛는다
僻鄕窮村에 뉘날을츠즈오리
兒禧야 柴扉를기우려라 너나둘이이시리라.

● 대조; '僻鄕窮村'은 '僻巷窮村'이 맞음.

東嶺(동령)에 달 오르니 柴扉(시비)에 기 즛는다=동쪽 마루에 달이
뜨니 사립에 개가 짖는다. ◇僻鄕窮村(벽향궁촌)에 뉘 나를 츠즈오리=
외지고 궁벽한 마을에 누가 나를 찾아오겠느냐. ◇柴扉(시비)를 기우려
라=사립문을 닫아라.

平擧 (막니는자즌호닙)

293
春風和煦 好時節에 범나뷔 몸이되여
百花叢裡에 香氣젓저노닐거니
世上에 이러혼豪興을 그무허로比힐소냐. 朴孝寬 字景華

春風和煦好時節(춘풍화후호시절)에=봄바람이 화창하고 따뜻한 좋은
시절에 ◇百花叢裡(백화총리)에 香氣(향기) 젓저 노닐거니=온갖 꽃이
핀 가운데 향기에 젖어 노닐거니 ◇이러혼 豪興(호흥)을 그 무허로 比
(비)힐소냐=이렇게 호사스런 흥취를 그 무엇에 비할 수가 있겠느냐.

294
님글인 相思夢이 蟋蟀의 넉시되여
秋夜長깁푼밤에 님의房에드럿다가
날닛고 깁히든즘을 찌와볼짜호노라. 스人

님 글인 相思夢(상사몽)이 蟋蟀(실솔)의 넉시 되여=님을 그리워하여
꾸는 꿈이 귀뚜라미의 넋이 되어.

295
전나귀 모노라니 西山의 日暮ㅣ로다
山路ㅣ 險ㅎ거든 澗水나 潺潺커나
風便에 聞犬吠ㅎ니 다왓눈가ㅎ노라.

전나귀 모노라니 西山(서산)에 日暮(일모)ㅣ로다=다리를 저는 나귀
를 몰고 가니 서산에 해가 저물었다 ◇山路(산로)ㅣ 險(험)ㅎ거든 澗
水(간수)나 潺潺(잔잔)커나=산길이 험하거든 골짜기의 물이나 잔잔하
던지 ◇風便(풍편)에 聞犬吠(문견폐)ㅎ니=바람결에 개 짖는 소리가 들
리니.

296
五百年 都邑地를 匹馬로 도라드니
山川은 依舊커늘 人傑은 어듸간고
어즈버 太平烟月이 꿈이런가ㅎ노라. 吉再 號冶隱高麗注書

五百年 都邑地(오백년도읍지)를 匹馬(필마)로 도라드니=오백년 동안
의 고려 도읍지였던 開城(개성)을 한 필의 말을 타고 찾아가니 ◇山川
(산천)은 依舊(의구)커늘 人傑(인걸)은 어듸 간고=산천은 예전과 같거
늘 사람들은 어디로 갔는고.

297
五丈原 秋夜月에 어엿불슨 諸葛武侯
竭忠報國다가 將星이 쩌러지니
至今에 兩表忠言을 못닉슬허ㅎ노라. 郭興 見上

五丈原 秋夜月(오장원추야월)에 어엿불슨 諸葛武侯(제갈무후)=오장 원의 가을 달밤에 불쌍하기는 제갈무후. 오장원은 중국 섬서성에 있는 지명으로 제갈량이 죽은 곳이고, 제갈무후는 제갈량을 가리킴 ◇竭忠 報國(갈충보국)다가 將星(장성)이 써러지니=충성을 다하여 나라의 은 혜에 보답하다가 장성이 떨어지니. 將星(장성)은 將軍(장군)을 가리킴 ◇兩表忠言(양표충언)을 못너=두 表文(표문)의 충성된 말을 끝내. 양표 는 出陣(출진)에 앞서 왕에게 올린 前後出師表(전후출사표)를 말함.

298
洞庭밝은달이 楚懷王에 넉시되여
七百里平湖에 두렷이빗쵠쯧즌
屈ㄹ三閭 魚腹忠魂을 못너밝혀홈이라.

洞庭(동정)=洞庭湖(동정호)를 가리킴. 동정호는 중국 호남성에 있는 중국 제일의 호수 ◇楚懷王(초회왕)의 넉시 되여=초(楚)나라의 의제(義 帝)의 넋이 되어 ◇七百里平湖(칠백리평호)에 두렷이 빗쵠 쯧즌=주위 가 칠백 리나 되는 동정호에 둥그렇게 떠 비추는 뜻은 ◇屈ㄹ三閭(굴 삼려) 魚腹忠魂(어복충혼)을 못너 밝혀 홈이라=굴삼려의 고기 뱃속에 든 충성스런 넋을 끝내 밝히려 한다. 굴삼려는 굴원(屈原)의 자(字)임.

299
半남아 늙엇시니 다시졂든 못ㅎ여도
이後ㅣ나늙디말고 每樣에이만ㅎ엿과져
白髮이 제甚酌ㅎ여 더듸늙긔ㅎ여라.

다시 졂든 못 ㅎ여도=다시 젊어질 수는 없다고 하여도 ◇每樣(매양) 에 이만 ㅎ엿과져=항상 이만 하였으면.

300
아쟈너少年이여 어드러로 간거이고
酒色에줌겨신제 白髮과밧괴도다
이後야 아무만츠즌들 다시보기쉬오랴.

아쟈 너 少年(소년)이여 어드러로 간 거이고=아! 나의 어린 시절이
여 어디로 간 것이냐 ◇酒色(주색)에 줌겨신제 白髮(백발)과 밧괴도다
=술과 여색에 빠져 있을 동안에 백발과 바뀌었구나 ◇아무만 츠즌들
다시 보기 쉬오랴=아무리 찾고자 한들 다시 보기 쉽겠느냐.

301
春風 桃李花들아 곤은樣子 즈랑마라
蒼松綠竹을 歲寒에보렴우나
貞貞코 落落혼節을 곳칠줄이잇시랴. 金裕器 名歌

◉ 대조; '곤은'은 '고은'의 잘못임.

春風 桃李花(춘풍도리화)들아 곤은 樣子(양자) 즈랑 마라=봄바람에
핀 복숭아와 오얏꽃들아 고운 모양을 자랑하지 마라 ◇蒼松綠竹(창송
녹죽)을 歲寒(세한)에 보렴우나=푸른 소나무와 대나무를 차가운 겨울
철에 한번 보려므나 ◇貞貞(정정)코 落落(낙락)혼 節을 곳칠 줄이 잇시
랴=곧고 높은 절개를 바꿀 까닭이 있겠느냐.

302
죽기 설워란들 늙기도곤 더설우랴
무거운팔춤이요 숨절은소리로다
갓득에 酒色지못호니 그를슬허호노라. 李廷藎

죽기 설워란들 늙기도곤 더 설우랴=죽기가 서럽다고 한들 늙는 것

보다 더 서러우랴 ◇무거운 팔춤이요 숨 졀은 소리로다=무거운 팔뚝
춤이요 숨이 가쁜 노래로다. 춤을 추고 노래하기에 너무 늙었다 ◇갓
득에 酒色(주색)지 못ᄒ니=가뜩이나 술과 계집마저 못하니.

303
늙어 됴흔일이 百에셔 ᄒ일도업너
쏘던활못쏘고 먹던술도못먹ᄭ라
閣氏네 有味ᄒ것도쓴외보듯ᄒᄭ라. 소人

百(백)에셔 ᄒ 일도 업너=백 가지 일 가운데 한 가지도 없네 ◇閣氏
(각씨)네 有味(유미)ᄒ 것도 쓴 외 보 듯ᄒᄭ라=여자들과의 재미있는
일도 쓴 오이를 본듯 한다.

304
人間 五福中에 一曰壽도 됴커니와
ᄒ물며富貴ᄒ고 康寧좃ᄎᄒ오시니
그남아 攸好德考終命이야 닐너무슴ᄒ리요. 소人

一曰 壽(일왈수)도 됴커니와=첫째 長壽(장수)도 좋지만 ◇그 남아
攸好德(유호덕) 考終命(고종명)이야 닐너 무슴 ᄒ리요=그밖에 덕을 닦
는 것과 제 명에 죽는 것이야 말하여 무엇 하겠느냐.

305
남이 害헐지라도 나는아니 결울거시
참우면 德이요 결우면것트려니
굽움이 제게잇거니 결을줄이잇시랴. 소人

남이 害(해)헐지라도 나는 아니 결울 거시=다른 사람이 나에게 해
를 끼친다 해도 나는 아니 싸울 것이 ◇결우면 것트려니=싸우면 같은

사람이 되는 것이니 ◇굽움이 제게 잇거니 결을 즐이 잇시랴=잘못이
저에게 있으니 싸울 까닭이 있겠느냐.

306
쑴에 項羽를만나 勝敗를 議論ᄒ니
重瞳에눈물지고 큰칼쎄여이른말이
至今에 不渡烏江을 못니슬허ᄒ노라.

　勝敗(승패)를 議論(의논)ᄒ니=싸움에서 이기고 지는 것에 대해 의논
하니 ◇重瞳(중동)에 눈물지고 큰칼 쎄여 이른 말이=겹눈에 눈물을
흘리며 큰칼을 빼어들고 일컫는 말이. 중동(重瞳)은 눈에 눈동자가 두
개인 것. 항우는 눈동자가 두 개였다고 함 ◇不渡烏江(부도오강)을 못
니 슬허 ᄒ노라=오강을 건너지 못한 것을 끝내 슬퍼하더라. 항우가
해하(垓下)에서 패하고 오강을 건너야 했는데 오강에서 자살한 것을
말함.

307
쑴아 어린쑴아 왓는님도 보닐것가
왓는님 보니느니 줌든날을씨오렴운
이後란 님이오셔드란 줍고날을씨와라.

　쑴아 어린 쑴아 왓는 님도 보닐 것가=꿈아 어리석은 꿈아. 꿈에 왔
던 임도 그냥 보낼 것이냐 ◇왓는 님 보니느니 줌든 날을 씨오렴운=왔
는 님을 보내기보다는 잠든 나를 깨우려무나 ◇님이 오셔드란 줍고 날
을 씨와라=님이 오셨거든 붙잡아두고 나를 깨워라.

308
쑴이 날爲ᄒ여 먼듸님 다려와늘

耽耽이반기넉여 줌을끼여이러보니
그님이 셩너간지 긔도망도업더라.

먼듸 님 다려와늘=먼 곳에 있는 님을 데려 왔거늘 ◇耽耽(탐탐)이
반기 넉여 줌을 끼여 니러 보니=매우 반갑게 생각되어 잠을 깨어 일
어나 보니 ◇셩너 간지 긔도 망도 업더라=성이 나서 갔는지 간 곳도
없더라.

309
꿈에 다니는길이 즈최곳 나량이면
님의집窓밧기 石路ㅣ라도달으련마는
꿈길이 즈최업스니 그를슬허ᄒ노라.

꿈에 다니는 길이 즈최곳 나량이면=꿈에 다니는 길이 자취가 남는
다면 ◇님의 집 窓(창)밧기 石路(석로)ㅣ라도 달으련마는=님의 집 창
밖이 돌길이라 하더라도 닳겠지만.

310
꿈에 왓던님이 끼여보니 간듸업너
耽耽이괴던ᄉ랑 날바리고어듸간고
꿈ㅁ속에 虛事ㅣ라만정 즈로뵈게ᄒ여라. 朴景華

耽耽(딤딤)이 괴던 ᄉ랑—때때로 사랑하던 사랑 ◇꿈ㅁ속이 虛事(히
사)ㅣ라만정 즈로 뵈게 ᄒ여라=꿈속이 헛일이라 하더라도 자주 나타
나게 하여라.

311
달이두렷ᄒ야 碧空에걸녓셰라
萬古風霜에 써러점즉ᄒ다마는

至今에 醉客을爲ㅎ여 長照金樽ㅎ도다. 李德馨 號漢陰

달이 두렷ㅎ야 碧空(벽공)에 걸녀세라=달이 둥그렇게 떠서 푸른 하늘에 걸려 있고나 ◇萬古風霜(만고풍상)에 쩌러점즉 ㅎ다마는=오랜 세월 동안의 바람과 서리에 떨어질 법도 하다마는 ◇長照金樽(장조금준) ㅎ도다=오랜 동안을 술통에 비추어 주는구나.

312
太平 天地間에 簞瓢를 두러메고
두스믹느릇치고 우즐우즐ㅎ눈쯧즌
人世예 걸닌것업스니 그를즐겨ㅎ노라. 金應鼎

太平 天地間(태평천지간)에 簞瓢(단표)를 두러메고=태평한 세상에 도시락과 바가지를 둘러메고. 간단한 차림으로 ◇두 스미 느릇치고 우즐우즐 ㅎ는 쯧즌=두 소매를 휘두르며 우쭐우쭐하는 뜻은 ◇人世(인세)에 걸닌 것 업스니 그를 즐겨 ㅎ노라=세상에 거리낄 것 없으니 그를 즐겨 하노라.

313
芳草 욱어진골에 시닉는 우러녠다
歌臺舞殿이 어듸어듸어듸메오
夕陽에 물차는져비야 네다알까ㅎ노라.

芳草(방초) 욱어진 골에 시닉는 우러녠다=싱싱한 풀이 우거진 골짜기에 시냇물은 소리를 내며 흘러간다 ◇歌臺舞殿(가대무전)이=노래하며 춤추는 무대가 ◇물 츠는 져비야 네 다 알까=가벼운 동작으로 물을 차고 오르는 제비야 너는 다 알까. 또는 무심한 제비야 너는 다 알고 있을까.

314
靑草 욱어진골에 자는가 누엇는가
紅顔은어듸가고 白骨만뭇첫는고
盞즙아 勸힐듸업스니 그를슬허ᄒ노라. 林悌 號白湖

靑草(청초) 욱거진 골에=푸른 풀이 우거진 골짜기에 ◇紅顔(홍안)은
어듸 가고=예쁜 얼굴은 어디 가고.

315
어제 닷토더니 오늘은 賀禮혼다
喜惧는白髮이요 愛慶은黃口ㅣ로다
날다려 華封三祝을 스름마다닐컷더라. 任義直 善琴

어제 닷토더니 오늘은 賀禮(하례)혼다=어제는 서로 다투더니 오늘
은 오히려 축하하고 사례한다 ◇喜惧(희구)는 白髮(백발)이요 愛慶(애
경)은 黃口(황구)ㅣ로다=즐거움과 두려움은 늙은이와 같고 사랑하는
일과 경사스런 일은 어린애와 같구나 ◇날드려 華封三祝(화봉삼축)을
스름마다 닐컷더라=나에게 화봉삼축을 사람들마다 칭찬하더라. 화봉
삼축(華封三祝)은 화봉인(華封人)이 요(堯) 임금에게 수(壽), 부(富), 다남
(多男)의 세 가지를 축수하였는데, 화봉인은 화(華)의 봉경(封境)을 관
리하던 사람을 가리킴.

316
속뷘인 고양남게 석은쥐찬 소록이야
가막가치는찔시가올커니와
雲間에 놉히쓴鳳이야 눈흘길줄잇시랴.

● 대조; '속뷘인'은 '속뷔인'의 잘못임.

속 뷘인 고양남게 석은 쥐 찬 소록이야=고목이 되어 속이 썩어 텅 빈 회양나무에 썩은 쥐를 잡은 솔개야 ◇가막갓가치는 씰시가 올커니와=까마귀와 까치가 꾀는 것은 당연하거니와 ◇雲間(운간)에 놉히 쓴 鳳(봉)이야 눈홀길 쥴 잇시랴=구름 속에 높이 뜬 봉황이야 거들떠 볼 까닭이 있겠느냐.

317
쥐찬 소록이들아 비부레라 즈랑마라
淸江여윈鶴이 듀린들부를소냐
一身이 閑暇헐쎈정술져무슴흐리요. 具志禎

쥐 찬 소록이들아 비부레라 즈랑마라=쥐를 잡은 솔개들아 배부르다고 자랑하지 마라 ◇淸江(청강) 여윈 鶴(학) 듀린들 부를소냐=맑은 강의 여윈 학이 굶주린들 부러워하겠느냐 ◇閑暇(한가)헐쎈정 술져 무슴=한가할망정 살은 져서 무엇.

318
희다 져문날에 즈져괴는춤시들아
조고마흔몸이 半柯枝도足흐거든
굿흐여 크나흔덤불을 시와무슴흐리요.

半 柯枝(반가지)도 足(족)흐거든=가지의 절반만이라도 충분하거늘 ◇굿흐여 크나흔 덤불을 시와 무슴 흐리요=일부러 크나큰 덤불을 시샘하여 무엇하느냐. 욕심을 내어 무엇하겠느냐.

319
희져 黃昏이되면 너못가도 졔오더니
제몸에病이든지 뉘손딕줍히엿눈지
落月이 西樓에나릴졔면 익긋눈듯흐여라.

니 못 ᄀᆞ도 졔 오더니=내가 미처 가지 못해도 제가 먼저 오더니 ◇
뉘 손디 줍히엿는지=누구의 손에 잡혔는지 ◇落月(낙월)이 西樓(서루)
에 나릴 졔면 이 긋는 듯ᄒᆞ여라=지는 달이 서쪽에 있는 누각으로 떨
어질 때면 창자가 끊어지는 듯하여라. 밤에 새도록 기다렸지만 아니
오니.

320
술을 大醉ᄒᆞ고 오다가 空山에지니
뉘날을ᄭᆡ오리 天地卽衾枕이로다
東風이 細雨을모라다가 졈든날을ᄭᆡ오도다. 趙浚 號松堂 太祖朝相

오다가 空山(공산)에 지니='지니'는 '자니'의 잘못인 듯. 오다가 아
무도 없는 산에서 잠을 자니 ◇뉘 날을 ᄭᆡ오리 天地卽衾枕(천지즉금
침)이로다=누가 나를 깨우겠느냐 천지가 곧 잠자리로구나.

321
술을 醉케먹고 두렷이 안졋시니
億萬시름이 가노라下直한ᄒᆞ다
兒禧야 盞가득부어라 시름餞送ᄒᆞ리라 鄭太和 號陽波 仁祖朝相臣諡翼公

● 대조; '翼公' 은 '翼憲公'의 잘못.

두렷이 안졋시니=허리를 구부리고 동그마니 잊있으니 ◇億萬(억만)
시름이 가노라 下直(하직)ᄒᆞ다=많은 걱정거리들이 가겠다고 하직한다.

322
술을 너즑이더냐 狂藥인쥴 알건마ᄂᆞᆫ
一寸肝腸에 萬端愁시러두고
眞實노 술곳아니면 시름풀것업세라.

술을 닉 즑이더냐 狂藥(광약)인 줄 알건마는=술을 내가 즐기더냐. 사람을 미치게 하는 약인 줄만 알지마는 ◇一寸肝腸(일촌간장)에 萬端愁(만단수) 시러 두고=마음속에 여러 가지 시름을 간직하고. 일촌간장은 한 치 길이의 간장, 즉 마음을 뜻함 ◇술곳 아니면 시름 풀 것 업세라=술이 아니면 근심거리를 풀어버릴 방법이 없어라.

323
죽어 이져야ᄒ랴 살아서 글여야ᄒ랴
죽어잇기도어렵고 살아글이기도어려웨라
져님아 한말슴만ᄒ소라보ᄌ 死生決斷ᄒ리라.

죽어 이져야 ᄒ랴 살아서 글여야 ᄒ랴=죽어서 잊어야 하겠느냐, 살아서 그리워하여야 하겠느냐 ◇한 말슴만 ᄒ소라 보ᄌ 死生決斷(사생결단)=한 마디 말만이라도 하여라. 보자, 죽고 사는 것을 결단.

324
山은 녯山이로되 물은녯물 아니로다
晝夜에흐르니 녯물이잇슬소냐
人傑도 물과갓희여 가고아니오더라. 眞伊 字明月 松都名妓

물은 녯 물이 아니로다=물은 예전의 물이 아니다 ◇晝夜(주야)에 흐르니 녯 물이 이실소냐=밤낮으로 흐르니 옛날의 물이 있겠느냐 ◇人傑(인걸)도 물과 갓희여 가고 아니 오더라=사람들도 물과 같아서 가고 나면 아니 온다. 죽으면 그뿐이다.

325
희여 김울지라도 희ᄂ덧이 셜우려든
희여못검ᄂᄂ줄 긔아니셜울소냐
희여셔 못검울人生이 아니놀고어이ᄒ리.

◉ 대조; '김울지라도'는 '검울지라도'의 잘못임.

희여 김울지라도 희는 덧이 셜우려든=희였다가 검을지라도 희는 즉시 서럽거든. 나이를 먹는 것이 ◇희여 못 검는 쥴 긔 아니 셜울소냐=희어져 못 검는 줄을 그 아니 서러우랴.

326
님이 오마더니 돌이지고 실별쓴다
속이는제그르냐 기다리는너그르냐
이後야 아모리옴아흐들 밋을쥴이잇시랴.

◉ 대조; '옴아흐들'은 '오마흐들'의 잘못.

속이는 제 그르냐 기다리는 니 그르냐=거짓말을 하여 속이는 제가 잘못이냐 기다리는 내가 잘못이냐 ◇아모리 옴아흐들 밋을 쥴이 잇시랴=아무리 온다고 한들 믿을 까닭이 있느냐.

327
綠楊 芳草岸에 쇠등에 兒瑤로다
비마즌行客이 뭇느니술프는데
져건너 杏花져날니니 게가무러보시소.

綠楊芳草岸(녹양방초안)에 쇠등에 兒瑤(아희)로다=버드나무와 풀이 싱그러운 둔덕에 쇠등에는 아이늘 탔구나 ◇비 마슨 行客(행객)이 뭇느니 술 프는 데=비를 맞은 나그네가 묻는구나 술파는 곳을 ◇杏花(행화) 져 날니니 게가 무러보시소=살구꽃이 떨어져 날리니 그곳에 가서 물어 보시오.

328
霜天 明月夜에 우러예는 져기력아

北地로向南홀졔 漢陽을지나마는
엇지탓 故鄕消息을 傳치안코네느니. 宋宗元

霜天 明月夜(상천명월야)에 우러 예는 져 기럭아=서리가 내리고 달
이 밝은 밤에 울며 날아가는 저 기러기야 ◇北地(북지)로 向南(향남)홀
졔 漢陽(한양)을 지나마는=북쪽으로부터 남쪽으로 향할 때 한양을 지
나가지마는 ◇傳(전)치 안코 네느니=전하지 아니하고 가느냐.

329
九月九日 望鄕臺를 ᄒ여보니 엇덧턴고
他席에 送客盃를 너라오늘ᄒ거고나
鴻雁아 南中苦슬타마는 너는어이오느니. 仝人

九月九日 望鄕臺(구월구일망향대)를 ᄒ여보니 엇덧턴고=구월 구일
에 망향대를 하여 보니 어떠하던고. 망향대(望鄕臺)는 고향을 보기 위
해 만들어 놓은 樓臺(누대) ◇他席(타석)에 送客盃(송객배)를 너라 오늘
ᄒ거고나=타향에서 손님을 보내며 술을 마시는 일은 내가 오늘 하겠
구나 ◇鴻雁(홍안)아 南中苦(남중고) 슬타마는 너는 어이 오느니=기러
기야. 남쪽 땅에서의 괴로움이 싫지마는 너는 어찌하여 날아 오느냐.
당(唐)나라 왕발(王勃)의 「蜀中九日」(촉중구일)인 '九月九日望鄕臺 他席
他鄕送客杯 人情已厭南中苦 鴻雁那從北地來'(구월구일망향대 타석타향
송객배 인정이염남중고 홍안나종북지래)를 시조로 만든 것임.

330
花落春光盡이요 樽空ᄒ니 客不來라
鬢髮이희엿시니 佳人도畵餠如ㅣ로다
少壯에 隨意歡樂이 엇그젠듯ᄒ여라. 朴英秀

花落春光盡(화락춘광진)이요 樽空(준공)ᄒ니 客不來(객불래)라= 꽃이
떨어지니 봄이 어느새 다 갔고 술통이 비니 손님도 오지 않는구나 ◇
鬢髮(빈발)이 희엿스니 佳人(가인)도 畵餠如(화병여)ㅣ로다=수염과 머
리카락이 희어졌으니 아름다운 여인도 이제는 그림의 떡이로다 ◇少
壯(소장)에 隨意歡樂(수의환락)이 엇그젠 듯ᄒ여라=젊었을 때 마음대
로 즐기던 일이 엊그젠 듯 하여라.

331
우러셔 나는눈물 우흐로 솟지말고
九回肝腸에 속으로흘너드러
님글여 다타는肝腸을 눅여볼싸ᄒ노라. 仝人

우흐로 솟지 말고=위로 솟아나지 말고. 눈물이 되지 말고 ◇님 글
여 다 트는 肝腸(간장)을 눅여볼까=님을 그리워하여 다 타들어가는
간장을 부드럽게 하여 볼까. 마음을 진정시켜 볼까.

332
渭城 아츰비예 柳色이시로이라
그더를勸ᄒᄂ니 一盃나으시소
西흐로 陽關을나가면 故人업셔ᄒ노라.

◉ 대조; '一盃는' 一盃酒'의 잘못임.

渭城(위성) 아츰비에 柳色(유색)이 시로이라=위성의 아침에 내리는
비에 버들빛이 새롭구나. 위성은 중국의 지명 ◇西(서)흐로 陽關(양관)
을 나가면 故人(고인) 업셔 ᄒ노라=서쪽으로 양관을 나서면 연고가
있는 사람이 없다. 양관은 관문의 이름. 당(唐)나라 왕유(王維)의 「送元
二使西安」(송원이사서안)인 '渭城朝雨浥輕塵 客舍靑靑柳色新 勸君更進

一杯酒 西出陽關無故人’(위성조우읍경진 객사청청유색신 권군갱진일배
주 서출양관무고인)을 시조로 만든 것임.

333
洛陽 三月時에 곳곳이 花柳ㅣ로다
滿城繁華ᄂ 太平을그렷ᄂᄃᆡ
어즈버 羲皇世界를 이여볼듯ᄒ여라.

◉ 대조; ‘볼듯’은 ‘본듯’으로 본 가집만 이렇게 되어 있음.

洛陽 三月時(낙양삼월시)에=낙양의 삼월에. 낙양은 막연히 서울을
가리킴 ◇滿城繁華(만성번화)는 太平(태평)을 그렷ᄂᄃᆡ=성안이 가득하
게 번잡하고 화려함은 태평시대를 연상시키는데 ◇羲皇世界(희황세계)
를 이여 볼 듯ᄒ여라=희황(羲皇)시대를 계속하여 보는 듯하구나.

334
닭아 우지마라 일우노라 즈랑마라
半夜秦關에 孟嘗君이아니로다
오늘은 님오신날이니 아니운들엇더랴.

일 우노라 즈랑마라=일찍 운다고 자랑하지 마라 ◇半夜秦關(반야진
관)에 孟嘗君(맹상군)이 아니로다=한밤중에 진나라 관문의 맹상군이 아
니다. 맹상군이 진(秦)나라라 잡혀 있다 도망하여 나올 때 함곡관(函谷
關)에 이르러 성문이 닫혔는데, 식객 가운데 닭 우는 소리를 잘 내는 사
람이 있어 닭의 우는 소리를 내자 성 안의 닭들이 일제히 울어 수문장
이 날이 샌 줄로 착각하고 성문을 열었기에 도망하였다는 고사임.

335
닭아 우지마라 옷버서 中錢쥬료

날아시지마라 닭의손디비럿노라
無心혼 東녁다히는 漸漸밝아오더라.

옷 버셔 中錢(중전) 쥬료=옷 벗어서 중전을 주랴. 중전(中錢)은 전당
잡히고 빌리는 돈 ◇닭의 손디 비럿노라=닭에게 빌었도다 ◇東(동)녁
다히는=동쪽은.

336
말업슨 靑山이요 態업슨 流水ㅣ로다
갑업슨淸風이요 님즈업슨明月이라
이中에 病업슨이몸이 分別업시늙으리라. 成渾 見上

말 업슨 靑山(청산)이요 態(태) 업슨 流水(유수)ㅣ로다=아무 말이 없
는 푸른 산이요 일정한 모양이 없는 흐르는 물이로다 ◇갑 업슨 淸風
(청풍)이요=값으로 환산할 수 없는 맑은 바람이요 ◇分別(분별) 업시
늙으리라=아무런 걱정이나 근심 없이 늙겠다.

337
舜이 南巡狩ᄒ샤 蒼梧野에 崩ᄒ시니
五絃琴南風詩를 뉘게傳코崩ᄒ신고
至今에 鼎湖龍飛를 못늬슬허ᄒ노라.

舜(순)이 南巡狩(남순수)ᄒ사 蒼梧夜(창오야)에 崩(붕)ᄒ시니=순 임금
이 남쪽으로 사냥을 위해 순행(巡幸)하시다 창오산에서 돌아가시니 ◇
五絃琴 南風詩(오현금남풍시)를 뉘게 傳(전)코 崩(붕)ᄒ신고=오현금과
남풍시를 누구에게 전하고 돌아가셨는고. 오현금은 순 임금이 타던 악
기이고, 남풍시는 그가 지은 시임 ◇鼎湖龍飛(정호용비)를 못늬 슬허ᄒ
노라=임금의 죽음을 끝내 슬퍼하노라. 정호용비(鼎湖龍飛)는 예전 황

제(黃帝)가 형산(荊山) 아래에서 솥을 만들고 용을 타고 하늘로 올라가 신선이 되었는데 후인이 이곳을 정호라 하였다 함.

338
才秀名成ᄒ니 達人의 快事여늘
晝耕夜讀ᄒ니 隱者의志趣로다
이밧게 詩酒風流ᄂ 逸民인가ᄒ노라.

才秀名成(재수명성)ᄒ니 達人(달인)의 快事(쾌사)여늘=재주가 뛰어나고 성공을 하니 학문이나 기예에 통달한 사람의 기분 좋은 일이거늘 ◇晝耕夜讀(주경야독)ᄒ니 隱者(은자)의 志趣(지취)로다=낮에는 농사를 짓고 밤에는 독서를 하니 세상에 숨어 지내는 사람의 의지와 취향이로다 ◇詩酒風流(시주풍류)는 逸民(일민)인가 ᄒ노라=시와 술을 즐기고 풍류를 아는 보통 사람인가 한다.

339
空山 風雨夜에 도라오ᄂ 져스람아
柴門에기소리를 듯너나못듯너냐
石逕에 눈이덥혓시니 나귀革을노으라. 安玟英

◉ 대조; '風雨夜'는 '風雪夜'의 잘못.

空山 風雨夜(공산풍우야)에=아무도 없는 산에 눈보라가 치는 밤에 ◇柴門(시문)에 기 소리를=사립문에 개 짖는 소리를 ◇石逕(석경)에 눈이 덥혓시니 나귀 革(혁)을 노으라=좁은 돌길에 눈이 덮였으니 나귀의 고삐를 놓아라.

340
지ᄂ희 오늘쌈에 져둘을보앗더니

이히오늘밤도 그돌빗치쏘밝앗다
이제야 歲換月長在를 아랏슨져ᄒ노라. 仝人

歲換 月長在(세환월장재)를 아랏신져 ᄒ노라=세월은 바뀌어도 달은
항상 떠있음을 이제야 알았는가 한다.

341
萬頃 蒼波水로도 다못쓰슬 千古愁를
一壺酒가지고 오늘이야씻거고야
太白이 이러홈으로 長醉不醒ᄒ닷다.

萬頃蒼波水(만경창파수)로도 다 못 쓰슬 千古愁(천고수)를=넓은 바다
의 물로도 다 씻지 못할 오래전부터 있었던 걱정을 ◇一壺酒(일호주) ᄀ
지고 오늘이야 씻거고야=한 병의 술을 가지고 오늘에야 씻겠구나.

342
늙어 말년이고 다시점어 보렷더니
靑春이날속이고 白髮이거의로다
잇다감 꼿밧츨지닐제면 罪지은듯ᄒ더라.

늙어 말년이고 다시 점어 보렷더니=늙지 아니하고 다시 젊어보려고
하였더니 ◇白髮(백발)이 거의로다=백발이 거의 다 되었구나 ◇잇다
감 꼿밧츨 지날제면 罪(죄)지은 듯ᄒ여라=어쩌다 꽃밭을 지나갈 때면
죄를 짓는 것 같구나.

343
恨唱ᄒ니 歌聲咽이요 愁飜ᄒ니 舞袖遲라
歌聲咽舞袖遲는 님글이는탓시로다
西陵에 日欲暮ᄒ니 잇긋는듯ᄒ여라.

恨唱(한창)하니 歌聲咽(가성열)이요 愁飜(수번)하니 舞袖遲(무수지)라
=한스럽게 노래하니 노랫소리에 목이 메고 근심하여 번득이니 춤추는
옷소매가 더디도다 ◇西陵(서릉)에 日欲暮(일욕모)하니 이 긋는 듯하여
라=서쪽 구릉으로 해가 넘어가려 하니 창자가 끊어지는 듯 하구나.
마음이 아프구나.

344
남은 다쟈는밤에 너어이 홀노찌여
玉帳깁푼곳에 자는님싱각하고
千里에 외로온꿈만 오락가락하노라.

◉ 대조; '싱각하고'는 '싱각는고'의 잘못임.

남은 다 쟈는 밤에 너 어이 홀노 찌여=다른 사람들은 다 잠자는 밤
에 내 어찌 홀로 잠을 깨어 ◇玉帳(옥장) 깁푼 곳에 자는 님=좋은 포
장을 친 규방에서 잠자는 님을. 유부녀를.

345
스롬이 죽어갈제 갑슬쥬고 스량이면
顔淵이무死헐제 孔子ㅣ 아니스계시랴
갑쥬고 못살人生이 아니놀고어이리.

갑슬 쥬고 스량이면=돈을 주고 살 수가 있다면 ◇顔淵(안연)이 무死
(조사)헐제 孔子(공자)ㅣ 아니 스계시랴=안연이 일찍 죽을 때 공자께서
아니 사셨겠느냐. 안연은 공자의 수제자로 공자보다 먼저 죽었음.

346
시니흐르는골에 바회싸려 草堂짓고
달아리밧츨갈고 구름속에누엇시니

乾坤이 날불너니르기를 함끠늙자ᄒ더라.

바회 ᄯ려 草堂(초당) 짓고＝바위를 깨고 그곳에 초가집을 짓고 ◇ 구름 속에 누엇시니＝자연 속에서 묻혀 생활하니 ◇乾坤(건곤)이 날 불너 니르기를＝하늘과 땅이 나를 불러서 말하기를.

347
말이 놀라거든 革줍고 굽어보니
錦繡靑山이 물속에줌겨세라
져말아 놀ᄂ디마라 이를보려ᄒ노라.

革(혁) 줍고 굽어보니＝고삐를 잡고 내려다보니 ◇錦繡靑山(금수청산)이＝비단을 펼쳐놓은 듯한 아름다운 산이.

348
梅花 녯등걸에 봄節이 도라오니
녯퓌든柯枝에 퓌염즉도ᄒ다마는
春雪이 亂紛紛ᄒ니 필쏭말쏭ᄒ여라. 平壤妓梅花春雪亦妓

梅花(매화) 녯 등걸에 봄節(절)이 도라오니＝매화나무의 오래된 둥치에 봄철이 되니 ◇春雪(춘설)이 亂紛紛(난분분)ᄒ니＝봄눈이 어지럽게 날리니. 춘설은 다른 여인을 나타내는 중의(重義)적인 표현으로 보는 견해도 있음.

349
洛陽 얏튼물에 蓮키는 兒戱들아
잔蓮키다가 굵은蓮닙닷칠세라
蓮닙희 깃드린鴛鴦이 션줌씨와놀나리라. 成世昌號遯齋文忠公

洛陽(낙양) 얏튼 물에=낙양의 얕은 물에 ◇잔 蓮(연) 킈다가 굵은 蓮(연)닙 닷칠세라=작은 연을 캐다가 굵은 연잎을 다칠까 두렵다. 작은 일을 하다 큰일을 그르칠까 두렵다.

350
오려 고기숙고 년무우 술젓는듸
낙시에고기물고 게는좃츠나리는고야
아마도 農家興味는 이뿐인가ᄒᆞ노라.

오려 고기 숙고 년무우 술젓는듸=올벼는 익어 고개를 숙이고 열무는 실하게 자랐는데 ◇게는 좃츠 나리는고야=게는 물을 따라 내려오는구나 ◇農家興味(농가흥미)는=농사짓는 사람의 사는 즐거움은.

351
丈夫로 되야나셔 立身揚名 못헐진디
출하로다바리고 酒色으로늙으리라
이밧게 碌碌ᄒᆞᆫ 營爲야 걸닐쥴이잇시랴. 金裕器

丈夫(장부)로 되야나셔 立身揚名(입신양명)을 못헐진디=남자로 태어나서 출세하여 이름을 떨치지 못한다면 ◇이밧게 碌碌(녹녹)ᄒᆞᆫ 營爲(영위)야 걸닐 쥴이 이시랴=이밖에 보잘 것 없이 하는 일이야 거리낄 까닭이 있느냐.

352
蘆花 깁푼골에 落霞를 빗기ᄯᅴ고
三三五五히 섯거나는져白鷗야
우리도 江湖舊盟을 ᄎᆞ자보랴ᄒᆞ노라. 金麟厚號河西中宗朝人諡文靖公

◉ 대조; 『海東歌謠』에는 金天澤의 작품으로 되어 있고 『歌曲源流』계 가집에

金麟厚로 되었음.

蘆花(노화) 깁푼 골에 落霞(낙하)를 빗기 띄고=갈대꽃이 우거진 곳에 저녁노을을 비스듬히 띠고 ◇三三五五(삼삼오오)히 섯거 나는=셋 또는 다섯씩 섞여 나르는 ◇江湖舊盟(강호구맹)을=강호에서 살겠다고 한 오래전의 약속을.

353
青春 少年들아 白髮老人 웃지마라
公번된ㅎ늘아리 녠들언마졈엇시리
우리도 少年行樂이 어제론듯ㅎ여라.

◉ 대조; '公번된'은 '공변된'의 잘못.

公(공)번된 ㅎ늘 아리 녠들 언마 졈엇시리=공평한 하늘 아래 너흰들 얼마나 젊어 있겠느냐. 늙지 않고 항상 젊겠느냐.

354
世上스룸들이 닙들만 셩ㅎ여셔
졔허물젼혀잇고 남의씌만보는고나
남의씌 보거라말고 졔허물을고치고쟈.

닙들만 셩ㅎ여셔=입만 살아서. 말들만 많아서 ◇보거라 말고 제 허물을 곳치고쟈=보려고 하지 말고 제 허물을 고쳐라.

頭擧 (존쟈즌흔님)

355
客散 門扃ㅎ고 風微 月落헐제

酒甕을 다시 열고 詩句를 훗부르니
아마도 山人得意는 이뿐인가ㅎ노라. 河緯地 端宗六臣

客散 門局(객산문경)ㅎ고 風微(풍미) 月落(월낙)헐제=손님들이 가니 문을 닫고 바람은 잔잔하고 달이 질 때에 ◇酒甕(주옹)을 다시 열고 詩句(시구)를 훗부르니=술항아리를 다시 열고 시구를 마음 내키는 대로 읊조리니 ◇山人 得意(산인득의)는 이 뿐인가 ㅎ노라=산골에 사는 사람의 기분 좋은 일은 이것뿐인가 한다.

356
뉘라셔 가마귀를 검고凶타 ㅎ돗던고
反哺報恩이 긔아니아름다온가
스롬이 져시만못ㅎ을 슬허ㅎ노라. 朴景華

◉ 대조; '슬허ㅎ노라'는 '못늬슬허ㅎ노라'의 잘못임.

검고 凶(흉)타 ㅎ돗던고=빛이 검고 흉측하다고 하였던고 ◇反哺報恩(반포보은)이 긔 아니 아름다온가=자라면 부모에게 보답하는 것이 그 어찌 훌륭하지 않은가.

357
綠楊이 千萬絲ㄴ들 가는春風 미여두며
耽花蜂蝶인들 지는곳즐어이ㅎ리
아무리 根源이重ㅎ들 가는님을어이리. 李元翼號梧里諡文忠公

綠楊(녹양)이 千萬絲(천만사)ㄴ들 가는 春風(춘풍)미여 두며=푸른 버들이 수많은 가지를 드리운들 가는 봄을 붙잡아 두며 ◇探花蜂蝶(탐화봉접)인들 지는 곳즐 어이 ㅎ리=꽃을 찾는 벌과 나비인들 시들어 떨어지는 꽃을 어찌하겠느냐.

358
綠楊 春三月을 줍아미여 두량이면
썬ᄆ리쏍아니여 츤츤동혀두련마는
희마다 미던못ᄒ고 늙기셜워ᄒ노라. 金三賢

◉ 대조; '썬ᄆ리'는 '센ᄆ리'의 잘못.

綠楊 春三月(녹양춘삼월)을 줍아미여 두량이면=버들이 푸르른 봄
석 달을 잡아매어 둘 수가 있다면 ◇썬 ᄆ리 쏍아니여=흰 머리카락이
라도 뽑아내서 ◇미던 못ᄒ고=잡아매지는 못하고.

359
우리들이 後生ᄒ여 네나되고 너너되여
너녀글여굿든이를 너도날글여굿쳐보렴
平生에 너셜워ᄒ던쥴을 돌녀보면알니라.

◉ 대조; '우리들이'는 '우리둘이'의, '너녀'는 '너너'의 잘못임.

우리들이 後生(후생)ᄒ여 네 나 되고 너 너 되어=우리 둘이 뒷세상
에 다시 태어나서 네가 내가 되고 나는 네가 되어 ◇너 녀 글여 굿든
이를 너도 날 글여 굿쳐보렴=내가 너를 그리워하여 가슴 아파 하던
심정을 너도 나를 그리워하여 끊어지는 듯한 심정이 되어보렴 ◇너
셜워ᄒ던 쥴을 돌녀보면 알니라=네가 서러워하는 심정을 바꾸어 생각
해 보면 알 것이다.

360
白日은 西山에지고 黃河는 東海로든다
古來英雄은 北邙으로드단말가
두어라 物有盛衰니 恨헐쥴이잇시랴. 崔冲 高麗人

白日(백일)은 西山(서산)에 지고 黃河(황하)는 東海(동해)로 든다=해는 서산으로 지고 황하는 동해로 흘러든다. 자연의 섭리다 ◇古來英雄(고래영웅)은 北邙(북망)으로 드단말가=예전부터 이제까지의 영웅들은 모두가 북망산으로 들어갔단 말이냐. 북망산에 묻혔단 말인가. 북망산은 중국 낙양성 밖의 공동묘지임 ◇物有盛衰(물유성쇠)니=물건에는 나름대로의 흥성할 때와 쇠할 때가 있으니.

361

白雲 깁푼골에 綠水靑山 둘넛는듸
神龜로卜築ᄒ니 松竹間집이로다
每日에 靈筍을맛드리며 鶴鹿함ᄭᅴ놀니라.

둘넛는더=둘려 있는데 ◇神龜(신귀)로 卜築(복축)ᄒ니 松竹間(송죽간) 집이로다=신령스런 거북점을 쳐서 살 만한 곳에 집을 지으니 소나무와 대나무 사이에 지은 집이로다 ◇靈筍(영균)을 맛드리며 鶴鹿(학록)함ᄭᅴ 놀니라=대나무 순에 맛들이며 학과 사슴과 함께 놀리라.

362

白雲이 니러나니 남우굿치 움즉인다
밀물에東湖가고 혈물에ᄂᆞᆫ西湖가즈
兒禧야 넌그물것어셔리담아 닷글들고돗글놉히달아라.

白雲(백운)이 니러나니=흰 구름이 일어나니 ◇그물 것어 셔리 담아 닷글 들고 돗글 놉히 달아라=그물을 걷어 서려 담고 닻을 들고 돛을 높이 달아라.

363

白雪이 滿乾坤ᄒ니 千山이玉이로다

梅花는半開ᄒ고 竹葉이푸르럿다
兒禧야 盞가득부어라 興을겨워ᄒ노라.

白雪(백설)이 滿乾坤(만건곤)ᄒ니 千山(천산)이 玉(옥)이로다=흰 눈이
온 세상을 덮으니 모든 산이 옥처럼 빛나는구나.

364
白雪이 자자진골에 구름이 머흐레라
반가운梅花는 어늬곳의퓌엿는고
夕陽에 호울노션客이 갈곳몰느ᄒ노라. 李穡 號牧隱

◉ 대조: 가번 106과 중복

365
白雪이 紛紛ᄒ날에 天地가 다희거다
羽衣를썰쳐입고 丘堂에올느가니
어즈버 天上白玉京을 밋쳐볼가ᄒ노라.

◉ 대조: '밋쳐볼가'는 '밋쳐본가'의 잘못임.

白雪(백설)이 紛紛(분분)ᄒ 날에=흰 눈이 펄펄 날리는 날에 ◇羽衣
(우의)를 썰쳐 닙고 丘堂(구당)에 올라가니=새의 깃처럼 부드러운 옷
을 맵시 있게 차려 입고 언덕 위에 있는 별당으로 올라가니 ◇天上
白玉京(천상 백옥경)을 밋쳐 볼가 ᄒ노라=하늘 위에 있다고 하는 옥
황상제가 사는 곳에 가보았는가 한다.

366
白髮을 훗날니고 靑黎杖 닛글면셔
滿面紅潮로 綠陰間에누엇더니

偶然이 黑甛鄕丹夢을 黃鳥聲에씨거다. 金敏淳 號梅翁

白髮(백발)을 훗날리고 靑藜杖(청려장) 닛글면셔=백발을 바람에 흩어 날리고 푸른 명아주 지팡이를 이끌면서 ◇滿面紅潮(만면홍조)로 綠陰間(녹음간)에 누엇더니=술에 취해 붉어진 얼굴로 녹음 가운데 누었더니 ◇黑甛鄕丹夢(흑첨향단몽)을 黃鳥聲(황조성)에 씨거다=곤히 든 잠 속에서 그리는 이상향에 대한 단꿈을 꾀꼬리 소리에 깨겠다.

367
落葉聲 찬보롬에 기럭이 슬피울고
夕陽江頭에 고은님보니올제
釋迦와 老聃이當혼들 아니올쥴잇시랴.

◉ 대조; '올쥴'은 '울쥴'의 잘못임.

夕陽 江頭(석양강두)에 고은 님 보니올 제=해질 무렵 강어귀에서 고운 님을 보낼 때 ◇釋迦(석가)와 老聃(노염)이 當(당)혼들=석가나 노자(老子)와 같은 사람들도 사랑하는 사람과 이별을 하게 된다면.

368
楚伯王의 壯혼뜻도 죽기도곤 離別셜워
玉帳悲歌에 눈물지엿시나
히진後 烏江風浪에 우단말이업세라.

◉ 대조; '楚伯王' 해동악장과 본 가집만 이본에는 '楚霸王'으로 되었음.

楚伯王(초백왕)의 壯(장)혼 뜻도 죽기도곤 離別(이별) 셜워=초백왕의 호기(豪氣)가 넘치는 뜻도 죽기보다 이별이 더 서러워. 초패왕(楚霸王)은 항우를 가리키며 우미인(虞美人)과의 이별을 말함 ◇玉帳悲歌(옥장

비가)에 눈물은 지엿시나=장중(帳中)에서 부른 슬픈 노래에 눈물은 흘
렸으나. 옥장비가는 항우가 해하(垓下)에서 유방에게 패하고 우미인(虞
美人)과 함께 장중(帳中)에서 불렀다고 하는 노래 ◇희진 後(후) 烏江風
浪(오강풍랑)에 우단 말이 업세라=해가 진 뒤에 오강(烏江)의 풍랑에
울었다는 말이 없어라.

369
楚襄王은 무슴일노 人間樂事 다바리고
巫山十二峯에 雲雨夢만싱각는고
두어라 神女의生涯는 쑴쑌가ᄒ노라.

◉ 대조; ;쑴쑌가'는 '쑴쑌인가'의 잘못임.

楚襄王(초양왕)은 무슴 일노 人間樂事(인간낙사) 다 바리고=초나라
양왕은 무슨 일로 사람들이 가장 즐거워하는 일을 다 버리고 ◇巫山
十二峯(무산십이봉)에 雲雨夢(운우몽)만 싱각는고=무산의 열두 봉우리
에 운우의 꿈만 생각하는고. 운우몽은 초(楚)의 양왕(襄王)이 고당(高唐)
에서 노는데 꿈에 선녀가 나타나 동침을 하고 떠나면서 '아침에는 구
름, 저녁에는 비가 되어 무산의 기슭에 나타나겠다' 하고 떠났다는 고
사에서 남녀 간의 행락을 뜻함.

370
楚山에 우는범과 沛澤에 줌긴龍이
吐雲生風ᄒ야 氣勢도壯헐시고
秦나라 외로온ᄉ슴이 갈곳몰나ᄒ돗다. 李芝蘭靑海伯

楚山(초산)에 우는 범과 沛澤(패택)에 줌긴 龍(용)이=초산에서 우는
범과 패택에 잠긴 용이. 초산에 우는 범은 項羽(항우)를, 패택에 잠긴

용은 劉邦(유방)을 가리킴 ◇吐雲 生風(토운생풍)ㅎ야 氣勢(기세)도 壯(장)헐시고=구름을 토해내고 바람을 일으키니 기세도 대단할시고. 항우와 유방이 천하를 다툼을 비유한 말임 ◇秦(진)나라 외로운 스슴이=항우가 죽인 진(秦)나라의 자영(子嬰)을 가리킴.

371
首陽山 바라보며 夷齊를 恨ㅎ노라
듀려죽을신들 採薇좃츠ㅎ올것가
아무리 푸시옛거신들 그뉘짜헤난것고. 成三問號梅竹堂 端宗六臣

首陽山(수양산) 바라보며 夷齊(이제)를 恨(한)ㅎ노라=수양산을 바라다보며 백이와 숙제를 한탄한다 ◇듀려 죽을신들 採薇(채미)좃츠 ㅎ올것가=굶어 죽은들 고사리조차 캐어 먹어야 하겠습니까 ◇푸시옛 거신들 그 뉘 짜헤 난 것고=날 것인들 그것이 누구의 땅에 난 것인고.

372
首陽山 ᄂᆞ린물이 夷齊에 怨淚되야
晝夜不息ㅎ고 여흘여흘우는ᄯᅳᆮ
至今에 爲國忠誠을 못늬슬허ㅎ노라. 洪翼漢 三學士

夷齊(이제)의 怨淚(원루)되야=백이(伯夷)와 숙제(叔齊)의 원통한 눈물이 되어 ◇晝夜不息(주야불식)ㅎ고=밤낮을 쉬지 않고 ◇爲國忠誠(위국충성)을 못늬=나라를 위하는 충성된 마음을 끝내.

373
북소리 들니는절이 머다ㅎ들 언마멀니
靑山之上이요 白雲之下연마는
그곳에 白雲이즈옥ㅎ니 아무덴쥴몰너라.

靑山之上(청산지상)이요 白雲之下(백운지하)연마는=푸른 산 위요 흰 구름 아래지마는.

374

岳陽樓에 올나안져 洞庭湖七百里를 들너보니
落霞與孤鶩齊飛요 秋水ㅣ共長天一色이로다
어즈버 滿江秋興이 數聲漁篴뿐이로다.

岳陽樓·洞庭湖七百里(악양루동정호칠백리)=악양루는 중국 악양에 있는 누각. 동정호에 면하고 있음. 동정호는 중국 제일의 호수로 주위가 칠백리라고 함 ◇落霞與孤鶩齊飛(낙하여고목제비)요 秋水ㅣ共長天一色(추수공장천일색)이로다=낮게 드리운 저녁노을은 외로운 들오리와 더불어 가지런하게 날고 가을의 맑은 물은 하늘과 같이 맑다 ◇滿江秋興(만강추흥)이 數聲漁篴(수성어적) 뿐이로다=강에 가득한 가을 흥취가 몇 가락의 어부들의 피리소리뿐이더라.

375

夕鳥는 나라들고 暮烟은 니러는다
東嶺에둘이올나 襟懷에빗최도다
兒嬉야 瓦樽에술걸너라 彈琴ㅎ고놀니라.

夕鳥(석조)는 나라 들고 暮煙(모연)은 니러는다=저녁에 둥우리로 새들이 날아들고 저녁연기는 피어오른다 ◇襟懷(금회)에 빗최도다=마음속까지 비추는구나. 금회는 가슴속 깊이 품고 있는 생각 ◇瓦樽(와준)에 술 걸너라 彈琴(탄금)ㅎ고=술통의 술을 걸러라 거문고를 타며.

376

太公의 고기낙던낙더 긴줄믹여 압닉헤나려

銀鱗玉尺을 버들움에쎄여들고오니
　杏花村 酒家에모든벗님너는 더듸온다ᄒ더라. 朴後雄肅宗時名歌掻聳出於
此人

　銀鱗玉尺(은린옥척)을 버들 움에=비늘이 번쩍이는 커다란 물고기를
버드나무 새로 난 가지에 ◇杏花村 酒家(행화촌주가)에 모든 벗님너는
더듸 온다 ᄒ더라=술집에 모인 벗님들은 늦게 온다고 하더라.

　377
자다가 쎄여보니 이어인 소리런고
　入我床下蟋蟀인가 秋思도迢迢ᄒ다
　童子도 對答지아니코 고기숙여됴으더라. 李廷藎 四時歌中秋題

　이 어인 소리런고=이 무슨 소리인가 ◇入我床下 蟋蟀(입아상하실솔)
인가 秋思(추사)도 迢迢(초초)ᄒ다=내 책상 아래로 들어오는 것은 귀
뚜라미인가 가을이 되어 일어나는 쓸쓸한 생각도 아득한 듯하구나.

　378
자다가 쎄여보니 님의게셔 片紙왓너
　百番남아펴보고 가슴우회언졋더니
　굿터나 무겁든아니ᄒ되 가슴답답ᄒ여라.

　百番(백번) 남아 펴보고 ᄀ슴 우희 언졋더니=백 번도 넘게 펴 보고 가
슴 위에 얹었더니 ◇굿타나 무겁든 아니ᄒ되=구태여 무겁지는 않지만.

　379
草堂에 깁히든줌을 시소리에 놀나쎄니
　梅花雨긴柯枝에 夕陽이거의로다
　兒禧야 낙더너여라 고기줍이느것다.

梅花雨(매화우) 긴 柯枝(가지)에 夕陽(석양)이 거의로다=매화우가 개인 가지에 석양이 다 되었다. 매화우(梅花雨)는 매우(梅雨)로 음력 4월에서 5월 사이에 오는 비.

380
草堂에 일이업셔 거문고를 볘고두어
太平聖代를 꿈에나보렷더니
門前에 數聲漁篴이 줌든날을씌와라. 柳誠源 端宗六臣

門前(문전)에 數聲漁篴(수성어적)이 줌든 날을 씌와라=문 앞에 두어가락 어부들의 피리소리가 잠든 나를 깨우는구나.

381
雪月이 滿窓호듸 바람아부지마라
曳履聲아닌줄은 判然이아라마는
글입고 아쉬온마음에 힝혀권가호노라.

雪月(설월)이 滿窓(만창)호듸=눈 위에 비치는 달빛이 창에 가득히 비추는데 ◇曳履聲(예리성) 아닌 줄은 判然(판연)이 아라마는=신발을 끄는 소리가 아님을 분명히 알지마는.

382
雪月은 前朝色이요 寒鍾은 古國聲을
南樓에홀노셔셔 녯님군싱각헐제

殘郭에 暮烟生ㅎ니 不勝悲感ㅎ여라.

雪月(설월)은 前朝色(전조색)이요 寒鍾(한종)은 古國聲(고국성)을=눈
위에 비친 달은 전 왕조의 빛이요 차갑게 들리는 종소리는 옛 나라의
종소리 같이 들리거늘 ◇南樓(남루)에 홀노 서서=남쪽에 있는 다락에
홀로 서서 ◇殘郭(잔곽)에 暮烟生(모연생)ㅎ니 不勝悲感(불승비감) ㅎ여
라=무너진 성곽에 저녁연기가 일어나니 슬픈 감정을 억제하기가 어렵
구나. 황진이의 시로 알려졌으나 권겹(權韐)의 시 ‘雪月前朝色 寒鍾故
國聲 南樓愁獨立 殘郭暮煙生’(설월전조색 한종고국성 남루수독립 잔곽
모연생)을 시조로 만든 것임.

383
雪嶽山 가는길에 開骨山 중을만나
듬다려무른말이 楓葉이엇덧터니
이스이 連ㅎ여셔리치니 쩌마즌가ㅎ노라. 趙明履 英祖時人

◉ 대조; ‘開骨山’은 ‘皆骨山’의, ‘楓葉이’는 ‘楓岳이’의 잘못.

開骨山(개골산)=금강산을 부르는 이름의 하나로 겨울에 해당함 ◇
楓葉(풍엽)이 엇더터니=‘楓葉’(풍엽)은 ‘楓嶽’(풍악)의 잘못인 듯. 단풍
든 잎이 어떻더냐. 풍악은 금강산의 가을철 이름임 ◇이 스이 連(연)ㅎ
여 셔리 치니 쩌 마즌가 ㅎ노라=요즈음 계속하여 서리가 내리니 알맞
은 때를 만났는가 한다.

384
積雪이 다녹도록 봄消息을 모롤너니
歸鴻은得意天空濶이요 臥柳生心水動搖ㅣ로다
兒禧야 시술걸너라 식봄마지ㅎ리라.

歸鴻(귀홍)은　得意天空濶(득의천공활)이요　臥柳生心水動搖(와류생심수동요)ㅣ로다=돌아가는 기러기는 하늘이 공활하므로 뜻을 얻고 기우뚱한 버들은 물이 움직임에 따라 마음이 생긴다.

385

가더니 니즌양ᄒ여 꿈에도 아니뵈니
너아니져를니졋거든 졘들현마니즐소냐
언마ᄂ 딘장헐님이완터 술든이를긋는고.

가더니 니즌양 ᄒ여=가더니 잊은 듯하여 ◇졘들 현마 니즐소냐=저 인들 설마 나를 잊었겠느냐 ◇언마ᄂ 딘장헐 님이완터 술든 이를 긋는고=얼마나 진중하게 생각할 임이기에 살뜰한 심사를 끊느냐.

386

北斗星 도라지고 둘은밋쳐 아니젓다
녜논비언마ㅣ 느오냐 밤이임의깁헛도다
風便에 數聲砧들니니 다왓는가ᄒ노라.

北斗星(북두성) 도라지고 둘은 밋쳐 아니 젓다=북두성은 이미 자리가 바뀌고 달은 아직 지지 않았다 ◇녜논 비 언마ㅣ 느 오냐=가는 배가 얼마나 왔느냐 ◇風便(풍편)에 數聲砧(수성침) 들니니 다 왓는가 ᄒ노라=바람결에 두어 차례의 다듬이 소리가 들리니 다 왔는가 하노라.

387

北天이 맑다커늘 雨裝업시 길을나니
山에논눈이오고 들에논찬비로다
오늘은 찬비마잣시니 어러잘짜가ᄒ노라. 林悌 見名妓寒雨作此歌與同枕

北天(북천)이 맑다커늘=북쪽 하늘이 맑다고 하거늘 ◇찬비 마잣시

니 어러 잘짜 ᄒ노라=차가운 비를 맞았으니 얼어 잘까 하노라. 찬비
는 기생 한우(寒雨)를 가리키는 중의적인 표현임.

388
벼뷔여 쇠게싯고 고기건저 兒孺쥬며
이소네모라다가 술을몬저걸넛스라
우리논 夕陽이아직머럿시니 興치다가가리라.

　벼 뷔여 쇠게 싯고=벼를 베어 소에게 싣고 ◇이 소 네 모라다가=
이 소를 네가 몰고 가서 ◇夕陽(석양)이 아직 머럿시니 興(흥)치다가=
해가 지려면 아직 멀었으니 흥겨워 놀다가.

389
易水寒波 져문날에 荊卿의 擧動보소
一劍行裝이 긔아니此且止吾흔가
至今에 未講劍術을 못늬슬허ᄒ노라.

　易水寒波(역수한파) 져문 날에 荊卿(형경)의 擧動(거동) 보소=역수에
차가운 물결이 일고 해가 저문 날에 형경의 거동을 보시오. 역수(易水)
는 중국 하북성 역현(易縣)에 근원을 둔 강. 형경은 제(齊)나라 형가(荊
軻)로 연(燕)나라 태자 단(丹)의 명령으로 진왕(秦王) 정(政)을 죽이려다
실패하고 피살됨 ◇一劍行裝(일검행장)이 긔 아니 此且止吾(저어)흔가=칼
하나를 꾸린 행장이 그 아니 어색하지 않은가. 형가가 진왕의 살해에
실패한 것을 풍자한 말임 ◇未講劍術(미강검술)을 못늬 슬허 ᄒ노라=
검술을 제대로 배우지 못한 것을 끝내 슬퍼하노라.

390
冊덥고 窓을여니 江湖에 비쩌잇다
往來白鷗는 무음쯧먹엇는고

앗구려 功名을 下直ᄒ고 너를좃ᄎ놀니라. 鄭蘊 號桐溪

앗구려 功名(공명)을 下直(하직)ᄒ고=아서라, 공명을 그만두고.

391
보거든 슬뮈거나 못보거든 닛치거나
제나지말거나 너져를모로거나
출하로 니몬져칙여셔 제글이계ᄒ리라.

보거든 슬뮈거나 못 보거든 닛치거나=보거든 싫고 밉거나 못 보거
든 잊혀 지거나 ◇제 나지 말거나 너 져를 모로거나=제가 태어나지
말거나 내가 저를 모르거나 ◇너 몬져 칙여져셔 제 글이게 ᄒ리라=내
가 먼저 죽어서 제가 나를 그리워하게 하리라.

392
이몸이 죽어가셔 무어시 될쏘ᄒ니
蓬萊山第一峯에 落落長松되여이셔
白雪이 滿乾坤헐제 獨也靑靑ᄒ리라.

蓬萊山 第一峯(봉래산제일봉)에 落落長松(낙락장송) 되여 이셔=금강
산 제일 높은 봉우리에 커다란 소나무가 되어 ◇白雪(백설)이 滿乾坤
(만건곤)헐제 獨也靑靑(독야청청) ᄒ리라= 흰 눈이 온 세상을 뒤덮었
을 때 홀로 푸르고 푸르리라.

393
이몸이 죽고죽어 一百番 곳쳐죽어
白骨이 塵土ㅣ 되야 넉시라도잇고업고
님向ᄒ 一片丹心이야 가싈쥴이잇시랴 鄭圃隱

◉ 대조; 가번 116과 중복

394
篴소릭 반기듯고 竹窓을열고보니
細雨長堤예 쇠등에兒薥로다
兒薥야 江湖에봄이드냐 낙디推尋ᄒ리라.

篴(적) 소릭 반기 듯고＝피리소리 반겨 듣고 ◇細雨長堤(세우장제)에
쇠등에 兒薥(아희)로다＝이슬비 내리는 긴 둑에 쇠등에 아이들이 타고
있구나 ◇봄이 드냐 낙디 推尋(추심)ᄒ리라＝봄이 되었느냐, 낚싯대를
찾아 두겠다.

395
越相國 范少伯이 名遂功成 못ᄒ前에
五胡烟月이 됴흔줄알년마는
西施를 싯노라ᄒ야 느져도라오도다. 乙巴素 高句麗故國川王時相

越相國 范少伯(월상국범소백)이 名遂功成(명수공성) 못ᄒ 前(전)에＝
'少伯'(소백)은 '小伯'(소백)의 잘못. 월나라 재상인 범소백이 명예를 이
루지 못한 이전에. 범소백은 월의 재상이었던 범려(范蠡)를 가리킴 ◇
五胡烟月(오호연월)이 됴흔 줄 알년마는＝오호의 은은한 달빛이 좋은
줄을 알았겠지만 ◇西施(서시)를 싯노라 ᄒ야 느져＝서시를 싣는다 해
서 늦게. 서시는 춘추시대 월(越)나라의 미녀.

396
菊花야 너는어이 三月春風 슬여ᄒ다
성귄울찬빗뒤에 ᄒ리얼지연정
반다시 群花로더부러 한봄말녀ᄒ노라. 安玫英

　◉ 대조; '春風'은 다른 이본에 '東風'으로 되었음.

셩귄 울 찬 빗 뒤에 출흐리 얼지연정=엉성한 울타리에 차가운 비가
내린 뒤에 차라리 얼지언정 ◇群花(군화)로 더부러 한봄 말녀 흐노라=
여러 가지 꽃과 더불어 다 함께 즐기는 봄을 혼자 그만두려 하는구나.
남은 다 좋아하는 것을 혼자서 싫어하느냐.

397
담안에 쏫치여늘 못가에 버들이라
꾀꼬리노러흐고 나뷔는춤이로다
至今에 花紅柳綠鶯歌蝶舞흐니 醉코놀녀흐노라. 仝人

담 안에 쏫치여늘=담 안에 꽃이 피었거늘 ◇花紅柳綠 鶯歌蝶舞(화
홍유록앵가접무)흐니=꽃은 붉고 버들은 푸르며 꾀꼬리 노래하고 나비
는 춤을 추니.

398
담안에 셧는쏫츤 버들쎗츨 시워마라
버들곳아니런들 花紅너뿐이여니와
네겻히 多情타니를거슨 柳綠인가흐노라 仝人

버들쎗츨 시워마라=버들의 푸른빛을 시새워 하지 마라 ◇버들곳 아
니런들 花紅(화홍) 너뿐이여니와=버들만 아니라면 꽃이 붉은 것 너뿐
이거니와 ◇多情(다정)타 니를 거슨 柳綠(유록)인가 흐노라=다정하다
고 할 수 있는 것은 푸른 버들인가 한다.

399
울밋히 퓌여진菊花 黃金色을 펼치온듯
山넘어돗는둘은 詩興을모라돗아온다
兒嬉야 盞가득부어라 醉코놀녀흐노라.

詩興(시흥)을 모라 돗아 온다=시에 대한 흥취를 모두 몰아서 돋다
온다.

400
자네딥에 술닉거든 부듸날을부르시소
草堂에곳이픠여드란 나도자네를請히움시
百年짯 시름업슬쐬를 議論콰져ᄒ노라. 金堉號潛谷孝宗朝領相

草堂(초당)에 곳이 픠여드란=초당에 꽃이 피면 ◇百年(백년)짯 시름
업슬 쐬를=평생을 두고 근심 없을 대책을.

401
子規야 우지마라 네울어도 속졀업다
울거든너만우지 날은어이울나는다
아마도 네소리드를제면 가심앏하ᄒ노라. 李溎 號小岳樓肅宗時人

◉ 대조; '울나는다'는 '울니는다'의, '가심'은 '가슴'의 잘못임.

네 우러도 속졀업다=네가 울어도 쓸 데 없다 ◇울거든 너만 울지
날을 어이 울나는다=울려거든 너만 울 것이지 나는 왜 울리느냐.

402
뉘라서 날늙다턴고 늙으니도 이런호가
곳보면 반갑고 盞줍우면우음눈다
귀밋희 훗날니는白髮이야 넌들어이ᄒ리요. 李仲集

◉ 대조; '이런호가'는 '이러호가'의 잘못임.

盞(잔) 줍우면 우음 눈다=술잔을 잡으면 좋아서 웃음이 나온다.

403

활지여 팔에걸고 칼가라 녑희츳고
鐵甕城邊에 筒箇베고누엇시니
보안다 보괘랏소리예 좀못드러ᄒ노라. 林晉

활 지여 팔에 걸고＝활을 만들어 팔에 걸치고 ◇鐵甕城邊(철옹성변)
에 筒箇(통개) 베고 누엇시니＝철옹성 가에 통개를 베고 누었으니. 통
개는 화살을 넣어 운반할 수 있는 주머니 ◇보안다 보괘랏 소리예＝
'보았느냐' '보았다' 하고 외치는 소리에.

404

鐵嶺 놉푼고기 쟈고넘는 져구름아
孤臣寃淚를 비슴아씌여다가
님계신 九重宮闕에 뿌려줌이엇더리. 李恒福

鐵嶺(철령) 놉푼 고기＝철령의 높은 고개. 철령(鐵嶺)은 강원도와 함
경도 사이에 있는 고개 ◇孤臣寃淚(고신원루)를 비슴아 씌여다가＝외
로운 신하의 원통한 눈물을 비삼아 가져다가 ◇님 계신 九重宮闕(구중
궁궐)에＝임금님이 계신 대궐에.

405

騎司馬 呂馬童아 項籍인쥴 모로더냐
八年干戈에 날對敵ᄒ리뉘잇더냐
오늘날 이리되기는 하늘인가ᄒ노라.

騎司馬 呂馬童(기사마여마동)아 項籍(항적)인 줄 모로더냐＝기사마인
여마동아 항적인 줄 몰랐더냐. 기사마는 벼슬 이름이고 여마동은 항우
의 친구였는데 나중에 한나라에 투항하여 낭기장(郞騎將)이 되어 용차
(龍且)를 치고 항적을 죽임. 항적(項籍)은 항우를 가리킴 ◇八年干戈(팔

년간과)에 날 對敵(대적)ᄒ리 뉘 잇더냐=팔 년 동안의 초와 한의 전쟁
가운데 나를 대적할 사람이 누가 있느냐 ◇이리 되기는 하늘인가 ᄒ
노라=이렇게 되기는 하늘인가 하노라. 항우가 여마동에게 죽을 때
'하늘이 나를 망쳤다'고 하였음

406

숄이라 솔이라ᄒ니 무슴솔만 넉이는다
千仞絶壁에 落落長松너긔로다
길아리 樵童에졉낫시야 걸어볼줄잇시랴. 松伊 古之名妓

숄이라 솔이라 ᄒ니 무슴 솔만 넉이는다=소나무다 소나무다 하니
무슨 소나무로만 여기는가 ◇千仞絶壁(천인절벽)에 落落長松(낙락장송)
내 긔로다=천 길이나 되는 절벽에 가지가 늘어지고 키가 큰 소나무가
바로 나 그것이다 ◇樵童(초동)의 졉낫시야 걸어볼줄 잇시랴=나무하
는 아이들의 조그마한 낫이야 걸어볼 수가 있겠느냐.

407

집方席 너지마라 落葉에랏타 못안즈랴
솔불혀지마라 어졔진둘이돗아온다
兒嬉야 山菜와濁醪ㄹ만졍 업다말고니여라.

落葉(낙엽)에랏타 못 안즈랴=낙엽이라고 못 앉겠느냐 ◇솔불 혀지
마라=관솔불을 켜지 마라 ◇山菜(산채)와 濁醪(탁료)ㄹ만졍=산나물과
막걸리일망정.

408

더심어 울을솜고 솔갓고아 景子ㅣ로다
白雲덥힌곳의 날잇ᄂᆞᆫ줄제뉘알니
庭畔에 鶴徘徊ᄒ니 긔벗인가ᄒ노라.

더 심어 울을 슴고 솔 갓고아 景子(경자)ㅣ로다=대나무를 심어 울타리를 삼고 소나무를 가꾸어 정자를 삼았구나 ◇白雲(백운) 덥힌 곳의 날 잇는 쥴 제 뉘 알니=흰 구름이 덮여 있는 곳에 내가 있는 줄을 그 누가 알겠느냐.

409
日暮 蒼山遠ᄒ니 날져무러 못오는가
天寒白屋貧ᄒ니 ᄒ늘이ᄎ못오는가
柴門에聞犬吠ᄒ니 風雪夜歸人인가ᄒ노라.

日暮蒼山遠(일모창산원)ᄒ니=해가 저물어 푸른 산이 더 멀리 보이니 ◇天寒白屋貧(천한백옥빈)ᄒ니=날이 차가우니 가난한 집이 더욱 가난해 보이니 ◇柴門(시문)에 聞犬吠(문견폐)ᄒ니 風雪夜歸人(풍설야귀인)인가 ᄒ노라=사립문에 개 짖는 소리가 들리니 바람 불고 눈 날리는 밤에 돌아온 사람인가 하노라.

410
蜀에셔 우는시는 漢나라흘 그려울고
봄비예웃는곳즌 時節만는탓시로다
月下에 외로온離別은 이쑨인가ᄒ노라.

蜀(촉)에서 우는 시는=촉국(蜀國)의 흥망을 생각하여 우는 새는. 촉은 중국 상고시대 제곡(帝嚳)의 왕자가 봉함을 받았던 작은 나라로, 후에 진(秦)에게 망했음 ◇漢(한)나라흘 그려 울고=한 나라를 그리워해서 울고.

411
큰盞에 가득부어 醉토록 먹으면서

萬古英雄을손곱아혜여보니
아마도 劉伶李白이 너벗인가ᄒ노라. 李德馨

손곱아 혜여 보니=손꼽아 헤아려 보니 ◇劉伶 李白(유령이백)이=유
령과 이백이. 술을 좋아했다는 유령과 이백이.

412
玉을 돌이라ᄒ니 그려도 익닯고야
博物君子는 아는法잇건마는
알고도 모로는체ᄒ니 그를슬혀ᄒ노라. 洪暹 中宗朝領相景憲公

玉(옥)을 돌이라 ᄒ니 그려도 익닯고야=옥을 돌이라고 하니 그렇더
라도 안타깝구나 ◇博物君子(박물군자)는 아는 法(법) 잇건마는=온갖
것에 해박한 사람은 아는 법이 있겠지마는

413
玉欄에 곳이퓌니 十年이 어느덧고
中夜非歌에 눈물계워안ᄌ이셔
슬ᄯ리 셜운마음은나흔ᄌᆞᆫ가ᄒ노라. 曹漢英

◉ 대조; '中夜非歌'는 '中夜悲歌'의 잘못.

玉蘭(옥난)에 곳이 퓌니 十年(십년)이 어느 덧고=아름다운 난간에
꽃이 피니 십년이 어느덧인가 ◇中夜非歌(중야비가)에 눈물계워 안ᄌ
이셔=한밤중에 들리는 슬픈 노래에 눈물을 억제치 못하고 앉아 있어.

414
玉으로 白馬를삭여 洞庭湖에 흘니싯겨
草原長堤에 바느려믹얏다가

그말이 플쓰더먹거든 님과離別ᄒ리라.

玉(옥)으로 白馬(백마)를 삭여 洞庭湖(동정호)에 흘니 싯겨=옥으로 백마를 만들어 동정호의 물에 씻어 ◇草原長堤(초원장제)에 바 느려 미얏다가=풀이 우거진 들판의 긴 둑에 바를 길게 늘여 매었다가.

415
이뫼를 허러니여 져바다흘 메오면은
蓬萊山고운님을 거러가도보련마는
이몸이 精衛鳥갓트여 바잔일만ᄒ노라. 徐益 號萬竹軒 宣祖朝人

이 뫼를 허러니여=이 산을 헐어내어 ◇거러가도 보련마는=걸어가 서라도 만나 볼 수 있으련만 ◇精衛鳥(정위조) 갓트여 바잔일만 ᄒ노 라=정위조와 같아 서성거리기만 한다. 정위조(精衛鳥)는 해변에 사는 작은 새로 옛날 염제(炎帝)의 딸이 죽어서 되었다고 함.

416
綠柳間 黃鶯兒들아 나의꿈을 씨오지마라
아오라흔遼西길을꿈아니면못가려니
兒禧야 줌든던스란 부디打起ᄒ여라. 朴英秀

◉ 대조; '줌든던스란'은 '줌든더스란'의 잘못임.

綠柳間 黃鶯兒(녹류간황앵아)들아=푸른 버드나무 사이의 꾀꼬리들 아 ◇아오라흔 遼西(요서)ㄷ길을=아득히 먼 요서의 길을. 요서(遼西)는 요하(遼河)의 서쪽을 가리키나 여기서는 멀리 변방의 수자리에 간 남 편이 있는 곳을 가리킴 ◇줌든 던스란 부디 打起(타기)ᄒ여라=잠들었 거든 부디 나무를 때려 날아가게 하여라.

417
樂遊原 빗긴날에 昭陵을 바라보니
白雲깁푼곳에 金粟堆보기섧다
어느제 이몸이도라가셔 다시뫼셔보리요. 曺漢英

　樂遊原(낙유원) 빗긴 날에 昭陵(소릉)을 바라보니=낙유원 저녁나절에 소릉을 바라보니. 낙유원(樂遊原)은 중국 섬서성 장안현 남쪽에 있는데, 한(漢)의 선제(宣帝)의 묘우(廟宇)가 있음. 소릉(昭陵)은 당(唐)나라 태종(太宗)의 능임. 이는 당(唐)나라 두목(杜牧)의 「將赴吳興登樂遊原」(장부오흥등낙유원)의 결구(結句)인 ‘樂遊原上望昭陵’(낙유원상망소릉)을 가져온 것임 ◇金粟堆(금속퇴) 보기 섧다=금속퇴를 보기가 서럽다. 금속퇴(金粟堆)는 당 명황(唐明皇)의 무덤이 있는 곳 ◇어느 제=어느 때.

418
쟈남은 보라미를 엇그제갓손쎄여
쎄깃체방울다라 夕陽에밧고느니
丈夫의 平生得意는 이쑨인가ᄒ노라. 金昌業 號老稼齋

　쟈 남은 보라미를 엇그제 갓 손 쎄여=한 자가 넘는 보라매를 엊그제 막 손을 떼어 ◇쎄깃체 방울 다라 夕陽(석양)에 밧고 느니=빼깃에 방울을 달아 석양에 팔에 받고 나서니. 빼깃은 매의 소유를 밝히기 위해 꽁지털 외에 덧붙이는 털. 시치미 ◇丈夫(장부)의 平生得意(평생득의)는=사나이의 생전에 마음먹은 뜻을 성취하기는.

419
구름아너는어이 횟빗츨 감초는다
油然作雲ᄒ면 大旱에됴커니와
北風이 스라져불제면볏뉘몰나ᄒ노라.

油然 作雲(유연작운)ᄒ면 大旱(대한)에 됴커니와=구름이 뭉게뭉게
일어나면 큰 가뭄에도 좋거니와 ◇北風이 스라져 불 제면 볏뉘를 몰
나 ᄒ노라=북풍이 없어져 불 때면 볕을 볼 수가 없구나.

420
鶴타고 뎌부는童子야 너다려 무러보즈
瑤池宴座客이 누구누구와잇더냐
니뒤에 南極老翁오시니 거긔무러보시소.

◉ 대조; '老翁'은 다른 이본에 '仙翁'으로 되었음.

瑤池宴 座客(요지연좌객)이=요지연에 참석하여 앉아 있는 손님이.
요지연은 주(周)의 목왕(穆王)이 요지에서 서왕모(西王母)와 주연을 베
풀었다고 하는 고사 ◇南極老翁(남극노옹)이 오시니=남극노인성이 오
시니. 남극노인성을 사람의 수명을 맡았다고 함.

421
月中三足烏야 가지말고 니말드러
너희는反哺烏ㅣ라 烏中之曾參이로다
北堂에 鶴髮雙親을 더듸늙게ᄒ여라. 許珽 號松湖古之善歌曲調猶傳於今

◉ 대조; '月中'은 '日中'의 잘못임.

日中 三足烏(일중삼족오)야 가지 말고 니말 드러=해 가운데 있다고
하는 까마귀야 가지 말고 내 말을 들어라 ◇너희는 反哺烏(반포조)ㅣ
라 烏中之曾參(조중지증삼)이로다=너희는 부모가 먹이를 물어다 준
것에 보답하는 새니, 새 가운데 증삼이로구나. 증삼은 증자(曾子)를 가
리키는 말로 공자(孔子)의 제자로 효(孝)를 실행한 사람 ◇鶴髮雙親(학

발쌍친)을=학의 깃털처럼 머리가 하얀 부모님을.

三數大葉　轅門出將　舞刀提賊

422
夕陽에 醉興을겨워 나귀등에 실녓시니
十里溪山이 夢裡에지나거다
어듸셔 數聲漁篴이 줌든날을찌오거다.

夕陽(석양)에 醉興(취흥)을 겨워 나귀등에 실녓시니=해질녘에 술에
취한 흥취를 억제하지 못하여 나귀의 등에 실렸으니　◇十里溪山(십리
계산)이 夢裡(몽리)에 지나거다=십리나 되는 시내가 있는 산을 마치
꿈속에서 지나친 것 같구나　◇數聲漁篴(수성어적)이=두어 가락의 어
부들의 피리소리가.

423
져盞에부은 슐이골핫시니 劉伶이와 마시도다
두렷던둘이여즈려졋시니 李白이와마시도다
남운술 남운달가지고 翫月長醉ᄒ리라.

⦿ 대조; '李白이와 마시도다'는 '쎼치도다'의 잘못, '翫月'은 가곡원류계 가집에
'玩月'로 되었음.

져 盞(잔)에 부은 슐이 골핫시니 劉伶(유령)이 와 마시도다=이 잔이
부은 술이 차지 않았으니 유령이 와서 마시었나보다. 유령(劉伶)은 진
(晉)나라 때 사람으로 술을 좋아했음　◇두렷던 둘이 여즈려졋시니 李
白(이백)이 와 마시도다=둥글던 달이 한쪽이 이지러졌으니 이백이 와
서 깨뜨려버렸나 보다.

424

이러니 져러니ᄒ고 世俗奇別 傳치마소
남의是非는 나의알비아니로다
瓦樽에 술이익엇시면 긔됴흔가ᄒ노라.

이러니 져러니 ᄒ고 世俗奇別(세속기별) 傳(전)치 마소=이러니 저러니 하고 속세의 소식을 전하지 마시오 ◇瓦樽(와준)에=술통에.

425

이러니 뎌러니말고 술만먹고 노시그려
먹다가醉ᄒ거든 먹음운치좀들니라
醉ᄒ여 좀든덧이나 시름잇즈ᄒ노라.

이러니 뎌러니 말고 술만 먹고 노시그려=이러하거니 저러하거니 말하지 말고 술이나 먹고 노십시다 그려 ◇먹음운 치 좀 들리라=술을 입이 머금은 채로 잠들겠다 ◇좀든 덧이나 시름 닛쟈 ᄒ노라=잠든 동안이나 근심을 잊고자 하노라.

426

이러니뎌러니ᄒ고 날다려ᄂ雜말마소
니當付님의盟誓ㅣ 오로다虛事ㅣ로다
情밧게 못일울盟誓ㅣ야 ᄒ여무슴ᄒ리요.

니 當付(당부) 님의 盟誓(맹서)ㅣ 오로다 虛事(허사)ㅣ로다=나의 부탁과 님의 맹세가 모두가 헛일이구나 ◇情(정) 밧게 못 일울=정 이외에는 이루지 못할.

427

이런들 엇더ᄒ며 뎌러ᄒᆫ들 엇더ᄒ리

萬壽山드렁츩이 얽어지다긔엇더하리
우리도 이것치얽어져서 百年ᄭ지누리과져. 太宗大王

萬壽山(만수산) 드렁츩이 얽어지다 긔 엇더 하리=만수산에 있는 드
렁츩이 얽혀져 있다고 한들 그 어떠하랴. 만수산은 개성에 있는 산임
◇百年(백년)ᄭ지 누리과져=먼 후일까지 누리고 싶다.

428
엇그졔 쥐빗즌술이 닉엇나냐 셜엇나냐
압닉예후린고기굽나냐 膾치나냐속고앗느냐
兒禧야 어셔츌여늬여라 벗님待接ᄒ리라.

엇그제 쥐빗즌 술이=엊그제 담근 술이 ◇압 닉에 후린 고기 굽느냐
膾(회)티느냐 속고앗느냐=앞 내에서 잡은 고기를 굽느냐 회를 치느냐
아니면 끓였느냐.

429
엇그졔 쥐빗즌술을 酒桶잇지 두러메고나니
집안兒禧들은 허허쳐웃는고야
江湖에 봄간다ᄒ니 餞送ᄒ려ᄒ노라.

엇그제 쥐비즌 술을 酒桶(주통)잇지 두러메고 나니=엊그제 담근 술
을 술동이 채로 둘러메고 나서니 ◇허허 쳐 웃는고야=허허 하고 소리
내어 웃는구나.

430
藥山東坮 여즈러진ㅏ회틈에 倭躑躅것튼 져닉님이
닉눈에 덜뮙거든 남인들지닉보랴

시만코 쥐꾀인東山에 오조간듯ᄒ여라.

藥山 東坮(약산동대) 여즈러진 바회 틈에=약산의 동대 이지러진 바위틈에. 약산 동대는 평안북도 영변(寧邊)에 있는 산의 봉우리 ◇너 눈에 덜 뮙거든 남인들 지너보랴=나의 눈에도 덜 밉거든 남이라 해서 지나쳐 보겠느냐. 예사로 보겠느냐 ◇시 만코 쥐 꾀인 東山(동산)에 오조 간 듯ᄒ여라=새가 많고 쥐가 모여드는 동산에 오조를 간 것 같구나. 오조는 일찍 추수하는 조. 많은 사람들이 관심을 가지고 모여듦을 말함.

431
落葉이 말발에치이니 닙닙히 秋聲이로다
風伯이 뷔되여 다쓰러ㅂ리도다
두어라 崎嶇山路를 덥허둔들엇더리.

落葉(낙엽)이 말발에 치이니 닙닙히 秋聲(추성)이로다=낙엽이 말발에 채이니 잎마다 가을의 소리로구나 ◇風伯(풍백)이 뷔 되여 다 쓰러ㅂ리도다=바람이 비가 되여 다 쓸어버리는구나. ◇崎嶇山路(기구산로)를=험악한 산길을.

432
落葉에 두字만젹어 西北風에 놉히씌여
月明長安에 님계신듸보너고져
眞實노 보오신後면 님도슬허ᄒ리라.

月明長安(월명장안)에=달이 환하게 비취는 서울에.

433

우레것치 소릐난님을 번기것치 번쩍만나
비것치오락기락 구름것치헤여지니
胸中에 ㅂ롬것튼한숨이나셔 안기퓌듯ㅎ여라.

　우레 것치 소릐 난 님을 번기 것치 번쩍 만나=우레처럼 소리가 요
란하게 난 임을 번개처럼 순간적으로 만나 ◇ㅂ롬 것튼 한숨이 나셔
안기 퓌듯 ㅎ여라=바람이 빠지듯 한숨이 나서 안개가 퍼지는 것처럼
사라지더라.

434

綠耳霜蹄는 櫪上에셔늙고 龍泉雪鍔은 匣裡예운다
大丈夫ㅣ 되야나셔 志槪를못일우고
귀밋히 白髮이지쵹ㅎ니 그를슬허ㅎ노라.

　綠耳霜蹄(녹이상제)는 櫪上(역상)에셔 늙고 龍泉雪鍔(용천설악)은 匣
裡(갑리)예 운다=녹이상제는 마구간의 마판 위에서 늙고 용천설악은
칼집 속에서 운다. 녹이상제는 명마(名馬)이고 용천설악은 보검(寶劍)임
◇大丈夫(대장부)ㅣ 되야 나셔 志槪(지개)를 못 일우고=사나이로 태어
나서 뜻과 기개를 이루지 못하고.

435

綠耳霜蹄 슬지게먹여 시너물에 싯겨타고
龍泉雪鍔을 들계갈아두러메고
丈夫의 爲國忠節을 세워볼짜ㅎ노라.

　爲國忠節(위국충절)을 세워 볼짜 ㅎ노라=나라를 위한 충성된 절개
를 세워볼까 한다.

436
朔風은 나무긋히불고 明月은 눈속에츤듸
萬里邊城에 一長釼집고서셔
긴프롬 큰호소리에 거칠거시업세라.

◉ 대조; 가번 122와 중복되었으나 중장이 '一丈釼씌여들고 戍樓에놉히안져'
로 차이가 있음.

437
曹仁의 八門金鎖陣을 潁川徐庶ㅣ 아돗던디
百萬陣中에 헵드ᄂ니子龍이로다
一身이 都是胆이여니 제뉘라셔對敵ᄒ리.

◉ 대조; '都是胆'은 '都是膽'의 잘못.

  曹仁(조인)의 八門金鎖陣(팔문금쇄진)을 潁川 徐庶(영천서서)ㅣ 아돗
던디=조인의 팔문금쇄진을 영천의 서서가 알았던가. 조인은 조조(曹
操)의 아우로 위(魏)의 장수. 영천 서서는 영천 사람 서서로 처음에는
유비를 섬겼으나 후에 조조에게로 감 ◇百萬陣中(백만진중)을 헵드ᄂ
니 子龍(자룡)이로다=백만의 군사들이 싸우는 전진의 속을 휩쓰는 이
는 자룡이로다. 자룡은 조자룡을 말함 ◇一身(일신)이 都是 胆(도시단)
이여니 제 뉘라셔 對敵(대적)ᄒ리=몸뚱이 전부가 담덩어리 같으니 그
누가 대적하겠느냐.

438
博浪沙中 쓰고남운鐵椎를 天下壯士 項羽듀어
힘짜지두러메여 씨치리라離別二字
그제야 情든님다리고 百年同住ᄒ리라.

◉ 대조; '二字'는 이본에 '두字'로 되었음.

博浪沙中(박랑사중) 쓰고 남운 鐵椎(철추)를 天下壯士(천하장사) 項羽 (항우) 듀어=박랑사에서 쓰고 남을 철추를 천하장사인 항우에게 주어. 박랑사(博浪沙)는 중국 하남성 박랑현(博浪縣)에 있는 지명으로 장량(張 良)이 철퇴로 진시황을 저격하였던 곳 ◇힘ᄭᆞ지 두러메여 ᄭᅵ치리라 離 別(이별) 二字(이자)=힘껏 둘러메어 깨부수겠다, 이별이란 두 글자.

439
기럭이 衡陽天(一作夕陽天)에나디말고 네날이를 날빌녀든
心速(或曰送)未歸處에 暫間단녀도라오마
가다가 故人相逢ᄒᆞ여드란 卽還來를ᄒᆞ리라.

기럭이 衡陽天(형양천)에 나디 말고=기러기 너 형양천에 날지를 말 고. 형양천(衡陽天)은 중국에 있는 지명으로 이곳에 회안봉(回雁峰)이 있는데 기러기도 날아 넘어갈 수 없을 정도로 높다고 하여 소식이 끊 김을 비유함 ◇心速未歸處(심속미귀처)에=마음은 바쁜데 미처 가지 못하는 곳에 ◇故人相逢(고인상봉) ᄒᆞ여드란 卽還來(즉환래)를 ᄒᆞ리라 =친구를 만나게 되면 즉시 돌아오리라.

440
酒客이 淸濁을갈희랴 다나쓰나 막우걸너
줍거니勸ᄒᆞ거니 量더로먹은後에
大醉코 草堂밝은달에 누엇신들엇더리.

酒客(주객)이 淸濁(청탁)을 갈희랴 다나 쓰나 막우 걸너=술꾼이 좋은 술과 나쁜 술을 가리겠느냐 달거나 쓰거나 가리지 않고 급히 걸러서.

441
百年을可使 人人壽ㅣ라도 憂樂이中紛 未百年을
況是百年을難可必이니 不如長醉百年前이로다

두어라 百年前ᄭ지란 醉코놀녀ᄒ노라.

百年(백년)을 可使人人壽(가사인인수)ㅣ라도 憂樂(우락)이 中分 未百年(중분 미백년)을=백년을 혹시 사람마다 살더라도 근심과 즐거움이 나누면 백년이 안 되거늘 ◇況是 百年(황시백년)을 難可必(난가필)이니 不如長醉 百年前(불여장취백년전)이로다=하물며 백년을 채우기가 어려운 것이니 백년 동안 오래도록 취하는 것만 못하니라.

442
洛東江上에 仙舟泛ᄒ니 吹笛歌聲이 落遠風이로다
客子停驂聞不樂은 蒼梧山色이 暮雲中이로다
至今에 鼎湖龍飛를 못니슬허ᄒ노라.

洛東江上(낙동강상)에 仙舟泛(선주범)ᄒ니 吹笛歌聲(취적가성)이 落遠風(낙원풍)이로다=낙동강에 배를 띄우니 피리와 노랫소리가 먼 바람에 떨어지도다 ◇客子停驂 聞不樂(객자정참문불락)은 蒼梧山色(창오산색)이 暮雲中(모운중)이로다=나그네가 말을 멈추고 들어도 즐겁지 아니하니 창오산의 빛깔이 저녁의 구름 속과 같구나 ◇鼎湖龍飛(정호용비)을 못니 슬허 ᄒ노라=임금의 죽음을 못내 슬퍼하노라. 정호용비(鼎湖龍飛)는 임금의 죽음을 뜻함.

443
簫聲咽 秦娥夢斷秦樓月 秦樓月年年柳色覇陵傷別
樂遊原上淸秋節 咸陽古道(一作故都)音塵絶이로다
音塵絶 西風殘照 漢家陵闕이로다.

簫聲咽 秦娥夢斷秦樓月(소성열진아몽단진루월) 秦樓月 年年柳色覇陵傷別(진루월 연년유색패릉상별)=퉁소소리에 목이 멘다. 진아의 꿈은 진루의 달에 끊어졌구나. 진루의 달이여 해마다 버들빛 같기만 한데

패릉의 이별에 가슴 태우다 ◇樂遊原上淸秋節(낙유원상청추절) 咸陽故
道音塵絶(함양고도음진절)이로다=낙유원 맑은 가을철 함양 옛길에 소
식이 없구나. ◇音塵絶(음진절) 西風殘照 漢家陵闕(서풍잔조한가능궐)이
로다=소식이 없다. 서녘바람 쇠잔한 빛 한나라 왕조의 궁궐이로다. 이
백(李白)의 「憶秦娥」(억진아)를 시조로 만든 것임.

444
轅門藩將이 氣雄豪ᄒ니 七尺長身에 佩寶刀ㅣ라
大獵陰山三丈雪ᄒ고 帳中에歸飮碧葡萄ㅣ로다
大醉코 南蠻을헤아리니 草芥런듯ᄒ여라.

◉ 대조; '轅門藩將'은 '轅門樊將'의 잘못.

轅門 藩將(원문번장)이 氣雄豪(기웅호)ᄒ니 七尺長身(칠척장신)에 佩
寶刀(패보도)ㅣ라=군대 영문(營門)의 번쾌(樊噲) 장군이 기상이 뛰어난
영웅과 같으니 칠 척이나 되는 장신에 보검을 찼구나. 번쾌(樊噲)는 한
고조(漢高祖)의 장수 ◇大獵陰山 三丈雪(대렵음산삼장설)ᄒ고 帳中(장
중)에 歸飮碧葡萄(귀음벽포도)ㅣ로다=음산의 세 길이나 쌓인 눈 속에
서 크게 사냥하고 장막 안에 돌아와 푸른 포도주를 마신다. 음산(陰山)
은 중국 요동 밖에 있는 산임 ◇南蠻(남만)을 헤아리니 草芥(초개)런
듯ᄒ여라=남쪽 오랑캐를 생각해 보니 하찮은 것인가 하여라.

蔓橫 舌戰羣儒 變態風雲 (俗稱於弄者與三數大葉同頭而爲弄也)

445
靑的了 한歡陽에쫄년 紫的粧옷슬뮈텨바릴년아
엇그제날속이고 쪼눌을마자속이려ᄒ고
夕陽에 가느단허리를 한들한들ᄒᄂ니.

靑的了(청적료) 한 歡陽(환양)의 쏠년 紫的粧(자적장)옷슬 뮈텨바릴 년아=푸른 치마를 입은 화냥의 딸년 자지장옷을 찢어버릴 년아. 歡陽(환양)은 '화냥'을 한자로 표기한 것 ◇또 눌을 마쟈 속이려 ᄒ고=또 누구를 마저 속이려 하고.

446

기럭기풀풀 다나라드니 消息인들 뉘傳ᄒ리
愁心은疊疊ᄒ되 줌이와야ᄉ꿈인들아니쑤랴
츠하로져돌이되야서 빗최여나볼짜ᄒ노라.

◉ 대조; '츠하로'는 '찰하로'의 잘못임.

愁心(수심)은 疊疊(첩첩)ᄒ되 줌이 와야ᄉ 꿈인들 아니 쑤랴=수심은 겹겹이 쌓였는데 잠이 와야 꿈이라도 아니 꾸랴.

447

靑天 구름밧게 놉히쩟는 白松鶻이
四方天地를 咫尺만녁이는되
엇디ᄐ 싀궁치뒤져엇먹는오리는 제집門支防넘나들기를 百千里만치넉이는고.

靑天(청천) 구름 밧게 놉히 쩟는 白松鶻(백송골)이=푸른 하늘 구름 위에 높이 떠 있는 송골매가 ◇四方天地(사방천지)를 咫尺(지척)만 녁이는되=넓은 세상을 아주 가깝게만 여기는데 ◇엇디ᄐ 싀궁치 뒤져 엇먹는 오리는 제집 門支防(문지방) 넘나들기를 百千里(백천리)만치 녁이는고=어쩌다 시궁창을 뒤져 얻어먹는 오리는 제 집 문지방 넘기를 백리나 천리보다 어렵게 여기는고.

448
二十四橋月明ᄒᆞᄃᆡ 佳節은 月正上元이로다
億兆ᄂᆞᆫ欄街歡同ᄒᆞ고 貴類도携節步堞이로다
四時에 觀燈賞花歲時伏臘 도트러萬姓同樂흠이 오늘인가ᄒᆞ노라.

◉ 대조; ‘月正上元이로다’는 ‘月正上元이라’임. ‘步堞’은 ‘步蹀’(보접)의 잘못임.

二十四橋 月明(이십사교월명)ᄒᆞᄃᆡ 佳節(가절)은 月正上元(월정상원)이
로다＝이십사교에 달이 밝은 밤에 좋은 계절은 마침 정월 보름이로다.
이십사교(二十四橋)는 중국 강소성 강도현(江都縣)의 서문 밖에 있는
다리로 명소임 ◇億兆(억조)ᄂᆞᆫ 欄街歡同(난가환동)ᄒᆞ고 貴類(귀류)도 携
節步堞(휴공보첩)이로다＝‘欄街歡同’(난가환동)은 ‘攔街歡同’(난가환동)의
잘못. 많은 백성들은 길을 메우고 함께 즐거워하고, 귀족의 자제들도
지팡이를 짚고 자박자박 걷는구나 ◇四時(사시)에 觀燈賞花 歲時伏臘
(관등상화세시복납) 도트러 萬姓同樂(만성동락)흠이＝일 년 내내 관등
하고 꽃을 감상하며 한 해의 삼복과 납향(臘享)에 통틀어 온 백성이
함께 즐기는 것이.

449
揚淸歌 發皓齒ᄒᆞ니 北方佳人 東隣才로다
且吟白苧停綠水요 長袖로拂面爲君起라 寒雲은夜捲桑海空이요 胡風이吹
天飄塞鴻이로다
玉顔滿堂 樂未終ᄒᆞ여 館娃에日落 歌吹濛을ᄒᆞ여라.

◉ 대조; ‘夜捲桑海空’은 ‘夜捲霜海空’의 잘못.

揚淸歌發皓齒(양청가발호치)ᄒᆞ니　北方佳人東鄰才(북방가인동린재)로
다＝맑은 노래를 부르며 흰 이를 들어 내보이니 북녘의 미인과 이웃의
남자로다　◇且吟白苧停綠水(차음백저정록수)요　長袖(장수)로　拂面爲君

起(불면위군기)라 寒雲(한운)은 夜捲桑海空(야권상해공)이요 胡風(호풍)이 吹天飄寒鴻(취천표한홍)이로다='夜捲桑海空'(야권상해공)은 '夜捲霜海空'(야권상해공)의 잘못. 또 백저곡을 읊고 녹수를 쉬며 긴 소매로 얼굴을 떨치며 그대를 위해 일어나다. 찬 구름은 밤에 거두니 바다와 하늘에 서리치고 북풍이 하늘에 부니 변방 기러기가 나부끼도다 ◇玉顔滿堂樂 未終(옥안만당낙미종)ᄒ여 舘娃(관왜)에 日落(일락)ᄒ니 歌吹濛(가취몽)을 ᄒ여라=미인이 집안에 가득하니 즐거움이 그치지 아니하고 관왜에 해 가 지니 노랫소리 그윽하여라. 관왜(舘娃)는 미녀가 거처하는 집. 이백 (李白)의 「白苧詞」(백저사)의 첫째 수(首)를 시조로 만든 것임.

450
漢武帝의 北柝西擊 諸葛武侯 七縱七擒
晉나라謝都督의 八公山戚嚴으로 百萬强胡를다쓰러ᄇ린후에
漢南에 王庭을 업시이고 凱歌歸來ᄒ야 告厥成功ᄒ더라.

◉ 대조: '北柝'은 '北折'의, '戚嚴'은 '威嚴'의 잘못임.

漢 武帝(한무제)의 北柝西擊(북탁서격) 諸葛武侯 七縱七擒(제갈무후 칠종칠금)=한 무제(漢 武帝)는 북쪽과 서쪽의 오랑캐를 치고 제갈량은 칠종칠금을 하였다. 칠종칠금은 제갈량이 남만(南蠻)의 맹획(孟獲)을 일 곱 번 잡았다 일곱 번 놓아 주어 항복 받은 일 ◇晉(진) 나라 謝都督 (사도독)의 八公山 戚嚴(팔공산척엄)으로=진나라의 도독인 사현(謝玄) 이 팔공산에서 북호(北胡)의 부견(符堅)을 방어하고 있을 때 부견이 팔 공산을 바라보니 그곳의 초목들이 모두 진나라의 병사로 보여 비수(肥 水)에서 패하였다고 함 ◇百萬 强胡(백만강호)를 다 쓰러 ᄇ린 후에= 백만의 강력한 오랑캐를 모두 쓸어버린 뒤에 ◇漠南(막남)에 王庭(왕 정)을 업시이고 凱歌歸來(개가귀래)ᄒ야 告厥成功(고궐성공)ᄒ더라=막 남에 있는 오랑캐의 조정을 없애고 승리를 구가하며 돌아와 그 성공

을 아뢰더라. 漠南(막남)은 지금의 내몽고에 있었음.

451
漁村에 落照ᄒ고 水天이 ᄒᆞᆫ빗친제
小艇에 그물싯고 十里沙汀나려가니 滿江蘆萩에 霞鶩은석거날고 桃花流
水에 鱖魚ᄂᆞᆫ술젓ᄂᆞᆫ듸 柳橋邊에 비를믹고 고기쥬고술을사셔 酩酊케醉ᄒᆞᆫ後
에 欸乃聲부르며 달씌여도라오니
아마도 江湖至樂은 이뿐인가ᄒᆞ노라.

◉ 대조; '蘆萩'는 '蘆荻'의 잘못임.

漁村(어촌)에 落照(낙조)ᄒ고 水天(수천)이 ᄒᆞᆫ 빗친 제=어촌에 저녁
해가 비추니 수면과 하늘이 똑같이 붉게 물들었을 때 ◇小艇(소정)에
그믈 싯고 十里沙汀(십리사정) 나려가니=작은 배에 그물을 싯고 십리
나 되는 모래톱을 내려가니 ◇滿江蘆萩(만강노추)에 霞鶩(하목)은 석거
날고=강에 가득한 갈대밭에 노을과 따오기는 뒤섞여 날고 ◇桃花流水
(도화유수)에 鱖魚(궐어)ᄂᆞᆫ 술 젓ᄂᆞᆫ듸=복숭아꽃이 떨어져 흐르는 물에
쏘가리는 살졌는데 ◇柳橋邊(유교변)에 비를 믹고=버드나무가 있는
다리 곁에 배를 매고 ◇酩酊(명정)케 醉(취)ᄒᆞᆫ 後(후)에 欸乃聲(애내성)
부르며 달 씌여 도라오니=거나하게 취한 뒤에 뱃노래를 부르며 달빛
을 띠고 돌아오니 ◇江湖至樂(강호지락)은 이 뿐인가=강호에서 사는
지극한 즐거움은 이것뿐인가.

452
두고 가는이안과 보니고 잇는이와
두고가ᄂᆞᆫ이ᄂᆞᆫ 雪擁藍關에 馬不前뿐이언이와
보니고 잇ᄂᆞᆫ이안은 芳草年年에 恨不窮을ᄒᆞ여라.

◉ 대조; '보내고잇는이와'는 '보내고잇는이의안과'로, '두고가는이는'은 '두고가

는의안은'의, '恨不窮'은 '恨無窮'의 잘못임.

두고 가는 의 안과 보내고 잇는 이와=두고 가는 사람의 심정과 보내고 있는 사람과 ◇두고 가는 이는 雪擁藍關(설옹남관)에 馬不前(마부전)쑨이어니와=두고 가는 사람의 심정은 눈이 남관을 막고 있어 말이 앞으로 나가지 못하는 심정과 같거니와. 남관은 중국의 지명. 한유(韓愈)의 시의 한 구절임 ◇芳草年年(방초연년)에 恨不窮(한불궁)을 ᄒ여라=꽃다운 풀이 해마다 자라건만 이별의 한은 끝이 없는 것과 같다.

453
靑天에쩌서 울고가는외기력이 나지말고 너말드러
漢陽城內에暫間들너 부듸너말잇지말고 웨웨처불러니르기를 月黃昏게워 갈제 寂寞空閨에 더진듯홀노안져 님글여춤아못슬네라ᄒ고 부듸한말을傳ᄒ여두렴
우리도 님보라밧비 가옵는길히오믹 傳헐쏭말쏭ᄒ여라.

漢陽城內(한양성내)에 暫間(잠간) 들너 부듸 닉 말 잇지 말고 웨웨처 불러 니르기를 月黃昏(월황혼) 게워 갈 제 寂寞空閨(적막공규)에 더진 듯 홀노 안져 님글여 춤아 못 슬네라 ᄒ고 부듸 한 말을 傳(전)ᄒ여 두렴=한양의 성내에 잠깐 들려 부듸 내 말을 잊지 말고 소리쳐서 불러 말하기를 달이 황혼이 되어갈 때 쓸쓸한 빈 방에 던져버린 듯 홀로 앉아 님을 그리워하여 참으로 못살겠다고 부듸 한 마디만 전하여 주려무나.

454
白馬는 欲去長嘶ᄒ고 靑娥는 惜別 牽衣로다
夕陽은已傾西嶺이요 去路는長程短程이로다
아마도 셜운離別은 百年三萬六千日에 오늘인가ᄒ노라.

白馬(백마)는 欲去長嘶(욕거장시)ᄒ고 靑娥(청아)는 惜別牽衣(석별견의)로다=백마는 가려고 하여 길게 울고 미인은 이별을 아쉬워하며 옷을 잡아끈다 ◇夕陽(석양)은 已傾西嶺(이경서령)이요 去路(거로)는 長程短程(장정단정)이로다=해는 이미 서쪽 마루로 기울었고 갈 길은 멀고 또 가깝도다.

455

李太白의酒量은 긔엇더ᄒ여 一日須傾 三百盃ᄒ고
杜牧之風采는긔엇더하야 醉過楊州橘滿車ㅣ런고
아마도 이둘의風采는 못밋칠싸ᄒ노라.

一日須傾三百盃(일일수경삼백배)ᄒ고=하루에 모름지기 삼백 잔의 술을 기울이고 ◇杜牧之風采(두목지풍채)는 긔 엇더ᄒ야 醉過楊州橘滿車(취과양주귤만거)ㅣ런고=두목의 풍채는 어떠하기에 취하여 양주를 지날 때 귤이 수레에 가득 차던고. 두목지는 당나라 시인 두목(杜牧)의 자(字). 두목이 술을 취해 양주를 지나가니 기생들이 그 풍채에 넋이 나가 귤을 수레에 던져 가득했다고 함.

456

泰山이不讓 土壤故로大ᄒ고 河海不擇 細流故로深ᄒᄂ니
萬古天下英雄俊傑 建安八子와竹林七賢 蘇東坡李謫仙것튼 詩酒風流와 絶代豪士를 어듸가이로다스괼손고
鷰雀도 鴻鵠의무리라 旅遊狂客이 洛陽才子모도신곳에 末地에參預ᄒ야 놀고갈싸ᄒ노라.

泰山(태산)이 不讓土壤(불양토양) 故(고)로 大(대)ᄒ고 河海不擇細流(하해불택세류) 故(고)로 深(심)ᄒᄂ니=태산이 토양을 사양하지 아니한 까닭으로 높고, 하해는 조그만 물도 가리지 않은 까닭에 깊나니 ◇萬古天下 英雄俊傑 建安八子(만고천인영웅준걸건안팔자)와=만고 천하에

영웅 준걸들과 건안의 여덟 아들이. 건안팔자는 한(漢) 헌제(獻帝) 때 연호(年號)로 후한의 영음(潁陰) 사람 순숙(荀淑)의 여덟 아들을 가리킴 ◇竹林七賢 蘇東坡 李謫仙(죽림칠현소동파이적선)것튼 詩酒風流(시주풍류)와 絶代豪士(절대호사)를 어듸 가 이로 다 사괼손가=죽림칠현과 소동파 이적선 같은 시를 잘하고 술을 즐기는 풍류객과 위대하고 호탕한 선비를 어디 가서 전부 다 사괼 수가 있을고 ◇鷰雀(연작)도 鴻鵠(홍곡)의 무리라 旅遊狂客(여유광객)이 洛陽才子(낙양재자) 모도신 곳에 末地(말지)에 參預(참예)ᄒ야=제비와 참새와 같은 새도 기러기나 고니와 같이 새의 무리이니 떠돌아다니며 노니는 미친 사람이 서울의 재주 있는 남자들이 모인 곳에 말석에 참석하여.

457
十載를經營 屋數椽ᄒ니 錦江之上이요 月峯前이로다
桃花浥露紅浮水요 柳絮飄風白滿船을 石逕歸僧은山影外여늘 烟沙眠鷺雨聲邊이로다
若令摩詰노 遊於此ㅣ런들 不必當年에 畫輞川을헛낫다.

◉ 대조; '헛낫다'는 '힐낫다'의 잘못.

十載(십재)를 經營 屋數椽(경영옥수연)ᄒ니 錦江之上(금강지상)이요 月峯前(월봉전)이로다=십년을 경영하여 조그만 초가집을 지니고 사니 금강의 위쪽이요 월봉의 앞이로다 월봉은 지명임 ◇桃花浥露紅浮水(도화읍로홍부수)요 柳絮飄風白滿船(유서표풍백만선)을=복숭아꽃은 이슬에 젖어 붉은 꽃잎이 물에 뜨고 버들솜은 바람에 나부껴 흰 빛이 배에 가득하고 ◇石逕歸僧(석경귀승)은 山影外(산영외)여늘 烟沙眠鷺雨聲邊(연사면로우성변)이로다=돌길에 돌아오는 스님은 산 그림자 밖이거늘 안개 긴 백사장에 잠든 백로는 빗소리 가이로다 ◇若令摩詰(약령마힐)로 遊於此(유어차)ㅣ런들 不必當年(불필당년)에 畫輞川(회망천)을

헐낫다=만약에 마힐로 하여금 이곳에서 놀게 했던들 반드시 당년에는 망천을 그리지 않았을 것이다. 마힐(摩詰)은 당(唐)나라 왕유(王維)의 자(字)로 망천도(輞川圖)를 그렸음. 우리나라 사람의 고시(古詩)를 시조로 만든 것임.

458
八萬大藏 佛體님게비ᄂ니다 나와님을 다시보게ᄒ요소서
　如來菩薩地藏菩薩　文殊菩薩普賢菩薩　五百羅漢八萬伽佈　西方淨土極樂世界　觀世音菩薩南無阿彌陀佛
　後世에　還도相逢ᄒ야芳緣을닛게ᄒ면　菩薩님恩惠는　捨身報施ᄒ오리다.

● 대조; '還도相逢'은 '還土相逢'의 잘못

八萬大藏佛體(팔만대장불체)님게=모든 부처님께　◇如來菩薩　地藏菩薩(여래보살지장보살)　文殊菩薩　普賢菩薩(문수보살보현보살)　五百羅漢　八萬伽佈(오백나한팔만가람)　西方淨土　極樂世界(서방정토극락세계)　觀世音菩薩　南無阿彌陀佛(관세음보살나무아미타불)=여래보살　지장보살　문수보살　보현보살　오백나한　팔만　가람　서방정토　극락세계　관세음보살　나무아미타불. 여래보살은 석가모니불, 지장보살은 석가가 입멸한 뒤에 미륵불이 나오기 전까지 세계에 머물러 중생을 제도한다는 부처, 문수보살은 석가불 왼편에 있어 지혜를 맡은 보살, 보현보살은 부처의 이(理)·정(定)·행(行)의 덕을 맡아 보는 보살, 오백나한은 부처의 제자인 오백 사람의 나한, 가람은 절을 말함, 서방정토는 서쪽에 있다는 아미타불의 세계　◇後世(후세)에　還도相逢(환도상봉)ᄒ야　芳緣(방연)을 닛게ᄒ면　菩薩(보살)님　恩惠(은혜)는　捨身報施(사신보시)　ᄒ오리라=후세에 다시 태어나 만나서 꽃다운 인연을 계속하게 되면 보살님의 은혜에 몸을 바쳐 은혜에 보답하리라.

459

귀ᄯᅩ리 져귀ᄯᅩ리 어엿부다 져긔ᄯᅩ리

어인귀ᄯᅩ리 지ᄂᆞᆫ둘ᄉᆡᄂᆞᆫ밤에 긴소리져른소리 節節이슬흔소리 제혼ᄌᆞ우러

녜여 紗窓여원ᄌᆞᆷ을 술드리도ᄭᆡ오ᄂᆞᆫ제고

두어라 제비록微物이나 無人洞房에 너ᄯᅳᆺ알니ᄂᆞᆫ 더ᄲᅮᆫ인가ᄒᆞ노라.

어엿부다 져 귓도리＝불쌍하다 저 귀뚜라미 ◇어인 귓도리＝어찌 된

귀뚜라미가 ◇우러녜여 紗窓(사창) 여윈 잠을 술쓰리도 ᄭᆡ오ᄂᆞᆫ 제고＝

계속 울어서 깊숙한 방에 겨우 든 잠을 알뜰히도 깨우느냐 ◇제 비록

微物(미물)이나 無人洞房(무인동방)에＝제가 비록 하잘 것 없는 벌레이

나 임이 없는 외로운 방에.

460

지우희 웃쑥셧ᄂᆞᆫ소나무 ᄇᆞ롬불제마다 흔들흔들

기울에섯ᄂᆞᆫ버들은 무음일좃ᄎᆞ셔 흔들흔들흔들흔들

님글여 우ᄂᆞᆫ눈물은올커니와 닙ᄒᆞ고코ᄂᆞᆫ어이무슴일좃ᄎᆞ셔후루룩빗듁이

ᄂᆞᆫ고.

지 우희 웃쑥 셧ᄂᆞᆫ 소나무＝고개 위에 우뚝 서 있는 소나무 ◇우ᄂᆞᆫ

눈물은 올커니와 닙ᄒᆞ고 코ᄂᆞᆫ 어이 무음 일 좃ᄎᆞ셔 후루룩 빗듁이ᄂᆞᆫ

고 ＝우는 눈물은 당연하거니와 입하고 코는 무슨 일 따라서 후루룩

소리를 내고 비쭉하는고.

461

압논에오례를비혀 百花酒를빗져두고

뒷東山松枝에 箭筒우희활디여걸고 훗더진바독쓰릇치고손조 구글무지낙

가움버들에ᄭᅦ여 돌지쥴너물에치와두고

兒禧야 날볼손오셔드란 긴여홀로술와라.

압 논에 오례를 비혀 百花酒(백화주)를 빗져 두고=앞 논의 올벼를 타작하여 백화주를 담가 두고 ◇뒷東山(동산) 松枝(송지)에 箭筒(전통) 우회 활디여 걸고 훗더진 바독 쓰룻치고=뒷동산 소나무 가지에 전통 위에는 활을 만들어 걸고 흩어진 바둑돌을 쓸어 치우고 ◇손조 구글 무지 낙가 움버들에 께여 돌 지줄너 물에 치와 두고=손수 구굴무치를 낚아 연한 버들에 꿰어 돌을 눌러 물에 채워두고 ◇날 볼 손 오셔드란 긴 여흘로 술와라=나를 만나겠다는 손님이 오셨거든 긴 여울로 와서 알려라.

462
赤壁水火死地를 僅免흔曹孟德이
華容道를當ㅎ야壽亭侯를만나 鳳眸龍釰으로 秋霜것튼號令에 草露奸雄이
어이 臥席終身을바라리요마는
關公은 千古에義將이라 녯일을싱각ㅎㅅ 快히노하보닌시다.

赤壁水火 死地(적벽수화사지)를 僅免(근면)흔 曹孟德(조맹덕)이=적벽 대전(赤壁大戰)에서 수공(水攻)과 화공(火攻)의 죽을 처지를 겨우 모면한 조맹덕이. 조맹덕은 조조(曹操)를 가리킴 ◇華容道(화용도)를 當(당) ㅎ야 壽亭侯(수정후)를 만나 鳳眸龍劍(봉모용검)으로 秋霜(추상)것튼 號令(호령)에 草露奸雄(초로간웅)이 어이 臥席終身(와석종신)을 브라리요 마는=화용도에 이르러 수정후를 만나 봉의 눈에 용검으로 서릿발 같은 호령에 하찮고 간사한 영웅 조조가 어찌 자기 명에 죽기를 바라겠느냐마는. 화용도(華容道)는 조조가 도망하다 관우(關羽)를 만난 장소. 수정후는 관우를 가리킴 ◇녯 일을 싱각ㅎㅅ 快(쾌)히 노하 보닌시다= 관우가 예전에 조조에 잠시 의탁했던 일을 생각하고 조조를 흔쾌히 살려 보내시었다.

463

七年之旱과 九年之水에도 人心이淳厚터니

時和歲豊ᄒ고 國泰民安ᄒ되 人情은險涉千層浪이요 世事는危登百尺竿이
로다

古今에人心이不同홈을 못너슬허ᄒ노라.

七年之旱(칠년지한)과 九年之水(구년지수)에도=칠 년 동안의 가뭄과
구 년 동안의 홍수에도. 칠년대한은 은(殷)의 탕왕(湯王) 때에 있었고
구년지수는 요(堯) 임금 때 있었음 ◇時和歲豊(시화세풍)ᄒ고 國泰民安
(국태민안)ᄒ되 人情(인정)은 險涉千層浪(험섭천층랑)이요 世事(세사)는
危登百尺竿(위등백척간)이로다=일기가 온화하여 풍년이 들고 나라가
태평하고 백성이 편안하되 인정은 천 층의 물결을 헤치고 건너는 것
만큼 험하고 세상일은 백 척의 장대에 오르는 것처럼 위태롭다.

464

極目天涯예 恨孤雁之失侶ᄒ고 回眸樑上에 羨雙燕之同巢ㅣ로다

遠山은無情ᄒ야 能遮千里之望眼이요 明月은有意ᄒ야相照 兩鄕之思心이
로다

花不待 二三之月에 預發於衾中ᄒ고 月不當三五之夜에 圓明於枕上이로다.

極目天涯(극목천애)예 恨孤雁之失侶(한고안지실려)ᄒ고 回眸樑上(회
모양상)에 羨雙燕之同巢(선쌍연지동소)ㅣ로다=눈을 하늘 끝에 두니 외
로운 기러기 짝 있은 것을 한탄히고 눈동기를 데들보 위에 돌리니 두
마리 제비가 한 집에 즐김을 부러워한다 ◇遠山(원산)은 無情(무정)ᄒ
야 能遮千里之望眼(능차천리지망안)이요 明月(명월)은 有意(유의)ᄒ야
相照兩鄕之思心(상조양향지사심) 이로다=먼 산은 무정하여 능히 천리
를 바라보는 눈을 가리고 밝은 달은 뜻이 있어 서로 두 고향을 그리
는 마음을 비추도다 ◇花不待 二三之月(화부대이삼지월)에 預發於衾中

(예발어금중)ᄒ고 月不當三五之夜(월부당삼오지야)에 圓明於枕上(원명어
침상) 이로다=꽃은 봄을 기다리지 않는데 미리 이불 속에서 피고 달
은 보름의 밤이 되지 않았는데 베갯머리에 둥글다.

465

照烈之大度喜怒를 不形於色과 諸葛武侯 王佐大才三代上人物
五虎大將들의 雄豪之勇略(一作熊虎之勇力)으로 攻城掠地ᄒ야 忘身之高節
과 愛君之忠義ᄂ 古今에 짝업스되
蒼天이不助順ᄒ샤 中懷를못일우고 英雄의恨을깃처 曠百代之傷感이로다.

昭烈之大度喜怒(소열지대도희노)를 不形於色(불형어색)과=소열의 큰
도량은 희노를 얼굴에 나타내지 아니함과. 소열(昭烈)은 촉한의 유비
(劉備)를 가리킴 ◇諸葛武侯 王佐大才(제갈무후왕좌대재) 三代上人物(삼
대상인물)=제갈량의 왕을 보좌할 수 있는 훌륭한 재능은 삼대의 으뜸
이 되는 인물 ◇五虎大將(오호대장)들의 雄豪之勇略(웅호지용략)으로
攻城掠地(공성략지)ᄒ야=오호대장들의 뛰어난 용기와 지략으로 성을
공격하고 땅을 점령하여. 오호대장은 유비를 돕던 관우(關羽), 장비(張
飛), 조운(趙雲), 마초(馬超)와 황충(黃忠)임 ◇忘身之高節(망신지고절)과
愛君之忠義(애군지충의)는 古今(고금)에 짝 업스되=육신을 돌보지 않
는 높은 절개와 임금을 사랑하는 충성과 의리는 예전이나 지금에 비
할 데가 없으되 ◇蒼天(창천)이 不助順(부조순)ᄒ샤 中懷(중회)를 못 일
우고 英雄(영웅)의 恨(한)을 깃처 曠百代之傷感(광백대지상감)이로다=
'中懷'(중회)는 '중흥(中興)'의 잘못인 듯. 하늘이 도와주지 않으시어 중
원(中原)의 회복을 이루지 못하고, 영웅의 한을 남겨 멀리 백대의 후에
도 아픔을 느끼게 하도다.

466

閣氏네 너妾이되옵거나 너閣氏네 後ㄷ男便(一作松翁)이되옵거나

곳본나뷔요물본기럭이 줄에좃츤거뮈요 고기본가마오지 茄子에 젓이요 水박에 쏙술이로다

閣氏네ㅎ나 水鐵匠의쏠년이요 져ㅎ나딤匠이라 솟디고남운쇠로츤츤가마 나딜까ㅎ노라.

줄에 좃츤 거뮈요 茄子(가자)에 젓이요 水(수)박에 쏙 술이로다＝줄을 쫓는 거미요 가재에 젓이요 수박에는 조그만 숟가락이다. ◇閣氏(각씨)네 ㅎ나 水鐵匠(수철장)의 쏠년이요 져 ㅎ나 딤匠(장)이라 솟 디고 남운 쇠로 츤츤 가마나 딜까 ㅎ노라＝각씨네 하나는 무쇠장이의 딸이요 저 하나는 땜장이라 솥 때우고 남은 쇠를 가지고 꼼짝 못하도록 단단히 감아나 볼까 하노라.

467
陽德孟山 鐵山嘉山 나린물은 浮碧樓로 감도라들고
莫喜樂里空遺愁 斗尾月溪로나린물은 濟川亭으로감도라들고
님니려 우는눈물은 벼깃소ㅎ로ㅎ르도다.

◉ 대조; '님니려'는 '님그려'의 잘못임.

陽德 孟山 鐵山 嘉山(양덕맹산철산가산) 나린 물은 浮碧樓(부벽루)로 감도라 들고＝양덕과 맹산, 철산, 가산을 흘러내린 강물은 평양의 부벽루를 감돌아 흐르고. 양덕, 맹산, 철산, 가산은 다 평안도의 지명임 ◇莫喜樂里 空遺愁 斗尾 月溪(막희락리공유수두미월계)로 나린 물은 濟川亭(제천정)으로 감도라 들고＝막희락리 공유수 두미 월계로 흘러내리는 강물은 제천정을 감돌아들고. 막희락리와 공유수는 충청도 충주 지방의 지명인 마흐라기와 공이소이며, 두미는 지금의 경기도 팔당(八堂) 아래인 도미진(渡米津)인 듯 하고, 월계는 도미진보다 상류인 옛 양근(楊根) 서쪽 30리인 월계천(月溪遷) 북쪽임. 최남선의 『大東地名辭

典』에 월계(月溪)가 "楊根屬院在月溪遷北"(재양근속원월계천북)이라 했음. 제천정은 지금의 서울 금호동 근처에 있던 정자임 ◇벼깃 소흐로=베개 속으로.

468
중놈은僧년의머리털손에츤츤휘감아쥐고 僧년은 듕놈의상토풀처줍고
이외고져외다 작자공이쳣는듸 뭇소경들은굿보는고야
그겻희 귀먹은벙어리는 외다올타ᄒ더라.

◉ 대조; '뭇소경들은'은 '뭇소경놈들은'으로 『樂學拾零』과 가람본 『靑丘永言』
   에만 이렇게 되어 있음.

이 외고 져 외다 작자공이 쳣는듸 뭇 소경들은 굿 보는고야=이것이
그르고 저것이 그르다고 다투었는데 여러 소경들은 구경을 하는구나
◇귀먹은 벙어리는 외다 올타 ᄒ더라=귀머거리인 벙어리는 그르다 옳
다 하고 참견을 하는구나. 남자 중이나 여자 중이나 상투와 머리카락
이 없고, 소경이 볼 수가 없고 벙어리가 말할 수 없어 모두가 거짓말
임을 희화적으로 꾸며내었음.

469
鶺鴒은雙雙 綠潭中이요 皓月은團團 映窓櫳이로다
凄凉ᄒ羅帷안에 蟋蟀은슬퍼울고 人寂夜深ᄒ듸 玉漏는潺潺金爐에香燼 參
橫月落도록 有美故人은 뉘게잡혀못오던고
님이야 날싱각ᄒ랴마는 나는님뿐이미 九回肝腸을寸寸이슬우다가 슬아져
죽을만정 못이즐까ᄒ노라.

鶺鴒(증경)은 雙雙 綠潭中(쌍쌍녹담중)이요 皓月(호월)은 團團 映窓櫳
(단단영창롱)이로다=원앙은 쌍쌍이 푸른 웅덩이 가운데 있고 환하게
밝은 둥근 달은 미닫이를 비춘다 ◇凄凉(처량)ᄒ 羅帷(나유) 안에 蟋蟀

(실솔)은 슬피 울고 人寂夜深(인적야심)혼듸 玉漏(옥루)는 潺潺(잔잔) 金
爐(금로)에 香燼(향진) 參橫月落(참횡월락)도록 有美 故人(유미고인)은=
쓸쓸한 비단 휘장 안에 귀뚜라미는 슬피 울고 사람의 인적도 끊어져
밤은 깊은데 물시계 소리는 잔잔하게 들리고 향로에 향은 다 타고 별
이 비끼고 달이 지도록 아름다운 옛 임은 ◇九回肝腸(구회간장)을 寸
寸(촌촌)이 술우다가 술아져 죽을만정=구곡간장을 마디마디 태우다가
다 없어져 죽을망정.

弄歌 浣紗淸川 逐浪飜覆

470
물우횟沙工과 물아리沙工놈들이 三四月田稅大同 실너갈졔
一千石싯는大中船을 자귀더여쑴여닐졔 三色實果와머리가진것갓초와 필
이巫鼓를둥둥치며 五江城隍之神과 南海龍王之神께 손고초아告祀헐졔 全羅
道ㅣ라慶尙道ㅣ라 蔚山바다羅州바다 漆山바다휘돌아安興목이라 孫乭목 江
華목감도라들졔 平盤에물담드시 萬里滄波에 가는덧도라오게 고스레고스레
所望일게호요소셔
於於라 저어라 비쯰여라至菊叢 南無阿彌佗佛.

一千石(일천석) 싯는 大中船(대중선)을 자귀 더여 쑴여 닐 졔 三色實
果(삼색실과)와 머리 가진 것 갓초아=일천 석을 싣는 큰 배를 자귀를
기지고 만들 때 세 기지 색을 가진 과일과 희생의 머리와 모든 제물
을 갖추어 ◇五江 城隍之神(오강성황지신)과 南海 龍王之神(남해용왕지
신)께 손 고초아 告祀(고사)헐 졔=오강의 성황신과 남해 용왕의 신에
게 두 손을 갖추어 고사를 지낼 때. 오강(五江)은 서울 한강 연안의 5
곳으로 한강, 용산, 마포 서호, 지호(支湖)임 ◇平盤(평반)에 물 담드시
萬里滄波(만리창파)에 가는 덧 도라오게 고스레 고스레 所望(소망)일게
호요소셔=평평한 그릇에 물 담듯이 머나먼 험난한 물길에 가는 즉시

돌아올 수 있게 고스레 고스레 바라는 대로 되게 하오소서.

471
山靜ᄒ니 似太古요 日長ᄒ니 如少年이라

蒼蘚은盈階ᄒ고 落花ㅣ滿庭ᄒ디 午睡 初足커늘 讀周易國風左ᄃ氏傳離騷
太史公書及杜陶詩와 韓蘇文數篇ᄒ고 興到出步溪邊ᄒ야 邂逅園翁溪友ᄒ야
問桑麻 說粳稻 相與劇談半晌타가 歸而倚杖柴門下ᄒ니

이윽고 夕陽이在山ᄒ고 紫綠萬狀ᄒ야 變幻頃刻에 怳加人目이라 半背笛
聲이 兩兩歸家헐제 月印前溪矣러라

◉ 대조; '杜陶詩'는 '杜詩'의, '半背笛聲이'는 '牛背笛聲이'의 잘못이고, '兩兩歸
家'는 '兩兩歸來'로 되어 있음.

山靜(산정)ᄒ니 似太古(사태고)요 日長(일장)ᄒ니 如少年(여소년)이라
＝산이 고요하니 태고와 같고 해가 길어지니 소년과 같다 ◇蒼蘚(창선)
은 盈階(영계)ᄒ고 落花ㅣ 滿庭(낙화만정)ᄒ디 午睡(오수) 初足(초족)거
늘 讀(독) 周易(주역) 國風(국풍) 左ᄃ氏傳(좌씨전) 離騷(이소) 太史公書
(태사공서) 及(급) 杜陶詩(도두시)와 韓蘇文(한소문) 數篇(수편)ᄒ고＝푸
른 이끼는 층계에 가득하고 낙화가 뜰에 가득한데 낮잠이 만족커늘
주역과 국풍, 좌씨전, 이소, 태사공의 글과 도잠과 두보의 시와 한유와
소식의 문장 여러 편을 읽고. 국풍은 시경(詩經)의 편명(篇名), 좌씨전
은 춘추를 좌구명(左丘明)이 주석한 것이고, 이소는 굴원(屈原)이 지은
운문의 편명이고, 태사공서는 사마천의 사기를 말하며, 도두시는 진
(晉)나라 도연명과 당(唐)나라 두보의 시를 말하며, 한소문은 당(唐)나
라 한유(韓愈)와 송(宋)나라 소식(蘇軾)의 글을 말함 ◇興到出步溪邊(흥
도출보계변)ᄒ야 邂逅園翁溪友(해후원옹계우)ᄒ야 問桑麻(문상마) 說粳
稻(설갱도) 相與劇談(상여극담) 半晌(반향)타가 歸而倚杖(귀이의장) 柴門
下(시문하)ᄒ니＝흥이 이르면 시냇가에 나가 거닐며 원옹과 계우를 만

나 상마를 묻고 농사를 이야기하며 서로 극담하기를 반나절까지 하다가 지팡이에 의지하여 시문에 돌아오니. 상마(桑麻)는 누에치고 길쌈하는 일 ◇夕陽(석양)이 在山(재산)ᄒ고 紫綠 萬狀(자록만상)ᄒ야 變幻 頃刻(변환경각)에 怳加人目(황가인목)이라=저녁 해가 기울고 붉고 푸르게 온 세상이 물들어 사람의 눈을 황홀케 하더라 ◇半背笛聲(반배적성)이 兩兩歸家(양양귀가)헐제 月印前溪矣(월인전계의)러라=쇠등에 타고 저를 불며 쌍쌍이 돌아올 때 달은 앞 시내에 비추도다. 당(唐)나라 당경시(唐庚詩)를 시조로 만든 것임.

472
功名을 헤아리니 榮辱이 半이로다
東門에 掛冠ᄒ고 田廬에도라와서 聖經賢傳헷쳐녹코 닑기를罷ᄒ後에 압니에술진고기도낙고 뒷뫼헤엄긴藥도키다가 登高遠望ᄒ야 任意逍遙헐제 淸風은時至ᄒ고 明月이自來ᄒ니 아지못게라天地之間에 이것치즑어옴을 무어스로對헐소냐
平生을 이렁셩즐기다가 乘化歸盡홈이 긔願인가ᄒ노라.

東門(동문)에 掛冠(괘관)ᄒ고=동쪽 관문(關門)에다 관을 걸어놓고. 벼슬을 그만두고 ◇뒷 뫼헤 엄긴 藥(약)도 키다가=뒷산에 싹이 길게 자란 약초도 캐다가 ◇登高遠望(등고원망)ᄒ야 任意逍遙(임의소요)헐제 淸風(청풍)은 時至(시지)ᄒ고 明月(명월)이 自來(자래)ᄒ니=높은 곳에 올라 먼 곳을 바라보고 마음 내키는 대로 걸을 때 맑은 바람이 때에 맞게 불고 밝은 달이 점점 떠오니 ◇이렁셩 즐기다가 乘化歸盡(승화귀진)홈이 긔 願(원)인가=이렇게 즐기다가 자연으로 돌아가 목숨이 다하기를 기다리다 하늘로 올라가는 것이 소원인가.

473
山不在高ㅣ라 有仙則名ᄒ고 水不在深이라 有龍則靈ᄒᄂ니

斯是陋室이나 惟吾德馨이라 苔痕은 上階綠이요 草色은 入簾靑이라 談笑有
鴻儒요 往來無白丁을 可以調素琴閱金經ᄒ니 無絲竹之亂耳ᄒ고 無案牘之勞
形이로다
南陽 諸葛廬와 西蜀子雲亭을 孔子云 何陋之有요.

山不在高(산부재고)ㅣ라 有仙則名(유선즉명)ᄒ고 水不在深(수부재심)
이라 有龍則靈(유룡즉령)ᄒᄂ니=산은 높은 데 있는 것이 아니라 신선
이 있음으로 해서 유명하고 물은 깊은 데 있는 것이 아니라 용이 있
음으로 신령한 것이니 ◇斯是陋室(사시누실)이나 惟吾德馨(유오덕형)이
라 苔痕(태흔)은 上階綠(상계록)이요 草色(초색)은 入簾靑(입렴청)이라=
이 방이 비록 누추하나 오직 나의 덕으로 인하여 향기롭고 이끼의 흔
적이 섬돌에 올라 푸르고 풀빛은 발 안에 들어 푸르더라 ◇談笑有鴻
儒(담소유홍유)요 往來無白丁(왕래무백정)을=이야기하고 웃는 가운데
훌륭한 선비가 있고 왕래하는 가운데 백정이 없음을 ◇可以調素琴(가
이조소금) 閱金經(열금경)ᄒ니 無絲竹之亂耳(무사죽지난이)ᄒ고 無案牘
之勞形(무안독지노형)이로다=가히 거문고의 줄을 고르고 금경을 읽음
직하니 사죽이 귀를 시끄럽게 하는 일이 없고 책상 위의 편지가 얼굴
을 찌푸리게 하는 일이 없도다 ◇南陽 諸葛廬(남양제갈려)와 西蜀 子
雲亭(서촉자운정)을 孔子云(공자운) 何陋之有(하루지유)요=남양의 제갈
량의 초려와 서촉의 자운정을 공자가 이르기를 '무엇이 더러운 것이
있으리요.' 자운정(子雲亭)은 한(漢)나라 양웅(揚雄)의 정자. 당(唐)나라
유우석(劉禹錫)의 「陋室銘」(누실명)을 시조로 만든 것임.

474
色것치 됴코됴흔거슬 제뉘라셔 말니돗던고
穆王은天子ㅣ로되 瑤臺에宴樂ᄒ고 項王은天下壯士ㅣ로되 滿營秋月에 悲
歌慷慨ᄒ고 明皇은英主ㅣ로되 解語花離別홀제 馬嵬坡下에우럿ᄂ니
至今에 餘남은小丈夫야 몃百年술니라 희올일아니ᄒ고 속졀업시늙으리요

◉ 대조; '項王'은 '項羽'로 되어 있음.

됴코 됴흔 거슬 제 뉘라셔 말니돗던고=좋고 좋은 것을 그 누가 감히 하지 못하도록 말리었던가 ◇穆王(목왕)은 天子(천자) ㅣ로되 瑤臺(요대)에 宴樂(연락)ᄒᆞ고 項王(항왕)은 天下壯士(천하장사) ㅣ로되 滿營秋月(만영추월)에 悲歌慷慨(비가강개)ᄒᆞ고 明皇(명황)은 英主(영주) ㅣ로되 解語花 離別(해어화이별)홀제 馬嵬坡下(마외파하)에 우럿ᄂᆞ니=주(周)나라 목왕은 천자이지만 요대에서 서왕모와 연락(宴樂)하고 항우는 천하장사지만 가을 달빛이 가득한 군영(軍營)에서 슬픈 노래를 불러 분을 삭이지 못했고 당명황은 영특한 임금이로되 양귀비와 이별할 때 마외의 언덕에서 울었나니 ◇餘(여)남운 小丈夫(소장부)야 몃 百年(백년) 살니라 ᄒᆡ올 일 아니 ᄒᆞ고 속졀 업시 늙으리요=나머지 못난 사람이야 몇 백 년을 살겠다고 해야 할 일을 아니하고 쓸데없이 늙으리요.

475
밋男眞廣州ㅣ ᄡᅥ리뷔쟝ᄉᆞ 踈對男眞그놈 朔寧닛뷔쟝ᄉᆞ
눈情에거룬님은 ᄯᅮᆨᄯᅡᆨᄯᅮ드려방망치장ᄉᆞ 뒥디글마라홍독ᄭᅢ쟝ᄉᆞ 뷩뷩도라물네쟝ᄉᆞ 우물젼에치다라 간딍간딍하다가셔 월헝츔창풍덩ᄲᅡ지와 무담복ᄶᅧ니는드레쏙지쟝ᄉᆞ
어듸가 이얼울튞여들고 ᄯᅩ훈됴리박쟝ᄉᆞ못어드리.

◉ 대조; '무담복'은 '물담복'의, '튜여'는 '취여'의 잘못임.

밋男眞(남진) 廣州(광주)ㅣ ᄡᅥ리뷔 쟝ᄉᆞ 踈對男眞(소대남진) 그놈 朔寧(삭녕) 닛뷔 쟝ᄉᆞ=본 남편은 광주 싸리비 장수 샛 남편 그놈은 삭녕 잇비 장수. 삭녕(朔寧)은 경기도 연천과 장단 사이에 있던 지명 ◇눈情(정)에 거룬 님은=눈짓으로 약속한 임은 ◇이 얼울 튞여 들고ᄯᅩ 훈 됴리박 쟝ᄉᆞ 못 어드리=이 얼굴을 쳐들고 또 조리박 장사를 못 얻겠느냐. 이 얼굴을 가지고서.

476
묵은히 보너올제 시름한듸 餞送ㅎ시
흰골무콩인졀미 자치술국按酒에 庚申을시오랼졔
이윽고粢米僧도라가니 시희런가ㅎ노라. 李廷藎

흰골무 콩인졀미 자치 술국 按酒(안주)에 庚申(경신)을 시오랼 제=흰
골무떡 콩인졀미 자채쌀로 만든 술을 마시기 위해 끓인 국을 안주삼고
경신을 새우려고 할 때. 경신은 섣달 중 경신일(庚申日) 밤을 새우는
일 ◇粢米僧(자미승) 도라가니 시희런가 ㅎ노라=자미승이 돌아가니 새
해인가 한다. 자미승은 음력 섣달 대목이나 정월 보름날에 아이들의
복을 빈다고 하면서 쌀을 얻으러 다니는 중.

477
南山 누에머리굿히 밤口中만치凶이우는 져부헝아
長安百萬戶에 뉘집을向ㅎ여부헝부헝우노
前前에 얄밉고쟛뮈운님을 다줍아가려ㅎ노라.

南山(남산) 누에머리 굿히=남산의 잠두봉(蠶頭峰) 끝에 ◇얄밉고 쟛
뮈운 님을=얄밉고 잣달게 미운 임을.

478
玉鬢紅顔 第一色아 너는눈을 보아이고
明月黃昏風流郎아 나는너를아랏노라
陽臺예 雲雨會ㅎ니路柳墻花를 젹셔나볼까ㅎ노라.

◉ 대조; '눈을'은 '누를'의 잘못.

玉鬢 紅顏(옥빈홍안) 第一色(제일색)아 너는 눈을 보아이고=윤기 나는 나룻과 불그레한 얼굴을 가진 제일 아름다운 사람아 너는 누구를 보았느냐 ◇明月黃昏(명월황혼) 風流郎(풍류랑)아=달이 밝은 황혼에 풍류를 아는 사람아 ◇陽臺(양대)에 雲雨會(운우회)ᄒ니 路柳墻花(노류장화)를 적셔나 볼짜 ᄒ노라= '적셔나'는 '것거나'의 잘못인 듯. 양대에서 운우의 즐거움을 누리니 길가의 버들과 담장의 꽃을 꺾어나 볼까 하노라.

479

님다리고 山에가도못슬거시 蜀魄聲에 이긋는듯
물가에가도못슬거시 물우희沙工과물아릭沙工이 밤口中만비써눌졔 至菊叢於而臥而於 닷치는소릭예 한숨디고도라눕닉
이後란 山도물도말고 들에나가슬니라.

蜀魄聲(촉백성)에 이긋는 듯=두견새의 우는 소리에 창자가 끊어지는 듯 ◇至菊叢於而臥而於(지국총어이와이어) 닷치는 소리에=지국총 이어와 이어 하고 닻을 잡아끄는 소리에.

480

ᄉ랑ᄉ랑고고이밋친ᄉ랑 웬바다흘두루덥는 그물것치밋친ᄉ랑
往十里라踏十里라 춤외넌츌水박넌츌 얽어디고트러져셔 골골이벗어가는ᄉ랑
아마도 이임의ᄉ랑은 싯간듸를볼너라.

고고이 밋친 ᄉ랑=굽이굽이 맺힌 사랑 ◇往十里(왕십리)라 踏十里(답십리)라 춤외 넛츌 水(수)박 넛츌 얽어디고 트러져셔 골골이 벗어가는 ᄉ랑=왕십리나 답십리의 참외 넝쿨 수박 넝쿨처럼 엉켜지고 흐트러져 고랑고랑으로 뻗어가는 사랑.

481

남이라 님을아니두랴 豪蕩도 긋이업다
霽月光風져문날에 牧丹黃菊이다盡토록 우리의故人은 白馬金鞍으로 어듸
를단니다가 笑入胡姬酒肆中인고
兒囍야 秋風落葉掩重門에 기다련들엇더리(一作무엇ᄒ리).

霽月光風(제월광풍) 져문 날에 黃菊丹楓(황국단풍)이 다 盡(진)토록
우리의 故人(고인)은 白馬金鞍(백마금안)으로＝시원한 바람과 비온 뒤
에 밝은 달이 다 저문 날에 국화와 단풍 다 지는 가을이 되도록 우리
의 옛 사랑하던 사람은 흰 말에 좋은 안장을 얹어 호사를 하면서 어
디를 다니다 ◇笑入胡姬酒肆中(소입호희주사중)인고＝웃으며 아가씨가
있는 술집으로 들어가는고 ◇秋風落葉掩重門(추풍낙엽엄중문)에＝가을
바람에 나뭇잎이 떨어지는데 중문을 굳게 닫고.

482

自古男兒의 好心樂事를 歷歷히 혀여ᄒ니
漢代金帳甲第車馬와 晉室王謝風流文物 白香山의 八節吟咏과 郭汾陽花園
行樂을 다좃타이르려니와
아마도 春風十二窩에 小車를닛글고 太和陽五六驅에 擊壤歌부르면셔 任
意去來ᄒ야 老事太平이 累(一作類)ㅣ업슨가ᄒ노라.

◉ 대조; '金帳'은 육당본과 같으나 '金張'의, '太和陽'은 '太和湯'의 잘못임.

自古男兒(자고남아)의 好心樂事(호심낙사)를＝예로부터 남자의 호쾌
한 마음씨와 즐거운 일을 ◇漢代 金帳(한대김장) 甲第車馬(갑제거마)와
晉室 王謝(진실왕사) 風流文物(풍류문물) 白香山(백향산)의 八節吟詠(팔
절음영) 郭汾陽 花園行樂(곽분양화원행락)을 다 됴타 니르넌이와＝한
(漢)나라 때의 김일제(金日磾)와 장안세(張安世)의 훌륭한 집과 말과 수
레와 진(晉)나라 때의 왕탄지(王坦之)와 사안(謝安)의 풍류와 문물 백거

이의 팔절을 읊은 시와 곽분양이 화원에서 즐거움을 누린 것을 다 좋다고 말하겠거니와. 팔절은 춘분 하지 추분 동지와 입춘 입하 입추 입동을 말함 ◇春風(춘풍) 十二窩(십이와)에 小車(소거)를 닛글고 太和陽五六鼉에(태화탕오륙구)에 擊壤歌(격양가) 부르면서 任意去來(임의거래)ᄒ야 老事 太平(노사태평)이 累(누) ㅣ 업슨가=봄바람이 부는 십이와에 조그만 수레를 이끌고 술 대여섯 항아리에 격양가를 부르면서 마음 내키는 대로 거닐어 늙어 태평을 누리는 것이 비길 데가 없는 것인가 하노라.

483
窓밧게 긔뉘오신고 小僧이올소이다
어젯졔녁의 老嫗보라왓든듕이외러니 閣氏네쟈는방簇道里버셔거는말겻희
이니松絡을걸고가자왓니
져즁아 걸기는걸고갈디라도 後ㅅ말업시ᄒ시소.

● 대조; '걸고자왓네'는 '걸고가자왓네'로 되어 있음.

老嫗(노시) 보라 왓든 듕이외러니 閣氏(각씨)네 쟈는 방 簇道里(족도리) 버셔 거는 말겻희 이니 松絡(송낙)을 걸고가자 왓니=할멈을 보려고 왔던 중이온데 각시가 혼자 자는 방 족두리 거는 말코지 곁에 나의 송낙을 걸고 가자고 왔네. 송낙(松絡)은 중이 쓰는 보자의 하나 ◇걸기는 걸고 갈디라도 後(후)ㅅ말 업시 하시소=걸기는 걸고 갈지라도 뒷말이 없도록 하시오.

484
窓밧기 어룬어룬거늘 님만녀겨 펄쩍쒸여쑥나셔보니
님은아니오고 우수룸둘쎗체 열구름이날속엿고나
마초아 밤일셋만졍 힝혀낫이런들 남우일번ᄒ여라.

열구름이 날 속여고나=지나가는 구름이 나를 속였구나 ◇마초아 밤일셋만정 힝혀 낮이런들 남 우일 번ᄒ여라=마침 밤이었기 망정이지 행여나 낮이었다면 다른 사람을 웃길 뻔하였다. 웃음거리가 될 뻔하였다.

485
柴扉에 기딋거늘 님오시나 반겻더니
님은아니오고 一陣金風에 닙쩌러지는소리로다
져기야 秋風落葉聲헛쏘이즈져 날놀닐쥴잇시랴.

◉ 대조: 가번 175과 중복

486
月一片 燈三更인제 나간님을 혜여ᄒ니
靑樓酒肆에 시님을거러두고 不勝蕩情ᄒ야 花間陌上春將晩ᄒ듸 走馬鬪鷄猶未返이로다
三時出望 無消息ᄒ니 盡日欄頭에 空斷腸을ᄒ소라.

月一片 燈三更(월일편등삼경)인제 나간 님을 혜여ᄒ니=달은 초승달이고 등불은 한밤인데 집나간 임을 헤아려보니 ◇靑樓酒肆(청루주사)에 시 님 거러두고 不勝蕩情(불승탕정)ᄒ야=기생이 있는 술집에 새 임을 약속해 두고 방탕한 마음을 억제하지 못하여 ◇花間陌上春將晩(화간맥상춘장만)ᄒ듸 走馬鬪鷄猶未還(주마투계유미환)이로다='花間'(화간)은 '花看'(화간)의 잘못인 듯. 길 위의 꽃을 보니 봄은 장차 늦어 가는 듯한데 말달리고 닭싸움에 미친 임은 아직 돌아오지 않았구나 ◇三時出望 無消息(삼시출망무소식)ᄒ니 盡日欄頭(진일난두)에 空斷腸(공단장)을 ᄒ소라=하루 세 번이나 이문(里門) 밖에 나가 마중을 하여도 소식이 없으니 종일 난간머리에서 외로이 슬퍼하더라.

487
洛陽 三月時에 宮柳ᄂ 黃金枝로다
春服이旣成커늘 小車에술을싯고 桃李園ᄎ자드러 東風으로洒掃ᄒ고 芳草
로자리삼아 鸕鷀酌鸚鵡盃로 一盃一盃醉케먹고 吹笙鼓簧ᄒ며咏歌舞蹈헐제
日已西ᄒ고 月復東이로다
兒禧야 春風이몃날이리林間에 宿不歸를ᄒ더라. 任義直

◉ 대조; '흐더라'는 '흐리라'의 잘못임.

洛陽 三月時(낙양삼월시)에 宮柳(궁류)는 黃金枝(황금지)로다=낙양의
삼월에 궁중의 버들이 꾀꼬리로 인해 황금빛이로구나. 이백(李白)의 시
'洛陽二三月 宮柳黃金枝'(낙양이삼월 궁류황금지)를 가져온 것임 ◇春
服(춘복)이 旣成(기성)커늘 小車(소거)에 술을 싯고=봄철에 입을 옷이
다 만들어졌거늘 수레에 술을 싯고 ◇桃李園(도리원) 차쟈드러 東風(동
풍)으로 洒掃(쇄소)ᄒ고 芳草(방초)로 자리 숨아=복숭아와 오얏이 피어
있는 정원을 찾아 들어 동풍으로 깨끗이 씻어 버리고 향기로운 풀로
자리를 삼아 ◇鸕鷀酌 鸚鵡盃(노자작앵무배)로 一盃一盃(일배일배) 醉
(취)케 먹고 吹笙鼓簧(취생고황)ᄒ며 詠歌舞蹈(영가무도)홀제 日已西(일
이서)ᄒ고 月復東(월부동)이로다=새 모양으로 생긴 술잔으로 한 잔 한
잔 취하게 먹고 생황을 불고 북을 두드려 노래를 부르며 춤을 출 때
해는 이미 서쪽으로 지고 달이 다시 동쪽에 떠오르도다. ◇春風(춘풍)
이 몃날이리 林間(임간)에 宿不歸(숙불귀)를 ᄒ더라=봄날이 며칠이나
계속되랴 숲 속에 자고 돌아가지 아니하리라.

488
谷口呀 우는소리에 낫줌찌여 이러보니
뎍은아들글일으고 며늘아기뵈쓰는듸 어린孫子는곳노리ᄒ다
맛초아 지어미술거르며 맛보라고하더라. 吳景化 名歌

谷口嘜(곡구롱) 우는 소리에=꾀꼬리의 울음소리에 ◇이러 보니=일어나 보니 ◇뎍은 아들 글일으고=작은 아들 글 읽고 ◇곳노리 흔다=꽃놀이를 한다.

489

이시름져시름 여러가짓시름 防牌鳶에 細書成文ᄒ온後에

春正月上元日에 西風이고이불제 올白絲ᄒ어레를 잇가지푸러씌울뎍에 마즈막餞送ᄒᄌ 등게등게놉히쩌서 白龍의구뷔것치 굼틀굼틀뒤트러져 구름속에들거고나 東海바다건너가셔 외로이션남게걸니엿다가

風蕭蕭 雨落落헐제自然消滅ᄒ여라.

防牌鳶(방패연)에 細細成文(세세성문)ᄒ온 後(후)에=방패연에 자세하게 글을 적은 뒤에 ◇春正月 上元日(춘정월상원일)에 西風(서풍)이 고이 불제 올白絲(백사) 혼 어레를=정월 대보름에 서풍이 알맞게 불 때 흰 실 한 얼레를 ◇외로이 선 남게 걸니엿다가=외롭게 서 있는 나무에 걸렸다가 ◇風蕭蕭 雨落落(풍소소우낙락)헐제 自然消滅(자연소멸)ᄒ여라=바람이 솔솔 불고 비가 내릴 때 저절로 없어지게 하여라.

490

얼골곱고 쯧다라운년아 行實좃츠 不淨흔년아

날으론속이고 何物輕薄子를 日黃昏而爲期ᄒ고 거즛脉바다자고가란말이 닙으로첨아도아나ᄂ냐

두어라 娼條冶葉이 本無定主ᄒ고 蕩子之耽春好花情이 彼我에一般이라 허물헐쥴이잇시랴.

얼골 곱고 쯧 다라운 년아=얼굴이 예쁘고 마음씨가 더러운 년아 ◇날으란 속이고 何物輕薄子(하물경박자)를 月黃昏而爲期(월황혼이위기)ᄒ고 거즛 脉(맥)밧아 자고가란 말이 닙으로 첨아도 아나ᄂ냐=나를 속이고 어떤 경박한 사람을 저녁에 만나기로 기약하고 거짓 꾸며 자

고가라는 말이 입으로 차마 나오더냐 ◇娼條冶葉(창조야엽)이 本無定
主(본무정주)ㅎ고 蕩子之耽春好花情(탕자지탐춘호화정)이 彼此一般(피차
일반)이라 허물헐 쥴 이시랴＝기생이 본래 정해진 주인이 없고 방탕한
사내가 봄을 탐내고 꽃을 좋아하는 감정이야 피차일반이라 허물할 까
닭이 있겠느냐. 남자가 여자를 좋아하는 감정이야.

491
졈엇과 져졈엇과져 열두셧만 ㅎ엿과져
어엿분얼골이 넛가에셧는垂楊 버드나무 광티등걸이다된저이고
우리도 少年쩍ᄆ음이 어제론듯ㅎ여라.

어엿분 얼골이 넛가에 셧는 垂楊(수양)버드나무 광티등걸이 다 된저
이고＝어여쁘던 얼굴이 마치 냇가에 서 있는 수양버드나무의 몹시 여
윈 등걸이 다 되었구나.

492
압너나 뒷너나ㄷ中에 소먹이는 兒禧놈들아
압너엣고기와뒷너엣고기를 다몰르속잡아ᄂᆡ다락기에너허쥬어드란 네쇠등
에걸쳐다가쥬렴
우리도 西疇에일이만하 쇼먹여밧비 모라가는길히오미 傳헐쏭말쏭ㅎ여라.

다 몰르속 잡아 ᄂᆡ 다락기에 너허쥬어드란 네 쇠등에 걸쳐다가 쥬
렴－다 몽땅 집아내이 나의 다릭기에 넣이 주기든 내 쇼등에 얹이다가
주렴 ◇西疇(서주)에 일이 만하＝서쪽에 있는 밭두둑에 일이 많아.

493
春風杖策 上鼇頭ㅎ야 漢陽城池를 둘너보니
仁王三角은 虎踞龍蟠勢로 北極을괴야잇고 漢水終南은 天府金湯이라 享
國長久홈이 萬千歲之無疆이로다

君修德 臣修政호사 禮義東方이 堯之日月이요 舜之乾坤인가호노라.

春風杖策上蠶頭(춘풍장책상잠두)호야 漢陽城池(한양성지)를 둘러보니
=봄바람에 지팡이를 짚고 잠두봉에 올라서 한양성을 둘러보니 ◇仁王
三角(인왕삼각)은 虎踞龍蟠勢(호거용반세)로 北極(북극)을 괴야잇고=인
왕산과 삼각산은 호랑이가 걸터앉고 용이 서린 형세로 북극을 괴었고
◇漢水 終南(한수종남)은 天府金湯(천부금탕)이라=한강과 남산은 천연
적인 요새로다 ◇享國長久(향국장구)홈이 萬千歲之無窮(만천세지무궁)
이로다= 나라를 오래도록 계승함이 만년 천년의 무궁함이로다 ◇君修
德臣修政(군수덕신수정)호샤 禮義東方(예의동방)이 堯之日月(요지일월)
이요 舜之乾坤(순지건곤)인가=임금이 덕을 닦고 신하가 정사를 잘 닦
아 예의 바른 우리나라가 요 임금의 세상이요 순 임금의 천지인가.

494
萬里長城 엔담안에 阿房宮을 놉히짓고
沃野千里고리논에 數千宮女압헤두고 金鼓를울니면서 玉璽를드러질졔 劉
亭長項都尉층이 우러러나보앗시랴
아마도 耳目之所好와心志之所樂은 이쑨인가호노라.

◉ 대조; '드러질졔'는 '드더질제'의 잘못임.

萬里長城(만리장성) 엔담 안에 阿房宮(아방궁)을 놉히 짓고=만리장
성 두른 담 안에 아방궁을 높이 짓고. 만리장성과 아방궁은 진시황이
만든 것임 ◇沃野千里(옥야천리) 고리논에 數千宮女(수천궁녀) 압헤 두
고 金鼓(금고)를 울니면서 玉璽(옥새)를 드러질졔 劉亭長 項都尉(유정장
항도위) 층이 우러러나 보앗시랴=끝없이 넓고 기름진 좋은 논에 수많
은 궁녀를 앞에 두고 북과 징을 울리면서 옥새를 들어 던질 때 유방
이나 항우 등이 우러러나 보았겠느냐. 유정장과 항도위는 유방(劉邦)과

항우(項羽)를 가리킴 ◇耳目之所好(이목지소호)와 心志之所樂(심지지소락)은=듣고 보는 기쁨과 마음과 뜻의 즐기는 것은.

495
萬古離別 ᄒ던中에 누구누구 더셜운고
項羽의虞美人은 釖光의香魂이나라나고 漢公主王昭君은 胡地에遠(一作兔)嫁ᄒ야 琵琶絃黃鵠歌에 遺恨이綿綿ᄒ고 石崇은金谷繁華로도 綠珠를못진엿ᄂ니
우리ᄂ 連理枝並蔕花를님과나와것거뒤고 鴛鴦枕翡翠衾에 百年同樂ᄒ리라.

項羽(항우)의 虞美人(우미인)은 釖光(검광)에 香魂(향혼)이 나라나고=항우의 애첩인 우미인은 칼날의 번쩍이는 빛에 꽃다운 넋이 날아가고 ◇漢公主 王昭君(한공주왕소군)은 胡地(호지)에 遠嫁(원가)ᄒ야 琵琶絃黃鵠歌(비파현황곡가)에 遺恨(유한)이 綿綿(면면)ᄒ고=한(漢)나라 궁녀인 왕소군은 멀리 오랑캐 땅으로 시집을 가서 비파 줄에 황곡가를 불러 생전의 남은 한이 계속하여 이어졌고 ◇石崇(석숭)은 金谷繁華(금곡번화)로도 綠珠(녹주)를 못 진엿ᄂ니=석숭의 금곡의 호화로운 재산으로도 녹주를 지니지 못하였느니. 석숭은 진(晉)나라의 부자(富者)였고, 녹주는 그의 애첩으로 당시 권력자 손수(孫秀)가 권력으로 녹주를 빼앗으려고 하자 녹주가 다락에서 떨어져 자살했음 ◇連理枝 並蔕花(연리지병체화)를 님과 나와 것거 뒤고 鴛鴦枕 翡翠衾(원앙침비취금)에 百年同樂(백년동락)ᄒ리라=연리지와 병체화를 임과 내가 꺾어 쥐고 원앙을 수놓은 베개와 비취색 이불을 덮고 평생을 같이 즐기리라. 연리지는 두 나무가 서로 맞닿아 결이 통한 것. 병체화는 한 뿌리에 두 개의 꽃이 핀 것으로 부부간의 사랑과 화목함을 뜻함.

496
萬古歷代 人臣之中에 明哲保身 누구누구

范蠡에 五湖舟와 張良의 辭病辟穀 疏廣의 散千金과 李鷹의 秋風江東去 陶處
士의 歸去來辭ㅣ라
　　이밧게 碌碌ᄒᆞᆫ 貪官汚吏之輩야 닐너무슴ᄒᆞ리요.

◉ 대조; '李鷹'은 '季鷹'의 잘못임.

萬古歷代　人臣之中(만고역대인신지중)에　明哲保身(명철보신)이＝예전
부터 역대의 신하들 가운데 총명하고 사리에 밝아 일을 잘 처리하고
자기의 몸을 보전한 사람이 ◇范蠡(범려)의　五湖舟(오호주)와　張良(장
량)의　謝病癖穀(사병벽곡)　疏廣(소광)의　散千金(산천금)과　李鷹(이응)의
秋風江東去(추풍강동거)　陶處士(도처사)의　歸去來辭(귀거래사)ㅣ라＝범
려가 오호에 띄운 배와 장량이 병을 핑계로 곡식을 먹지 않은 것과
소광이 많은 돈을 뿌린 것과 계응의 가을바람이 불자 강동으로 간 것
과 도연명의 귀거래사라　◇碌碌(녹록)ᄒᆞᆫ　貪官汚吏之輩(탐관오리지배)야
닐너 무슴 ᄒᆞ리요＝하찮은 탐관오리의 무리들이야 말하여 무엇하리요.

497
白雲은 千里萬里 明月은 前溪後溪
罷釣歸來헐제 낙근고기ᄭᅦ여들고 斷橋를건너杏花村酒家로 興치며가ᄂᆞᆫ져
늙은니
　　뭇노라 네興味긔언마오 금못칠까ᄒᆞ노라.

白雲(백운)은　千里萬里(천리만리)　明月(명월)은　前溪後溪(전계후계)＝
흰 구름은 멀리멀리 밝은 달은 앞뒤의 시내에 골고루 비침　◇罷釣歸
來(파조귀래)헐제＝낚시를 끝내고 집으로 돌아올 때　◇斷橋(단교)를 건
너 杏花村(행화촌)　酒家(주가)로　興(흥) 치며＝끊어진 다리를 건너 술집
을 찾아 흥겨워하며　◇네　興味(흥미) 긔 언마오 금 못 칠까 ᄒᆞ노라＝
네 흥미가 얼마나 돈으로 따지지 못할까 하노라.

498

大丈夫ㅣ 되야나셔 孔孟顔曾 못ㅎ량이면

출ㅎ로 다썰치고 太公兵法외와너여 말만흔大將印을 허리아리빗기츠고 金
坍에놉히안져 萬馬千兵을 指揮間에너허두고 坐作進退홈이 긔아니快헐소냐

아마도 尋章摘句ㅎ는 석은션뷔는 나는아니ㅎ리라.

孔孟 顔曾(공맹안증) 못 ㅎ량이면=공자와 맹자, 안회와 증삼이 못될
것 같으면 ◇太公 兵法(태공병법) 외와 너여 말 만한 大將印(대장인)을
허리 아리 빗기 츠고=태공이 지은 병법을 외워서 말만큼이나 큰 대장
의 인부(印符)를 허리 아래에 비스듬히 차고 ◇金坍(금단)에 놉히 안저
萬馬千兵(만마천병)을 指揮間(지휘간)에 너허두고 坐作進退(좌작진퇴)홈
이 긔 아니 快(쾌)헐소냐=대장이 지휘하는 단에 높이 앉아 많은 병마
를 지휘할 수 있게 되고 앉아서 진퇴를 결정하는 일이 그 아니 유쾌
하지 않겠느냐 ◇尋章摘句(심장적구)ㅎ는 석은 션뷔는=남의 글이나
인용해서 글을 짓는 썩은 선비는.

499

大丈夫 功成身退ㅎ야 林泉에 집을짓고

萬卷書를쓴아두고 동ㅎ야밧갈니고 보라미길드리고 千金駿馬압헤두고 絶代
佳人겻혜두고 碧梧桐거문고에 南風詩노릭ㅎ며 太平烟月에 醉ㅎ여누엇시니

아마도 太平ㅎ온일은 이쑨인가ㅎ노라.

功成身退(공싱신되)ㅎ야 林泉(임천)에 집을 짓고=공을 세우고 버늘
에서 물러나 숲 속 우물가에 집을 짓고 ◇千金駿馬(천금준마) 압혜 두
고 絶代佳人(절대가인) 겻혜 두고 碧梧桐(벽오동) 거문고에 南風詩(남풍
시) 노릭ㅎ며 太平烟月(태평연월)에 醉(취)ㅎ여 누엇시니=천금의 값을
하는 좋은 말을 앞에 두고 뛰어난 미인을 곁에 두고 푸른 오동나무로
만든 거문고에 순 임금이 부른 남풍시를 노래하며 태평한 시절에 취

하여 누었으니.

500

大丈夫ㅣ 天地間에나셔 히욜일이 전혀없다
글을ᄒ자ᄒ니 人間識字憂患是요 釼術을ᄒᄌᄒ니 乃知兵者是凶器ㅣ로다
츌라도 靑樓酒肆로 오며가며늙으리라.

◉ 대조; '츌라도'는 '츌하로'의 잘못임.

글을 ᄒ자 ᄒ니 人間識字憂患是(인간식자우환시)요 劍術(검술)을 ᄒ
ᄌ ᄒ니 乃知兵者(재지병자)는 是凶器(시흉기)ㅣ로다='憂患是'(우환시)
는 '憂患始'(우환시)의 잘못. 글을 배우자 하니 사람이 문자를 아는 것
은 우환이 시작이요 검술을 배우자고 하니 곧 병사(兵事)를 아는 것은
이것이 흉기처럼 위험하다 ◇츌라도 靑樓酒肆(청루주사)로 오며 가며=
차라리 기생이 있는 술집을 출입하며.

501

梨花에 露濕토록 뉘게즙히여 못오던가
옷쟈략뷔여즙고 가지마소ᄒᄂᄃ 無端이썰치고 오쟈홈도어려웨라
져님아 혜여보소라 네오제오다르랴.

梨花(이화)에 露濕(노습)토록=배꽃에 이슬이 내려 꽃잎이 다 젖도록.
밤이 다 새도록 오랜 동안을 ◇혜여 보소라 네오 제오 다르랴=헤아려
보십시오. 너와 내가 다르랴.

502

平生에 景慕헐쓴 白香山의 四美風流
老境生計移搬헐제 身兼妻子都三口요 鶴與琴書로共一般ᄒ니 긔더욱節樂
廉退

唐ㄱ時에 三大作文章이 李杜와並家(一作 駕)하야 百代芳名이 셕은줄이잇
시랴.

◉ 대조; '셕은'은 '셕을'의 잘못으로『樂學拾零』과 같음.

平生(평생)에 景慕(경모)헐쓴 白香山(백향산)의 四美風流(사미풍류)=
평생에 우러러 사모할 것은 백향산의 네 가지 아름다움을 갖춘 풍류.
백향산은 당(唐)나라 시인 백거이(白居易), 사미풍류는 꽃, 술, 달, 벗의
네 가지를 갖춘 풍류를 말함 ◇老境生計(노경생계) 移搬(이반)헐제 身
兼妻子 都三口(신겸처자도삼구)요 鶴與琴書(학여금서)로 共一般(공일반)
ᄒ니 긔 더욱 節槪廉退(절개염퇴)='共一般'(공일반)은 '共一船'(공일선)
의 잘못. 늙어 생계를 옮길 때 나와 처자 모두 세 식구요 학과 금서로
합쳐야 겨우 배 한 척뿐이니 그 더욱 절개를 지켜 벼슬에서 물러남이
라 ◇唐ㄱ時(당시)에 三大文章(삼대문장)이 李杜(이두)와 並家(병가)ᄒ여
百代芳名(백대방명)이 셕은 줄이 이시라=당나라 때에 삼대문장이 이
백(李白)과 두보와 아울러 일가를 이루어 오래도록 꽃다운 이름이 썩
을 까닭이 있겠느냐.

503
듕과僧이 萬疊山中에만나 어드러로가오 어드러로오시너니
  山됴코물됴흔듸 곳질씨름ᄒ여보세 두곳질이한듸다하넙푼넙푼넘ᄂᆞᆫ양은
白牧丹두퍼귀가 春風에興을겨워 흔들흔들휘드러저넘노ᄂᆞᆫ듯
  아마도 山中씨름은 이뿐인가하노라.

◉ 대조; '넘ᄂᆞᆫ'은 '넘노ᄂᆞᆫ'의 잘못임.

중과 僧(승)이 萬疊山中(만첩산중)에 만나=남자 중과 여자 중이 깊
은 산속에서 만나 ◇어드러로 가오 어드러로 오시너니='어디로 가시

오’ ‘어디서 오시오’ ◇곳씰씨름 ᄒ여 보세=고깔씨름을 하여봅시다.
고깔씨름은 성교(性交)를 뜻하는 은어인 듯 ◇휘드러져넘노는 듯=휘
들어지도록 넘실대며 노니는 듯.

504

千古 羲皇之天과 一寸 無懷之地에
  名區勝地를 갈희고갈희여 數間茅屋지여너니 雲山烟樹松風蘿月과 野獸山
禽이절노너器物이다된져이고
  兒孺야 山翁의이富貴를 남다려힝혀니를세라.

千古義皇之天(천고희황지천)과　一寸無懷之地(일촌무회지지)에=천고에
변함이 없는 복희씨 때의 태평한 하늘과 한 치의 무회씨 때의 안락한
땅에 ◇雲山烟樹(운산연수) 松風蘿月(송풍나월)과 野獸 山禽(야수산금)
이 절노 너 器物(기물)이 다 된져이고=‘器物’(기물)은 ‘기물(己物’의 잘
못인 듯. 구름 긴 산과 안개 긴 나무와 소나무 사이를 부는 시원한 바
람과 넌출에 걸린 달과 들짐승과 산새가 저절로 나의 소유물이 다 되
었구나 ◇山翁(산옹)의 이 富貴(부귀)를 남다려 힝혀 니를세라=산골에
사는 늙은이의 이 같은 부귀를 남에게 행여나 말할까 두렵다.

505

南薰殿 舜帝琴을 夏殷周에 傳ᄒ오셔
  秦漢唐自覇干戈와 宋齊梁風雨乾坤에 王風이委地ᄒ야 正聲이긋쳣더니
  東方에 聖人이나오샤 彈五絃歌南風을 니여볼까ᄒ노라.

南薰殿 舜帝琴(남훈전순제금)을 夏殷周(하은주)에 傳(전)ᄒ오셔=남훈
전에서 타던 순 임금의 악기를 하은주 삼대(三代)에 전하시여 ◇漢唐
宋 自覇干戈(한당송자패간과)와 宋齊梁 風雨乾坤(송제량풍우건곤)에 王
風(왕풍)이 委地(위지)ᄒ야 正聲(정성)이 긋쳣더니=‘自覇’(자패)는 ‘잡패

(雜覇)'의 잘못인 듯. 한당송과 여러 패왕들의 전쟁과 송제량의 싸움 때문에 어지러운 세상에 왕의 은덕이 땅에 떨어져 바른 음악이 끊어졌더니 ◇彈五絃 歌南風(탄오현가남풍)을 니여 볼까 ᄒ노라=순 임금이 타던 오현금을 타고 남풍가를 계속하여 볼까 하노라.

506
漢高祖의 文武之功을 이제와서 議論컨디
　蕭何의不絶糧道와 張良의運籌帷幄과 韓信의戰必勝을 三傑이라ᄒ려니와 陳平의六出奇計아니런들 白登에에운거슬 뉘라셔푸러니며 項羽의范亞父를 긔뉘라셔離別ᄒ리
　아마도 金都創業은 四傑인가ᄒ노라.

◉ 대조; '離別'은 '離間'의 잘못임.

　漢高祖(한고조)의 文武之功(문무지공)을=한(漢)나라 고조에게 바친 문무의 공을 ◇蕭何(소하)의 不絶糧道(부절량도)와 張良(장량)의 運籌帷幄(운주유악) 韓信(한신)의 戰必勝(전필승)은 三傑(삼걸)이라 ᄒ려니와=소하가 군량을 끊이지 않고 보급한 것과 장량의 본영(本營)에서 작전 계획을 세운 것 한신의 싸우면 반드시 이기는 것을 세 호걸이라 할 수 있겠으나 ◇陳平(진평)의 六出奇計(육출기계) 아니런들 白登(백등)에 에운 거슬 뉘라셔 푸러니며 項羽(항우)에 范亞父(범아보)를 긔 뉘라셔 離別(이별)ᄒ리=진평의 여섯 가지 기묘한 계책이 아니었다면 백등산에서 포위가 된 것을 누가 풀어내며 항우에게서 범아보를 그 누가 이간하랴 ◇金都創業(금도창업)은 四傑(사걸)인가='金都'(금도)는 '금도'(金刀)의 잘못임. 한고조가 나라를 세우는 데의 커다란 공로는 네 호걸인가. 금도는 유(劉)의 파자(破字)임.

507
司馬遷의 鳴萬古文章 王逸少의掃千人筆法

劉伶의嗜酒와 杜牧之好色은 百年從事ᄒ야 一身兼備ᄒ려니와
아마도 雙全키어려울쓴 大舜曾子孝와龍逢 比干忠인가ᄒ노라.

司馬遷(사마천)의 鳴萬古文章(명만고문장) 王逸少(왕일소)의 掃千人筆
法(소천인필법)=사마천의 만고에 떨친 이름 난 문장과 왕일소의 천
사람을 쓸어버릴 만한 필법. 왕일소는 진(晉)나라의 명필인 왕휘지(王
羲之)를 가리킴 ◇劉伶(유령)의 嗜酒(기주)와 杜牧之(두목지) 好色(호색)
은 百年從事(백년종사)ᄒ야 一身兼備(일신겸비)ᄒ려니와=유령의 술을
즐기는 것과 두목지의 호색은 평생 한 일에만 좇으면 한 몸에 함께
갖출 수 있으려니와. 두목지는 당(唐)나라 시인인 두목(杜牧)을 가리킴
◇雙全(쌍전)키 어려울쓴 大舜曾子(대순증자) 孝(효)와 龍逢比干(용봉비
간) 忠(충)인가=두 가지를 다 온전하기 어려운 것은 순 임금과 증자의
효와 용봉과 비간의 충성심인가 하노라. 용봉은 하(夏)의 걸왕(桀王)의
신하 관용봉(關龍逢)이고, 비간은 은(殷)나라 주왕(紂王)의 신하로 모두
왕의 무도(無道)함을 간하다가 죽임을 당했음.

508
月黃昏 계워갈제 定處업시 나간임이
白馬金鞭으로 어듸를단니다가 酒色에줌겨이셔 도라올줄니젓는고
獨宿空房ᄒ야 長相思글이워 轉展不寐ᄒ노라.

月黃昏(월황혼) 계워갈제 定處(정처) 업시 나간 임이=저녁 늦게 정
한 곳 없이 집을 나간 임이 ◇白馬金鞭(백마금편)으로 어듸를 단니다
가 酒色(주색)에 줌겨 이셔=백마와 좋은 말채찍으로 어디를 다니다가
술과 여색에 빠져 있어 ◇獨宿空房(독수공방)ᄒ야 長相思(장상사) 글이
워 轉展不寐(전전불매) ᄒ노라='轉展不寐'(전전불매) '輾轉不寐'(전전불
매)의 잘못. 빈 방에 홀로 자면서 오랫동안 그리워하여 잠 못 이루어
하노라.

509

어른ᄌ 녀튤이여 에어룬ᄌ 박녀튤이여
어인너튤이 담을넘어손쥐ᄂ고야
어룬님 이리로셔져리로갈제 손을쥐려ᄒ노라.

어른ᄌ 녀튤이여 에어룬ᄌ 박녀튤이여=얼씨구나 넝쿨이야 에루화
얼씨구나 박넝쿨이야 ◇어인 녀튤이 담을 넘어 손 쥐는고야=어떤 넝
쿨이기에 담을 넘어 손을 주는구나. 손은 덩굴손을 말함 ◇어룬님 이
리로셔 져리로 갈제 손을 쥐려 ᄒ노라=사랑하는 임이 이런 까닭으로
왔다가 저런 사정으로 갈 때는 손을 주려 한다.

510

完山裏 도라드러 萬景臺에 올나보니
三韓古都와 一春光景이라 錦袍羅裙과 酒肴爛熳ᄒ듸 白雲歌ᄒ曲調를 管
絃에섯거부니
丈夫의 逆旅豪遊에 名區壯觀이 처음인가ᄒ노라.

◉ 대조; '萬景臺'는 '萬頃臺'의, '白雲歌'는 '白雪歌'의 잘못인 듯.

完山裏(완산리) 도라드러 萬景臺(만경대)에 올나 보니=완산 안으로
돌아들어 만경대에 올라보니. 완산(完山)은 전라도 전주(全州)의 옛 이
름, 만경대는 전주에 있는 누대의 이름 ◇三韓古都(삼한고도)와 一春光
景(일춘광경)이라=삼한의 옛 도읍과 봄의 아름나운 풍경뿐이라 ◇錦
袍羅裙(금포나군)과 酒肴爛熳(주효난만)ᄒ듸 白雲歌(백운가) 한 曲調(곡
조)를 管絃(관현)에 섯거 부니=비단 도포를 입은 풍류객과 기생과 술
과 안주가 가득한데 백설가 한 곡조를 관악기와 현악기에 섞어 부니
◇逆旅豪遊(역려호유)와 名區壯觀(명구장관)이=여기저기를 돌아다니며
호사스럽게 노는 것과 이름난 곳의 볼 만한 경치가.

511

寒碧堂 瀟洒ᄒ景을 비긴後에 올ᄂ보니

百尺元龍과 一川花月이라 佳人은滿座ᄒ고 衆樂이喧空ᄒ되 浩蕩ᄒ風烟이
요 狼藉ᄒ盃盤이로다

兒曹야 殘가득부어라 遠客愁懷를 씨서볼까ᄒ노라.

寒碧堂(한벽당) 瀟洒(소쇄)ᄒ 景(경)을=한벽당의 깨끗한 경치를. 한벽
당은 전라도 전주에 있는 누각 ◇百尺元龍(백척원룡)과 一川花月(일천
화월)이라=백척이나 되는 높은 다락과 한 줄기 시내에 꽃과 달이 어
우러졌다. 원룡은 동한(東漢) 진등(陳登)의 자(字)인데, 허범(許范)이란
사람이 찾아가니 그가 높은 침상에서 자고 있었다고 하여 높은 다락
을 말함 ◇佳人(가인)은 滿座ᄒ고 衆樂(중악)은 喧空(훤공)ᄒ되 浩蕩(호
탕)ᄒ 風烟(풍연)이요 狼藉(낭자)ᄒ 盃盤(배반)이로다=예쁜 여자들은 자
리에 가득히 앉아 있고 여러 가락은 하늘에 울려 요란한데 호탕한 풍
경이요 어지러이 흩어진 술잔과 술상이로다 ◇遠客愁懷(원객수회)를
씨서 볼까=멀리 떠나온 나그네의 근심스런 회포를 씻어볼까.

512

窓밧게 가마숫막히란쟝스 離別나는구멍도 막히옵는가

쟝스對答ᄒᄂ말이 秦始皇漢武帝는 令行天下ᄒ되 威嚴으로못막앗고 諸葛
武侯經天緯地之才로도 막단말을못드럿고 西楚霸王힘으로도 能히못막앗ᄂ
니 이구령막히란말이 아마하우슈왜라

眞實노 쟝스의말과갓틀던더 長離別인가ᄒ노라.

◉ 대조: '구렁'은 『靑邱永言』과 『靑丘樂章』에만 이렇게 되어 있음.

窓(창) 밧게 가마숫 막히란 쟝스 離別(이별) 나는 구멍도 막히옵는가
=창밖에 가마솥 때우라고 하는 장수 이별이 생기는 구멍도 막을 수
있는가 ◇秦始皇 漢武帝(진시황한무제)는 令行天下(영행천하)ᄒ되 威嚴

(위엄)으로 못 막앗고 諸葛武侯(제갈무후) 經天緯地之才(경천위지지재)
로 막단 말을 못 드럿고 西 楚覇王(서초패왕) 힘으로도 能(능)히 못 막
앗느니=진시황과 한 무제는 명령이 천하에 행하였어도 위엄으로 못
막았고 제갈량의 경천위지의 재주로도 막았다는 말을 못 들었고 항우
의 힘으로도 능히 못 막았으니 ◇이 구멍 막히란 말이 아마 하 우슈
왜라=이 구멍을 막으란 말이 아마도 너무 우습구나.

513
즁놈이졈운 스당을엇어 媤父母의孝道를 무엇스로ᄒ여갈쇼
松起ㅅ쩍콩佐飯 뫼흐로치다라 싱검초습쥬고스리며 들밧흐로나리다라 곰
달늬물쑥게우목 꼿다지쟌다귀 고들ᄲᆨ이두루키야 바랑ㄱ국게너허가세
上佐야 암쇠등에언치노하 시삿갓모시長衫 곳갈에念珠밧처 어울틱고기
리라.

● 대조: '기리라'는 '가리라'의 잘못임.

즁놈이 졈운 스당을 엇어=중이 젊은 사당을 얻어 ◇松起(송기)ㅅ쩍
콩佐飯(좌반) 뫼흐로 티다라 싱검초 습듀 고스리며 들밧흐로 나리다라
곰달늬 물쑥 게우목 꼿다지 쟌다귀 고들ᄲᆨ이 두루 키야 바랑ㄱ국게
너허 가시=송기떡 콩자반 산으로 치뛰어 승검초 삽주 고사리며 들의
밭으로 내리뛰어 곤달비 물쑥 거여목 꽃다지 잔대 고들빼기를 두루
캐어 바랑에 잔뜩 넣어 가세 ◇암쇠 등에 언치 노하 시삿갓 모시 長
衫(장삼) 곳갈에 念珠(염주) 밧처 어울 틱고 가리라=암소의 등에 얹어
놓아 가늘게 엮은 삿갓에 모시 장삼 고깔에 염주 바처 같이 타고 가
겠다.

514
아마도 豪放헌쓴 靑蓮居士李謫仙이로다

玉皇香案ㄷ前에 黃庭經 一字誤讀ᄒᆞᆫ罪로 謫下人間ᄒᆞ야 藏名酒肆ᄒᆞ고 采石에弄月ᄒᆞ다가 긴고리ᄐᆞ고 飛上天ᄒᆞ니
至今에 江南風月이 閑多年인가ᄒᆞ노라.

● 대조; '閑多年'은 '聞多年'의 잘못인 듯.

靑蓮居士 李謫仙(청련거사이적선)이로다=청련거사인 이적선이로다 청련거사(靑蓮居士)는 이백(李白)의 호(號)이며 달리 적선이라 부름 ◇ 玉皇(옥황) 香案ㄷ前(향안전)에 黃庭經(황정경) 一字 誤讀(일자오독)ᄒᆞᆫ 罪(죄)로 謫下人間(적하인간)ᄒᆞ야 藏名酒肆(장명주사)ᄒᆞ고 采石(채석)에 弄月(농월)ᄒᆞ다가 긴 고리 ᄐᆞ고 飛上天(비상천)ᄒᆞ니=옥황상제의 책상 앞에서 황정경 한 자를 잘못 읽은 죄로 인간에 귀양 와서 이름을 술집에 감추고 채석강에서 달을 희롱하다가 긴 고래를 타고 하늘로 올라가니 ◇江南 風月(강남풍월)이 閑多年(한다년)인가='閑多年'(한다년)은 '聞多年'(문다년)의 잘못인 듯. 강남의 풍월이 들은 지 오래던가.

515
니르랴보쟈 니르랴보즈 너아니니르랴 네書房더려
거즛거슬오 물깃ᄂᆞᆫ체ᄒᆞ고 桶으란나리와우물썬에노코 쏘아리버셔桶쏘지에걸고 건넌집져근金書房을 눈금젹불너니여 두손목마조 덤셕쥐고 슈군슈군말ᄒᆞ다가 슘밧트로드러가셔무음일ᄒᆞᄂᆞᆫ지 잔슘티ᄂᆞᆫ쓰러지고 굴근슘쩌곳 만남아 우즐우즐ᄒᆞ더라ᄒᆞ고 너아니니르랴네셔방더려 져兒穉 닙이보드러워 거즛말마라스라
우리도말을지엄인詮次로 실슘키라갓더니라.

● 대조; '우물썬'은 '우물썬'의, '말을'은 '마을'의 잘못이고, '잔슘듸ᄂᆞᆫ'은 '잔슘은'으로 이본 가운데 『靑邱永言』에만 이렇게 되어 있음.

니르랴 보쟈=일러나 보자 ◇거즛 거슬오 물 깃ᄂᆞᆫ 체ᄒᆞ고 桶(통)으

란 나리와 우물쩐에 노코 쏘아리 버셔 桶(통)쏘지에 걸고=거짓으로
물 긷는 체하고 물통은 내려 우물가에 놓고 똬리 벗어 물통 손잡이에
걸고 ◇닙이 보드러워거줏말 마라스라=입이 가벼워 거짓말을 하지마
라 ◇말을 지엄인 詮次(전차)로 실슴 키라 갓더니라=마을의 지어미인
까닭에 실삼 캐러 갔을 뿐이다.

516
님그려 깁히든病을 무음藥으로 곳쳐닐리
太上老君招魂丹과 西王母의千年蟠桃 樂(一作洛)伽山觀世音甘露水와 眞元
子의人蔘果와 三山十洲不死藥을 아무만먹은들할일소냐
아마도 글이던님을만나량이면 긔良藥인가ᄒ노라.

太上老君 招魂丹(태상노군초혼단)과 西王母(서왕모)의 千年蟠桃(천년
반도) 樂伽山 觀世音(낙가산관세음) 甘露水(감로수)와 眞元子(진원자)의
人蔘菓(인심과)며 三山十洲(삼산십주) 不死藥(불사약)을 아무만 먹은들
할일소냐=태상노군의 초혼단과 서왕모의 천년 복숭아 낙가산(落迦山)
관세음보살의 감로수와 진원자의 인삼으로 만든 과자며 삼신산의 신
선이 산다는 십주의 불사약을 아무만큼을 먹은들 낫겠느냐.

517
슐먹어病업슬藥과 色ᄒ여도 長生헐術을
갑듀고샤량이면 춤盟誓ㅣ ᄒ지 아무만인들셕일소냐
갑뉴고 놋슐藥이니 소로소로ᄒ여 百年ᄭ지ᄒ리라.

● 대조; '長生헐'은 『靑邱永言』『海東樂章』『花源樂譜』과 같고 다른 이본에는
'아니죽는'으로 되어 있음.

갑쥬고 샤량이면 춤 盟誓(맹서)ㅣ ᄒ지 아무만인들 셕일소냐=값을
주고 살 수 있다면 참으로 맹세하자, 얼마인들 속이겠느냐. ◇갑듀고

못술 藥(약)이니 소로소로 ᄒ여=값을 주고도 사지 못할 약이니 살금 살금 하여. 몰래몰래.

518
슐이라 ᄒ는거시 어이숨긴 거시완디
一盃一盃復一盃ᄒ면 恨者ㅣ雪(洗)憂者ㅣ樂에 掖腕(一作哀寃)者ㅣ蹈舞 呻吟者謳歌ᄒ며 伯倫은 誦德ᄒ고 嗣宗은 澆胸ᄒ며 淵明은葛巾素琴으로 眄庭柯而怡顔ᄒ고 太白은接羅錦袍로 飛羽觴而醉月ᄒ니
아마도 시름풀기는 슐만흔거시업세라.

◉ 대조; '恨者ㅣ雪'은 '恨者ㅣ悅'의, '誦德'은 '頌德'의 '接羅'는 '接䍦'의 잘못임.

어이 숨긴 거시 완디=어떻게 해서 생긴 것이기에 ◇一盃一盃 復一盃(일배일배부일배)ᄒ면 恨者ㅣ雪(한자설) 憂者ㅣ樂(우자락)에 掖腕者(액완자)ㅣ 蹈舞(도무)ᄒ고 呻吟者(신음자)ㅣ 謳歌(구가)ᄒ며=한 잔 한 잔 또 한 잔하면 한(恨)이 있는 사람은 기뻐하고 근심이 있는 사람은 즐거워하며 팔을 낀 사람은 춤을 추고 신음하는 사람은 노래를 부르며 ◇白倫(백륜)은 誦德(송덕)ᄒ고 嗣宗(사종)은 澆胸(요흉)ᄒ며 淵明(연명)은 葛巾 素琴(갈건소금)으로 眄庭柯而怡顔(면정가이이안)ᄒ고 太白(태백)은 接羅錦袍(접라금포)로 飛羽觴而醉月(비우상이취월)ᄒ니=백륜은 덕을 칭송하고 완적은 경박하며 연명은 뜰의 나뭇가지를 보고 얼굴에 기쁨을 띠고 태백은 비단 도포를 입고 술잔을 날리며 달에 취하니. 백륜(白倫)은 유령(劉伶)을 말함.

519
간밤에 大醉ᄒ고 北平樓에올ᄂ 큰꿈을ᄭ우니
七尺釼千里馬로 遼海를건너가셔 天驕를降服밧고 北闕에도라드러 告闕成功ᄒ여뵌다
男兒의 慷慨ᄒᆫ마음이 胸中에鬱鬱ᄒ야 꿈에試驗ᄒ도다.

北平樓(북평루)에 올나=북평루에 올라. 북평루는 소재 미상의 누각. 혹 중국 북경에 있는 것인지(?) ◇遼海(요해)를 건너가셔 天驕(천교)를 降伏(항복) 밧고 北闕(북궐)에 도라드러 告厥成功(고궐성공)ᄒ여 뵌다=요해를 건너가서 흉노를 항복받고 북궐을 돌아들어 적을 정복하여 성공한 것을 임금께 아뢰어 뵙는다 ◇男兒(남아)의 慷慨(강개)ᄒᆫ 마음이 胸中(흉중)에 鬱鬱(울울)ᄒ야 꿈에 試驗(시험)ᄒ도다=남자의 비분강개한 마음이 가슴속에 답답하여 꿈에 한 번 시험하여 보았다.

520
高大廣室 나는마이 錦衣玉食 더욱미미
　銀金寶貨奴婢田宅 蜜花珠겻칼紫的香織赤古里 쫀머리石雄黃으로다꿈ᄌ리로다
　平生에 나의願ᄒ기는 말잘ᄒ고글잘ᄒ고 人物기쟈ᄒ고 품쟈리가쟝알쓰리잘ᄒ는 졈문書房인가ᄒ노라.

高大廣室(고대광실) 나는 마이 錦衣玉食(금의옥식) 더욱 미미=크고 넓은 집이 나는 싫다. 호화로운 옷과 기름진 음식은 더욱 싫으이 ◇銀金寶貨(은금보화) 奴婢田宅(노비전택) 蜜花珠(밀화주) 겻칼 紫的香職 赤古里(자적향직적고리) 짠머리 石雄黃(석웅황) 으로다 꿈ᄌ리로다='紫的香織'(자적향직)은 '紫赤鄕織'(자적향직)의 잘못. 금은과 같은 보물 노비와 전답과 집 밀화로 만든 구슬 은장도 자줏빛 명주 저고리 덧넣은 머리 석웅황이 오로지 꿈자리라 ◇人物(인물) 기쟈ᄒ고 품쟈리 가쟝 알쓰리 잘ᄒ는=인물이 준수하고 잠자리를 가장 알뜰히 하는.

521
於于兒 벗님네야 님의집에 勝戰ᄒ라가세
　前營將後營將 軍務衛千摠朱囉喇叭 太平簫錚북을 難又難투둥캥캥티며 님의집으로勝戰ᄒ라가세

그것테 楚伯王이잇신들 두릴줄이잇스랴.

前營將 後營將(전영장후영장) 軍務衛 千摠(군무위천총) 朱鑼喇叭(주라나팔) 太平簫(태평소) 錚(쟁) 북을 難又難(난우난) 투둥 쾡쾡 티며 님의 집으로 勝戰(승전)ᄒ라 가세=전영의 장수 후영의 장수 군영을 지키는 병졸 천총과 주라 나팔 태평소 징 북을 나누나 투둥 쾡쾡 치면서 임의 집으로 전승을 축하하러 가세 ◇楚伯王(초백왕)이 이신들 두릴 줄이 잇스랴=초패왕인 항우가 있다고 한들 두려워할 줄이 있겠느냐.

522
於于兒 우은지고 우은일도 보안제고
소경이붓슬들고 그리나니細山水ㅣ로다
그리고 못보는情이야 네오너오다르랴.

於于兒(어우아) 우은지고 우은 일도 보안제고=어허 우습구나. 우스운 일도 보았구나 ◇그리느니 細山水(세산수)ㅣ로다=그리는 것이 자세하게 그리는 산수화로구나 ◇그리고 못보는 情(정)이야=그림을 그리고도 보지 못하는 심정이야. 그림을 그리는 것과 그리워하는 것이 같이 '그리다'로 희화적인 표현임.

523
琵琶야 너는어이 간곳마다 앙조아리는
싱금흔목을에후르여진득안고 엄파것튼손으로 빅를좁아 쯧거든아니앙조아리랴
잇다감 大珠小珠落玉盤헐제면 쩌날뉘를모로노라.

간 곳마다 앙조아리는=가는 곳마다 앙알거리느냐 ◇싱금흔 목을 에

후르여 진득 안고 엄파 것튼 손으로 비를 줍아쓰거든 아니 앙조아리
랴=가느다란 목을 휘둘러 단단히 안고 움파 같이 희고 가냘픈 손으로
배를 잡아 뜯거늘 어찌 아니 앙알거리겠느냐 ◇大珠 小珠(대주소주)
落玉盤(낙옥반)헐제면 쩌날 뉘를 모로노라=크고 작은 구슬이 옥소반
에 떨어지는 듯한 소리가 날 때면 떠날 겨를을 모르겠더라.

524
三春色 쟈랑마소 花殘ᄒ면 蝶不來라
昭君玉骨도胡地土ㅣ되고 貴妃花容은驛路塵을 蒼松綠竹은千古節이요 碧
桃紅杏은一年春이로다
閼氏네 一時華容을 앗겨무슴ᄒ리요.

◉ 대조; '胡地土'는 '胡城土'의 잘못임.

　三春色(삼춘색)　쟈랑마소　花殘(화잔)ᄒ면　蝶不來(접불래)라=봄빛을
자랑하지 마시오. 꽃도 시들면 나비도 오지 않느니라 ◇昭君 玉骨(소
군옥골)도 胡地土(호지토)ㅣ 되고 貴妃 花容(귀비화용)은 驛路塵(역로진)
을 蒼松綠竹(창송녹죽)은 千古節(천고절)이요 碧桃紅杏(벽도홍행)은 一
年春(일년춘)이로다=왕소군의 고운 육신도 오랑캐의 흙이 되고 양귀
비의 아름다운 얼굴도 마외역(馬嵬驛)의 먼지가 된 것을 푸른 소나무
와 대나무는 천고에 변함없는 절개요 푸르고 붉은 복숭아와 살구꽃은
일 년의 봄이로다 ◇一時花容(일시화용)을 앗겨 무슴 ᄒ리요=젊어 한
때의 아리따운 얼굴을 아껴서 무엇 할 것이요.

525
春意ᄂ 透酥胸이요 春色은 橫眉黛라
賤却那人間玉帛이라 杏臉桃腮乘月色ᄒ니 嬌滴滴越顯紅白이로다 下香階
步蒼苔ᄒ니 非關弓鞋鳳頭穿이라

鰍生不才로 多嬌錯愛를感歎이로다.

春意(춘의)는 透酥胸(투수흉)이요=봄뜻은 젖가슴을 뚫고 ◇春色(춘색)은 橫眉黛(횡미대)라=봄빛은 아름다운 눈썹에 비꼈다 ◇賤却那人間玉帛(천각나인간옥백)이라=인간 옥백을 천히 여겨 물리치더라 ◇杏臉桃腮乘月色(행검도시승월색)ㅎ니=살구빛 눈시울 복숭아 같은 뺨이 달빛을 대하니 ◇嬌滴滴月顯紅白(교적적월현홍백)이로다=어여쁨이 방울방울 홍백이 뚜렷하다 ◇下香階步蒼苔(하향계보창태)ㅎ니=原文(원문)에는 ‘下香階懶步蒼苔(하향계나보창태)로 되었음. 향계에 나려 느릿느릿 푸른 이끼 위를 거닐으니 ◇非關宮鞋鳳頭穿(비관궁혜봉두천)이라=궁혜와 봉두가 작아서랴 ◇鰍生不才(추생부재)로 多嬌錯愛(다교착애)를=추생이 부재하여 어여쁜 그대를 짝사랑함이 애닮구나. 중국소설 『西廂記』(서상기)의 일부임.

526
누구셔 大醉ᄒ後면 시름을 닛는다턴고
望美人於天一方헐제 몃百盞을먹어도 寸功이전혀업너
眞實로 白髮倚門望은 더욱닛지못ᄒ예.

望美人於天一方(망미인어천일방)헐 제 몃 百盞(백잔)을 먹어도 寸功(촌공)이 전혀 업너=하늘 한 편에 미인을 바라볼 때면 백 잔을 넘게 먹어도 아주 적은 공로도 전혀 없네. 미인은 왕을 뜻함 ◇白髮倚門望(백발의문방)을 더욱 닛지 못 ᄒ예=백발의 부모가 이문(里門)에 기대어 자식이 돌아오기를 기다리는 것을 더욱 잊지 못한다.

527

淸明時節 雨紛紛ᄒ니 路上行人이 欲斷魂이로다
뭇노라牧童아 술ᄑᆞ는집이어드메ᄂᆞᄒ뇨
져건너 靑帘酒旗風이니 게가셔무러보시쇼.

淸明時節　雨紛紛(청명시절우분분)ᄒ니　路上行人欲斷魂(노상행인욕단혼)이로다=청명 때 비가 어지럽게 흩뿌리니 길 가는 나그네의 마음이 아프구나 ◇靑帘酒旗風(청렴주기풍)이니 게 가셔=술집에 꽂은 기가 바람에 펄럭이니 거기나 가서. 당(唐)나라 두목(杜牧)의 「淸明詩」(청명시) '淸明時節雨紛紛 路上行人欲斷魂 借問酒家何處在 牧童遙指杏花村'(청명시절우분분 노상행인욕단혼 차문주가하처재 목동요지행화촌)에서 결구(結句)만 바꾼 것임.

528

솔아리 童子더러무르니 니르기를先生이 藥을키라갓너이다
다만이山中잇것마는 구름이깁허간곳즐아지못게라
童子야 네先生오셔드란 날왓다드라술와라.

구름이 깁허 긴 곳을 아지 못게라-구름이 진뜩 끼이 간 곳을 알지 못 하겠더라 ◇네 先生(선생) 오셔드란 날 왓다드라 술와라=네 선생님이 오시거든 내가 왔더라고 알려라. 당(唐)나라 시인 가도(賈島) 「尋隱者不遇」(심은자불우)인 '松下問童子 言師採藥去 只在此山中 雲深不知處'(송하문동자 언사채약거 지재차산중 운심부지처)를 시조로 만든 것임.

529

兒孺는 藥을키라가고 竹亭은 휑덩그러뷔엿ᄂᆞ듸

홋더진바독을 뉘라셔쓰러담을소냐
술醉코 松下에누엇시니 節가눈줄몰너라.

竹亭(죽정)은 휑덩그러 뷔엿눈듸=대나무 숲에 있는 정자는 텅 비어
있는데 ◇松下(송하)에 누엇시니 節(절)가눈 줄 몰너라=소나무 아래
누웠으니 세월 가는 줄 모르겠더라.

530
蜀道之難이 難於 上靑天이로되 집고긔면 넘우려니와
어렵고어려올쓴 이님의離別이더어려워라
아마도 이님의離別은難於 蜀道難인가ᄒ노라.

蜀道之難(촉도지난)이 難於上靑天(난어상청천)이로되 집고 긔면 넘우
려니와=촉으로 가는 길이 힘든 것이 청천에 오르는 것보다 어렵지만
짚고 기면 넘으려니와 ◇難於蜀道難(난어촉도난)인가=촉으로 가는 길
이 어려운 것보다 더 어려운가.

531
蜀魄啼 山月低ᄒ니 相思苦 倚樓頭ㅣ라
爾啼苦我心愁ᄒ니 無爾聲이면無我愁ㄹ낫다 寄語人間 離別(一作苦惱)客ᄒ
나니
愼莫登春三月子規啼明月樓를ᄒ여라. 端宗大王 出滯於寧越時登梅竹樓聞
杜鵑啼感淚作此歌

蜀魄啼山月低(촉백제산월저)ᄒ니   相思苦倚樓頭(상사고의루두)ㅣ라=
두견이 슬피 울고 밤이 깊으니 멀리 있는 사람들을 그리며 다락 머리
에 힘들게 기대었다 ◇爾啼苦我心愁(이제고아심수)ᄒ니 無爾聲(무이성)
이면 無我愁(무아수)ㄹ낫다=네가 슬피 울면 내 마음이 괴롭고 네 울
음이 없으면 내 근심도 없을 것이다 ◇寄語人間離別客(기어인간니별

객)ㅎ니 愼莫登 春三月(신막등춘삼월) 子規啼明月樓(자규제명월루)를=
이별한 사람들에게 말하노니 춘삼월 두견이 울고 달 밝은 다락에는
삼가 오르지 말기를.

532

遠別離古有 皇英之二女ㅎ니 乃在洞庭之南 瀟湘之浦라
海水ㅣ直下萬里深ㅎ니 誰人이不怨此離苦오
日慘慘兮 雲暝暝ㅎ니 '猩猩이啼咽兮鬼嘯雨를ㅎ여라.

● 대조; '不怨此離苦오'는 가곡원류계 가집에는 '不道此離苦오'로 되어 있다.
이는 육당본 『靑丘永言』과 같다. '雲暝暝'은 '雲溟溟'의, 'ㅎ여라'는 'ㅎ더라'
의 잘못임.

遠別離(원별리) 古有皇英之二女(고유황영지이녀)ㅎ니 乃在洞庭之南瀟
湘之浦(내재동정지남소상지포)라=원별리 옛날 아황 여영의 두 여자가
있었으니 곧 동정호의 남쪽 소주의 포구라 ◇海水ㅣ直下萬里深(해수직
하만리심)ㅎ니 誰人(수인)이 不怨此離苦(불원차리고)오=해수는 곧바로
나려 만 리쯤이나 깊으니 어느 누가 이별의 괴로움을 원망하지 않으
리오 ◇日慘慘兮(일참참혜) 雲溟溟(운명명)ㅎ니 猩猩啼咽兮(성성제열혜)
鬼嘯雨(귀소우)를 ㅎ여라=해는 어둡고 구름 또한 컴컴하니 원숭이는
목메어 울고 귀신은 비 내리는데 휘파람을 불더라. 이백(李白)의 「遠別
離」(원별리)의 일부를 시조로 만든 것임.

533

鐵驄馬타고 보라미밧고 白羽長箭 千釣角弓허리에씌고
山넘어구름지나 꿩산영ㅎ는져閑暇호스람
우리도 聖恩갑푼後에 너를좃쳐놀니라.

白羽長箭 千釣角弓(백우장전천근각궁) 허리에 씌고=흰 깃이 달린

기다란 화살과 천근이나 되는 각궁을 허리에 차고. 각궁(角弓)은 활의
손잡이에 동물의 뼈를 덧대어 단단하게 만든 활.

534
한히도 열두달이요 閏朔들면 열셕달이훈히로다
한달도셜흔날이요그달젹으면 스무아후레그무느니
밤다셧낫일곱씨에 날볼할니업스라.

　◉ 대조; '업스라'는 '업스랴'의 잘못임.

　밤 다섯 낫 일곱 씨에 날 볼 할니 업스라=밤 다섯 낫 일곱 때에 나
를 볼 수 있는 하루가 없으랴.

535
南山에 눈날리는樣은 白松鶻이 쟝도는듯
漢江에비쁜樣은 江城두룸이 고기를물고넘노는듯
우리도 남의님거러두고 넘노라볼까ᄒ노라.

　南山(남산)에 눈 날리는 樣(양)은 白松鶻(백송골)이 쟝도는 듯=남산
에 눈이 휘날리는 모습은 백송골이 공중을 빙빙 도는 듯 ◇漢江(한강)
에 비 쁜 樣(양)은 江城(강성) 두룸이 고기를 물고 넘노는 듯=한강이
배가 뜬 모습은 강성의 두루미가 고기를 물고 넘나들며 노는 듯 ◇남
의 님 거러 두고 넘노라 볼까 ᄒ노라=임자 있는 임을 마음속에 두고
넘나들며 놀아볼까 하노라.

536
쇼경이 밍관이를두루쳐업고 굽쩌러진편격디 민발에신고
외나무셕은다리로막더업시 앙감쟝검건너가니
그아릐 돌붓쳐셔잇다가 仰天大笑ᄒ더라.

쇼경이 盲觀(맹관)이를 두루쳐 업고=소경이 맹과니를 들쳐 업고. 맹과니도 장님을 말함 ◇굽 쩌러진 편격디 민발에 신고= 굽이 떨어진 납작한 나막신을 맨발에 신고 ◇외나무 셕은 다리로 막더 업시 앙감쟝겸 건너가니=외나무 썩은 다리로 지팡이 없이 엉금엉금 건너가니 ◇돌붓체 셔 잇다가 仰天大笑(앙천대소) ᄒ더라=돌부처가 서 있다가 하늘을 쳐다보며 큰소리로 웃더라. 현실과는 어긋나는 사실들로 희화적(戲化的)인 표현임.

537

開城府ᄃ쟝ᄉ北京갈제 걸고간퉁爐口ᄃ쟈리 올제보니盟誓ㅣ치 痛憤이도반가왜라
져銅爐口ᄃᄌ리져리반갑거든 돌쇠엄의말이야일너무슴ᄒ리
드러가 돌쇠엄이보옵거든銅爐口ᄃᄌ리보고반기운말슴ᄒ리라.

開城府(개성부)ᄃ쟝ᄉ 北京(북경) 갈제 걸고 간 퉁爐口(노구)ᄃ 쟈리=개성에 사는 장사꾼이 북경 갈 때에 걸고 간 퉁노구 자리 ◇盟誓(맹서)ㅣ치 痛憤(통분)이도 반가왜라=맹세하지만 정말이지 몹시도 반갑구나 ◇돌쇠 엄의 말이야 일너 무슴ᄒ리=돌쇠 어미의 말이야 말하여 무엇 하겠느냐 ◇들어가 돌쇠 어미 보옵거든 銅爐口(통노구)ᄃ ᄌ리 보고 반기운 말슴 ᄒ리라='드러가'는 '돌아가'의 잘못. 돌아가 돌쇠 어미 보거든 통노구 자리 보고 반가워했던 말을 하리라.

538

가을ㅂ비귓쏭 언마나오리 雨裝으란 니지마라
十里ᄃ길귓쏭언마나가리 등닷코비알코다리져는나귀를 캉캉텨셔하다모지마라
가다가 酒肆에들너면 갈쏭말쏭ᄒ여라.

가을ㅂ비 긋쏭 언마나 오리=가을비가 그까짓 오면 얼마나 오겠느냐
◇등 닷코 빈 알코 다리 져는 나귀를 캉캉 텨셔 하 다 모지마라=등이
낮아 조그마하고 배 앓고 다리를 저는 나귀를 마구 때려서 너무 심하
게 몰지 마라 ◇酒肆(주사)에 들너면=술집에 들리게 되면.

539
金約正즈네는 點心을츠르고 盧風憲으란 酒肴만이쟝만ᄒ소
稻琴琵琶笛필이長鼓란 禹堂掌이다려오소
글짓고 노래리보르기女妓和間으란 니아모조로나 担當ᄒ욤시.

◉ 대조; '女妓和間'은 '女妓和姦'의 잘못인 듯.

約正・風憲・堂掌(약정풍헌당장)=약정과 풍헌은 조선시대 향직(鄕
職)의 하나. 당장은 서원(書院)에 속한 하례(下隷)의 하나 ◇女妓和間
(여기화간)으란 니 아못조로나 担當(단당)ᄒ욤시=기생과 서로 즐기는
것이란 내가 아무려나 다 담당하겠네.

540
이몸이 죽거드란 뭇디말고 줍푸르여메여다가
酒泉웅덩이에 풍덩드룻쳐씌워두면
平生에 즑이던술을 長醉不醒ᄒ리라.

뭇디 말고 줍푸르여 메여다가=묶지 말고 대강으로 여며 메어다가
◇酒泉(주천) 웅덩이에 풍덩 드룻쳐 씌워두면=술이 샘솟는다고 하는
웅덩이에 풍덩 던져서 띄워두렴.

541
還子도 타와잇고 小川魚도 건져왓니
비즌술시로닉고 메헤달이돗아온다

兒禧야 거문고너여라 벗請ㅎ여놀니라.

還子(환자)도 타와 잇고=환자도 타다 놓았고. 환자(還子)는 가을에 갚기로 하고 나라에서 꾸어온 쌀 ◇小川魚(소천어)도 건져왔네=냇물의 고기도 잡아 왔네.

542
뉘라셔날을 늙다던고 늙으이도 이러ㅎ가
곳보면반갑고 盞줍우면우음난다
귀밋헤 훗날니는白髮이야 닌들어이ㅎ리요.

◉ 대조; 가번 402과 중복

543
長衫쓰더 치마격숨짓고 念珠글너 당나귀밀치ㅎ시
釋王世界極樂世界 觀世音菩薩南無阿彌陀佛 十年ㅎ工夫도너갈쩨로이게
밤ㅅ中만 암거ㅅ의품에들면 念佛景이업세라.

念珠(염주) 글너 당나귀 밀치 ㅎ시=염주를 끌러 당나귀의 밀치하니. 밀치는 말안장이나 길마의 꼬리 부분에 대는 막대기 ◇너 갈 쩨로 이게=너 가고 싶은 곳으로 가게 ◇밤ㅁ中(중)만 암 거ㅅ의 품에 들면 念佛景(염불경)이 업세라=밤중쯤에 여자 중의 품에 들면 염불할 경황이 없어라.

544
江原道開骨山 감도라드러 楡岾ㄷ절뒤헤웃쑥셧는던나무긋희
숭숭그려안즌白松鶻이를 아무려나줍아길ㄱ드려두메꿩산양보너는듸
우리도 남의님거러두고 길쓰려볼까ㅎ노라.

江原道 開骨山(강원도개골산) 감도라 드러=강원도 개골산을 감듯이
돌아들어. 개골산은 금강산의 겨울철에 부르는 이름 ◇숭숭그려 안즌
白松鶻(백송골)이를 아무려나 줍아 길ㄱ드려 두메 씽산영 보ᄂᆞᆫ듸=
웅크리고 앉은 송골매를 아무렇게나 잡아 길들여 두메로 꿩 사냥을
보내는데.

545
有馬有金 兼有酒헐제 素非親戚도 强爲親터니
一朝에馬死黃金盡ᄒᆞ니 親戚도還爲路上人이로다
世上에 人事變ᄒᆞ니 그를슬허ᄒᆞ노라.

有馬有金兼有酒(유마유금겸유주)헐제　素非親戚(소비친척)도　强爲親
(강위친)터니=말이 있고 돈이 있고 게다가 술이 있을 때 본래 친척이
아닌 사람도 억지로 친척인 체하더니 ◇一朝(일조)에 馬死黃金盡(마사
황금진)ᄒᆞ니　親戚(친척)도　還爲路上人(환위노상인)이로다=하루아침에
말이 죽고 돈이 다 없어지니 친척도 다시 길에서 만난 사람처럼 되는
구나.

546
기름에지진 ᄭᅮᆯ藥果도 아니먹ᄂᆞᆫ날을 冷水에술문돌 饅頭를머으라지근
平壤女妓년들도 아니ᄒᆞᄂᆞᆫ날을 閣氏님이ᄒᆞ라고지근지근
아무리 즈근즈근ᄒᆞᆫ들 품어잘쥴잇시랴.

冷水(냉수)에　술문　돌饅頭(만두)를　머으라 지근=찬물에 삶은 소를

넣지 않은 만두를 먹으라고 치근덕 ◇平壤 女妓(평양여기)년들도 아니
ᄒ는=평양의 아름다운 기생들도 가까이 하지 않는.

547
그디 故鄕으로붓터오니 故鄕일을應當 알니로다
오던날綺窓앏헤寒梅ㅣ 퓌엿더냐아니퓌엿더냐
퓌기는 퓌엿드라마는 님즈를글여ᄒ더라.

　오던 날 綺窓(기창) 앏헤 寒梅花(한매화)ㅣ가 퓌엿더냐 아니 퓌엿더
냐=고향을 떠나오던 날 비단을 쳐놓은 창 앞에 겨울 매화가 피었더냐
아니 피었더냐.

548
것거진활부러진鎗 써인銅爐口메고 怨ᄒᄂ니 黃帝軒轅氏를
相奪也아닌제고 萬八千歲를누렷거든
엇지타 習用干戈ᄒ야 後生을困케ᄒ신고.

◉ 대조; '아닌제고'는 '아닌제도'의 잘못임.

　것거진 활 부러진 鎗(창) 써인 銅爐口(통노구) 메고 怨(원)ᄒᄂ니 黃
帝 軒轅氏(황제헌원씨)를=꺾어진 활 부러진 창 때운 통노구를 메고
원망하느니 황제 헌원씨를 ◇相奪也(상탈야) 아닌 제고 萬八千歲(만팔
천세)를 누덧거든=서로 치고 빼앗는 것이 아니어도 만 팔천 년을 살
았거든 ◇엇지타 習用干戈(습용간과)ᄒ야 後生(후생)을 困(곤)케 ᄒ신고
=어쩌다 싸움하는 것을 가르쳐 후생들을 피곤하게 하시는고.

549
壽夭長短 뉘아던가 죽은後면 거줏거시
天皇氏一萬八千歲라도 죽어진後면거줏거시

世上에 이러훈人生이 아니놀고어이호리.

壽夭長短(수요장단) 뉘 아든가 죽은 後(후)면 거즛 거시=오래 살고
일찍 죽는 것처럼 수명이 길고 짧은 것을 누가 알던가 죽은 뒤에는
거짓 것이로다.

550
老人이 셥플지고 怨호느니 燧人氏를
食木實호올제도 萬八千歲를호엿거는
엇지타 敎人火食호야 後生을困케호시뇨.

老人(노인)이 셥흘 지고 怨(원)호느니 燧人氏(수인씨)를=노인이 섶을
지고 원망하느니 수인씨를. 수인씨(燧人氏)는 인간에게 불을 처음 사용
하여 화식(火食)을 가르쳤다고 함 ◇食木實(식목실) 호올 제도=나무의
열매를 따 먹을 때도 ◇敎人火食(교인화식)호야 後生(후생)을 困(곤)케
호시뇨=사람에게 화식을 가르쳐 후에 난 사람을 피곤하게 하시는고.

551
兒禧야말鞍裝 호여라 타구川獵가쟈 술瓶결제힝혀盞니즐세라
白鬚를훗날리며 여흘여흘건너가니
너뒤헤 쁜소탄벗님니는 함씌나가옵세호드라.

타구 川獵(천렵)가쟈=타고서 냇 놀이를 가자 ◇白鬚(백수)를 훗날리
며 여흘여흘 건너가니=흰 나룻을 바람이 흩날리며 흔들흔들 건너가니
◇쁜 쇼 탄 벗님네는=(사람이나 물건을) 들이받기를 잘하는 소를 탄
벗님네는.

552
노시노시 每樣長息노시 밤도놀고 낫도놀시

壁上에그린黃鷄숫닭이 홰홰텨우도록노시노시
  人生이 아츰이슬이니 아니놀고어이리.

  壁上(벽상)에 그린 黃鷄(황계) 숫닭이 홰홰 텨 우도록=벽에 그린 누
런 수닭이 활개를 치며 울도록 ◇아츰이슬이니=아침에 풀잎에 달려
있는 이슬과 같이 잠간 동안에만 존재하는 것이니.

553
巖畔 雪中孤竹 반갑기도 반가왜라
뭇노라孤竹君의 네엇더호던인다
首陽山 萬古風淸에 夷齊본듯호여라. 高麗人 徐甄

  巖畔 雪中孤竹(암반설중고죽)이야=바위 둔덕 눈 속에 외롭게 서 있
는 대나무야 ◇뭇노라 孤竹君(고죽군)이 네 엇더 하던 인다=묻겠다.
고죽군이 네 어떤 사람이라 생각하느냐. 고죽군(孤竹君)은 백이(伯夷)와
숙제(叔齊)의 아버지임 ◇首陽山(수양산) 萬古風淸(만고풍청)에 夷齊(이
제) 본 듯호여라=수양산에서 고사리를 캐먹다 죽은 만고의 곧은 절개
인 백이와 숙제를 본 듯하구나.

554
藍色도 아니옵고 草綠色도아니온너요
唐多紅眞粉紅에 軟半물도아니온너외
閣氏네 物色을보오니나는 眞藍인가호노라.

  藍色(남색)도 아니옵고 草綠色(초록색)도 아니온 너요=남색도 아니
고 초록색도 아닌 나요 ◇唐多紅 眞粉紅(당다홍진분홍)에 軟半(연반)물
아니온 너외=중국에서 들여 온 짙은 붉은색이나 짙은 분홍에 연한 검
은 빛을 띤 남빛도 아니네요. ◇閣氏(각씨)네 物色(물색)을 보오니 나는

眞藍(진남)인가=각씨네 사정도 모르는지 나는 진한 남빛인가. 여기서는 순진한 남자의 뜻으로 쓰인 듯.

555
닷는말도 誤往ᄒᆞ면셔고 셧는소도 이라打ᄒᆞ면가고
深疑山모진범도 經說곳ᄒᆞ면도셔거든
閣氏네 뉘엄의ᄯᆞᆯ년이완ᄃᆡ 經說을不聽ᄒᆞ는고.

닷는 말도 誤往(오왕)ᄒᆞ면 셔고 셧는 소도 이라打(타)ᄒᆞ면 가고=달리는 말도 '워'하면 서고 서있는 소도 '이러'하면 가고 ◇深疑山(심의산) 모진 범도 經說(경세)곳 하면 도셔거든=심의산의 사나운 범도 깨우치고 타이르면 돌아서거든. 심의산은 불교에서 말하는 상상의 산이나, 여기서는 심산(深山)의 뜻으로 쓰였음 ◇뉘 엄의 ᄯᆞᆯ년이완ᄃᆡ 經說(경세)을 不聽(불청)ᄒᆞ는고=어떻게 생긴 어미의 딸이기에 타이르고 깨우쳐도 듣지를 아니하는고.

556
즌셔리 슐이되야 滿山을다勸ᄒᆞ니
먹어붉은빗치 碧溪에좀겻세라
우리도 醉토록먹은後에 붉어볼ᄭᅡᄒᆞ노라.

즌셔리 슐이 되야 滿山(만산)을 다 勸(권)ᄒᆞ니=된서리가 술이 되어 모든 산에 다 권하니 ◇먹어 붉은 빗치 碧溪(벽계)에 좀겨세라=술을 먹어 붉은 빛이 푸른 시냇물에 잠겼구나.

557
봄이 가려ᄒᆞ니 너라혼자 말닐손가
다못퓐桃李花를 엇지ᄒᆞ고가럿는다
兒稖야 덜괸술걸너라 가는봄餞送ᄒᆞ리라.

너라 혼ᄌ 말닐손가=나라고 혼자서 말릴 수가 있겠는가 ◇다 못 퓐
桃李花(도리화)를 엇지ᄒ고 가렷ᄂ다=미처 다 피지 않은 복숭아와 오
얏꽃을 어떻게 하고 가려고 하느냐.

羽樂　堯風湯日　花爛春城

558

琉璃鍾　琥珀濃이요　小槽酒滴　眞珠紅이로다
烹龍炰鳳玉指泣이요　羅幃繡幕圍香風을　吹龍笛擊鼉鼓皓齒歌細腰舞ㅣ라
況是靑春日將暮ᄒ니　桃花亂落如紅雨ㅣ로다
五花馬千金裘로　呼兒將出換美酒를ᄒ여라.

琉璃鍾　琥珀濃(유리종호박농)이요　小槽酒滴　眞珠紅(소조주적진주홍)
이로다=유리종 호박잔이 짙고 작은 통 속에 떨어지는 술은 진주보다
붉다　◇烹龍炰鳳玉脂泣(팽룡포봉옥지읍)이요　羅幃繡幕圍香風(나위수막
위향풍)을=용을 삼고 봉을 구우니 구슬 같은 기름이 끓고 비단 휘장
과 수놓은 막은 향기로운 바람을 에웠구나. 용은 잉어, 봉은 닭을 가
리키는 듯 ◇吹龍笛　擊鼉鼓(취용적격타고)　皓齒歌　細腰舞(호치가세요
무)ㅣ라=용적을 불고 타고를 치며 고운 노래 아름다운 춤이라 ◇況是
靑春日將暮(황시청춘일장모)ᄒ니　桃花亂落如紅雨(도화난락여홍우)ㅣ로
다=하물며 이 푸른 봄이 늦어 복숭아꽃이 어지러이 떨어져 붉은 비와
같ᄂ나 ◇五花馬　千金裘(오화마천금구)로 呼兒將出換美酒(호아장줄환미
주)를 ᄒ여라=오화마와 천금구로 아이를 불러 좋은 술로 바꾸어 드려
라. 오화마는 좋은 말을, 천금구는 비싼 천으로 만든 옷을 말함.

559

正二三月은 杜莘杏桃李花됴코 四五六月은 綠陰芳草가더욱조희

七八九月은 黃菊丹楓에놀기됴희
十一二月은 閤裏春光이 雪中梅ㄴ가ᄒ노라.

杜莘杏桃李花(두신행도리화) 됴코=진달래와 살구꽃, 복숭아와 오얏
의 꽃이 좋고 ◇閤裏春光(합리춘광)이 雪中梅(설중매)ㄴ가=규방 안에
따뜻한 봄빛은 눈 속이 피는 매화인가.

560
가을희횟듯 언마나가리 나귀鞍裝으란 찰으지마라
雲山은검어어득沈沈 石逕은岐嶇石屛石屛ᄒ듸 져뫼흘넘어니어이가리
草堂에 갑업슨明月과 함의놀녀ᄒ노라.

가을희 횟듯 언마나 가리=가을 햇볕이 반짝 든들 얼마나 가겠느냐
◇雲山(운산)은 검어 어득 沈沈(침침) 石逕(석경)은 崎嶇石屛石屛(기구잔잔)
ᄒ듸 져 뫼흘 넘어 니 어이 가리=구름이 낀 산은 검어 어둠침침하고
돌길은 험하고 질퍽한데 저 산을 넘어 내 어찌 가겠느냐.

561
가을비긔쏭 언마나오리 雨裝으란 너지마라
十里길횟뜻긔언마ᄂ가리 등닷코빗알코다리져ᄂ나귀를 캉캉터셔하다모지
마라
가다가 酒肆를만나면 갈쏭말쏭ᄒ여라.

◉ 대조; 가번 538과 중복

562
길우희 두돌부쳐ㅣ 벗고굼고 마조셔셔
바롬비눈셔리를 맛도록마즐만졍
平生에 離別數ㅣ 업스니 그를불워ᄒ노라.

바룸비 눈셔리를 맞도록 마즐만졍=바람과 비 눈과 서리를 맞을 대
로 맞을망정. 즉 일 년 내내 고통을 겪으면서 ◇離別數(이별수)] 업스
니=이별을 해야 할 운수가 없으니.

563
보리쑤리 麥根麥根 梧桐열미 桐實桐實
묵근풋남우쓰든 숫셤이요 젹은더됴졈운老松이라
九月山中 春草綠이요 五更樓下에 夕陽紅인가ᄒ노라.

묵근 풋남우 쓰든 숫셤이요 젹은 더됴 졈운 老松(노송)이라=묵은
풋나무 쓰던 숯섬이요 적은 대추 젊은 노송이라. 풋나무는 마르지 않아
불이 잘 안 붙어 땔 수가 없고 쓰던 숯섬은 숯은 처음이란 뜻으로 쓰던
숯섬을 새것이 아니라는 말이고, 대추라고 하면서 작다고 한 것과 노송
이라고 하면서 젊다는 것을 모순됨을 말함 ◇九月山中 春草綠(구월산중
춘초록)이요　五更樓下夕陽紅(오경루하석양홍)인가=구월산중의　봄풀이
푸르고 오경루 아래에 석양이 붉은가. 구월은 가을인데도 봄풀이 푸르
고 오경은 새벽인데 저녁노을이 붉다고 한 것은 구월산과 오경루가
이름에 맞지 않아 모순됨을 말한 것임.

564
琵琶琴瑟은 八大王이요 魍魅魍魎은 四小鬼라
東方朔西門豹 南宮活北宮黝ᄂ 東西南北亽룸이요 魏無忌長孫無忌ᄂ 古無
忌今無忌며 司馬相如藺相如ᄂ 姓不相如名相如] 로다
그님아 黃繭幼婦外孫杵臼ᄂ 絶妙好事] 가ᄒ노라.

◉ 대조; '亽룸이요' 다음에 '前朱雀後玄武左靑龍右白虎ᄂ前後左右之山이요'가
　　빠졌음. 종장 '그님아 黃繭幼婦外孫杵臼ᄂ 絶妙好事] 가ᄒ노라'는 '그남아
　　黃絹幼婦外孫저韮ᄂ 絶妙好辭] 가ᄒ노라'의 잘못임.

琵琶琴瑟(비파금슬)은 八大王(팔대왕)이요 魑魅魍魎(이매망량)은 四小鬼(사소귀)라=비파금슬에는 왕자(王字)가 여덟이나 있고 이매망량에는 귀자(鬼字)가 넷이나 있다 ◇東方朔 西門豹 南宮适 北宮黝(동방삭서문표남궁괄북궁유)는 동서남북 사람이오=동방삭 서문표 남궁괄 북궁유는 성(姓)에 동서남북이 다 들어 있다. 동방삭은 한(漢) 무제 때 사람, 서문표는 위(魏) 문제(文帝) 때 사람, 남궁괄은 춘추시대 노(魯)나라 사람, 북궁유는 전국시대 사람 ◇魏無忌 長孫無忌(위무기장손무기)는 古無忌(고무기)요 今無忌(금무기)며=위무기와 장손무기는 옛날의 무기이며 지금의 무기이다. 위무기는 전국시대 위나라의 공자(公子)인 신릉군(信陵君), 장손무기는 당(唐)나라 때 사람 ◇司馬相如 藺相如(사마상여린상여)는 姓不相如 名相如(성불상여명상여) l 로다=사마상여와 린상여는 성이 다른 상여요 이름이 같은 상여로다=사마상여는 전한(前漢) 때 문인, 린상여는 전국시대 조(趙)나라 사람 ◇黃絹幼婦 外孫杵臼(황견유부외손저구)는 絶妙好辭(절묘호사) ㄴ가=황견유부와 외손저구는 절묘호사가 된다. 조아(曹娥)의 비문(碑文)에서 유래한 말. 황견은 색사(色絲), 이를 합치면 절(絶)이 되고 유부는 소녀(少女)로 이를 합치면 묘(妙)가 되고 외손은 딸의 자식 여(女)와 자(子)를 합치면 호(好)가 되고 저구는 매운(辛)을 받으면(受) 되어 이를 합치면 사(辭)가 됨. 절묘호사란 문시(文詩)의 뛰어나고 좋은 것을 칭찬하는 말임.

565

누구셔술을 大醉ᄒ면 온갓시름을 다잇는다턴고
望美人於天一方헐제 百盞을남아먹어도 寸功이바히업너
ᄒ물며 白髮倚門望을 못너슬허ᄒ노라.

望美人於天一方(망미인어천일방)헐제=하늘 한 편의 미인을 바라볼 때에 미인은 대개 임금을 가리킴 ◇百盞(백잔)을 남아 먹어도 寸功(촌

공)이 바히 업너=백 잔을 넘게 먹어도 자그마한 공로도 전혀 없네 ◇
白髮倚門望(백발의문망)을 못너=머리가 허연 부모가 자식이 돌아오기
를 里門(이문) 밖에까지 나와서 기다리는 일을 끝내.

566

님으란淮陽金城 오리남기되고 나는三四月 츩넛츌이되여
그남게감기되 이리로찬찬져리로츤츤외오풀쳐올히감겨 밋부터쯧가지 찬
찬구뷔나게휘휘감겨晝夜長常에 뒤트러져감겨얽혓과져
冬셧달 ㅂ롬비눈셔리를 아무만마즌들 풀닐줄이잇시랴.

淮陽 金城(회양김성)=지명. 강원도에 있음. ◇외오 풀쳐 올히 감겨
밋붓터 쯧가지 찬찬 구뷔나게 휘휘감겨 晝夜長常(주야장상)에 뒤트러
져 감겨 얽혓과져=잘못 풀어 옳게 감겨. 또는 외로 감겨 오른쪽으로
감겨 밑부터 가지 끝까지 찬찬 굽이지게 휘휘 감겨 밤낮을 가리지 않
고 항상 뒤틀어져 감겨 얽혀 있고자.

567

諸葛亮은 七縱七擒ㅎ고 張翼德은 義釋嚴顔ㅎ엿느니
셩껍다華容道좁운길노 曺孟德이술아가단말가
千古에 凜凜흔大丈夫는 漢壽亭侯신가ㅎ노라.

諸葛亮(제갈량)은 七縱七擒(칠종칠금)ㅎ고 張翼德(장익덕)은 義釋 嚴
顔(의석엄안) ㅎ엿느니=제갈량은 맹획(孟獲)을 일곱 번 놓아주었다가
일곱 번 잡고 장비(張飛)는 의리로 엄안을 잡았다 풀어주었나니. 엄안
은 파주태수(巴州太守)로 장비에게 잡혔으나 그의 태연자약함을 보고
장비가 풀어 주었음 ◇셩껍다 華容道(화용도) 좁운 길노 曺孟德(조맹
덕)이 술아가단 말가=싱겁구나. 화용도의 좁은 길에서 조맹덕이 살아
갔단 말인가. 조맹덕은 조조(曹操). 조조가 적벽대전에서 패해 화용도

의 좁은 길에서 관우(關羽)를 만나 죽게 되었으나 관우가 예전 의리를
생각하여 목숨을 살려준 일을 말함 ◇漢壽亭侯(한수정후)신가=한(漢)
나라 수정후이신가. 수정후는 관우를 가리킴.

568
물아리그림즈지니 다리우희 듕이간다
져듕아거긔셔거라 너어듸가노말무러보즈
손으로 白雲을가르치며 말아니코가더라.

　　물 아리 그림자 지니=물 아래로 그림자가 드리워지니. 그림자가 생
기니.

569
물아리 細가락모러 아무만밟다 발즈최나며
님이날을아무만괴인들 니아던가님의情을
狂風에 디붓친沙工것치 깁픠를몰ㄴ 하노라.

　　물 아래 細(세)가락 모래=물 아래에 있는 잘디잔 모래 ◇아무만 밟
다 발즈최나며=아무리 밟는다고 발자취가 나며 ◇님이 날을 아무만
괴인들 니 아던가=임이 나를 아무리 사랑한다고 한들 내가 알 수가
있나 ◇狂風(광풍)에 디붓친 沙工(사공) 것치 깁픠를 몰ㄴ 하노라=회
오리바람에 되게 시달린 사공처럼 깊이를 몰라 하노라.

570
李禪이 집을叛하야 나귀등에 金돈을걸고
天台山層岩絶壁을넘어 방웅식샷기티고鸞鳳孔雀이넘노는골에 樵夫를만나
麻姑할뮈집이어드메나하뇨
져건너 綵雲어린곳에 數間茅屋더스럽밧게 青삽술이더러무르시쇼.

◉ 대조; '나귀등에'는 '나귀목에'로 된 곳이 있음. '방웅싀'는 '방울싀'의 잘못
임.

李禪(이선)이 집을 叛(반)ᄒ야 나귀 등에 金(금)돈을 걸고=이선이 집
을 거역하여 나귀 등에다 금처럼 귀한 돈을 싣고 ◇鸞鳳 孔雀(난봉공
작)이 넘노는 골에 樵夫(초부)를 만나 麻姑(마고)할뮈집이 어드메나 ᄒ
뇨=난새와 봉황과 공작이 넘노는 골에 나무꾼을 만나 마고할미의 집
이 어디만큼이나 하느냐 ◇綵雲(채운) 어린 곳에 數間茅屋(수간모옥)
더스립 밧게 靑(청)삽술이 더려 무르시쇼=붉게 물든 구름이 어려 있
는 곳에 두어 칸 초가집 대사립 밖에 청삽살개에게 물어 보십시오. 고
소설 『淑香傳』(숙향전)의 내용을 시조로 만든 것임.

571

李座首는 감운암쇼를타고 金約正은 딜長鼓두루혀메고
孫勸農趙堂掌은 醉ᄒ야뷔거르며長鼓던더럭 巫鼓둥둥티는듸춤추는고나
峽裏에 愚氓의質朴天眞 太古淳風은 이쑨인가ᄒ노라

座首・約正・勸農・堂掌(좌수약정권롱당장)=향직(鄕職)으로   마을이
나 서원(書院)의 소임(所任)의 하나 ◇딜長鼓・巫鼓(장고무고)=악기의
한 가지 ◇醉(취)ᄒ야 뷔거르며=술에 취해 비틀거리며 걸으면서 ◇峽
裏(협리)에 愚氓(우맹)의 質朴天眞 太古淳風(질박천진태고순풍)은=산골
에 사는 우둔한 백성의 순진하고 거짓이 없는 예로부터 내려오는 순
박한 풍속은.

572

우슬부슬 雨滿空이요 욹읏붉읏 楓葉紅이로다
다리것은簑笠翁이 긴호뮈두러메고 紅蓼岸白蘋洲際예與白鷗로鞠躬鞠躬
夕陽中 騎牛篴童이 頌農功을ᄒ더라.

우슬부슬 雨滿空(우만공)이요 붉웃붉웃 楓葉紅(풍엽홍)이로다=우슬부슬 비는 하늘에 가득 찼고 울긋불긋 단풍잎은 붉어 있다 ◇드리 것은 簑笠翁(사립옹)이 긴 호뮈 두러메고 紅蓼岸 白蘋洲際(홍료안백빈주제)예 與白鷗(여백구)로 鞠躬鞠躬(국궁국궁)=바짓가랑이를 걷고 사립 쓴 늙은이가 자루가 긴 호미를 둘러메고 붉은 여뀌가 우거진 둑과 흰 마름이 피어 있는 물가에 갈매기와 같이 꾸벅꾸벅 ◇夕陽中(석양중) 騎牛篴童(기우적동)이 頌農功(송농공)을 ᄒ더라=해가 질 때 소를 탄 목동들이 농사일을 칭찬하더라.

573

君不見黃河之水 天上來ᄒ다 奔流到海 不復廻라
又不見高堂明鏡飛白髮ᄒ다 朝如靑絲暮成雪이로다
人生得意 須盡歡이니 莫使金樽으로 空對月을ᄒ소라.

◉ 대조; '飛白髮'은 '悲白髮'의 잘못임.

君不見 黃河之水天上來(군불견황하지수천상래)ᄒ다 奔流到海不復廻(분류도해불부회)라=그대는 황하의 물이 하늘에서 내려오는 것을 보지 못했는가. 바다에 흘러 들어가 다시 돌아오지 않더라 ◇又不見 高堂明鏡飛白髮(우불견고당명경비백발)ᄒ다 朝如靑絲暮成雪(조여청사모성설)이로다=또 고당의 명경 속에 백발이 슬픈 것을 보지 못했는가 아침에 검은머리였으나 저녁에는 눈처럼 백발이로다 ◇人生得意須盡歡(인생득의수진환)이니 莫使金樽(막사금준)으로 空對月(공대월)을 ᄒ소라=인생이 득의하여 즐거움은 덧없으니 달을 바라보며 술을 들음이 어떠리. 이백(李白)의 「將進酒」(장진주) 앞의 일부를 시조로 만든 것임.

574

조오다가 낙시ᄃ더를닐코 춤추다가 되롱이를닐회

늙은의妄佺으란 白鷗야웃지마라
十里에 桃花ㅣ發ᄒ니 春興을겨워ᄒ노라.

　조오다가 낙시ㄷ딕를 닐코 춤추다가 되롱이를 닐희=졸다가 낚싯대
를 잃어버리고 춤을 추다가 도롱이를 잃어버렸네 ◇桃花發(도화발)ᄒ
니 春興(춘흥) 계위=복숭아꽃이 피니 봄의 홍취를 이기지 못하여.

575

던업슨 두리놋錚盤에 물무든筍을 가득이담아니고
黃鶴樓姑蘇臺와 岳陽樓藤王閣으로 발벗고숭금으르기는 나남즉남딕도 그
눈아못조로나ᄒ려니와
할나나 님의오술나ᄒ면 그는그리못ᄒ리라.

　◉ 대조; '으로기는'은 '오르기는'의, '님의오'는 '님외오'의 잘못임.

　던 업슨 두리 놋錚盤(쟁반)에 물 무든 筍(순)을 가득이 담아 니고=
전이 없는 둥근 놋 쟁반에 물이 묻은 순을 가득히 담아 이고. 전은 그
릇의 주변은 나부죽하게 만든 부분. 순은 야채의 윗부분 ◇黃鶴樓·姑
蘇臺·岳陽樓·藤王閣(황학루고소대악양루등왕각)=중국에 있는 누각
들 ◇발벗고 숭금 으르기는 나남즉 남딕도 그는 아못조로나 ᄒ려니와
=발을 벗고 상큼 오르는 것은 다른 사람이 하는 대로 그것은 아무렇
게나 할 수 있으려니와 ◇할나나 님 의오 술나ᄒ면=하루라도 임 없이
홀로 살라고 하면.

576

況是靑春 日將暮ᄒ니 桃花亂落 如紅雨ㅣ로다
勸君終日酩酊醉ᄒ쟈 酒不到劉伶墳上土ㅣ니라
兒瘡야 換美酒ᄒ여라 與君同醉ᄒ리라.

況是靑春日將暮(황시청춘일장모)ᄒ니　桃花亂落如紅雨(도화난락여홍우)ㅣ로다=하물며 이 푸른 봄날이 장차 저물어 가니 복숭아꽃이 어지럽게 떨어지니 붉은 비가 오는 것 같구나　◇勸君終日酩酊醉(권군종일명정취)ᄒ쟈　酒不到劉伶墳上土(주부도유령분상토)ㅣ니라=그대에게 권하노니 종일토록 취하자 술이 유령의 무덤에는 이르지 않으리라　◇換美酒(환미주)ᄒ여라　與君同醉(여군동취)ᄒ리라=좋은 술로 바꾸어 들여라. 그대와 함께 취하리라.

旕樂 (지르는낙)

577

白髮漁樵 江渚上에 慣看秋月 春風이로다
一壺濁酒로喜相逢ᄒ야 古今多小事를都付笑談中이로다 山空 夜靜ᄒ듸
잇다감蜀魄이울제면 不勝慷慨ᄒ여라.

◉ 대조; '多小'는 '多少'의 잘못임.

白髮漁樵江渚上(백발어초강저상)에　慣看秋月春風(관간추월춘풍)이로다=고기를 잡고 나무하는 머리가 허연 사람이 강가에서 항상 가을 달과 봄바람을 벗하였다　◇一壺濁酒(일호탁주)로　喜相逢(희상봉)ᄒ야　古今多小事(고금다소사)를　都付笑談中(도부소담중)이로다=한 병의 탁주로 서로 만나는 것을 기뻐하여 고금의 많고 적은 일들을 모두 담소하는 중에 부치도다　◇山空夜靜(산공야정)ᄒ듸 잇다감　蜀魄(촉백)이 울제면 不勝慷慨(불승강개)ᄒ여라=산이 텅 비고 밤이 고요한데 가끔 두견새 울 때면 강개한 심사를 억제하기 어렵더라.

578

白花山 上上峰에 落落長松 휘여진柯枝우희

부헝이放氣쮠 殊常호 웅도라지 넙쑥길쑥엇틀머틀 뮈뭉수러ᄒ거라말고
이닌님의撚匠이그러고라지고
　　眞實노 그러곳ᄒ면벗고굴문들 셩가싈뚤잇시랴

白花山　上上峰(백화산상상봉)에＝'白花山'(백화산)은 '白樺山'(백화산)
의 잘못. 백화산은 특정한 산의 이름이 아니라 사람의 다리[脚(각)]를 자
작나무에 비유한 것임 ◇落落長松(낙락장송) 휘여진 柯枝(가지)우희＝낙
락장송의 갈라진 가지 위에. 사타구니 위에 ◇부헝이 放氣(방기) 쮠 殊
常(수상)호 웅도라지＝부엉이가 방귀를 뀌어 생긴 이상하기 생긴 옹두라
지. 남성의 성기를 가리킴 ◇넙쑥길쑥 엇틀멋틀 뮈뭉수러ᄒ거라 말고＝
넙죽하고 길쑥하며 우툴두툴 뭉클하지 말고 ◇이 니 님의 撚匠(연장)이
그러고라지고＝내 임의 연장이 그러했으면 좋겠구나 ◇그러곳ᄒ면 벗고
굴문들 셩가싈 뚤 이시랴＝그렇기만 하다면 아무리 가난한들 성가실 까
닭이 있겠느냐.

579
白鷗는翩翩 大同江上飛요 長松은落落 淸流壁上翠라
大野東頭點點山에 夕陽은빗겻ᄂ듸 長城一面溶溶水에 一葉漁艇을흘니져어
大醉코 載妓隨波ᄒ야 綾羅島白雲灘으로 任去來를ᄒ리라.

白鷗(백구)는 翩翩大同江上飛(편편대동강상비)요 長松(장송)은 落落淸
流壁上翠(낙락청류벽상취)라＝갈매기는 펄펄 대동강 위를 날고 장송은
늘어져 청류벽 위에 푸르더라. 청류벽은 대동강 연안의 절벽임 ◇大野
東頭點點山(대야동두점점산)에 夕陽(석양)은 빗겻ᄂ듸 長城一面溶溶水
(장성일면용용수)에 一葉漁艇(일엽어정)을 흘니져어＝넓은 들 동쪽의
점점이 보이는 산에 저녁 해는 비끼었는데 긴 성 한쪽에 넘실대는 물
에 조그만 고깃배를 흐르는 대로 저어. '대야동두점전산 장성일면용용
수'는 고려시대 김황원(金黃元)의 시구(詩句)임 ◇大醉(대취)코 載妓隨

波(재기수파)ㅎ야 綾羅島 白雲灘(능라도백운탄)으로 任去來(임거래)를
=크게 취해 기생을 배에 싣고 물결을 따라 능라도와 백운탄으로 마음
대로 오르내리기를 하리라.

580

白鷗야풀풀 나지마라나는아니줍우리라
聖上이바리시니 갈듸업셔예왓노라 名區勝地를 어듸어듸보앗나냐
날드려 仔細이닐너든 너와함께놀니라.

聖上(성상)이 브리시니 갈 듸 업셔 예 왓노라=임금이 버리시니 갈
곳 없어 여기에 왔노라. ◇날드려 仔細(자세)히 닐너든=나에게 자세히
알려준다면.

581

項羽ㅣ 작흔天下 壯士ㅣ라마는 虞姬離別에 한숨셧거눈물지고
唐明皇이작흔濟世 英主ㅣ라만은 楊貴妃離別에우럿느니
허물며 여나문小丈夫야 닐러무슴ㅎ리요.

項羽(항우)ㅣ 작흔 天下壯士(천하장사)ㅣ라마는 虞姬離別(우희이별)에
한숨 셧거 눈물지고=항우가 훌륭한 천하의 장사라고 하지만 우희와의
이별에 한숨 섞어 눈물을 흘렸고. 우희(虞姬)는 항우가 사랑한 여자 ◇
唐明皇(당명황)이 작흔 濟世英主(제세영주)ㅣ라마는 楊貴妃(양귀비) 離
別(이별)에 우럿느니=당(唐)나라 현종(玄宗)이 세상을 구제할 훌륭한
군주이지만 양귀비와의 이별에 울었나니 ◇여나문 小丈夫(소장부)야
닐너 무슴 ㅎ리요=그 나머지 졸장부야 말하여 무엇 하랴.

582

碧紗窓이 어룬어룬커늘 님만녁여 펄쩍쮜여쑥나서보니

님은아니오고 明月이滿庭ᄒ되 碧梧桐져즌닙헤鳳凰이와셔 긴목을휘여다
가 덧다듬는그림즈ㅣ로다
맛초아밤일셋망 정ᄒ여낫이런들 남우일번ᄒ여라.

碧梧桐(벽오동) 졋즌 닙헤 鳳凰(봉황)이 와셔 긴 목을 휘여다가 덧
드듬는 그림즈ㅣ로다=벽오동의 젖은 잎에 봉황새가 날아와서 긴 목을
구부리어 깃을 다듬는 그림자로구나 ◇맛초아 밤일쌧망졍 힝여 낮이
런들 남 우일 번ᄒ여라=때마침 밤이니 망정이지 행여나 낮이었다면
남을 웃길 뻔하였다. 남의 웃음거리가 될 뻔하였다.

583
목붉근 山生雉와 홰에안즌 白松鶻이
집압논魚살미에 고기엿는白鷺들이
眞實노 너희곳아니면 節가는쥴모를노다.

목 붉은 山生雉(산생치)와 홰에 안즌 白松鶻(백송골)이=목이 붉은
산의 꿩과 홰에 앉아 있는 송골매가 ◇집 압 논 魚(어)술미에 고기
엿는 白鷺(백로)들이=집 앞의 논에 쳐놓은 어살미에 고기를 엿보는
백로들이.

584
푸른山中 白髮翁이 고요獨坐 向南峯이로다
 브람부러松生瑟이요 안시섯어壑成虹을 뭑역喞(一作市)离은千古恨인늬 석
다鼎鳥는一年豊이로다
 누구셔 山을寂寞다턴고나는 樂無窮인가ᄒ노라.

푸른 山中 白髮翁(산중백발옹)이 고요 獨坐 向南峯(독좌향남봉)이로
다=푸른 산속의 머리가 흰 늙은이가 조용히 남쪽 봉우리를 향하여 홀
로 앉았다 ◇브람 부러 松生瑟(송생슬)이요 안기 것어 壑成虹(학성홍)

을 죽억啼禽(제금)은 千古恨(천고한)인듸 적다 鼎鳥(정조)는 一年豊(일
년풍)이로다=바람이 불어 소나무에서 가야금 소리가 나고 안개가 피
어올라 골짜기에 무지개가 생기고 주걱새의 울음은 천고의 한이요 솥
적다고 우는 소쩍새 소리는 한해가 풍년이겠다 ◇山(산)을 寂寞(적막)
다턴고 나는 樂無窮(낙무궁)인가=산을 쓸쓸하다 하였던고 나는 즐거
움이 한이 없는가.

585
나는 님혜기를 嚴冬雪寒에 孟嘗君의狐白裘밋듯
님은날넉이기를 三角山重興寺에 니쌘진늙은즁놈의 술셩긘어레빗시로다
明天이 이뚯즐아오ㅅ 돌녀ᄉ랑ᄒ게ᄒ소셔.

   나는 님 혜기를 嚴冬雪寒(엄동설한)에 孟嘗君(맹상군)의 狐白裘(호백
구) 및 듯=나는 임 생각하기를 추운 겨울에 맹상군의 여우의 털로 만
든 갖옷을 믿듯 ◇님은 날 넉이기를 三角山 重興寺(삼각산중흥사)에
니 쌘진 늙은 즁놈의 살 셩긘 어레빗시로다=임은 나를 생각하기를 삼
각산 중흥사의 이가 빠진 늙은 중의 빗살이 엉성한 얼레빗이로다 ◇
돌녀 ᄉ랑ᄒ게=다시 사랑하도록.

   586
가슴에굼글 에둥실ᄒ게뚤코 윈삿기를 느슬느슬뷔여너여
   그굼게그삿기너허두고두놈이마조서셔 흘근흘근훌나드릴제면 나남즉남더
도 그는아못조로나견듸려니와
   할니ᄂ 님쩌ᄂ술나ᄒ면 그는못견딀까ᄒ노라.

   가슴에 굼글 에둥실ᄒ게 뚤코 윈삿기를 느슬느슬 뷔여너여=가슴에
구멍을 둥그렇게 뚫고 윈새끼를 느슨하게 비벼서 ◇훌나드릴제면 나남
즉 남더도 그는 아못조로나 견듸려니와 =드나들 제는 남이 참는 것처

럼 나도 그것은 어떻게 해서든지 견딜 수 있으나 ◇할니나=하루라도

587
눈섭은 수나뷔안즌듯 닛바디는 박씨ㅅ세운듯ᄒ다
날보고당싯웃는양은 三色桃花未開封이 하룻밤비氣運에 半만졀노퓐形狀
이로다
春風에 蝴蝶이되야서 간곳마다좃츠리라.

눈섭은 수나뷔 안즌 듯 닛바디는 박씨 ㅅ 세운 듯=눈썹은 수나비가
앉은 듯 잇바디는 박씨를 까서 세운 듯 ◇날 보고 당싯 웃는 양은 三
色桃花 未開封(삼색도화미개봉)이=나를 보고 방긋 웃는 모습은 피지
않은 삼색의 복숭아꽃이.

588
웃는양은 닛바디도조코 할긔는양은 눈찌도곱다
안거라셔거라거녀라닷거라 어허니ᄉ랑숨고라지고
네父母 너슴겨니오실제 날만괴라니시도다.

● 대조: '거녀라'는 '건너라'

웃는 양은 니샌디도 됴코 할긔는 양은 눈찌도 곱다=웃는 모습은 잇
바디도 좋고 흘기는 모습은 눈매도 곱다 ◇안거라 서거라 거녀라 닷
거라 어허 니 ᄉ랑 숨고라지고=앉거라 서거라 걷거라 뛰거라 어허 내
사랑을 삼고 싶다 ◇너 숨겨 니오실제 날만 괴라 니도다=너 낳을 때
나만을 사랑하라고 낳으시었다.

589
져건너 色옷입운ᄉ롬 얄뮙고도 쟛뮈웨라
쟈근돌ᄯ리넘어큰돌ᄯ리건너 ᄀ로뛰여오다밥뛰여온다 어허어허니ᄉ랑숨

고라지고
　　眞實노 니스랑이못될시면 벗의스랑인가ᄒ노라.

　◉ 대조; '色옷'은 '흰옷'으로 『歌曲源流』계 가집에 이렇게 되어 있음.

알뮙고도 쟛 뮈웨라=알뮙고도 잣달게 미워라 ◇ᄀ로 쮜여 온다 밥
쮜여 온다=가로 뛰어온다 바삐 뛰어온다.

　590
　콩밧헤드러콩닙 쓰더먹는감운암소를 아무만쫏츤들 그콩닙바리고제어듸
로가며
　니불아리자는님을 발노툭츠셔미젹미젹ᄒ며 어셔나가소흔들 이안인밤듕
에날바리고제어디로가리
　아마도 쏜ᄒ고못마를쓴 님이신가ᄒ노라.

니불 아러 자는 님을 발로 툭 츠셔 미젹미젹ᄒ며 어셔 나가소 흔들
이 안인 밤듕에 날 바리고 제 어디로 가리=이불 속에 자는 임을 발로
툭 차면서 미적미적 밀어내며 어서 나가시오 한들 이 밤중에 나를 버
리고 제가 어디로 가겠느냐 ◇쏜ᄒ고 못 마를쓴 님이신가=싸우고 못
말릴 것은 임이신가.

　591
　飛禽走獸 슴긴然後에 닭과기는 찌두드려업실거시
　粉壁紗窓깁푼밤에 품에드러즈는님을 홰홰터우러니러나게ᄒ고 寂寂重門
왓는님을 무르락나으락캉캉지져도로가게ᄒ니
　門밧게 닭기쟝스외지거든 찬찬동혀쥬리라.

飛禽走獸(비금주수) 슴긴 然後(연후)에=날짐승과 길짐승이 생긴 뒤
에 ◇粉壁紗窓(분벽사창) 깁푼 밤에=깨끗하게 바른 벽과 비단으로 꾸

민 창으로 된 방 깊은 밤에 ◇寂寂重門(적적중문) 왓는 님을=인적이
드문 중문에 온 임을 ◇외지거든 찬찬 동혀=외치거든 꼭꼭 묶어.

592
술쓴冤讐 이離別두字 어이ᄒ면 永永아조업시일쑈
가슴에무원불니러나량이면 얽동혀더져술암즉도ᄒ고 눈으로숏슬물바다히
되면 풍덩드리쳐쯰우련마ᄂ
아무리 술으고쯰운들 한숨을어이ᄒ리요.

술쓴 怨讐(원수) 이 離別(이별) 두 字(자) 어이ᄒ면 永永(영영)아조 업
시일쑈=살뜰한 원수와 같은 이 이별이라는 두 글자를 어찌하면 영영
아주 없게 할 수 있을까 ◇가슴에 무원불 니러 나량이면 얽동혀 더져
술암즉도ᄒ고=가슴에 쌓인 불이 일어날 것 같으면 얽고 동여 던져 불
태울 만도 하고.

593
바롬은 地動티듯불고 구즌비ᄂ 붓드시온다
눈情에거룬님을 오늘밤서로만나자ᄒ고 判턱쳐셔 (一作 判툭쳐)盟誓ㅣ밧
앗더니이風雨中에(一作이러ᄒ風雨에)제어이오리
眞實노 오기곳오량이면 緣分인가ᄒ노라.

ᄇ롬은 地動(지동)티듯 불고 구즌비ᄂ 붓드시 온다=바람은 지진이
나 난 것처럼 불고 궂은비는 쏟아 붓듯이 온다 ◇눈 情(정)에 거룬 님
을 오늘ᄇ밤 서로 만나자 ᄒ고 判(판)척쳐셔 盟誓(맹서)ㅣ 밧앗더니=
눈짓으로 약속한 임을 오늘밤 서로 만나자고 큰소리쳐 맹세를 받았더
니 ◇오기곳 오량이면=오기만 온다고 하면.

594
東山 昨日雨에 老謝와바독두고

草堂今夜月에 謫仙을만나酒一斗ᄒ고詩百篇이로다
來日은 陌上春風에 邯鄲娼杜陵豪로 큰못거지ᄒ리라.

◉ 대조; ‘陌上春風’은 ‘陌上靑樓’의 잘못이나 『歌曲源流』계의 가집에는 이렇게
　　되어 있음.

東山 昨日雨(동산작일우)에 老謝(노사)와 바독 두고=동산에 어제 비
에 노사와 바둑을 두고. 노사는 동진(東晉) 때의 사안(謝安)을 말함 ◇
草堂 今夜月(초당금야월)에 謫仙(적선)을 만나 酒一斗(주일두)ᄒ고 詩百
篇(시백편)이로다=초당의 오늘 달밤에 적선을 만나 술 한 말을 마시
고 시 백 편을 짓겠다. 적선은 이백(李白)을 말함 ◇陌上春風(맥상춘풍)
에 邯鄲娼(한단창) 杜陵豪(두릉호)로 큰 못거지 ᄒ리라=‘春風’(춘풍)은
‘靑樓’(청루)의 잘못인 듯. 길거리 술집에서 한단의 창녀들과 두릉의
호걸들과 큰 모꼬지를 하리라. 두릉의 호걸은 두보(杜甫)를 가리키고
모꼬지는 잔치를 말함.

595
擊汰驪湖 山四低ᄒ니 黃鸝遠勢草凄凄ㅣ로다
婆娑城影은 淸樓北이요 新勒鐘聲은 白塔西ㅣ라 積石에波沈神馬跡이요 二
陵에春入子規啼로다
翠翁牧老ᄂᆞᆫ 空文藻ㅣ로다 如此風光에 不共携를ᄒ도다.

◉ 대조; ‘驪湖’는 ‘梨湖’의, ‘新勒鐘聲’은 ‘神勒鐘聲’의 잘못임.

擊汰驪湖山四低(격태여호산사저)ᄒ니　　黃鸝遠勢草凄凄(황리원세초처
처)ㅣ로다=‘驪湖’(여호)는 ‘梨湖’(이호)의, ‘黃鸝’(황리)는 ‘黃驪’(황려)의
잘못인 듯. 심한 사태로 이호의 사방 산이 나지막해졌고 황려의 멀리
서 본 모양은 풀이 우거진 듯하더라. 이호(梨湖)는 여주 남한강의 북쪽

강안(江岸)의 지명. 황려는 여주의 옛 이름 ◇婆娑城影(파사성영)은 淸
樓北(청루북)이요 新勒鐘聲(신륵종성)은 白塔西(백탑서)] 로다=파사성
의 그림자는 청루 북쪽이요 신륵사의 종소리는 백탑의 서쪽이다. 파사
성은 여주군 내에 있는 고구려의 성, 청루는 여주에 있는 청심루(淸心
樓), 신륵사는 여주 동북에 있는 사찰, 백탑은 벽탑(甓塔)의 잘못인 듯
◇積石(적석)이 波沈神馬跡(파침신마적)이요 二陵(이릉)에 春入子規啼
(춘입자규제)로다=물가의 돌은 물결에 용마의 흔적을 침범하고 이릉
에 봄이 되니 자규가 운다 ◇翠翁牧老(취옹목로)는 空文藻(공문조)] 로
다 如此風光(여차풍광)에 不共携(불공휴)를 ㅎ더라='翠翁'(취옹)은 '醉
翁'(취옹)의 잘못. 취한 늙은이 이색(李穡)의 글재주가 부질없으니 이같
이 좋은 경치에 같이 할 수 없도다. 김창흡(金昌翕;1653~1722)의 칠언
율시인 「여강」(驪江)을 시조로 만든 것.

596
아흔아홉 곱먹은老丈이 濁酒를걸너 가득담복醉케먹고
   납쑥조라ᄒᆞᆫ길노 이리로빗쑥져리로뷔쑥뷔쑥뷔척뷔거러러갈제 웃지마라져
靑春少年兒孺놈들아
   우리도少年쩍마음이 어졔론듯ᄒᆞ여라.

아흔아홉 곱먹은 老丈(노장)이=아흔아홉 고비를 넘긴 노인이 ◇납쑥
조라ᄒᆞᆫ 길로=넓고 좋은 길로 ◇뷔거러 갈 제=비틀거리며 걸어갈 때.

597
ᄇ독ᄇ독 뒤얽어진놈아 졔발비쟈네게 넛가에란셔지마라
   눈큰준치허리긴갈티 츤츤감을치두루쳐메옥이 넙 ㅅ적ᄒᆞᆫ가ᄌ미등곱운식
오 겨레만흔곤중이네얼골보고셔 그물만녁여 풀풀쮜여다ᄃ라ᄂᆞᆫᄃᆡ 열업시
삼긴烏賊魚등기ᄂᆞᆫ고나
   眞實노 너곳와셔잇시면 고기못줍아大事] 로다.

브독브독 뒤얽어진 놈아 졔발 비쟈 네게 넛가에란 셔지 마라=바둑
판처럼 몹시 얽은 놈아. 제발 빌자. 네게, 냇가에는 서 있지 마라 ◇겨
레 만흔 건중이='건중이'는 '곤쟁이'의 잘못. 같은 무리가 많은 곤쟁
이 ◇열 업시 삼긴 烏賊魚(오적어) 둥기눈고나=겁쟁이처럼 생긴 오징
어 쩔쩔매는구나 ◇너곳 와 서잇시면=네가 와 서 있으면.

598
生민것튼져閣氏 남의肝腸그만끈소 몃가지나 ᄒ여나쥬료
緋緞粧옷大緞티마 구름갓흔北道ㄷ다릐 玉빈여竹節빈여銀粧刀 金粧刀江南
셔나온珊瑚ㅅ柯枝 子介天桃金가락지 石雄黃眞珠唐只 繡草鞋를ᄒ여ᄂ쥬료
져閣氏 一萬兩이쑴즈리라 곳가치웃눈드시 千金싼言約을 暫間許諾ᄒ시소.

生(생)민 것튼=야생매와 같은 ◇緋緞粧(비단장)옷 大緞(대단)티마 구
름것튼 北道(북도)ㄷ다릐 玉(옥)빈여 竹節(죽절)빈여 銀粧刀 金粧刀(은
장도금장도) 江南(강남)셔 나온 珊瑚ㅅ柯枝(산호가지) 子介(자개) 天桃
(천도) 金(금)가락지 石雄黃(석웅황) 眞珠 (진주) 唐只(당지) 繡草鞋(수초
혜) ᄒ여ᄂ 쥬료=비단 장옷 대단치마 구름 같은 함경도에서 나는 다
리 옥비녀 마디가 있는 대나무로 만든 비녀 은장도 금장도 강남에서
나는 산호가지 자개 천도복숭아 모양의 반지 석웅황 진주 댕기 수놓
은 신발을 하여 주랴. 다리는 여자의 머리카락에 덧 넣는 다른 머리
◇一萬兩(일만냥)이 쑴즈리라 곳가치 웃눈드시 千金(천금) 싼 言約(언
약)을=일만 냥이나 하는 비싼 잠자리니 꽃처럼 웃는 듯이 천금처럼
비싼 언약을.

599
고리물혀 치민바다 宋太祖의 金陵터라도라들제
曹彬의드눈칼노 무지게휘은드시에후루여다리눗코
그넘어 님이왓다ᄒ면나눈발벗고 상금거러가리라.

고릭 물 혀 치민 바다 宋太祖(송태조)의 金陵(금릉) 티라 도라들 제
=고래가 물을 들이켜 세게 치민 바다처럼 송(宋)나라 태조가 금릉을
공격하려고 쳐들어 올 때 ◇曹彬(조빈)의 드는 칼로 무지개 휘운드시
에후루여 다리 녹코=조빈의 잘 드는 칼로 무지개를 구부린 듯 당기어
다리를 놓고. 조빈(曹彬)은 송나라 태조의 장수 ◇발 벗고 상금 거러가
리라=발을 벗고 소리가 안 나게 살금살금 걸어가리라.

600

日月星辰도 天皇氏ㄷ젹日月星辰 山河土地로 地皇氏ㄷ젹山河土地
日月星辰山河土地다天皇氏와 地皇氏ㄷ젹과ᄒ가지로되
ᄉ롬은어인緣故로 人皇氏ㄷ젹ᄉ롬이아닌고.

天皇氏 · 地皇氏 · 人皇氏(천황씨지황씨인황씨)=중국 고대의 삼황. 각
각 일만 팔천 세를 살았다고 함.

601

拔雲甲(一作ᄇ룸갑이)이라 하늘노날며 透地줘라 ᄯᅩ흘파고들냐
金종달이鐵網에걸녀 풀쩍풀쩍푸드덕인들 날짜길짜제어듸로갈짜
오늘은 니손디줍혓시니 풀쩌여볼까ᄒ노라.

拔雲甲(발운갑)이라 하늘로 날며 透地(투지)줘라 ᄯᅩ흘 파고 들냐=바
람개비라 하늘로 날며 두더쥐라 땅을 파고 들겠느냐. 바람개비는 쏙독
새를 말함 ◇金(금)종달이 鐵網(철망)에 걸녀 풀쩍풀쩍 푸드덕인들 날
짜길짜 제 어듸로 갈짜=금종달이 철망에 걸려 풀떡풀떡 푸드덕거린들
날고 긴다고 제가 어디로 갈 수 있겠느냐.

602

一壺酒로送君 蓬萊山ᄒ니 蓬萊仙子ㅣ 笑相迎을

笑相迎彈琴歌一曲ᄒᆞ니 萬二千峯이玉層層이로다
아마도 關東風景은 이뿐인가ᄒᆞ노라.

　一壺酒(일호주)로　送君蓬萊山(송군봉래산)ᄒᆞ니　蓬萊仙子(봉래선자)ㅣ
笑相迎(소상영)을=한 병의 술로 그대를 봉래산에 전송을 하니 봉래산
의 신선들이 웃으며 맞이함을 ◇笑相迎 彈琴歌一曲(소상영탄금가일곡)
ᄒᆞ니 萬二千峯(만이천봉)이 玉層層(옥층층)이로다=서로 웃으며 맞으면
서 가야금으로 노래 한 곡조를 연주하니 만 이천 봉이 마치 옥이 층
층한 것 같구나.

　　603
드립떠 ᄇᆞ드덕안ᄒᆞ니 細허리가 ᄌᆞ록ᄌᆞ록
紅裳을거두치니 雪膚之豊肥ᄒᆞ고 擧脚蹲坐ᄒᆞ니 半開ᄒᆞᆫ紅牧丹이 發郁於春
風이로다
進進코 又退退ᄒᆞ니 茂林山中에 水春聲인가ᄒᆞ노나.

　드립떠 ᄇᆞ드덕 안ᄒᆞ니 細(세)허리가 ᄌᆞ록ᄌᆞ록=들입다 바드득 껴안
으니 가느다란 허리가 자늑자늑 ◇紅裳(홍상)을 거두치니 雪膚之豊肥
(설부지풍비)ᄒᆞ고 擧脚蹲坐(거각준좌)ᄒᆞ니 半開(반개)ᄒᆞᆫ 紅牧丹(홍목단)
이 發郁於春風(발욱어춘풍)이로다=붉은 치마를 걷어치우니 눈같이 흰
살결이 풍만하고 다리를 들고 걸터앉으니 반만 핀 붉은 모란이 봄바
람이 향기를 품어내더라. 반개한 홍모란은 여성의 성기를 말함 ◇進進
(진진)코 又退退(우퇴퇴)ᄒᆞ니 茂林山中(무림산중)에 水春聲(수용성)인가
=나아갔다 또 물러서고 하니 숲이 우거진 산속에 물방아 찧는 소리인
가. 성교(性交)의 장면을 묘사한 것임.

604
나무고바히 돌도업슨뫼헤 미게휘좃친 가토릐안과
大川바다훈가운디 一千石실은빈헤 櫓도닐코닷도근코 龍椌도것고鷲도샌
지고 ᄇ람부러물셜티고 안기뒤셧겨ᄌᄌ진날에 갈씰은千里萬里남고 四面이
검어어득져못 天地寂寞가치놀썻ᄂ듸 水賊만ᄂ沙工의안과
엇그졔 님여횐나의안이ᄉ 엇더가ᄀ을ᄒ리요.

◉ 대조; '나무고'는 '나무도'의 잘못임.

　나무고 바히 돌도 업슨 뫼헤 미게 휘좃친 가토릐 안과＝나무도 바윗
돌도 없는 산에 매에게 쫓긴 까투리의 심정과 ◇櫓(노)도 닐코 닷도
근코 龍椌(용총)도 것고 鷲(치)도 샌지고＝노도 잃어버리고 닻도 끊어
지고 용총도 꺾어지고 키도 빠지고 ◇안기 뒤셧겨 ᄌᄌ진 날에＝안개
가 뒤섞여 자욱한 날에 ◇天地寂寞(천지적막) 가치놀 썻ᄂ듸 水賊(수
적) 만난 沙工(사공)의 안과＝온 세상이 고요하고 쓸쓸하며 사나운 파
도가 치는데 수적을 만난 사공의 심정과 ◇님 여횐 나의 안이ᄉ 엇다
가 ᄀ흘ᄒ리요＝님을 잃은 나의 심정이야 어디에다 비교하리요.

605
솔ᄋ리 에굽운길노 셋가ᄂ되 민말찐듕아
人間離別獨宿空房 숨기신佛體ㅣ 어늬졀法堂卓子우희坎中連ᄒ고안졋더나
뭇노라민末지듕아
小僧은모롭소거니와 上座老偰아너이다.

　人間離別 獨宿空房(인간이별독수공방) 숨기신 佛體(불체)ㅣ 어늬 졀
法堂(법당) 卓子(탁자) 우희 坎中連(감중련)ᄒ고 안졋더냐 뭇노라 민 末

(말)지 듕아=사람에게 이별과 독수공방을 만드신 부처 어느 절 법당
탁자 위에 감중련하고 앉았더냐. 묻는다, 맨 꼴찌 중아. 감중련(坎中連)
은 팔괘의 하나로 부처의 손이란 뜻이 있음 ◇小僧(소승)은 모릅소거
니와 上座 老偲(상좌노시) 아너이다=저 같은 중을 모르겠거니와 상좌
늙은이가 아시나이다.

606
鳳凰坮上 鳳凰遊ㅣ러니 鳳去坮空江自流ㅣ로다
　吳宮花草埋幽境이요 晉代衣冠成古邱ㅣ라 三山은半落靑天外여늘 二水中
分白鷺洲ㅣ로다
　總爲浮雲 能蔽日ᄒ니 長安을不見 使人愁를하여라.

鳳凰臺上 鳳凰遊(봉황대상봉황유)ㅣ러니 鳳去臺空江自流(봉거대공강
자류)ㅣ로다=봉황대 위에 봉황이 놀더니 봉황이 날아가고 대는 비어
강물만 스스로 흘러가는구나 ◇吳宮花草埋幽逕(오궁화초매유경)이요
晉代衣冠成古邱(진대의관성고구)ㅣ라=오(吳)나라 궁궐의 화초는 깊숙
한 길에 묻혔고 진대의 의관은 오래된 언덕을 이루었다 ◇三山(삼산)
은 半落靑天外(반락청천외)여늘 二水中分白鷺洲(이수중분백로주)ㅣ로다
=삼산은 반쯤 청천 밖에 떨어졌거늘 이수는 백로주에서 가운데가 나
뉘었도다 ◇總爲浮雲能蔽日(총위부운능폐일)ᄒ니 長安(장안)을 不見使
人愁(불견사인수)를 ᄒ여라=모두 뜬구름이 되어 능히 해를 가리니 장
안을 보지 못하고 사람으로 하여금 근심하게 하여라. 이백(李白)의 「登
金陵鳳凰臺」(등금릉봉황대)를 시조로 만든 것임.

607
昔人이已乘 白雲去ᄒ니 此地에空餘 黃鶴樓ㅣ로다
　黃鶴이一去不復返ᄒ니 白雲千載空悠悠ㅣ라 晴川은歷歷漢陽樹여늘 芳草
凄凄鸚鵡洲ㅣ로다

日暮鄕關 何處是런고 烟波江上에 使人愁를ᄒᆞ여라.

◉ 대조; '已乘白雲去'는 '已乘黃鶴去'의 잘못.

昔人(석인)이 已乘白雲去(이승황학거)ᄒᆞ니 此地(차지)에 空餘黃鶴樓(공여황학루)ㅣ로다=옛 사람이 이미 황학을 타고 가니 이곳에 우뚝 황학루만 남았구나 ◇黃鶴(황학)이 一去不復返(일거불부반)ᄒᆞ니 白雲千載空悠悠(백운천재공유유)ㅣ라=황학은 한 번 가서 다시 돌아오지 않으니 흰 구름만 천년토록 유유히 떠가는구나 ◇晴川(청천)은 歷歷漢陽樹(역력한양수)여늘 芳草凄凄鸚鵡洲(방초처처앵무주)ㅣ로다=맑은 시내에는 한양수가 역력하고 방초는 앵무주에 쓸쓸하고 차갑다 ◇日暮鄕關(일모향관) 何處是(하처시)런고 烟波江上(연파강상)에 使人愁(사인수)를 ᄒᆞ여라=해가 저무는데 향관이 어느 곳이런고 안개 낀 강에 나그네로 하여금 슬프게 한다. 당(唐)나라 최호(崔顥)의 「黃鶴樓」(황학루)를 시조로 만든 것임.

608
니얼굴 검고얽기 本是아니 얽고검의
　江南國大宛國으로 열두바다건너오신 쟉은손님큰손님에 紅疫쓰리 쏘약이 後덧침에 自然이검고얽의
　그러나 閣氏네房ᄯᅥ셕에 怪石슘아두시소.

니 얼굴 검고 얽기=내 얼굴이 검고 얽은 것이. 얼굴은 남성의 성기를 은유한 것임 ◇江南國 大宛國(강남국대완국)으로 열두 바다 건너오신 쟉은 손님 큰 손님에 紅疫(홍역) 쓰리 쏘약이 後(후)덧침에 自然(자연)이 검고 얽의=강남국과 대완국에서 먼 바다를 건너 온 작고 큰 손님에 홍역 종기 두드러기 후탈에 자연스레 검고 얽었네. 대완국(大宛國)은 중국 서쪽에 있는 나라 ◇怪石(괴석) 슘아 두시소=이상하게 생

긴 돌로 알고 두십시오.

609
한숨아 細한숨아 네어늬틈으로 잘드러온다
곰오障子細살障子 들障子열障子에 排木걸시걸엇는듸 屛風이라덜썩접고
簇子히라되디글만나 네어늬틈으로잘드러온다
아마도 너온날쌤이면은 좀못일워ᄒ노라.

◉ 대조: '만나'는 '만다'의 잘못임.

네 어늬 틈으로 잘 드러온다=네가 어느 틈새로 그렇게 잘도 들어오
느냐 ◇곰오障子(장자) 細(세)살障子(장자) 들障子(장자) 열障子(장자)에
排木(배목)걸시 걸엇는듸 屛風(병풍)이라 덜썩 접고 簇子(족자)히라 되
디글 만나=거북무늬 장지 가는 살 장지 들장지 열장지에 배목 걸쇠로
걸었는데 병풍이었으면 덜컥 접고 족자였으면 댁대굴 말겠지만.

610
靑홀치 六날메토리신고 揮倖長衫을 두루쳐메고
蕭湘斑竹열두마듸를 뿌릿지쎄혀집고 靑山石逕에굽운늙은 솔아레로 누운
획씬획씬누운 획씬동넘어ᄀ올제면 보신가못보신가 긔우리男便듕禪師ㅣ요
러니
남이샤 중이라헐쎠라도 玉갓튼가슴우희 水박것튼듸굴이를 둥굴썰썰썰썰
둥글둥글둥글둥글둥그러 긔여올느올제면은 니스됴하즁셔방이.

靑(청)홀티 六(육)날 메토리 신고 揮倖長衫(휘대장삼)을 두루쳐 메고
=청올치 여섯 날 미투리를 신고 휘감은 장삼을 둘러메고 ◇뿌릿지 쎄
혀 집고 靑山 石逕(청산석경)에 굽은 늙은 솔 아리로 누운 획씬획씬
누운 획씬동 넘어 가올제면=뿌리재로 빼어 집고 푸른 산속 돌길 굽고
늙은 소나무 아래로 누릇 희끗 희끗 누릇 빠르게 넘어갈 때면 ◇玉

(옥) 것튼 가슴 우희 水박 것튼 듸굴이를=옥처럼 하얀 가슴 위에 수
박 같은 대가리를.

編數大葉　大軍驅來　鼓角齊鳴

611
洛陽城裏 芳春花時節에 草木羣生이 皆有以自樂이라
　冠者五六과 童子六七거느리고 文殊重興으로 白雲峯登臨ᄒ니 天門이咫尺
이라 拱北三角은 鎭國无彊이요 丈夫에胸襟에 雲夢을슘쪗눈듯 九天銀瀑에
塵纓을씻슨後에 杏花芳草夕陽路로 踏歌行休ᄒ야 太學으로도라드니
　沂水에 曾點의詠以歸를 밋쳐볼가ᄒ노라.

◉ 대조; '볼가'는 '본가'의 잘못임.

洛陽城裏芳春花時節(낙양성리방춘화시절)에　草木羣生(초목군생)이　皆
有以自樂(개유이자락)이라=낙양성 안에 봄이 바야ᄒ로 한창일 때 초
목과 모든 생물들이 다 스스로 즐기더라. 낙양성은 서울을 가리킴 ◇
冠者 五六(관자오륙)과 童子 六七(동자육칠) 거느리고 文殊 重興(문수중
흥)으로 白雲峯 登臨(백운봉등림)ᄒ니 天門(천문)이 咫尺(지척)이라 拱
北三角(공북삼각)은 鎭國无彊(진국무강)이요=어른 대여섯과 아이 예닐
곱을 거느리고 문수암과 중흥사를 거처 백운대에 오르니 하늘이 아주
가깝더라. 북극을 떠받든 삼각산은 나라를 다스림이 끝이 없도다. ◇
丈夫(장부)의 胸襟(흉금)에 雲夢(운몽)을 슘쪗는 듯 九天銀瀑(구천은폭)
에 塵纓(진영)을 씻슨 後(후)에 杏花芳草 夕陽路(행화방초석양로)로 踏
歌行休(답가행휴)ᄒ여 太學(태학)으로 도라드니=장부의 가슴속에 운몽
을 삼켰는 듯 아득히 먼 하늘에 걸려 있는 듯한 폭포에 속세의 때에
전 갓끈을 씻은 뒤에 살구꽃이 피고 싱그러운 풀이 저녁햇빛이 비추

는 길로 노래를 부르며 가다가 쉬다가 하며 성균관 쪽으로 돌아오니. 운몽은 중국에 있는 웅덩이의 이름 ◇沂水(기수)에 曾點(증점)의 詠以歸(영이귀)를 밋쳐 본가＝기수의 증점이 노래를 부르며 돌아온 것을 다시 보는가.

612

長安大道 三月春風 九陌樓臺에 百花芳草 酒伴詩豪五陵游俠 桃李笄綺羅裙을 다모하거느려 細樂을前導ᄒ고 歌舞行休ᄒ여 大東乾坤風月江山 沙門法界幽僻雲林을 遍踏하여도라드니
聖代에 朝野ㅣ同樂ᄒ여 太平和色이 依依然三五 王風인가ᄒ노라

長安大道 三月春風(장안대도삼월춘풍) 九陌樓臺(구맥누대)에＝서울의 넓은 길 삼월 봄바람에 번화한 거리에 있는 누대에 ◇百花芳草(백화방초) 酒伴詩豪(주반시호) 五陵遊俠(오릉유협) 桃李笄 綺羅裙(도리계기라군)을 다 모하 거느려＝ 온갖 꽃과 싱그러운 풀 술을 같이 마신 훌륭한 시인과 오릉에 같이 놀던 협객들과 복숭아와 오얏으로 비녀를 꽂은 기생들을 다 모아 거느려 ◇細樂(세악)을 前導(전도)ᄒ고 歌舞行休(가무행휴)ᄒ여 大東乾坤(대동건곤) 風月江山(풍월강산) 沙門法界(사문법계) 幽僻雲林(유벽운림)을 遍踏(편답)ᄒ여＝세악을 앞서서 인도하고 가무를 계속하다 쉬다 하니 우리나라의 아름다운 자연과 모든 사찰 그윽하고 궁벽한 산골을 두루 돌아다녀 ◇聖代(성대)에 朝野ㅣ同樂(조야동락)ᄒ여 太平和色(태평화색)이 依依然 三五王風(의의연삼오왕풍)인가＝태평성대에 조야가 함께 즐겨 태평하고 온화한 기색이 삼황과 오제 때의 모습 그대로인가.

613

鎭國名山 萬丈峰이 青天削出 金芙蓉이라
巨壁은屹立ᄒ여 北立三角이요 奇巖은陟起하여 南柰蠶頭ㅣ로다 左龍駱山

右虎仁王　瑞色은蟠空凝象闕이요　淑氣ᄂᆞᆫ鍾英出人傑ᄒᆞ니　美哉라山河我東之
固여　聖代衣冠太平文物이　萬萬歲之金湯이로다
　　年豊코　國泰民安ᄒᆞ며獜遊而鳳舞커늘　九秋黃菊丹楓節에　緬嶽登臨ᄒᆞ야　醉
飽盤桓ᄒᆞ오면서　感激君恩이샷다.

◉ 대조; ‘北立三角’는 ‘北主三角’의, ‘陟起’는 ‘陡起’의 잘못. ‘山河我東之固여’는
‘我東之山河固여’로 되어 있음.

鎭國名山(진국명산)　萬丈峰(만장봉)이　靑天削金芙蓉(청천삭출금부용)
이라=나라를 진정(鎭定)시키는 명산의 만장봉이 하늘에 높이 솟아 금
빛의 연꽃을 새긴 듯하다. 명산 만장봉은 북한산의 하나인 도봉산(道
峰山)의 만장봉을 가리키는 듯 ◇巨壁(거벽)은 屹立(흘립)ᄒᆞ여 北立三角
(북립삼각)이요　奇巖(기암)은　陟起(척기)하여　南案蠶頭(남안잠두)ㅣ로다
=커다란 절벽 같은 바위는 우뚝 솟아 북으로 삼각산이 주산(主山)이
요 기이한 바위는 우뚝 솟아 남쪽으로 잠두가 안산이 되었다 ◇左龍
駱山(좌룡낙산)　右虎仁王(우호인왕)　瑞色(서색)은　蟠空凝象闕(반공응상
궐)이요　淑氣(숙기)는　鍾英出人傑(종영출인걸)ᄒᆞ니=좌청룡은　낙산이요
우백호는 인왕이라 상서로운 빛은 공중에 서리어 대궐에 엉기었고 맑
은 기운은 빼어나 인걸을 배출하니 ◇美哉(미재)라　山河我東之固(산하
아동지고)여　聖代衣冠　太平文物(성대의관태평문물)이　萬萬歲之金湯(만
만세지금탕)이로다=아름답도다. 우리나라의 산하가 견고하여 태평한
시대의 의관과 문물이 만만세의 금성탕지가 되었도다 ◇年豊(연풍)코
國泰民安(국태민안)ᄒᆞ며　獜遊而鳳舞(인유이봉무)커늘　九秋黃菊丹楓節(구
추황국단풍절)에　緬嶽登臨(면악등림)ᄒᆞ야　醉飽盤桓(취포반환)ᄒᆞ오면서
感激君恩(감격군은)이샷다=‘緬嶽’(면악)은 ‘面嶽’(면악)의 잘못인 듯. 풍
년이 들고 나라가 태평하고 백성이 평안하여 가을철 국화와 단풍의
계절에 기린이 놀고 봉황이 춤추거늘 앞에 있는 산에 올라 배불리 먹
고 주변을 거닐면서 임금의 은혜에 감격하겠다.

南山松柏 鬱鬱蒼蒼 漢江流水 浩浩洋洋

主上殿下는此山水것치 山崩水渴토록 聖壽无疆ᄒ샤 千千萬萬歲를 太平으로누리셔든

우리는 逸民이되야 康衢煙月에 擊壤歌를부르리라.

南山松柏 鬱鬱蒼蒼(남산송백울울창창) 漢江流水 浩浩洋洋(한강유수호호양양)=남산의 소나무와 잣나무는 울창하고 푸르며 한강의 흐르는 물은 넓게 넘실대니 ◇主上殿下(주상전하)는 此山水(차산수)것치 山崩水渴(산붕수갈)토록 聖壽无疆(성수무강)ᄒ샤 千千萬萬歲(천천만만세)를 太平(태평)으로 누리셔든=지금의 우리 임금은 이 남산과 한강처럼 산이 무너지고 물이 마르도록 임금의 향수(享壽)가 무궁하시어 천만세를 누리시면 ◇逸民(일민)이 되야 康衢煙月(강구연월)에 擊壤歌(격양가)를 부르리라=백성이 되어 태평세월에 격양가를 부르겠다.

功名과 富貴르란 世上쓰롬 다맛지고

가다가ᄀ무데나 依山帶河處에 明堂을엇어서 五間八作으로 黃鶴樓맛치집을짓고 벗님네다리고 晝夜로노니다가 압너에물디거든 白酒黃鷄로 넛노리다니다가

너나히 八十이넘거든 乘彼白雲ᄒ고 玉京에올나가서 帝傍投壺多玉女를 너혼ᄌ벗이되야 써날뉘를모로리라.

◉ 대조; '쓰롬'은 'ᄉ롬'의, 'ᄀ무데나'눈 '아무데나'의 잘못임.

依山帶河處(의산대하처)에 明堂(명당)을 엇어서 五間八作(오간팔작)으로 黃鶴樓(황학루) 맛치 집을 짓고=산을 의지하여 물이 감돌아 흐르는 곳에 명당을 얻어 황학루만큼의 크고 훌륭한 집을 짓고 ◇압 너에 물디거든 白酒 黃鷄(백주황계)로 넛노리 다니다가=앞개울에 홍수로

물이 넘쳐나거든 술과 닭으로 천렵(川獵)이나 다니다가 ◇乘彼白雲(승
피백운)ᄒ고 玉京(옥경)에 올나가서 帝傍投壺多玉女(제방투호다옥녀)를
너 혼즈 벗이 되야 늙을 뉘를=저 흰 구름을 타고 곧 신선이 되어 옥
경에 올라가서 옥황상제 옆에서 투호놀이를 하는 많은 미녀들을 내
혼자서 벗이 되어 늙을 줄을.

616
薄薄酒도 勝茶湯이요 粗粗布도 勝無裳이라
醜妻惡妾이勝空房이요 五更對漏靴滿霜이 不如三伏日高睡足 北窓凉이요
珠襦玉匣萬人이祖送 歸北邙이不如懸鶉 百結獨坐負朝陽을 生前富貴와 死後
文章이 百年이瞬息이요 萬世忙이로다
夷齊盜坵이 俱亡羊이니 不如眼前一醉코 是非憂樂을 都兩忘인가ᄒ노라.

◉ 대조; '盜坵'은 '盜跖'의의 잘못임.

薄薄酒(박박주)도 勝茶湯(승다탕)이요 粗粗布(조조포)도 勝無裳(승무
상)이라=진하지 않은 술이라도 다탕보다 낫고 거친 베옷도 옷이 없는
것보다 낫다 ◇醜妻惡妾(추처악첩)이 勝空房(승공방)이요 五更待漏靴滿
霜(오경대루화만상)이 不如三伏 日高睡足 北窓凉(불여삼복일고수족북창
량)이요=못생긴 처나 악한 첩이 홀로 지내는 것보다 낫고 새벽에 파
루를 기다려 서리가 가득한 신발을 신는 것이 무덥고 긴 여름날 북창
의 시원한 바람에 흡족히 잠자는 것만 못하고 ◇珠襦玉匣(주유옥갑)
萬人이 祖送歸北邙(만인조송귀북망)이 不如懸鶉百結(불여현순백결) 獨
坐負朝陽(독좌부조양)을='祖'(조)는 '弔'(조)의 잘못. 주유옥갑에 만인이
뒤따라 죽음을 전송하는 것이 다 해어진 옷을 입고 홀로 아침볕을 쬐
는 것만 같지 못하며. 주유옥갑은 잘 꾸민 관(棺)을 말함 ◇生前富貴
(생전부귀)와 死後文章(사후문장)이 百年(백년)이 瞬息(순식)이요 萬世忙
(만세망)이로다=생전의 부귀와 사후의 문장이 모두 백년이 잠간이며

만세가 바쁠 따름이로다 ◇夷齊 盜坵(이제도척)이 俱亡羊(구망양)이니
不如眼前一醉(불여안전일취)코 是非憂樂(시비우락)을 都兩忘(도양망)인
가=이제와 도척이 모두 함께 양을 잃었으니 안전에 한 번 취하여 시
비우락을 모두 잃어버린 것만 할 것인가. 도척은 옛날 중국의 이름난
도적. 소식(蘇軾)의 「薄薄酒」(박박주)를 시조로 만든 것임.

617
大川바다 한가운디 中針細針 풍덩샌져
여라문沙工놈이 길넘운槎枒ㄷ디로 쒸쎄여니단말이 잇셔이다님아님아
열놈이 百말을헐지라도 斟酌ㅎ야드르시쇼.

　中針細針(중침세침)=중치 바늘과 가는 바늘 ◇여라문 沙工(사공)놈
이 길 넘운 槎枒(사아)ㄷ디로 쒸쎄어 니단 말이 잇셔이다=여남은 사
공들이 길이 넘는 사앗대로 바늘귀를 꿰어냈다는 말이 있습니다. 믿을
수가 없다는 뜻임.

618
기를 열아문기르되 요기것치 얄뮈우랴
뮈운님오량이면 쏘리를회회치며 반기워니닷고 고온님올쟉시면 무르락나
으락 캉캉지져 도로가게ㅎ니 요죄오리암킈
門밧게 기장스외지거든 찬찬동혀쥬리라.

요 죄 오리 암킈=요놈의 저 오리 암캐. 오리는 개를 부르는 소리를
말함 ◇기쟝스 외지거든=개장사가 외치거든.

619
酒色을 숨가ㅎ란말이 넷스룸의警誡로되
踏青登高節에 벗님니다리고 詩句ㅣ를읍풀젹에 滿樽香醪를 아니醉키어려
오며

旅館에 殘燈을對ᄒ야 獨不眠헐제 絶代佳人만나이셔 아니자고어이ᄒ리.

踏靑登高節(답청등고절)에 벗님너 다리고 詩句(시구)ㅣ를 읍풀 젹에 滿樽香醪(만준향료)를 아니 醉(취)키 어려오며=푸른 풀을 밟고 높은 곳에 오르는 계절에 벗님들과 더불어 시구를 읊을 때에 술통에 가득한 향기로운 술을 아니 취하기 어려우며 ◇旅館(여관)에 殘燈(잔등)을 對(대)ᄒ야 獨不眠(독불면)헐제 絶代佳人(절대가인) 만나이셔 아니 자고 어이ᄒ리=여관에 끄물거리는 등잔불을 대하고 홀로 잠 못 이룰 때 뛰어난 미인을 만나서 아니 자고 어쩌하겠느냐.

620
文讀春秋 左ㄷ氏傳ᄒ고 武使靑龍偃月刀ㅣ라
獨行千里ᄒ샤 五關을지나실제 ᄯ루는져將帥야 固城북소리를 드럿느냐못드럿느냐
千古에 關公을未信者는 翼德인가ᄒ노라.

文讀 春秋 左ㄷ氏傳(문독춘추좌씨전)ᄒ고 武使 靑龍偃月刀(무사청룡언월도)ㅣ라=글은 춘추좌씨전을 읽고 무기는 청룡언월도를 썼다. 춘추좌씨전은 춘추를 좌구명(左丘明)이 주석을 한 것이고, 청룡언월도는 관우(關羽)가 즐겨 쓰던 무기임 ◇獨行千里(독행천리)ᄒ샤 五關(오관)을 지나실제 ᄯ루는 져 將帥(장수)야 固城(고성) 북소리를=혼자 천리를 가시어 다섯 관문을 지나실 때 뒤따르는 저 장수야 고성의 북소리를. 독행천리는 관우가 조조의 밑에 있다가 의리를 생각하고 유비를 찾아 간 일. 오관은 관우가 유비를 찾아 가는 도중에 이를 막는 조조의 장수를 목 벤 일. 저 장수는 관우를 잡으려는 조조의 장수. 고성의 북소리는 장비가 관우를 불신하고 그 충의를 시험하기 위해 뒤쫓는 조조의 장수를 죽이기 위해 북을 친 신호 ◇關公(관공)을 未信者(미신자)는 翼德(익덕)인가=관우를 믿지 못하는 사람은 장비(張飛)인가. 익덕은 장

비의 쟈임.

621

於于兒 벗님네야 錦衣玉食을쟈랑마소
죽어棺에들제 錦衣를닙우려니 子孫의祭바들제 玉食을먹으려니 죽은後못
헐일은 粉壁紗窓月三更에 고은님다리고 同處歡樂험이로고나
죽은後 못헐일이여니 술아아니ᄒ고 속절업시늙으리요.

죽어 棺(관)에 들제 錦衣(금의)를 입우려니 子孫(자손)에 祭(제) 바들
제 玉食(옥식)을 먹으려니=죽어서 관에 들어갈 때 비단옷을 입으려니
자손의 제사를 받을 때 기름진 음식을 먹으려니 ◇죽은 後(후) 못헐
일은 粉壁紗窓月三更(분벽사창월삼경)에 고은 님 다리고 同處歡樂(동처
환락) 험이로고나=죽은 다음에 할 수 없는 일은 깨끗하게 바른 벽에
깁으로 휘장을 둘러친 방에 한밤중 고운 임 데리고 같이 즐겁게 지내
는 것이로구나 ◇속절 없이=하는 일 없이.

622

夏四月 첫여드레날에 觀燈ᄒ려 臨高坮ᄒ니
遠近高低예 夕陽은빗겻ᄂᄃᆡ 魚龍燈鳳鶴燈과 두룸이남성이며 蓮꼿속에仙
童이요 鸞鳳우희天女ㅣ로다 鐘磬灯선灯북灯이며 水박灯마늘灯과 비灯집灯
山臺灯과 影灯알灯瓶灯壁欌灯 駕馬灯欄干灯과 獅子탄체괄이며 虎狼이탄오
랑키며 발로툭차구을灯에 七星灯버러잇고 日月灯밝앗ᄂᄃᆡ 東嶺에月上ᄒ고
곳곳이불을혀니 於焉忽焉間에 燦爛도ᄒ져이고
이윽고 月明灯明天地明ᄒ니 大明본듯ᄒ여라.

夏四月(하사월) 첫 여드렛날에 觀燈(관등)ᄒ려 臨高坮(임고대)ᄒ니=
사월 초파일에 등불 구경을 하려고 높은 곳에 오르니 ◇遠近高低(원근
고저)에 夕陽(석양)은 빗겻ᄂᄃᆡ 魚龍燈(어룡등) 鳳鶴燈(봉학등)과 두룸
이 남성이며 蓮(연)꼿 속에 仙童(선동)이요 鸞鳳(난봉) 우희 天女(천녀)

ㅣ로다=멀고 가까운 곳과 높고 낮은 곳에 저녁 해는 비추는데 어룡등 봉학등과 두루미등 남생이등과 연꽃 속에 선동이 나오는 모습의 등과 난새와 봉황 위에 천녀가 앉은 모습의 등이로다 ◇獅子(사자) 탄 체괄이며 虎狼(호랑)이 탄 오랑키며=사자를 탄 오랑캐며 호랑이를 탄 오랑캐의 모습과 ◇東嶺(동령)에 月上(월상)ᄒ고 곳곳이 불을 혀니 於焉忽焉間(어언홀언간)에=동쪽 산마루에 달이 솟고 곳곳에 불을 켜니 잠깐 사이에 ◇月明灯明天地明(월명정명천지명)ᄒ니 大明(대명)본 듯ᄒ여라=달이 밝고 등이 밝고 천지가 밝으니 해를 본 듯하여라.

623

粉壁紗窓 月三更에 傾國色에 佳人을만나

翡翠衾나소덥고 鴛鴦枕도도베고 이것치셔로즑기는양은 一雙鴛鴦이 綠水에노니는듯

어즈버 楚襄王巫山神女會를 불을줄이잇시랴.

粉壁紗窓月三更(분벽사창월삼경)에 傾國色(경국색)에 佳人(가인)을 만나=깨끗하게 바른 벽과 깁으로 꾸민 창에 달은 삼경인데 나라가 기울만큼의 미인을 만나 ◇翡翠衾(비취금) 나소 덥고 鴛鴦枕(원앙침) 도도 베고 이것치 셔로 즑기는 양은 一雙鴛鴦(일쌍원앙)이 綠水(녹수)에 노니는 듯=비취색 이불을 내어 덮고 원앙을 수놓은 베개도 돋우어 베고 이처럼 서로 즐기는 모습은 한 쌍의 원앙이 푸른 물에 노니는 듯 ◇楚襄王(초양왕) 巫山神女會(무산신녀회)를 불을줄이=초나라 양왕이 무산에서 선녀와 놀았다고 하는 것을 부러워할 까닭이.

624

花果山 水簾洞에 千年묵은 진납이나셔

神通이거룩ᄒ야 龍宮에出入다가 神眞鐵어든後에 大鬧天宮ᄒ고 玉帝께得罪ᄒ야 五行山에지줄넛다가 佛體님警誡로 發願濟衆ᄒ는 金仙子의弟子ㅣ되

여 八戒沙僧거느리고 西域에드러갈제 萬水千山이 十萬八千里라 妖孼을掃
淸ᄒ고 大雷音寺드러가서 八萬大藏經을 다니여오단말가
　　아마도 非人非鬼亦非仙은 孫悟空인가ᄒ노라.

花果山 水簾洞(화과산수렴동)에 千年(천년) 묵은 진납이 나셔=화과산
수렴동 안에 천년을 묵은 원숭이가 태어나서. 중국의 소설 「西遊記」(서
유기)의 주인공인 손오공(孫悟空)을 말함 ◇神通(신통)이 거룩ᄒ야 龍宮
(용궁)에 出入(출입)다가 神眞鐵(신진철) 어든 後(후)에 大鬧 天宮(대료천
궁)ᄒ고 玉帝(옥제)께 得罪(득죄)ᄒ야 五行山(오행산)에 지쥴넛다가=신통
수(神通數)가 훌륭하여 용궁에 출입하다가 신진철을 얻은 뒤에 천궁을
크게 어지럽히고 옥황상제에게 죄를 지어 오행산에 갇혀 있다가 ◇佛
體(불체)님 警戒(경계)로 發願濟衆(발원제중)ᄒ는 金仙子(김선자)의 弟子
(제자)ㅣ되여 八戒沙僧(팔계사승) 거느리고 西域(서역)에 드러갈제=부
처님의 경고와 계율로 중생을 제도하겠다는 김선자의 제자가 되어 저
팔계(猪八戒)와 사오정(沙悟淨)을 거느리고 서역에 들어갈 때. 김선자는
삼장법사(三藏法師)를 말하는 듯 ◇萬水千山(만수천산)이 十萬八千里(십
만팔천리)라 妖孼(요얼)을 掃淸(소청)ᄒ고 大雷音寺(대뇌음사)로 들어가
셔 八萬大藏經(팔만대장경)을 다 니여 오단말가=수많은 산과 물이 십
만 팔천리라 요괴와 귀신의 재앙을 깨끗이 쓸어버리고 대뇌음사에 들
어가서 팔만대장경을 다 내여 왔단 말인가 ◇非人 非鬼 亦非仙(비인비
귀역비선)은 孫悟空(손오공)인가=사람도 아니고 귀신도 아니고 또한
신선도 아닌 것은 손오공인가. 「서유기」를 제제로 하여 시조로 만든
것임.

625
天下名山 五嶽之中에 衡山이 가장좃턴지
　六觀大師에 說法濟衆헐제 上佐中靈通者로龍宮에奉命헐제 石橋上에八仙
女만나 戲弄ᄒ罪로 幻生人間ᄒ야 龍門에놉히올나 出將入相타가 太史堂도

라드러 蘭陽公主李蕭和 英陽公主鄭瓊貝며 賈春雲陳彩鳳과 桂蟾月狄驚鴻
沈裊烟白凌波로 슬ㅋ장노니다가 山鍾一聲에 쟈던꿈을다끼여고나
　　世上에 富貴功名이 이러흔가흐노라.

　　天下名山 五嶽之中(천하명산오악지중)에 衡山(형산)이 가쟝 죳턴지＝
천하에서 가장 유명한 산 다섯 가운데 형산이 가장 좋던지. 형산은 중
국 오악의 하나 ◇六觀大師(육관대사)의 說法濟衆(설법제중)헐제 上佐
中 靈通者(상좌중영통자)로 龍宮(용궁)에 奉命(봉명)헐제＝육관대사가
불법을 설교하여 중생을 구제할 때 상좌 가운데 신령과 통하는 사람
으로 용궁에 명을 받들고 갈 때 ◇石橋上(석교상)에 八仙女(팔선녀) 만
나 戲弄(희롱)흔 罪(죄)로 幻生人間(환생인간)흐야 龍門(용문)에 놉히 올
나 出將入相(출장입상)타가 太史堂(태사당)으로 도라드러＝석교 위에서
여덟 선녀를 만나 희롱한 죄로 사람으로 다시 태어나 과거에 합격하
여 높은 벼슬에 올라 전장에 나아가면 장수요 조정에 들어오면 정승
이 되어 태사당으로 들어와 ◇蘭陽公主 (난양공주) 李蕭和(이소화) 英
陽公主(영양공주) 鄭瓊貝(정경패)며 賈春雲(가춘운) 陳彩鳳(진채봉)과 桂
蟾月(계섬월) 狄驚鴻(적경홍) 沈裊烟(심요연) 白凌波(백능파)로＝김만중
(金萬重)의 「九雲夢」(구운몽)에 나오는 여자 주인공들 ◇山鐘一聲(산종
일성)에 쟈던 꿈을 다 끼여고나＝산에서 치는 종소리에 자던 꿈을 다
깨었구나. 인생의 부귀영화가 다 일장춘몽에 지나지 않는다는 말. 김
만중(金萬重)의 「구운몽」을 제재로 한 시조임.

626
　　져건너 明堂을엇어 明堂안에 집을짓고
　　밧갈고논밍그러 五穀을갓초심운後에 뭿밋히우물파고 집웅우희박올니고
醬쑉에더덕넛코 九月秋收다흔後에 술빗고쩍밍그러 어우리송치잡고 南隣北
村다請흐야 熙皥同樂흐오리라
　　眞實노 이리곳지너오면 부를거시잇시랴.

● 대조: '南隣北村' 앞에 '압ᄂᆡ에 물지거든'이 빠졌음

어우리 송치 잡고 압 너에 물지거든=뱃속의 송아지 잡고 앞개울에
물이 넘치거든.

627
世上衣服 手品制度 針線高下 하도ᄒ다
凉樓緋 두올쓰기 上針ᄒ기 싹금질과 시발슷침감침질과 半唐針大올쓰기
다돗타니르려니와
우리의고은님一等才操 삿쓰고박음질이 긔第一인가ᄒ노라.

世上 衣服(세상의복) 手品制度(수품제도) 針線 高下(침선고하) 하도ᄒ
다=세상에 의복의 솜씨와 규범이 바느질 솜씨의 높고 낮음이 많기도
하다 ◇凉樓緋(양누비) 두올쓰기 上針(상참)ᄒ기 싹금질과 시발슷침 감
침질과 半唐針(반당침) 大(대)올쓰기 다 돗타 니르려니와=두 줄로 된
누비 두올뜨기 상침하기 깎음질과 새발시침 감칠질과 반당침으로 큰
올뜨기를 다 좋다고 말하겠거니와 ◇고은 님 一等 才操(일등재조) 삿
쓰고 박음질이=고운 임 첫째가는 재주 삳을 뜨고 박음질이. 박음질은
성교(性交)를 말함.

628
淸風明月 智水仁山 鶴髮烏巾 大賢君子
莘野叟瑯琊翁이 大東에다시나셔 松桂幽棲로 紫芝를노러ᄒ니 志趣도놉푸
실샤
비ᄂ니 經綸大志로 聖主를도으샤 治國安民ᄒ오소셔.

淸風明月 智水仁山(청풍명월지수인산) 鶴髮烏巾 大賢君子(학발오건대
현군자)=맑음 바람과 밝은 달과 같고 지혜로운 사람은 물을 좋아 하
고 어진 사람은 산을 좋아 하며 학의 깃털처럼 머리기 하얗고 검은

건을 쓴 크게 어진 군자 ◇莘野叟 瑯琊翁(신야수낭야옹)이 大東(대동)에 다시 나셔 松桂幽棲(송계유서)로 紫芝(자지)를 노릭ᄒ니 志趣(지취)도 놉푸실샤=신야의 늙은이와 낭야의 늙은이가 우리나라에 다시 태어나 소나무와 계수나무가 우거진 산속에 숨어 사시면서 자지가를 노래하니 세속에 물들지 않는 뜻과 취미도 높으시구나. 신야수는 은(殷)의 이윤(伊尹)을, 낭야옹은 제갈량을 가리킴. 자지는 자지가(紫芝歌)로 상산사호(商山四皓)가 불렀다고 하는 노래임 ◇經綸 大志(경륜대지)로 聖主(성주)를 도으샤 治國安民(치국안민)=천하를 다스릴 큰 뜻으로 훌륭한 임금을 도우시어 나라를 다스리고 백성을 편안하게.

629

男兒의 少年身勢 ᄒ욜일이 하도ᄒ다
글읽기釰術ᄒ기 활쏘기말달리기 벼슬하기벗ᄉ괴기 술먹고妾ᄒ기와 對月看花歌舞ᄒ기 오로다豪氣로다
늙씨야 江山에물너와셔 밧갈기논믹기 고기낙기나무뷔기 거문고타기바독두기 智水仁山邀遊ᄒ기 百年安樂ᄒ여 四時風景이 어늬긋이잇시리.

◉ 대조; '논믹기'는 '논믹기'의 잘못임.

ᄒ욜 일이 하도ᄒ다=할 일이 많기도 많다 ◇對月看花歌舞(대월간화가무)ᄒ기 오로다 豪氣로다=달을 상대하여 꽃을 보며 노래하며 춤추기 오로지 호사스런 기운이로다. ◇智水仁山(지수인산) 邀遊(요유)ᄒ기 百年安樂(백년안락)ᄒ여 四時風景(사시풍경)이 어늬 긋이 잇시리=지자(智者)가 물을 인자(仁者)가 산을 맞아 놀기 평생은 안락하여 사시의 풍경이 어느 끝이 있겠느냐.

630

記前朝 舊事ᄒ니 曾此地에 會神仙이라

向月池雲階ᄒ야 重携翠袖ᄒ고 來拾花鈿이라 繁華는 總隨流水ᄒ니 歎一場
春夢杳難圓을 癈巷芙蕖滴露ᄒ고 短堤楊柳에 裊烟이로다 兩峯南北이只依然
ᄒ되
　　輦路에草芊芊 帳別館離宮에 烟鎖鳳盖요 波沒江船이라 平生銀屛金屋이러
니 對漆灯無焰夜如年을 落日牛羊隴上이요 西風燕雀林邊이라.

◉ 대조; '烟消鳳盖'는 '烟消鳳蓋'의, '江船'은 '龍船'의 잘못임.

記前朝舊事(기전조구사)ᄒ니　曾此地(증차지)에　會神仙(회신선)이라＝
전조(前朝)의　옛일을　생각하니　일찍이　이곳에　신선이　모였던　곳이라
◇向月池雲階(향월지운계)ᄒ야　重携翠袖(중휴취수)ᄒ고　來拾花鈿(내습화
전)이라＝월지의　운계를　향하여　거듭　푸른　옷소매를　이끌고　꽃　비녀를
주웠더라　◇繁華(번화)는　總隨流水(총수유수)ᄒ니　歎一場春夢杳難圓(탄
일장춘몽묘난원)을＝번화는　모두　흐르는　물을　따라가니　한스럽다　일장
춘몽을　이루기가　어려움을　◇癈巷笑蕖(폐항소거)에　滴露(적로)ᄒ고　斷
堤楊柳(단제양류)에　繞烟(요연)이로다＝황폐한　구렁의　연꽃에　이슬이
떨어지고　끊어진　언덕　버드나무엔　연기가　둘리었도다　◇兩峯　南北(양
봉남북)이　只依然(지의연)ᄒ되＝두　봉우리　남북이　다만　옛날과　같은데
◇輦路(연로)에　草芊芊(초천천)　悵別離宮(한별이궁)에　烟消鳳盖(연소봉
개)요　波沒江船(파몰강선)이라＝'鳳盖'(봉개)는　'鳳蓋'(봉개)의　잘못. 연로
엔　풀만　우거졌고　슬프다　별관　이궁에　연기는　봉개를　지우고　물결에
용선이　묻히더라　◇平生銀屛　金屋(평생은병금옥)이러니　對漆燈無焰夜
如年(대칠등무염야여년)을＝평생을　은병풍과　좋은　집을　바라더니　칠등
을　대하니　어둡고　지루하기　일년과　같음을　◇落日牛羊隴上(낙일우양농
상)이요　西風燕雀林邊(서풍연작임변)이로다＝해는　졌으나　우양은　언덕
위에　있고　서녘　바람에　연작은　숲가에　바쁘다.

631
졔얼굴 졔보아도 더럽고도 슬뮈웨라
검버셧구름씬듯 코춤은쟝마진듯 以前에업던쎠시바회엉덩이울근불근
우리도 少年行樂이 어졔런듯ᄒ여라.

졔 얼골 졔 보아도 더럽고도 슬뮈웨라=제 얼굴을 제가 보아도 더럽
고도 싫고 미워라 ◇검버섯 구름 씬 듯 코춤은 쟝마진 듯 以前(이전)
에 업던 쎠시바회 엉덩이 울은불근=검버섯은 구름이 낀 듯하고 콧물
은 장마가 진 듯하고 이전에 없던 뼈마디가 엉덩이에 울퉁불퉁.

632
쑤여든에 쳣계집을만나 어릿둣릿 우벅듀벅
죽을번술번투가 와당탕드리다라 이리져리ᄒ니 老道令의ᄆᆞ음이흥글항글
일즉이 이런맛아랏던들 길젹붓터헐낫다.

일즉이 이런 맛 아랏던들 길젹붓터 헐낫다=일찍부터 이런 맛을 알
았다면 길 때부터 하였을 것이다.

旕編 (지르ᄂᆞᆫ편)

633
天寒코 雪深ᄒᆞᆫ날에 님을ᄯᆞ라 泰山으로넘어갈졔
갓버셔등에지고 보션버셔품에품고신으란버셔손의들고 天方地方地方天方
ᄒᆞᆫ번도쉬지말고 허위허위ᄯᆞ라올나가니
보션버슨 발은아니슬이되 여러번염윈가슴이 산득산득ᄒ더라.

天寒(천한)코 雪深(설심)ᄒᆞᆫ 날에=날이 차고 눈이 많이 내린 날에 ◇
발은 아니 슬이되 여러 번 염윈 가슴이 산득산득 ᄒ더라=발을 시리지

않지만 여러 번 여민 가슴이 선들선들 하더라.

634
寒松亭 쟈긴솔벼혀 조고만치 비무어타고
　슐이라按酒 거문고珂琊ᄃ고 稽琴琵琶져피리長鼓 巫鼓工人과 安巖山챠ᄯ
日本부쇠 老狗山垂露취며 螺鈿더櫃指三伊 江陵女妓三陟酒帑년 다모아싯고
달밝은밤에鏡甫臺로가서
　大醉코 미柵乘流ᄒ여 叢石亭金蘭窟과 永郞湖仙遊潭으로 任去來를ᄒ리라.

◉ 대조; ‘日本’은 ‘一番’의 잘못.

寒松亭(한송정) 쟈긴 솔 벼혀 조고만치 비 무어 타고=한송정의 한
자가 넘는 긴 소나무를 베어 자그마한 배를 만들어 타고. 한송정은 강
원도 강릉에 있는 정자 ◇安巖山(안암산) 챠ᄯ(돌) 日本(일본) 부쇠 老
狗山(노구산) 垂露(수로)취며 螺鈿(나전)더 櫃指三伊(궤지삼이)=안암산
에서 나는 한 번에 불이 붙는 차돌 부시 노고산 수리취며 나전 담뱃
대와 담배 ◇江陵 女妓(강릉여기) 三陟 酒帑(삼척주탕)년 다 모아 싯고
=강릉의 기생 삼척의 술파는 여자들을 다 모아 싣고 ◇미柵乘流(고예
승류)ᄒ여 叢石亭(총석정) 金蘭窟(금란굴)과 永郞湖(영랑호) 仙遊潭(선유
담)으로 任去來(임거래)를=상앗대를 두드리며 흐르는 물결을 타고 총
석정 금란굴 영랑호 선유담으로 마음 내키는 대로 오고 가기를. 총석
정을 비롯하여 금란굴, 영랑호, 선유담은 다 영동지방에 있음.

635
져건너 님이오마거늘졔녁밥을 일ᄒ여먹고
　中門지나大門나셔 開門밧ᄂ다라 地方우희치다라셔셔 以手로加額ᄒ고 오
ᄂ가ᄀᄂ가 건넌山바라보니 검어횟득셔잇거늘 於臥님이로다 갓버셔등에지
고 보션버셔품에품고 신으란버셔손에들고 즌듸마른듸갈희지말고 월형통창
거러가셔 情엣말ᄒ랴ᄒ고 겻눈으로얼픗보니 님은아니오고 上年七月열슷흔

날 갈가벗겨성이말늬운 휘추리合丹 判然이날속엿고나
맛초아 밤일셋만졍 힝혀낫이런들 남우일번ᄒ여라.

졔녁밥을 일ᄒ여 먹고=저녁밥을 일찍 지어 먹고 ◇以手(이수)로 加
額(가액)ᄒ고=손을 이마에 얹고 ◇上年 七月(상년칠월) 열ᄉ혼날 갈가
벗겨 셩이 말늬운 휘추리 合丹(단) 判然(판연)이 날 속엿고나=작년 칠
월 열사흗날 벗겨서 말린 회초리 같이 가느다란 삼단이 감쪽같이 날
속였구나 ◇맛초아 밤일셋만졍 힝혀 낫이런들 남 우일 번 ᄒ여라=마
침 밤이니까 망정이지 행여나 낮이었다면 남 웃길 뻔하였다.

636

져건너 月廊바희우희 밤ᄃ中만치 부헝이울면
녯ᄉ람니른말이 妖怪롭고邪奇로아百萬嬌態ᄒ는 졈운妾년이죽는다ᄒ네
　妾이 對答ᄒ되 妾은듯ᄌ오니 家翁을薄待ᄒ고 妾시암甚이ᄒ는늙은 안희
님이몬져죽는다ᄒ데.

月廊(월랑)바희 우희=‘月廊’(월랑)은 ‘月仰’(월앙)의 잘못인 듯. 달을
쳐다보는 듯한 높은 바위 위에 ◇녯 ᄉ람 니른 말이 妖怪(요괴)롭고
邪奇(사기)로아 百萬嬌態(백만교태)ᄒ는 졈운 妾(첩)년이 죽는다 ᄒ네=
옛날 사람이 하는 말이 요사스럽고 거짓스러워 온갖 교태부리는 젊은
첩년이 죽는다고 하더라 ◇妾(첩)은 듯ᄌ오니 家翁(가옹)을 薄待(박대)
ᄒ고 妾(첩)시암 甚(심)이 ᄒ는=첩이 듣건대 남편을 박대하고 첩 새움
을 너무 하는.

637

져건너 太白山下에 네못보던 茱麻田이돗타
너리너리너츌이며 둥굴둥실슈박이며 茄子외단춤외널녀세라
져여름 다닉거드란 우리님께드리과져.

네 못 보던 菜麻田(채마전)이 돗타=예전에 보니 못하였던 채소밭이
좋구나 ◇茄子(가자) 외 단참외 열엿세라=가지 오이 단참외가 열렸구
나 ◇저 여름 다 닉거드란=저 열매가 다 익는다면.

638

白髮에 歡陽노는년이 점운書房을 맛초와두고
센머리에먹틸ᄒ고 泰山峻嶺으로허위허위넘어가다가 卦그른疎落이예 흰
東丁검어지고 감던마리희여고나
그를샤 늙은의所望이라 일낙비락ᄒ더라.

白髮(백발)에 歡陽(환양) 노는 년이=늙어서 서방질하는 년이 ◇卦
(괘) 그른 疎落(소락)이예 흰 東丁(동정) 검어지고 감던 마리 희여고나
=점괘가 잘못된, 예기치 못한 소나기에 흰 저고리 동정이 검어지고
검던 머리가 희어졌구나 ◇늙은의 所望(소망)이라 일낙비락 ᄒ더라=
늙은이의 바라는 바라 일이 될 듯 말 듯 하더라.

639

이제ᄉ 못보게ᄒ예 못볼시도 的實도ᄒ다
萬里가는길에 海枯絶息ᄒ고 銀河水건너쮜여 北海가로진듸 磨尼山갈가마
귀 太白山씨늙으로 골갈골갈우지지면서 차돌도바히못어더먹고 쥬려죽는ᄯ
헤 너어듸ᄀ님ᄎ쟈보리
兒禧야 님이오셔드란 쥬려죽단말生心도말고 쏼쏼이 글이다가 骨髓에病
이드러 갓과뼈만남아 달把子밋트로 아쟝밧싹거니다가 氣運이渐盡ᄒ야작은
소마보온後에 한다리취여들고 되耳掩버서더진드시 벌쩍나쟛바져 長歎一聲
에 奄然命盡ᄒ야 죽어간魂的呼되여 님의몸에찬찬감겨 슬ᄏ쟝알이다가 나
終에부듸 줍아ᄀ랷노라 ᄒ드라ᄒ고닐너라.

이제ᄉ 못보게 ᄒ예 못볼시도 的實(적실)도 ᄒ다=이제는 못 보게
하는구나. 보지 못하는 것도 틀림이 없구나 ◇萬里(만리) 가는 길에 海
姑絶息(해고절식)ᄒ고 銀河水(은하수) 건너 쮜여 北海(북해) 가로 진듸

='海姑絶息'(해고절식)은 '海鷗絶息'(해구절식)인 듯. 멀리 가는 길에 바닷갈매기도 쉬지 않고 은하수를 건너 뛰어 북해를 가로질러 ◇차돌도 바히 못 어더 먹고 쥬려 죽는 ᄯᅡ헤 니 어듸 ᄀ 님 ᄎᆞ쟈보리=차돌도 전혀 못 얻어먹고 굶어 죽는 땅에 내가 어디 가서 임을 찾아보겠느냐 ◇님이 오셔드란 듀려죽단 말 生心(생심)도 말고 쏠쏠이 글이다가=임이 오시거든 굶주려 죽었다는 말을 빈말이라도 하지 말고 살뜰히 그리워 하다가 ◇骨髓(골수)에 病(병)이 드러 갓과 쎠만 남아 달把子(파자) 밋트로 아쟝 밧싹 거니다가=뼛속에 병이 들어 가죽과 뼈만 남아 울타리 밑으로 아장아장 바짝 거닐다가 ◇氣運(기운)이 澌盡(시진)ᄒᆞ야 쟉은 소마 보온 後(후)에 한 다리 취여들고 되耳掩(이엄) 버셔 더진 드시 벌쩍 나쟛바져=기운이 다 떨어져서 오줌을 눈 뒤에 한쪽 다리를 추켜들고 엄을 벗어 던진 듯이 벌떡 나자빠져 ◇長歎一聲(장탄일성)에 奄然 命盡(엄연명진)ᄒᆞ야 죽어간 魂的呼(혼적호) 되어=긴 탄식 한 마디에 갑자기 목숨이 다하여 죽어간 귀신 되어 ◇님의 몸에 찬찬 감겨 슬ᄏᆞ쟝 알이다가 나終(종)에 부듸 잡아 ᄀᆞ랏노라 ᄒᆞ드라 ᄒᆞ고 닐너라=임의 몸에 칭칭 감겨 마음껏 괴롭히다가 나중에 꼭 잡아가겠노라고 하더라 하고 말하여라.

640

엇지ᄒᆞ여 못오던가 무음일노 아니오더냐
너오ᄂᆞᆫ길에 弱水三千里와 萬城둘넛ᄂᆞᆫ듸蠶叢及魚鳧에 蜀道之難이갈이엿더냐 네어이그리아니오던냐
長相思 淚如雨터니 오늘이스보괘라.

◉ 대조; '萬城'은 '萬里長城'의 잘못.

너 오는 길에 弱水三千里(약수삼천리)와 萬城(만성) 둘넛ᄂᆞᆫ듸=약수삼천리와 만리장성이 둘러 있는지 ◇蠶叢及魚鳧(잠총급어부)에 蜀道之

難(촉도지난)이 같이엿더냐=잠총과 어부에 촉으로 가는 길의 어려움
이 가리었더냐. 잠총과 어부는 촉(蜀)나라의 초기 왕들의 이름임 ◇長
相思(장상사) 淚如雨(누여우)터니 오늘이스 보괘라=오랫동안 그리워하
고 눈물이 비 오듯 하더니 오늘에야 보겠구나.

641
閣氏네 하어슨체마소 고이로라 쟈랑마쇼
즈네집뒤東山에 山菊花를못보신가
九十月 된셔리마즈면 검쥬남기되옵느니.

閣氏(각씨)네 하 어슨 체 마소 고이로라 쟈랑마쇼=각시들 너무 잘
난 체 마시오. 곱다고 자랑하지 마시오.

642
얼고검고 킈큰구레나룻난놈 제것좃ㅊ 길고넙의 졈지아닌놈이
밤마다긔여올ㄴ젹은궁게큰撚匠너허 흘근흘근홀나드릴제면 愛情은커니와
泰山으로덥누르난듯 잔放氣소스나며 졋먹든힘이다쓰이거다
아무나 이놈ㄷ려다가 百年同住헐지라도 싀암헐쥴잇시랴.

얼고 검고 킈 큰 구레나룻 난 놈=얽고 검고 키가 커다란 구레나룻
이 난 놈. 남자의 성기(性器)를 나타낸 말 ◇제 것좃ㅊ 길고 넙의 졈지
아닌 놈이=제 것마저 길고 넓어 잠기지 않는 놈이. 또는 작지 아니한
놈이 ◇젹은 궁게 큰 撚裝(연장) 너허=작은 구멍에 큰 연장을 넣어.
작은 구멍과 연장은 각각 남녀의 성기를 말함 ◇홀나 드릴제면=드나
들 때에는 ◇싀암헐 쥴 잇시랴=시새움을 할 까닭이 있겠느냐.

女唱秩
（只傳羽調中大葉界面調二中大葉界面調後庭花將進酒故今姑上
冊後亦不知存亡）

羽調 中大葉

1

空山이 寂寞혼듸 슯히우는 져杜鵑아

蜀國興亡이 어제오늘아니여든

至今에 피나긔우러셔 남의이를긋느니. 鄭忠信

◉ 대조; 남창 3번과 중복. '피나긔'는 '피나게'의 잘못임.

界面 二中大葉

2

碧海 竭流後에 모리모혀 섬이되여

無情芳草는 희마다푸르로되

엇더타 우리의王孫은 歸不歸를ᄒ느니.

◉ 대조; 남창 8번과 중복

後庭花

3

누은들 좀이오며 기다린들 님이오랴
이제누엇신들 어늬잠이하마오리
출하로 안즌곳이셔 긴밤이나시오쟈.

◉ 대조; 남창 10번과 중복

臺

4

秦淮에 비를믹고 酒家를 츠져가니
隔江商女는 亡國恨을모로고셔
烟籠樹 月籠沙헐제 後庭花만부르더라.

◉ 대조; 남창 11번과 중복

將進酒

5

한盞 먹亽이다 또한盞 먹亽이다 곳것거籌를노코 無盡無盡먹亽이다
　이몸이죽은後에 지게우희 거젹덥허 줍푸릐여 메여가니 流蘇寶帳에 百夫
總麻 우러녜나 어욱시 더욱시 덕기나무 白楊숩헤 가기곳 가량이면 누른히
흰달과 굵은눈 가는비며 쇠쇼리ㅂ롬불제 뉘혼盞먹쟈ㅎ리
　허물며 무덤우희 진납이ㅍ람헐제 뉘웃츤들밋츠랴.

◉ 대조; '메여가니'는 '메어가나'의 잘못임.

먹亽이다=먹읍시다 ◇곳 것거 籌(주)를 노코=꽃가지를 꺾어 산가지

처럼 셈을 놓고 ◇지게 우희 거젹 덥허 줍푸릐여 메여가니=지게 위에
다 거적때기만 덮어서 대강 묶어서 메어가나 ◇流蘇寶帳(유소보장)에
百夫緦麻(백부시마)우러 녜나=유소보장에 많은 사람들이 상복을 입고
서 울며 따라오나. 유소와 보장은 상여를 장식하는 것으로 유소는 오
색실로 매듭을 지어 상여에 다는 것이고 보장은 비단 헝겊에 수를 놓
아 둘러치는 것임 ◇어욱시 더욱시 덕기나무 白楊(백양) 쑵헤 가지곳
갈짝시면=억새와 쏙새 같은 풀과 떡갈나무 백양나무 숲에 가기만 하
면 ◇누른 히 흰 달과 굵은 눈 가는비며 쇠쇼리 ㅂ롬불제=석양 무렵
의 해, 차가운 하늘에 비추는 달과 함박눈, 가랑비며 회오리바람 불
때 ◇진납이 프롬헐제 뉘웃츤들 밋츠랴=원숭이가 휘파람 불 때 뉘우
친들 소용이 있겠느냐.

臺

6
空山木落 雨蕭蕭ᄒ니 相國風流ㅣ 此寂寥ㅣ라
슬푸다ᄒ흔盞술을 다시勸키어려워라
어즈버 昔年歌曲이 卽今朝ㄴ가ᄒ노라.

　空山木落雨蕭蕭(공산목락우소소)ᄒ니 相國風流ㅣ此寂寥(상국풍류차적
요)ㅣ라=텅 빈 산에 나뭇잎은 떨어지고 비는 쓸쓸히 내리니 옛 정승
의 풍류가 이제는 고요하구나 ◇昔年歌曲(석년가곡)이 卽今朝(즉금조)
ㄴ가=옛 노래의 가락이 오늘같이 새로운가.

羽調 (二數大葉 女唱無初數大葉三數大葉^{於弄於樂}編樂^{於編})

7
人生이둘까셋가 이몸이네다섯가
비러온一生이 꿈엣몸가지고셔
平生에 술올일만ᄒ고 언제놀녀ᄒᄂ니.

　비러온 人生(인생)이 꿈엣 몸 가지고셔=잠시 삶을 빌려 태어난 사
람이 꿈에나 얻을 육신을 가지고서 ◇살올 일만ᄒ고 언제 놀녀 ᄒᄂ
니=사는 일에만 열심이니 언제 놀려고 하느냐.

8
간밤에 부던바롬에 滿庭桃花 다지거다
兒禧ᄂ뷔를들고쓰루려ᄒᄂ고야
落花ㄴ들 곳이아니랴 쓰러무슴ᄒ리요.

　滿庭桃花(만정도화)다 지거다=뜰에 가득 핀 복숭아꽃이 다 떨어지
겠다 ◇落花(낙화)ㄴ들 곳이 아니랴 쓰러 무슴ᄒ리요=떨어진 꽃이라
고 해서 꽃이 아니겠느냐 쓸어 무엇하겠느냐.

9
간밤에 우든여흘 슬퍼우러 디니여다
이제야 싱각ᄒ니 님이우러보니도다
저물이 거스리흐르과져 나도우러보니리라.

● 대조; 남창 38번과 중복

10
버들은실이되고 꾀꼬리ᄂ 북이되여
九十三春에 쓰니나니나의시름

누구셔 綠陰芳草를 勝花時라ᄒ던고.

버들은 실이 되고 꾀꼬리는 북이 되여=버들은 날줄이 되고 꾀꼬리는 북이 되어. 북은 베틀에 씨줄이 되는 실을 넣는 배처럼 생긴 기구 ◇九十三春(구십삼춘)에 ᄶ 너나니 나의 시름 =봄 석 달 90일 동안에 나의 시름만 만들어 낸다 ◇綠陰芳草(녹음방초)를 勝花時(승화시)라 ᄒ던고=녹음이 우거진 여름이 꽃피는 봄보다 낫다고 하던고.

11
冬至ㄷ달 기나긴밤올 한허리를 둘헤너여
春風니불ᄋ러셔리셔리너헛다가
어룬님 오신날밤여든 구뷔구뷔펴리라.

◉ 대조: 남창 18번과 중복

12
나무도 病이드니 亭子ㅣ라도 쉬리업너
豪華히셧신제논 오리가리다쉬더니
닙디고 柯枝져즌後면 시도아니오더라.

亭子(정자)라도 쉬 이 업너=정자라고 쉴 사람이 없네 ◇豪華(호화)이 셧신제논=나뭇잎이 무성하여 그늘이 좋을 때는 ◇柯枝(가지) 져즌 後(후)면=가지가 꺾어진 뒤에는.

13
蒼梧山 聖帝魂이 구름좃ᄎ 瀟湘에나려
夜半에흘너드러 竹間雨되온쓰즌
二妃의 千年淚痕을 못너씨셔홈이라.

蒼梧山 聖帝 魂(창오산성제혼)이=창오산에서 죽은 순(舜) 임금의 혼

이 ◇구름좃츠 瀟湘(소상)에 나려=구름을 따라 소상강에 나려 ◇夜半
(야반)에 흘너 들어 竹間雨(죽간우) 되온 쓰즌=밤중에 흘러들어 대나
무 사이에 내리는 비가 된 뜻은 ◇二妃(이비)의 千年淚痕(천년누혼)을
못니 씨셔 홈이라= 순(舜)의 두 왕비 아황(娥皇)과 여영(女英)의 천년
이나 내려오는 눈물의 흔적을 마침내 씻으려 함이다.

14
東窓에 돗앗던달이 西窓으로 도지도록
오실님못오실쎈정 좀은어이가져간고
좀좃츠 가져간님을 싱각무슴ᄒ리요.

東窓(동창)에 돗앗던 달이 西窓(서창)으로 도지도록=동쪽 창문에 돋
았던 달이 서쪽 창문으로 넘어가도록. 초저녁부터 새벽에 이르기까지
◇오실 님 못 올쎈정 좀은 어이 가져간고=오시겠다고 한 임이 못 오
실지언정 잠은 왜 가져갔는가. 잠이 아니 오는가.

15
거울에 빗쵠얼골 니보기예 곳갓거든
허물며端粧ᄒ고 님의앏헤뵐적이랴
이端粧 님을못뵈니 그를슬허ᄒ노라.

니 보기예 곳 갓거든=내가 보기에는 꽃처럼 보이거늘 ◇님의 앏헤
뵐 적이랴=임의 앞에서 뵈어 드릴 때야.

16
니靑春 눌을쥬고 뉘白髮을 가져온고
오고가는길을 아돗던들막을거슬
알고도 못막는길이니 그를슬허ᄒ노라.

니 靑春(청춘) 눌을 쥬고=내 젊음을 누구에게 주고 ◇뉘 白髮(백발)을 가져 온고=누구의 백발을 가져 왔는가 ◇오고 가는 길을 아돗던들 막을 거슬=늙음이 오고 젊음이 가는 것을 알았다면 미리 막았을 것을.

17
靑春에 곱던樣子 님으로야 다늙도다
이제님이보면 날인쥴아오실까
眞實노 알기곳 아오시면 곳이죽다關係ㅎ랴.

◉ 대조; 남창 54번과 중복

18
니언제 신이업셔 님을어제 속엿관디
月沈三更에 온쯧이(或日올쯧이)젼혀업니
秋風에 지는닙소리야 닌들어이ㅎ리요.
(或日 지는닙소리에倖勞권가ㅎ노라)

◉ 대조; '어제'는 '언제'의 잘못.

니 언제 신이 업셔=내가 언제 믿음 없는 행동을 하여 ◇月沈三更(월침삼경)에 온 뜻이 전혀 없니=달마저 없는 한밤중에 올 뜻이 전혀 없구나.

19
놉푸락 나즈락ㅎ며 멀기와 갓갑기와
모지락둥구락ㅎ며 길기와져르아와
平生에 이러ㅎ엿시니 무슴근심ㅎ리요.

놉흐락 나즈락 ㅎ며 멀기와 갓갑기와=고저(高低)와 원근(遠近). 일에 대처하는 자세를 말함 ◇모지락 둥그락 ㅎ며 길기와 저르아와=방원

(方圓)과 장단(長短). 일에 대처하는 방법을 말함.

中擧 (중허리드는자즌한닙)

20
靑鳥야 오도고야 반갑다 님의消息
弱水三千里를 네어이건너온다
우리님 萬端情懷를 네다알까ㅎ노라.

靑鳥(청조)야 오도고야=편지가 왔구나. 청조는 편지란 뜻이 있음 ◇
弱水 三千里(약수삼천리)를 네 어이 건너온다=약수 삼천리를 네가 어
떻게 건너왔느냐. 약수는 옛날 중국에서 신선이 살던 곳에 있었다는
물로, 부력(浮力)이 아주 약해 기러기 털처럼 가벼운 물건도 가라앉는
다고 함. 삼천리는 아주 먼 곳이란 뜻 ◇萬端情懷(만단정회)를 네 다
알까=온갖 정과 회포를 네가 다 알까.

21
淸溪上 草堂外에 봄은어이 느젓는고
梨花白雪香에 柳色黃金嫩이로다
萬壑雲 蜀魄聲中에 春思(一作事)ㅣ茫然ㅎ여라.

淸溪上 草堂外(청계상초당외)에=푸른 시냇가 초당 밖에 ◇梨花白雪
香(이화백설향)에 柳色黃金嫩(유색황금눈)이로다=배꽃이 눈과 같이 희
며 향기로움에 버들빛은 황금처럼 곱구나 ◇萬壑雲 蜀魄聲中(만학운
촉백성중)에 春思ㅣ茫然(춘사망연) ㅎ여라=많은 골짜기에 구름이 끼
고 두견새 우는 소리 가운데 봄에 느끼는 뒤숭숭한 생각에 멀거니
서 있다.

22
中書堂 白玉盃를 十年만에 곳쳐보니
맑고흰빗츤 녜로온듯ᄒ다마는
엇지타 世上人心은 朝夕變을ᄒᆞᆫ고
(或曰 世上에 人事ㅣ 變ᄒ니그를스허ᄒ노라)

中書堂 白玉盃(중서당백옥배)를 十年(십년)만에 곳쳐 보니=중서당에 있는 백옥으로 만든 술잔을 십년 만에 다시 보니. 중서당은 홍문관(弘文館)의 다른 이름 ◇녜로온 듯ᄒ다마는=예전과 다르지 않은 듯 하다마는.

23
ᄉᆞ랑모혀 불이되여 가슴에 뛰여나고
肝腸석어물이되여 두눈으로소ᄉ는다
一身에 水火相侵ᄒ니 술쏭말쏭ᄒ여라.

ᄉᆞ랑 모혀 불이 되여=사랑이 모여 불이 되어 ◇一身(일신)에 水火相侵(수화상침)ᄒ니=한 몸에 간장 썩은 물과 사랑이 모인 불이 서로 침범하니.

24
蒼詰이 作字헐졔 此生怨讐 離別二字
秦始皇焚書時에 어늬틈에드럿다가
至今에 在人間ᄒ여 남의이를긋ᄂᆞ니.

蒼詰(창힐)이 作字(작자)헐졔 此生 怨讐(차생원수) 離別(이별) 二字(이자)=창힐이 글자를 만들 때 이승의 원수인 이별이란 두 자. 창힐(蒼詰)은 최초로 한자를 만들었다고 하는 사람 ◇秦始皇 焚書時(진시황분서시)에=진시황이 분서갱유(焚書坑儒)할 때에 ◇어늬 틈에 드럿다가=어느 틈에 들어갔다가.

25

간밤의 비오더니 石榴곳치 퓌거다
芙蓉堂畔에 水晶簾거러두고
눌向흔 깁푼시름을 푸러볼까ᄒ노라.

　芙蓉堂畔(부용당반)에　水晶簾(수정렴)　거러　두고=부용당 가에 수정으로 만든 발을 걸어두고　◇눌　向(향)흔 깁푼 시름을 푸러볼까=누구에게 향한 깊은 근심을 끝내 풀고자.

26

銀瓶에 찬물ㅅ라 玉頰을 다스리고
金爐에香을퓌며 暗祝ᄒ여 비는말을
아무나 傳ᄒ리잇시면 님도슬허ᄒ리라.

　玉頰(옥협)을 다스리고=고운 얼굴에 화장을 하고　◇金爐(금로)에 香(향)을 퓌며 暗祝(암축)하여=좋은 향로에 향불 피우며 가만히 축복하여　◇傳(전)ᄒ 리 잇시면=전할 사람이 있다면.

27

紅樓畔 綠柳間에 多情헐쓴 져꾀꼬리
百囀好音으로 나의꿈을놀니ᄂ니
千里에 글이ᄂ님을 보고지고傳ᄒ렴은.

　紅樓畔　綠柳間(홍루반 녹류간)에=붉은 칠을 한 다락 가의 푸른 버드나무 사이에　◇百囀好音(백전호음)으로=듣기 좋은 꾀꼬리의 울음으로

28

늙으니 져늙으니 林泉에숨운 져늙은이
詩酒歌琴與碁로 늙거오ᄂ는져늙은이

平生에 不求聞達호고 졀노늙는져늙은이.

詩酒歌琹與碁(시주가금여기)로=시와 술과 노래와 가야금과 그리고 바둑으로 ◇不求聞達(불구문달)호고=이름이 널리 세상에 드러남을 구하지 아니하고.

29
눈마즈 휘여진티을 뉘라서 굽다턴고
굽울節이면 눈속에풀을소냐
아마도 歲寒高節은 너뿐인가호노라.

◉ 대조; 남창 77번과 중복

平擧 (막드는즈즌한닙)

30
一笑 百媚生이 太眞에 麗質이라
明皇도이럼으로 萬里幸蜀호엿느니
至今에 馬隈芳魂을 못니슬허호노라.

◉ 대조; '馬隈芳魂'은 '馬嵬芳魂'의 잘못임.

一笑百媚生(일소백미생)이 太眞(태진)에 麗質(여질)이라=한 번 웃으면 백 가지 교태가 생기는 것이 태진의 타고난 아름다움이다. 태진(太眞)은 양귀비(楊貴妃)를 가리킴 ◇明皇(명황)도 이럼으로 萬里幸蜀(만리행촉) 호엿느니=당(唐)나라 현종(玄宗)도 이렇기 때문에 멀리 촉의 땅에까지 행행(行幸)하였나니. 안녹산의 난에 피난한 사실을 말함 ◇馬隈芳魂(마외방혼)을 못니 슬허 호노라=마외역(馬嵬驛)에서 죽은 양귀비의 꽃다운 혼을 끝내 서러워하노라.

31
이몸 싀어져서 졉동시 넉시되여
梨花푼柯枝 속닙헤씨엿다가
밤中만 슬하져우러 님의귀에들니이라.

◉ 대조; '들니이라'는 '들리리라'의 잘못임.

이몸이 싀어져셔＝이 몸이 죽어서 ◇슬하져 우러＝없어져서 울어.

32
一定百年을산들 百年이 긔언마오
疾病憂患더니 남는날아조젹다
두어라 非百歲人生이 아니놀고어이리.

　一定 百年(일정백년)을 산들＝정해진 백년을 산다고 한들 ◇疾病憂
患(질병우환) 더니＝질병과 우환을 덜어내니 ◇非百歲人生(비백세인생)
이니＝백년도 살지 못하는 인생이니.

33
어졔 닉일이여 글일줄을 모로던가
이시라ᄒ드면 가랴마ᄂ제굿투여
보너고 글이ᄂ情은 나도몰ᄂᄒ노라. 松都名妓 黃眞伊

◉ 대조; 남창 19번과 중복. '어졔'는 '어져'의 잘못임.

34
쑴에 단니ᄂ길이 쟈최곳 나량이면
님의집窓밧기 石路ㅣ라도다르련마ᄂ

꿈씰이 자최업스니 그를슬허ᄒ노라.

◉ 대조; 남창 309번과 중복

35
꿈에 왓던님이 ᄭᅵ여보니 간듸업늬
耽耽이괴던ᄉ랑 날ᄇ리고어듸간고
꿈속이 虛事ㅣ라만졍 ᄌ로나뵈게ᄒ여라.

◉ 대조; 남창 310번과 중복

頭擧 (존자즌한닙)

36
寂無人 掩重門ᄒ듸 滿庭花落 月明時라
獨倚紗窓ᄒ여 長歎息ᄒ늰次에
遠村에 一鷄鳴ᄒ니 익긋늰듯ᄒ여라.

寂無人 掩重門(적무인엄중문)ᄒ듸 滿庭花落月明時(만정화락월명시)라
=중문을 닫고 홀로 적적한데 뜰에 가득 꽃이 떨어지고 달이 밝은 때
라 ◇獨倚紗窓(독의사창)ᄒ여 長歎息(장탄식)ᄒ늰 次(차)에=홀로 사창
에 기대어 오래도록 탄식을 하던 차에 ◇遠村(원촌)에 一鷄鳴(일계명)
ᄒ니 익 긋늰 듯ᄒ여라=먼 마을에서 닭이 우니 창자가 끊어지는 것처
럼 애가 타는 듯하구나.

37
이리혜고 져리혜니 속절업슨 혬만난다
險ᄭ즌人生이 술과져술앗늰가
至今에 아니죽늰쓰즌 님을보려ᄒ노라.

이리 혜고 져리 혜니 속졀 업슨 혬만 난다＝이렇게 헤아리고 저렇게
헤아리니 쓸데없는 생각만 난다 ◇險(험)꾸즌 人生(인생)이 술과져 술
앗눈가＝험하고 궂은 인생이 살고 싶어 살았겠는가.

38
이리ᄒ여 날속이고 뎌리ᄒ여 날속여다
冤讎이님을니졈즉도ᄒ다마는
前前에 言約이重ᄒ미 못니즐싄ᄒ노라.

怨讎(원수) 이 님을 니졈 즉도 ᄒ다마는＝원수처럼 여겨지는 이 임
을 잊을 만도 하다마는.

39
一刻이 三秋ㅣ라ᄒ니 열흘이면 몃三秋오
제마음즐겁거니 남의시름싱각ᄒ랴
千里에 님離別ᄒ고 줌못일워ᄒ노라.

一刻(일각)이 三秋(삼추)ㅣ라 ᄒ니＝한 시각이 가을 석 달처럼 길다
고 하니 ◇제 ᄆᆞᆷ 즐겁거니 남의 시름 싱각ᄒ랴＝제 마음이 즐거운데
남의 걱정을 생각할 여유가 있겠느냐.

40
한숨은 바롬이되고 눈물은 細雨되여
님쟈눈窓밧게 불면셔쑤리과져
날닛고 깁히든줌을 ᄭᆡ와볼까ᄒ노라..

님 쟈눈 窓(창)밧게 불면셔 쑤리과져＝임이 자는 창밖에 바람처럼
불면서 비처럼 뿌렸으면.

41

落葉에 두字만적어 西北風에 놉히씌여
月明長安에 님계신듸보니고져
眞實노 보오신後면 님도슬허ᄒ리라.

◉ 대조; 남창 432번과 중복

42

綠水靑山 깁푼골에 靑藜緩步 드러가니
千峯에白雲이요 萬壑에烟霧ㅣ로다
이곳이 景槩조흐니 예와놀녀ᄒ노라.

◉ 대조; 남창 109번과 중복

43

가다가 올지라도 오다가란 가지마소
뮈다가괼디라도 괴다가는뮈지마소
뮈거ᄂ 괴거놋中에 쟈고갈까ᄒ노라.

뮈다가 괼디라도 괴다가는 뮈지마소=미워하다가 사랑할지라도 사랑
하다는 미워하지 마시오.

44

石榴꼿 다盡ᄒ고 荷香이 시로이라
波瀾에노ᄂ鴛鴦 네因緣도부럽고나
玉欄에 홀올노지여서 시름계워ᄒ노라.

◉ 대조; '홀올노'는 '호올노'의 잘못임.

石榴(석류)꼿 다 盡(진)ᄒ고 荷香(하향)이 시로이라=석류꽃은 다 지

고 연꽃 향기가 새롭구나 ◇波瀾(파란)에 노는 鴛鴦(원앙)=물결에 노
는 원앙새 ◇玉欄(옥난)에 홀올노 지여서 시름계워 ᄒ노라=옥으로 만
든 난간에 홀로 기대어서 시름을 억제하기 어렵구나.

45
玉宇에 나린이슬 虫聲좃ᄎ 져저운다
金英을손조ᄯᅥ서 玉盃에씌윗신들
纖手로 勸헐듸업스니 그를슬허ᄒ노라. 李廷藎

◉ 대조; 작가 표시가 『해동악장』에는 安玟英으로 되었음.

玉宇(옥우)에 나린 이슬 虫聲(충성)좃ᄎ 져저 운다=집에 밤새 내린
이슬이 벌레소리를 따라 젖어 우는 것 같다 ◇金英(금영)을 손죠 ᄯᅥ셔
玉盃(옥배)에 씌윗신들='金英'(금영)은 金藥(금예)의 잘못인 듯. 금예는
국화의 다른 이름. 국화를 손수 따서 향내를 내고자 술잔에 띄운들.

46
碧梧桐 심은ᄯᅳ즌 鳳凰을 보렷더니
니심운탓신디 기다려도아니오고
밤中만 一片明月만 븬柯枝에걸녀셰라.

◉ 대조; 남창 111번과 중복

47
힌지면 長歎息ᄒ고 蜀魄聲예 斷腸廻라
一時나닛ᄌ터니 구즌비는무슴일고
갓득에 다셕은肝腸이 봄눈스듯ᄒ여라.

蜀魄聲(촉백성)에 斷腸廻(단장회)라=소쩍새 소리에 창자가 끊어지는

것 같다 ◇一時(일시)나 닛즈터니=한때나마 잊자고 하였더니 ◇봄눈
스둣 ᄒ여라=봄철에 눈 녹 듯하더라.

栗糖數大葉 (或稱半數㪌大葉)

48
남ᄒ여 片紙傳치말고 當身이 제오도여
남이남의일을 못일과져ᄒ랴마는
남ᄒ야 傳ᄒ온片紙니 일쏭말쏭ᄒ여라.

當身(당신)이 제오 도여=당신이 체부(遞夫)가 되어 ◇남이 남의 일
을 못 일과져 ᄒ랴마는=다른 사람이 다른 사람의 일을 못 이루게야
하랴마는

49
담안에 셧는곳이 牧丹인가 海棠花ㄴ가
힛쓱밝읏퓌여잇셔 남의눈을놀너느냐
두어라 님즈이시랴 나도것거보리라.

담안에 셧는 곳이=담 안에 서 있는 꽃이. 기생을 말하는 듯 ◇햇쓱
밝읏 퓌여 잇셔 남의 눈을 놀너느냐=해뜩 붉읏 피어 있어서 남의 눈
을 놀내느냐. 해뜩 붉읏은 흰 빛과 붉은 빛이 뒤섞여 있는 모양.

界面調 二數大葉 (女唱 初數大葉)

50
黃山谷도라드러 李白花를 것거쥐고
陶淵明ᄎᄌ리라 五柳村에드러가니

葛巾에 슐듯논소리논 細雨聲인가ᄒ노라.

黃山谷(황산곡) 도라 들어 李白花(이백화)를 것거 쥐고=황산의 골짜기를 돌아들어 흰 오얏꽃을 꺾어 쥐고. 황산은 송(宋)나라 황정견(黃庭堅)을, 이백은 당(唐)나라의 이백을 가리킴 ◇陶淵明(도연명) 츠즈리라 五柳村(오류촌)에 드러가니=도연명을 찾겠다고 오류촌에 들어가니. 도연명은 진(晉)나라 시인 도잠(陶潛)이며 그가 살던 곳이 오류촌임 ◇葛巾(갈건)에 술 듯논 소리논 細雨聲(세우성)인가 ᄒ노라=칡으로 만든 두건에 술을 거를 때 떨어지는 소리가 이슬비 내리는 소리가 아닌가 싶다.

51
黃河遠上白雲間ᄒ니 一片孤城 萬仞山을
春光이예로부터 못넘ᄂ니玉門關을
엇지타 一聲羌笛은 怨楊柳를ᄒᄂ고.

黃河遠上白雲間(황하원상백운간)에　一片孤城萬仞山(일편고성만인산)을=황하의 멀리 흰 구름 사이에 한쪽 외로운 성은 높은 산이로다 ◇春光(춘광)이 예로부터 못 넘ᄂ니 玉門關(옥문관)을=봄별도 예로부터 옥문관을 넘지 못한다. 옥문관(玉門關)은 중국 감숙성 돈황현에 있는 관문 ◇一聲羌笛(일성강적)은 怨楊柳(원양류)를 ᄒᄂ고=오랑캐의 피리 한 가락은 양류가락을 원망하는고. 양류는 노래 이름임. 이는 왕지어(王之漁)의 「凉州詞」(양주사) '黃河遠上白雲間 一片孤城百仞山 羌笛何須怨楊柳 春光不渡玉門關'(황하원상백운간 일편고성백인산 강적하수원양류 춘광부도옥문관)을 시조로 만든 것임.

52
金爐에 香─盡ᄒ고 漏聲이殘ᄒ도록

어듸가이셔 뉘ㅅ랑밧치다가
月影이 上欄干키야 脈바드려왓는고.

● 대조; '香一盡'은 '香盡'의 잘못임.

金爐(금로)에 香一盡(향일진)ᄒ고 漏聲(누성)이 殘(잔)ᄒ도록=향로에
향이 다하고 물시계의 물이 새는 소리가 다하도록. 밤이 다 새도록 ◇
어듸가 이셔 뉘 ㅅ랑 밧치다가=어디 가 있어 누구의 사랑을 받다가
◇月影(월영)이 上欄干(상난간)키야 脈(맥)바드려 왓는고= 달의 그림자
가 난간에 올라서야 남의 속마음을 떠보려고 왔느냐.

53
梨花雨 훗날닐제 울며잡고 離別ᄒ님
秋風落葉에 져도날싱각ᄒ는가
千里에 외로운꿈만 오락가락ᄒ돗다. 扶安名妓桂娘

● 대조; 남창 179번과 중복

54
늬精靈 술에섯겨 님의속에 흘너드러
九回肝腸을 寸寸이츠쟈가며
날닛고남向ᄒ 모음을 다슬우려ᄒ노라.

늬 精靈(정령) 술에 섯겨=나의 죽은 혼이 술에 섞여 ◇九廻肝腸
(구회간장)을 寸寸(촌촌)이 츠져 가며=기나긴 창자를 조금씩 조금씩
찾아가며. 괴로운 심정을 조금씩 달래가며 ◇남 向(향)ᄒ 모음을
다 슬우려=다른 사람에게 향한 마음을 다 쓸어버리려. 또는 없애
버리려.

55

잘시는 다날아들고 南樓에 북우도록
十洲ㅣ佳期는 虛浪타도ᄒᆞ리로다
두어라 눈넙운님이니 싀와어이ᄒᆞ리요.

南樓(남루)에 북 우도록=남쪽에 있는 누각에서 파루의 북이 울릴 때까지 ◇十洲ㅣ佳期(십주가기)는 虛浪(허랑)타도 ᄒᆞ리로다=십주와 좋은 시절은 허황되고 확실하지 못하다고 하겠다. 십주는 바다 가운데 있어 신선이 살고 있다고 하는 곳 ◇눈 넙운 님이니 싀와 어이 ᄒᆞ리요=견식과 학식이 많은 임이니 시기하여 어찌 하겠는가.

56

기럭이 산이로줍아 情드리고 길쓰려셔
님의집가는길을 歷歷히가르쳐두고
밤ㄷ中만 님싱각날제면 消息傳케ᄒᆞ리라.

기럭이 산이로 줍아=기러기를 산 채로 잡아 ◇歷歷(역력)히 ᄀᆞ릇쳐 두고=자세히 가르쳐 두고.

57

言約이느져가니 庭梅花도 다지거다
아츰에우던가티 有信타ᄒᆞ랴마는
그러나 鏡中蛾眉를 다스려나보리라.

言約(언약)이 느져가니 庭梅花(정매화)도 다 지거다=말로만 한 약속이 늦어가니 뜰에 핀 매화가 다 지겠다 ◇아침에 우든 가티 有信(유신)타 ᄒᆞ랴마는=아침에 울던 까치를 믿을 만하다고 하겠느냐만 ◇鏡中蛾眉(경중아미)를 다스려나 보리라=거울 속에 비추는 고운 눈썹을 가꾸어나 보리라.

58

桃花는 엇지ㅎ야 紅粧을 짓고서셔
細雨春風에 눈물은무슴일고
春光이 덧업슨줄을 못ㄴ슬허ㅎ노라.

◉ 대조; '細雨春風'은 '細雨東風'의 잘못임.

紅粧(홍장)을 짓고서셔=일부러 붉게 단장을 하고서 ◇細雨春風(세우춘풍)에=이슬비가 내리는 봄바람에 ◇덧 업슨 줄을 못ㄴ 슬허 ㅎ노라=항상 같지 않음을 끝내 서러워한다.

59

燈盞불 그물어갈졔 窓젼집고 드는님과
五更鍾나리올졔 다시안고눕는님을
아무리 白骨이塵土ㅣ된들 니즐쥴이잇시랴.

◉ 대조; 남창 218번과 중복.

60

니가슴 슬어는피로 님의얼골 그려니여
나자는房안에 簇子숨아거러두고
술쓰리 님싱각날제면 簇子ㄴ볼까ㅎ노라.

니 가슴 슬어 는 피로=내 가슴을 쓸어 내려 나온 피로. 내 애통한 심정으로 ◇술쓰리=알뜰하게.

61

相公을 뵈온後에 事事를 밋ㅈ오미
拙直호마음에 病들까念慮ㅣ러니
이리마 져리츠ㅎ시니 百年同抱ㅎ리라.

相公(상공)을 뵈온 後(후)에 事事(사사)를 밋즈오민=상공을 뵈온 뒤
에 모든 일을 다 믿고자 하니. 상공은 정승을 말함 ◇이리마 져리츠
ᄒ시니 百年同抱(백년동포) ᄒ리라=이렇게 하마 저렇게 하라 하시니
평생을 해로할까 하노라. 평양 기생 소백주(小柏舟)가 평안병사였던 박
엽(朴燁)의 명으로 장기를 두고 지은 시조로 알려졌음. 상공의 상은 상
(象)을, 사사의 사는 사(士)를, 졸직의 졸은 졸(卒)을, 병들까의 병은 병
(兵)을, 이리마의 마는 마(馬)를, 저리차의 차는 차(車)를, 백년동포의
포는 포(包)를 가리키는 것임.

62
누리소셔 누리소셔 萬千歲를 누리소셔
무쇠기동에곳뛰여열음열어ᄯ 드리도록누리소셔
그남아 億萬歲밧게 쏘萬歲를누리소셔.

무쇠기동에 곳뛰여 열음 열어 ᄯ 드리도록 누리소셔=무쇠로 만든
기둥에 꽃이 피고 열매가 열려 따 들일 때까지 누리십시오.

63
堯舜것튼 님군을좌와 聖代를 곳쳐보니
太古乾坤에 日月이光華 l 로다
우리도 壽域春臺에 놀고놀녀ᄒ노라. 成守琛

● 대조; 가번 56번과 중복. '놀고놀녀ᄒ노라'는 '同樂太平ᄒ리라'와 차이가 있
   음. '좌와'는 '뫼와'의 잘못.

64
南極壽星 돗아잇고 勸酒歌로 祝手 l 로다
오늘날老人들은 서로노즈勸ᄒᄂ고야
이後란 花朝月夕에 每樣놀녀ᄒ노라. 金汝根 永恩府院君

南極壽星(남극수성) 돗아 있고 勸酒歌(권주가)로 祝手(축수) ㅣ 로다＝
남극수성이 돋아 있고 권주가로 장수를 빈다. 남극수성은 남극노인성
이라고도 하며 사람의 수명(壽命)을 관장한다고 함.

65
窓外三更 細雨時에 兩人心思 兩人知라
新情이 未洽ㅎ야 하늘이쟝츠밝어오니
다시금 羅衫을뷔혀줍고 後ㄷ期約을뭇노라.

◉ 대조; '兩人心思'는 '兩人心事'의 잘못임.

窓外三更細雨時(창외삼경세우시)에　兩人心事兩人知(양인심사양인지)
라＝창밖에 이슬비가 내리는 한밤중에 두 사람 사이의 일을 두 사람이
아는지라 ◇新情(신정)이 未洽(미흡)ㅎ여＝새로운 정이 흡족하지 않아
서 ◇羅衫(나삼)을 뷔혀잡고 後ㄷ期約(후기약)을 뭇노라＝비단 적삼을
움켜잡고 다음 약속을 묻는다. 김명원(金命元;1534~1602)의 한시 '窓外
三更細雨時 兩人心事兩人知 新情未洽天將曉 更把羅衫問後期'(창외삼경
세우시 양인심사양인지 신정미흡천장효 갱파나삼문후기)를 시조로 만
든 것임.

66
蒼梧山崩 湘水絶이라야 이너시름이 업슬거슬
九疑峯구름이 가지록시로이라
밤ㄷ中만 月出於東嶺ㅎ니 님뵈온듯ㅎ여라.

蒼梧山崩 湘水絶(창오산붕상수절)이라야 이 너 시름이 업슬 거슬＝
창오산이 무너지고 상수의 물이 끊어진 뒤라야 나의 시름이 없을 것
을. 창오산(蒼梧山)은 순(舜) 임금이 죽은 곳이고 상수(湘水)는 소수(瀟

水)와 더불어 순의 왕비인 아황과 여영이 죽은 곳 ◇九疑峯(구의봉) 구름이 가지록 시로이라=구의봉에 떠 있는 구름이 갈수록 새롭구나. 구의봉(九疑峯)은 순 임금의 무덤에 있는 곳.

中擧 (즁허리드는자즌한닙)

67

梨花에 月白ᄒ고 銀漢이 三更인제
一枝春心을 子規야알냐마ᄂ
多情도 病이냥ᄒ여 ᄌᆷ일워ᄒ노라. 李兆年 高麗人

◉ 대조; 남창 259번과 중복, '즘일워'는 '즘못일워'의 잘못임.

68

瑤池에 봄이드니 碧桃花ㅣ 다퓌거다
三千年밋친열미 玉盤에담앗시니
眞實노 이반곳밧으시면 萬壽無疆ᄒ오리라.

瑤池(요지)에 봄이 드니=요지에 봄이 되니. 요지는 서왕모(西王母)가 사는 곳에 있다고 하는 연못 ◇三千年(삼천년) 밋친 열미=삼천년 만에 달린 열매. 요지의 복숭아는 삼천년에 한 번 달린다고 함 ◇이 반 곳 밧으시면=이 소반을 받으시면.

69

銀河에 물이지니 烏鵲橋ᄯ단말가
소잇근仙郞이 못건너오리로다
織女의 寸만ᄒ肝腸이 봄눈스듯ᄒ여라.

銀河(은하)에 물이 지니 烏鵲橋(오작교) 쓰단말가=은하수에 장마가 지니 오작교가 뜨겠구나 ◇소 잇근 仙郞(선랑)이=소를 이끄는 사랑하는 사람이. 견우성에 비유한 말임 ◇織女(직녀)의 寸(촌)만흔 肝腸(간장)이 봄눈 스듯ᄒ여라=직녀의 조그마한 간장이 봄철의 눈 녹 듯 하는구나.

70
곳보고 춤추ᄂᆞ나뷔 나뷔보고당싯 웃ᄂᆞ곳과
뎌둘의ᄉᆞ랑은 節節이오건마ᄂᆞᆫ
엇지ᄐᆞ 우리의ᄉᆞ랑은 가고아니오ᄂᆞᆫ고.

뎌 둘의 ᄉᆞ랑은 節節(절절)이 오건마ᄂᆞᆫ=저들 꽃과 나비의 사랑은 계절마다 어김이 없이 찾아오지마는.

71
蒼梧山 희진後에 二妃ᄂᆞᆫ 어듸가고
함ᄭᅴ못죽은들 셔름이야니즐소냐
千古에 이뜻알니ᄂᆞᆫ 뒷쑵힌가ᄒᆞ노라.

蒼梧山(창오산) 희진 後(후)에 二妃(이비)ᄂᆞᆫ 어듸 가고=창오산에 해가 진 뒤에 이비는 어디로 가고. 창오산(蒼梧山)은 중국 호남성에 있는 산으로 순 임금이 죽은 곳. 이비는 순 임금의 왕후인 아황과 여영임 ◇함ᄭᅴ 못 죽은 들 셔름이야 니즐소냐=두 왕비가 순 임금과 같이 죽지는 못했을망정 설움이야 잊겠느냐 ◇이 뜻 알니ᄂᆞᆫ 더쑵힌가=이러한 뜻을 아는 것은 창오산의 대나무 숲인가.

72
山村에 밤이드니 먼뒷기 즈져온다
柴扉를열고보니 하늘이츠고달이로다
뎌기야 空山줌든달을 즈져무슴ᄒᆞ리요.

◉ 대조; 남창 242번과 중복

73

東窓이 旣明커늘 님을너여 보너오니
非東方則明이라 月出之光이로다
脫鴛衾 退鴛枕ᄒ고 轉展反側ᄒ소라.

◉ 대조; 남창 243번과 중복

74

秋風이술아니라 北壁中防 뚤지마라
鴛鴦枕찬듯험도 님업슨타시로다
다만지 長夜殘燈에 轉展不寐ᄒ노라.

◉ 대조; '鴛鴦枕'은 '鴛鴦衾'으로 육당본 『靑丘永言』과 본 가집만 이렇게 되어
있음.

秋風(추풍)이 술 아니라=가을바람이 화살이 아니니 ◇鴛鴦枕(원앙
침) 찬듯험도 님 업슨 타시로다=원앙을 수놓은 베개가 차가운 것 같
음도 임이 없는 탓이로다.

75

가락지 짝을일코 네홀노 날ᄯ로니
네네짝츠즐제면 나도님을보련마는
짝일코 글이눈양이야 네ᄂ너ᄂ다르랴.

네네 짝 츠즐제면 나도 님을 보련마는=네 짝을 찾게 되면 나도 임
을 보겠지만 ◇짝 일코 글이는 양이야=짝을 잃어버리고 그리워하는
모습이야.

76

니가슴들듕腹板되고 님의가슴 樺榴등되여
因緣진부레풀노 時運지게붓첫시니
아무리 셕달장마ㄴ들 써러질줄이시랴.

● 대조; '들듕'은 '들츙'의 잘못임.

니 ᄀ슴 들듕 腹板(복판) 되고 님의 ᄀ슴 樺榴(화류) 등 되여='들듕'
은 '두츙(杜沖)'의 잘못. 내 가슴을 두츙의 배가 되고 임의 가슴은 화
류의 등이 되어. 두츙이나 화류는 좋은 목재임 ◇因緣(인연)진 부레풀
노 時運(시운)지게 붓첫시니=인연이 된 부레풀로 때의 운수에 맞게
붙였느니. 부레풀은 민어의 부레를 끓여 만든 접착제 ◇셕달 장마ㄴ들
=석 달간 계속되는 장마인들.

77

離別이 불이되니 肝腸이 타노미라
눈물이 비되니 끌뜻도하건마는
한숨이 ᄇ롬이되니 끌쏭말쏭ᄒ여라.

離別(이별)이 불이 되니 肝腸(간장)이 탸노미라=이별이 너무나 큰
충격이 되어 맹렬하게 타는 불과 같으니 간장이 다 타는구나 ◇눈물
이 비 되니 끌뜻도 ᄒ건마는=눈물이 비가 되어 끌 것도 같지마는.

78

寒松亭돌밝은밤에 鏡浦臺에 물이잔제
有信ᄒ白鷗논 오락가락ᄒ건마는
엇지타 우리의王孫은 가고아니오논고. 江陵妓

寒松亭(한송정) 돌 밝은 밤에 鏡浦臺(경포대)에 물이 잔제=한송정에
달이 밝은 밤에 경포대의 물결이 잔잔한 때에. 한송정과 경포대는 강원

도 강릉에 있는 정자와 누대 ◇엇지타 우리의 王孫(왕손)은 가고아니 오
는고＝어째서 우리의 사랑하는 임은 가고는 돌아올 줄을 모르는고

79
가을하늘 비긴빗츨 드는칼노 말나너여
天銀針五色실노 繡를노아옷슬지여
님계신 九重宮闕에 드려볼까호노라.

　　가을하늘 비 긴 빗츨 드는 칼로 말나 너여＝가을 하늘 비가 그쳐 개
었을 때의 화창한 햇볕을 잘 드는 칼로 재단하여 ◇天銀針 五色(천은
침오색) 실로 繡(수)를 노아 옷슬 지여＝좋은 은으로 만든 바늘과 오색
의 실로 수를 놓아 옷을 만들어서 ◇九重宮闕(구중궁궐)에 드려볼까
호노라＝임금이 계신 대궐에 들여보냈으면 한다.

80
房안에 혓는燭불 눌과離別 호엿관디
것츠로눈물지고 속타는줄모로는고
져燭불 날과갓트여 속타는줄모로도다.

◉ 대조; 남창 234번과 중복.

81
武王이 伐紂여시늘 伯夷叔齊 諫호오되
以臣伐君이 不可 ㅣ라諫톳던지
太公이 扶以去之호니 餓死首陽호니라.

◉ 대조; 남창 78번과 중복

82
西塞山前 白鷺飛호고 桃花流水 厥魚肥라

靑篛笠綠簑衣로 斜風細雨不須歸라
이곳에 張志華ㅣ 업스니 놀니젹어ᄒ노라.

西塞山前白鷺飛(서새산전백로비)ᄒ고 桃花流水鱖魚肥(도화유수궐어비)
라=서새산 앞에 백로가 날고 복숭아꽃이 떠 흘러가는 물에 쏘가리가
살졌다 ◇靑篛笠綠簑衣(청약립녹사의)로 斜風細雨不須歸(사풍세우불수
귀)라=푸른 삿갓과 도롱이로 비낀 바람에 가랑비 내리는데 돌아가 무
엇하겠느냐 ◇張志華(장지화)ㅣ 업스니 놀니 젹어 ᄒ노라=장지화 없
으니 놀 사람이 적다고 하겠다. 장지화는 당(唐)나라 때 사람.

83
뭇노라 져禪師야 關東景槩 엇더터니
鳴沙十里에 海棠花붉엇잇고
遠浦에 兩兩白鷗는 飛疏雨를ᄒ더라.

◉ 대조; '關東景槩'는 '關東風景'으로 본 가집만, '鳴沙十里'는 '明沙十里'로 서
  울대『樂府』, 『東歌選』에만 이렇게 되어 있음.

뭇노라 뎌 禪師(선사)야 關東景槩(관동경개) 엇더터니=묻겠다. 저 스
님아, 강원도의 경치가 어떻더냐 ◇遠浦(원포)에 兩兩白鷗(양양백구)는
飛疏雨(비소우)를 ᄒ더라=먼 포구에 쌍쌍이 나는 백구들이 어쩌다 내
리는 빗속을 날고 있더라.

84
고흘샤月下步에 깁스미 ᄇ람이라
곳앏히셧는態度 님의情을맛져세라
아마도 舞中寂愛는 春鸎囀인가ᄒ노라. 翼宗大王

고흘샤 月下步(월하보)에 깁 스미 ᄇ롬이라=곱구나. 달빛 아래를 거
닐을 때 비단 소매바람이라 ◇곳 앏히 셧는 態度(태도) 님의 情(정)을

맛져세라=꽃 앞에 서 있는 태도가 임의 정을 맡기었구나 ◇舞中 寂愛
(무중최애)는 春鶯囀(춘앵전)인가 ㅎ노라=춤 가운데 가장 사랑스러운
것은 춘앵전인가 한다. 춘앵전은 진연(進宴) 때 추는 춤. 익종(翼宗)이
대리청정 때 어머니인 순원왕후(純元王后)의 진찬연(進饌宴) 때 지어
올렸다고 함.

85
世上에 藥도만코 드는칼이 잇건마는
情버힐칼이업고 님니즐藥이업니
두어라 닛고버히기는 後天에나헐넌지.

  드는 칼도 잇건마는=예리한 칼도 있지마는 ◇情(정) 버힐 칼이 업
고 님 니즐 藥이 업니=인정을 자를 칼이 없고 님을 잊을 약이 없네
◇잇고 버히기는 後天(후천)에나 헐넌지=님을 잊고 정을 자르는 것은
먼 후세에나 하게 될지.

86
울며 줍운시미 떨치고 가지마쇼
迢遠長堤에 히다져무럿니
客窓에 殘燈도도고 시와보면알니라.

◉ 대조; 남창 284번과 중복

平擧 (막드는ㅈ즌한닙)

87
님이 혜오시미 나는전혀 밋덧더니
날ᄉ랑 ㅎ던情은 뉘손딕옴기시고
前前에 뫼시던거시면 이딕도록셜우랴.

님이 혜오시미 나는 전혀 밋엇더니=님이 헤아려주심에 나는 전적으
로 믿었더니 ◇뫼시던 거시면 이더도록 셜우랴=미워하시던 것이라면
이처럼 서러우랴.

88
草堂 秋夜月에 蟋蟀聲도 못禁커든
무슴호리라 夜半에 鴻雁聲고
千里에 님離別호고 좀못일워호노라.

草堂 秋夜月(초당추야월)에 蟋蟀聲(실솔성)도 못 禁(금)커든=초당에
가을 달이 밝은 밤에 귀뚜라미 우는 소리도 막지 못하거든 ◇夜半(야
반)에 鴻雁聲(홍안성)고=밤중에 기러기 우는 소리인가.

89
달아 우지마라 일우노라 쟈랑마라
半夜秦關에 孟嘗君이아니로다
오날은 님오신날이니 아니운들엇더리.

◉ 대조; 남창 334번과 중복. '달아'는 '닭아'의 잘못임.

90
달아 우지마라 옷버서 中錢듀료
날아시지마라 닭의손디비럿노라
無心호 東녁다히논 暫暫밝아오도다.

◉ 대조; 남창 335번과 중복. '달아'는 '닭아'의 잘못임.

91

누구 나쟈는窓밧게 碧梧桐을 심우닷턴고
月明庭畔에 影婆娑도됴커니와
밤ㄷ中만 굴근빗소리예 이긋는듯ᄒ여라.

누구 나 쟈는 窓(창) 밧게 碧梧桐(벽오동)을 심우닷턴고=누가 내 자
는 창밖에 벽오동을 심었는가 ◇月明庭畔(월명정반)에 影婆娑(영파사)
도 됴커니와=달빛이 밝은 뜰에 그림자가 너울대는 것도 좋거니와 ◇
굴근 빗소리예 이 긋는 듯ᄒ여라=소나기 내리는 소리에 창자가 끊어
지는 듯하구나.

92

綠草淸江上에 굴네버슨 말이되여
씨씨로ᄆ리드러 北向ᄒ여우는ᄯ즌
夕陽이 지넘어가니 님ᄌ글여우노라.

綠草 淸江上(녹초청강상)에 구레 버슨 말이 되여=푸른 풀이 우거진
맑은 강가에 굴레를 벗은 말이 되여. 벼슬을 그만두고 ◇씨씨로 ᄆ리
드러 北向(북향)ᄒ여 우는 ᄯ즌=아무 때나 머리를 들어 북쪽을 향하
여 우는 뜻은 ◇夕陽(석양)이 지 넘어가니 님ᄌ 글여 우노라=석양이
고개를 넘어가니 임자를 그리워하여 운다. 임금의 죽음을 슬퍼함.

93

ᄉ랑 거즛말이 님날ᄉ랑 거즌말이
ᄭ움에와뵈단말이 긔더욱거즛말이
날것치 ᄌ움아니오면 어늬ᄭ움에뵈리요.

ᄭ움에 와 뵈단 말이 긔 더욱=꿈에 나타나서 보인다고 하는 말이 그
것이 더욱.

94
님을 밋을것가 못밋을슨 님이시라
밋어온時節도 못밋을쥴아라스라
밋기야 어려워마는 아니밋고어이ᄒ리.

님을 밋을 것가 못 밋을슨 님이시랴=님을 믿을 것인가 믿지 못할 것은 님이로다 ◇밋어온 時節(시절)도 못 밋을 쥴 아라스라=믿을 만한 시절도 못 믿을 줄 알았도다.

95
楚江漁父들아 고기낙가 삼지마라
屈三閭忠魂이 魚腹裡에둣럿ᄂ니
아무리 鼎鑊에술문들 닉을쥴이잇시랴.

◉ 대조; '둣럿'은 '들엇'의 잘못임.

楚江 漁夫(초강어부)들아=초강의 어부들아. 초강(楚江)은 굴원이 빠져 죽은 멱라수를 말함 ◇屈三閭 忠魂(굴삼려충혼)이 魚腹裏(어복리)에 둣럿ᄂ니=굴삼려의 충성된 넋이 고기의 뱃속이 들었으니. 굴삼려는 굴원(屈原)을 가리킴 ◇鼎鑊(정확)에 술문들 닉을 쥴이 잇시랴=솥에다 넣고 삶은들 익을 까닭이 있겠느냐.

96
남도 쥰비업고 바든바도 업건마는
怨讎白髮은 어드러로온거인고
白髮이 公道ㅣ 업도다 날을몬져비이너.

남도 쥰 비 업고 바든 바도 업건마는=남에게 준 일도 없고 받은 일도 없건마는 ◇어드러로 온거인고=어디서부터 따라온 것인고 ◇公道

(공도) l 업도다 날을 몬져 빅이니=공평한 도리를 어기는 일이 없구
나. 나에게 먼저 재촉하네.

97
뉘뉘니르기를 淸江沼이 깁다턴고
비오릐ㄱ슘이 半도아니줌겨세라
아마도 깁고깁기는 님이신가ᄒ노라.

　뉘뉘 니르기를 淸江沼(청강소)이 깁다턴고=누구누구가 말하기를 맑
은 강에 패인 웅덩이가 깊다고 하던고 ◇비오릐 ㄱ슘이 半(반)도 아니
줌겨세라=비오리의 가슴이 반도 잠기지 아니하였구나.

98
글여 스지말고 출하로 죽어져셔
月明空山에뎝똥시 넉시되여
시도록 피나게우러 님의귀예들니리라.

　◉ 대조; ‘죽어져셔’는 육당본 『靑丘永言』과 본 가집만 이렇게 되어 있음.

　글여 스지 말고 출하로 죽어져셔=그리워하며 살지 말고 차라리 죽
어서 ◇月明空山(월명공산)에 뎝똥시 넉시 되여=달이 밝게 비치는 적
막한 산에 접동새의 넋이 되어.

99
두어도 다셕논肝腸 드는칼로 벼혀니여
珊瑚箱白玉函에 點點이담앗다가
아무나 가는이잇거든 님계신듸보너리라.

　드는 칼로 벼혀니여=잘 드는 예리한 칼로 베어 내어 ◇珊瑚箱 白玉
函(산호상백옥함)에=산호와 백옥으로 만든 상자에 ◇가는 이 잇거든=

가는 사람이 있거든.

100
大川바다 한가운디 뿌리업슨 남기나셔
柯枝는 열둘이요 닙흔 三百예슌닙히로다
그남게 여름이열니되 다만둘뿐이러라.

뿌리 업슨 남기 나셔=뿌리가 없는 나무가 생겨나서 ◇柯枝(가지)는
열둘이요 닙흔 三百(삼백) 예슌 닙히로다=가지는 열둘이요 잎은 삼백
예순 잎이로다. 가지는 달을, 잎은 날을 가리킴 ◇그 남게 여름이 열
니되=그 나무에 열매가 열리기를.

101
春水ㅣ 滿四澤ㅎ니 물이만하 못오던가
夏雲多奇峯ㅎ니 山이놉하못온던가
秋月이 揚明輝어든 무음탓슬ㅎ리요.

◉ 대조; '온던가'는 '오던가'의 잘못임.

春水滿四澤(춘수만사택)ㅎ니=봄철의 물이 사방의 웅덩이에 가득하
니 ◇夏雲(하운)이 多奇峰(다기봉)ㅎ니=여름철의 구름은 기이한 봉우
리처럼 되는 때가 많으니 ◇秋月(추월)이 揚明輝(양명휘)어든=가을 달
이 드높이 밝게 비추거든. 도연명(陶淵明)의 「四時」(사시)인 '春水滿四
澤 夏雲多奇峰 秋月揚明輝 東嶺秀孤松'(춘수만사택 하운다기봉 추월양
명휘 동령수고송)을 시조로 만든 것임.

102
大旱七年인제 湯님군이 犧牲되여
剪爪斷髮ㅎ고 桑林野에비르시니
湯王이 盛德이格天ㅎ샤大雨ㅣ方 數千里를ㅎ니라.

大旱七年(대한칠년)인제 湯(탕)님군이 犧牲(희생) 되어=칠 년 동안의 커다란 가뭄에 은(殷)나라의 탕 임금이 희생되어 ◇剪爪斷髮(전조단발)ᄒ고 桑林野(상림야)에 비르시니=손톱을 깎고 머리를 자르고 상림야에서 빌으시니 ◇聖德(성덕)이 格天(격천)ᄒ샤 大雨ㅣ方數千里(대우방수천리)를 ᄒ니라=임금의 덕이 하늘에 사무쳐 큰 비가 사방 수천 리에 내리시다.

103
春風 桃李花들아 고은樣子 ᄌ랑마라
蒼松綠竹을 歲寒에보렴우나
貞貞코 落落ᄒ節을 곳칠줄이잇시랴.

⦿ 대조; 남창 301번과 중복

104
金生 麗水ㅣ라ᄒ니 물마다 金이나며
玉出崑崗인들 뫼마다玉이나랴
아무리 女必從夫ㄴ들 님님마다좃츠랴.

金生麗水(금생여수)ㅣ라 ᄒ니=금은 여수에서 난다고 하니. 여수는 지명임 ◇玉出崑崗(옥출곤강)인들=옥은 곤강에서 나온다고 한들. 곤강은 곤륜산의 다른 이름 ◇女必從夫(여필종부)ㄴ들=지어미는 반드시 지아비를 따라야 한다고 한들.

105
恨唱ᄒ니 歌曲咽이요 愁飜ᄒ니 舞袖遲라
歌聲咽舞袖遲ᄂ 님글이ᄂ탓시로다
西陵에 日欲暮ᄒ니 잇긋ᄂ듯ᄒ여라.

106
於臥 王昭君이여 싱각건디 불상홀쏜
漢宮粧胡地妾에 薄命홈도그지업다
至今에 死留靑塚을 못니슬허ㅎ노라.

於臥(어와) 王昭君(왕소군)이여 싱각건디 불상홀쏜=아 왕소군이여 생각하니 불쌍하구나. 왕소군(王昭君)은 한(漢)나라 궁녀로 호지(胡地)에 바치는 몸이 되어 후에 거기에서 죽었음 ◇漢宮粧 胡地妾(한궁장호지첩)에 薄命(박명)홈도 그지 업다=한(漢)나라 궁녀에 오랑캐 땅의 첩이 되니 박명하기도 끝이 없다 ◇死留靑塚(사유청총)을 못니 슬허 ㅎ노라=죽어 청총만 남음을 끝내 서러워하노라. 청총(靑塚)은 왕소군의 무덤으로 중국 유원성(綏遠省) 귀유현(歸綏縣)에 남아 있음.

107
녜라 이러ㅎ면 이얼골을 기렷시랴
愁心이실이되야 구뷔구뷔밋쳐잇셔
아무리 푸르려ㅎ여도 씃간데를몰너라.

녜라 이러 ㅎ면 이 얼골을 기렷시랴=예전에 이러했으면 이 얼굴을 지녔으랴 ◇愁心(수심)이 실이 되야=수심이 실처럼 뒤엉겨서 ◇푸로려 ㅎ여도 씃 간 데를 몰너라=풀려고 해도 끝이 간 곳을 모르겠다. 풀기 어렵다.

頭擧 (존즈즌한닙)

108
天地는 萬物之逆旅요 光陰은 百代之過客이라

人生을헤아리니 渺滄海之一粟이로다
두어라 若夢浮生이니 아니놀고어이리.

天地(천지)는 萬物之逆旅(만물지역려)요 光陰(광음)은 百代之過客(백
대지과객)이라=천지는 만물의 여인숙과 같고 세월은 백대를 지나는
나그네와 같다 ◇渺滄海之一粟(묘창해지일속)이로다=넓은 바다에 좁
쌀 한 알과 같도다 ◇若夢浮生(약몽부생)이니=꿈에서 보는 덧없는 삶
과 같으니.

109
壬戌之秋 七月旣望에 비를타고 金陵에나려
손조고기낙가 고기쥬고슬을스니
至今에 蘇東坡업스니 놀니덕어ᄒ노라.

壬戌之秋 七月旣望(임술지추칠월기망)에=임술년 칠월 16일에. 송(宋)
나라 소식(蘇軾)의 글「赤壁賦」(적벽부)의 첫머리임 ◇金陵(금릉)에 나
려=금릉에 나려가서. 금릉은 중국 남당(南唐)의 도읍지였음 ◇蘇東坡
(소동파) 업스니 놀 니 덕어=소동파가 없으니 놀 사람이 적어. 소동파
는 소식을 가리킴.

110
雪月이 滿窓흔듸 바룸아 부지마라
曳履聲아닌쥴은 判然이알건마눈
글입고 아쉬온ᄆ음에 힝혀귄가ᄒ노라.

◉ 대조; 남창 381번과 중복

111
무서리 술이되여 滿山을 다勸ᄒ니

어제푸른닙히 오늘아츰다붉거다
白髮도 검길쥴알냥이면 우리님도勸ㅎ리라.

　무서리 술이 되여 滿山(만산)을 다 勸(권)ㅎ니=묽은 서리가 술이 되
어서 모든 산을 다 권하니. 서리를 맞은 잎들이 단풍이 들었다 ◇白髮
(백발)도 검길 쥴 알 냥이면=백발도 검게 할 수 있다면.

　　112
不老草로 비즌술을 萬年盃예 가득부어
줍우신盞마다 비나니南山壽를
眞實로 이盞곳줍우시면 萬壽无疆ㅎ오리라.

　萬年盃(만년배)예 가득 부어=마시면 만년을 산다고 하는 술잔에 가
득 부어 ◇이 盞(잔)곳 잡우시면=이 잔을 잡으시면.

　　113
자다가 씨여보니 님의게셔 片紙왓늬
百番남아펴보고 가슴우희언젓더니
굿터나 무겁든아니ㅎ되 가슴이답답ㅎ더라.

　● 대조; 남창 378번과 중복

　　114
달쓰쟈빅써나니 이제가면 언제오리
萬頃滄波에 나는덧도라오소
밤ㄷ中만 至菊叢소릭에 익긋는듯ㅎ여라.

　萬頃蒼波(만경창파)에 나는 덧 도라오소=넓고 푸른 뱃길에 나는 것
처럼 빨리 돌아오시오 ◇至菊叢(지국총) 소리에 =배 젓는 소리에.

115

百川이東到海ᄒ니 何時에 復西歸오
古往今來에 逆流水ㅣ 업건마ᄂ
엇지타 肝腸석ᄂ눈물은 눈으로서소ᄉᄂ고.

　　百川(백천)이　東到海(동도해)ᄒ니　何時(하시)에　復西歸(부서귀)오=모
든 하천이 동쪽으로 흘러 바다에 이르니 언제 다시 서쪽으로 흘러가
리오 ◇古往今來(고왕금래)에　逆流水(역류수)ㅣ　업건마ᄂ=예전부터 지
금까지 거꾸로 흐르는 물이 없건마는.

116

玉燈에 불이밝고 金爐에 香ᄂ나니
芙蓉깁푼帳에 혼ᄌ씨여싱각더니
窓밧게 曳履聲나니 가슴금즉ᄒ여라.

　　玉燈(옥등)에　불이　밝고　金爐(금로)에　香(향)ᄂ　나니=등잔에 불이 환
히　밝고　화로에　향내　난다　◇芙蓉(부용)　깁푼　帳(장)에=규방 깊숙한
곳에　◇曳履聲(예리성)　나니　가슴　금즉=신발 끄는 소리가 들리니 가
슴이 끔적.

117

玉欄에 곳이푸니 十年이 어늬덧고
中夜悲歌에 눈물겨워안쟈이셔
술쓰리 셜운ᄆ음은 나혼ᄌ닌가ᄒ노라.

　◉ 대조; 남창 413번과 중복

118

一生에 얄뮈울쓴 거미外예 쏘잇ᄂ가
제비알푸러닉여 망녕그물믹자두고
곳보고 츔츄ᄂ나뷔를 다잡우려ᄒᄂ니.

生(일생)에 얄믜울쓴 거미 外(외)에 쏘 잇눈가=생전에 얄미운 것
은 거미 외에 또 있는가 ◇제 비알 푸러닉여 망녕 그물 믜자두고=자
기 배를 풀어서 망령되게 그물을 쳐두고.

119
뒷뫼혜 쎄구름지고 압닉에 안기로다
비올지눈이올지 바롬부러즌셔리칠지
먼뒷님 오실지못오실지 기만홀노즛더라.

뒷 뫼헤 쎄 구름 지고 압 닉에 안기로다=뒷산에 떼구름 끼고 앞개
울에 안개가 자욱하다.

120
압못세 든고기들아 네와든다 뉘너를 모라다가 넉커늘든다
北海淸沼를 어듸두고이못세와든다
들고도 못나는情은 네오닉오다르랴.

◉ 대조; 남창 156번과 중복

弄歌

121
月正明 月正明커늘 빈를타고 秋江에드니
물아리 하늘이요 하늘우희돌이로다
兒禧야 져달을건져스라 玩月長醉ᄒ리라.

뎌 둘을 건져스라 玩月長醉(완월장취) ᄒ리라=저 달을 건져 올려라.
달을 완상하며 오래도록 취하리라.

122

楚山에 나무뷔는兒薈 나무뷜제힝혀 더뷜세라
그더ᄌ라거든뷔혀 히요리라낙싯더를
우리도 그런쥴아오미 나무만뷔려ᄒ노라.

나무 뷜제 힝혀 더 뷜세라=나무를 벨 때 행여나 대나무를 버힐가 두렵다.

123

草堂뒤헤와안저 우는숏적디시야 암숏적다신다 슈숏직다우는신다
空山이어듸업셔 客窓에와안져 우는다저숏적다시야
空山이 ᄒ고만ᄒ되 울듸달나우노라.

암 숏적다신다 슈 숏적다우는신다=암놈 소쩍새냐 수놈 소쩍새냐 ◇ 空山(공산)이 ᄒ고 만ᄒ되 울듸 달나 우노라=아무도 없는 쓸쓸한 산이 많고 많지만 울 곳이 달라 우노라.

124

아자아자 나쓰든 되黃毛試筆 首陽梅月을 검게갈아흠벅찍어
窓쪈에언졋더니뒥더글구으러 쏙나려지거고 이제도라가면 엇어올法이시련마는
아무나 엇어가져서글여나보면알니라.

되 黃毛試筆(황모시필) 首陽梅月(수양매월)을=중국에서 나는 족제비 털로 만든 좋은 붓과 수양이나 매월과 같은 좋은 먹을 ◇어더 가져셔 글여나 보면 알니라=얻어 가져서 그려나 보면 알 것이다.

125

玉돗치 돌돗치니무뒤던지 月中桂樹ㅣ 나남기시위도다

廣寒殿뒷뫼헤잔다복소서리여든 아니어득져뭇ᄒ랴
뎌돌이 김의곳업스면 님이신가ᄒ노라.

◉ 대조; '잔다복소'는 '잔다복솔'의 잘못임.

玉(옥)돗치 돌돗치니 무듸던지 月中 桂樹(월중계수) ㅣ 나남기니 시위
도다=옥도끼 돌도끼의 이가 무듸던지 달 가운데 계수나무가 남아 있
구나 ◇廣寒殿(광한전) 뒷뫼헤 잔다복소 셔리여든 아니 어득 져뭇ᄒ랴
=광한전의 뒷산에 잘디잔 다북솔이 서리어 있거든 어찌 어두컴컴하지
않겠느냐. ◇뎌달이 김의곳 업스면 님이신가=저 달에 기미만 없다면
님이 될 수가 있다.

126
却說이라玄德이 檀溪건너갈제 的顱馬야 날술녀라
압헤는긴江이요뒤헤 ᄯ루ᄂ니蔡瑁ㅣ로다
어듸셔 常山趙子龍은 날못ᄎᄌᄒᄂ니.

却說(각설)이라 玄德(현덕)이 檀溪(단계)건너 갈제 的驢馬(적려마)야
날 술녀라=각설하고 현덕이 단계를 건너갈 때 적려마야 나를 살리거
라. 각설(却說)을 화제(話題)를 바꿀 때 쓰는 말. 현덕은 유비(劉備)의
자(字). 단계는 중국 호북성 양양현에 있는 계류로 유비가 도망할 때
적려마를 타고 한 번에 건넜다고 함. 적려마는 유비의 애마(愛馬) ◇蔡
瑁(채모)ㅣ로다=채모로구나 채모는 위(魏)나라 사람 ◇常山 趙子龍(상
산조자룡)은 날 못 ᄎ쟈 ᄒᄂ니=상산 사람 조자룡은 나를 찾지 못하
느냐. 조자룡은 유비의 부하인 조운(趙雲)의 자(字)임.

127
綠陰芳草욱어진골에 谷口哩哢우는 져쐬쏘리식야

네소리어엿부다맛치 님의소리것틀시고
眞實노 너안코님계시면 비겨나볼짜ᄒ노라.

谷口嚦哢(곡구리롱) 우는=쬐꼬리롱 하며 우는 ◇너 안코 님 계시면
비겨나 볼짜 ᄒ노라=너 있고 님 계시면 서로 견주어나 볼까 하노라.

128
生미줍아길쁘려 豆麻쏑산영보너고
白馬싯겨바ᄂ러 뒷東山松枝에미고 손조구글무지낙가 움버들에쎄여물에
치와두고
兒禧야 날볼손오셔드란 긴여흘로슐와라.

豆麻(두마) 쏑산영 보너고=두메로 꿩 사냥을 보내고 ◇白馬(백마)
싯겨 바 느러 뒷 東山 松枝(동산송지)에 미고=백마를 씻겨서 밧줄을
길게 늘여 뒷동산 소나무 가지에 매고 ◇손조 구글무지 낙가 움버들
에 쎄여 물에 치와 두고=직접 구굴무치를 잡아 새로 난 버들가지에
꿰여 물에 채워두고 ◇날 볼 손 오셔드란 긴 여흘로 슐와라=나를 만
나겠다는 손님이 오시거든 긴 여울에 와서 알려라.

129
玉皇께 울며白活ᄒ여 별악上宰 나리오셔
霹靂이震動ᄒ며 쎄치소셔離別두字
그졔야 情든님다리고 百年을同住ᄒ리라.

玉皇(옥황)께 울며 白活(발괄) ᄒ여 별악上宰(상재) 나리오셔=옥황상
제에게 울며 호소하여 벼락상좌를 내리십시오 ◇霹靂(벽력)이 震動(진
동)ᄒ며 쎄치소셔 離別(이별) 두 字(자)=벼락이 진동하면서 깨치십시오.
이별이란 두 글자를.

130
우리들이 後生ᄒ여 네나되고 너너되여
너너글여굿던이를너도 날글여굿쳐보렴
平生에 너셜워ᄒ던줄을 돌녀나보면알니라.

● 대조; 남창 359번과 중복. '우리들이'는 '우리둘이'의 잘못임.

131
北斗七星ᄒ나둘셋넷다셔여셧일곱분게 憫惘ᄒ白活 所志ᄒ張알외너이다
글이던님을만나 情엣말슴치못ᄒ여 날이쉬시니글노憫惘
밤ᄃ中만 三台星差使노아 싈별업시ᄒ소셔.

憫惘(민망)ᄒ 白活所志(백활소지) ᄒ 張(장) 알외너이다=답답하고 억울한 심정을 진정하는 글 한 장을 아뢰옵니다. '白活'(백활)은 이두 표기로 '발괄'이라 읽음. ◇글이던 님을 만나 情(정)엣 말슴 치 못ᄒ여 날이 쉬 시니 글노 憫惘(민망)=그리워하던 님을 만나 정겨운 말씀을 미처 못하였는데 날이 빨리 새니 그것으로 답답하고 억울합니다 ◇三台星(삼태성) 差使(차사) 노아 싈별 업시 ᄒ소셔=삼태성에게 사자를 보내어 샛별을 없애도록 하시옵소서.

132
ᄌ네집에 술이닉거든 부듸날을 부르시소
草堂에곳이픠여드란 나도ᄌ네를請ᄒ옴시
百年쩟 시름업슬쐬를 議論콰져ᄒ노라.

● 대조; 남창 400번과 중복

133
한손에 막ᄃ를들고 ᄯ한손에가싀를쥐여
늙는길가싀로막고 오는白髮을믹로티렷터니

白髮이 제몬저알고 즈렘길노오도다.

미로 티렷터니＝막대기로 때리려고 하였더니 ◇白髮(백발)이 제 몬
져 알고 즈렘길노 오도다＝백발이 제가 먼저 알고 지름길로 오더라.

134
華山道師 袖中寶로 獻壽東方 國太公을
靑牛十回白蛇節에 開封人是玉泉翁을
이盞에 千日酒가득부어 萬壽无疆비너이다.

華山道師袖中寶(화산도사수중보)로 　 獻壽東方國太公(헌수동방국태공)
을＝화산도사의 소매 속의 보물로 동방의 국태공(國太公)에게 헌수를.
국태공은 흥선대원군 이하응(李昰應)을 말함 ◇靑牛十回白蛇節(청우십
회백사절)에 開封人是玉泉翁(개봉인시옥천옹)을＝오래된 소나무의 정령
이 열 번을 돌아 흰 뱀의 징험이 되니 이것을 여는 사람은 옥천옹이
다. 옥천옹(玉泉翁)이 누구인지 미상임.

羽樂

135
萬頃滄波之水에 둥둥썻는 불약금이게오리들과
비솔금성중경이동당 江城너시두룸이들아 너썻논물깁피를 알고둥썻논모
로고둥썻는
우리도 남의님거러두고 깁피를몰나ㅎ노라.

둥둥 썻논 불약금이 게오리들과 비슬금성 중경이 동당 江城(강성)
너시 두룸이들아＝둥둥 떠 있는 불약금이 거위와 오리들과 비실대는
짐승 중경이 동당거리는 강 위의 너시 두루미들아.

136

諸葛亮은 七縱七擒ᄒ고 張翼德은 義釋嚴顏ᄒ엿ᄂ니
셩껍다華容道좁운길노 曹孟德이술단말가
千古에凜凜ᄒ大丈夫는 漢壽亭侯신가ᄒ노라

◉ 대조; 남창 567번과 중복. '술단말가'는 '술아가단말가'의 잘못임.

137

大棗 볼붉은柯枝 에후루혀 훌터ᄯ담고
올밤닉어벙그런진柯枝 휘두드려발ᄂ듀어담고
벗모하 草堂으로드러가니 술이樽에豊充淸이세라.

◉ 대조; 남창 142번과 중복

138

ᄉ랑ᄉ랑긴ᄉ랑 기쳔갓치 너너ᄉ랑
九萬里長空에 넌즈러지고남ᄂ ᄉ랑
아마도 이님의ᄉ랑은 가업슨가ᄒ노라.

기쳔갓치 너너 ᄉ랑=개천처럼 길고 긴 사랑 ◇九萬里長空(구만리장공)에 넌즈러지고 남ᄂ ᄉ랑=멀고 높은 하늘까지 넘쳐나고 남는 사랑.

139

물아리 細가락모러 아무만밟다발자최나며
님이날을아무만괴인들 너아던가님의情을
狂風에 디붓친沙工것치 깁피를몰ᄂ ᄒ노라.

◉ 대조; 남창 569번과 중복.

140

물아리 그림ᄌ지니 다리우희 즁이간다

더듬아거기셔거라 너어듸가노말무러보쟈
손으로 白雲을가르티며 말아니코가더라.

◉ 대조; 남창 568번과 중복

141
此生寃讐 이離別두字 어이ᄒ면 永永아조업시일쏘
가슴에무윈불니러나랑이면 얽동혀더져술암즉도ᄒ고 눈으로소슨물바다히
되면 풍덩드룻쳐씌우련마ᄂ
아무리 술우고씌운들 한숨을어이ᄒ리요.

◉ 대조; 남창 592번과 중복.

142
ᄇ람은 地動치듯불고 굿즌비ᄂ 붓드시온다
눈情에거룬님을 오늘쌤셔로만나자ᄒ고 釁척쳐셔盟誓ㅣ밧닷더니 이風雨
中에제어이ᄒ리
眞實노 오기곳오량이면 緣分인가ᄒ노라.

◉ 대조; 남창 593번과 중복. '제이이ᄒ리'는 '제어이오리'로 되어 있음.

143
님과나와 부듸둘이 離別업시 스자ᄒ엿더니
平生寃讐惡因緣(一作阿只년)이이셔 離別노굿터나여희연제고
明天이 너쓰즐아오스 離別업시ᄒ소셔.

◉ 대조; '惡緣'은 '惡因緣'으로, '굿태나'는 '離別로굿터나'로 되어 있음.

平生 怨讐(평생원수) 惡因緣(악인연)이 이셔 離別(이별)노 굿터나 여
휘연제고＝평생의 원수가 되는 고약한 인연이 있어서 이별로써 구태여
이별하게 되었구나.

144
玉에는 틔나잇지 말곳ㅎ면 다書房인가
니안뒤혀남못뵈고 天地間에 이런답답훈일이쏘어듸잇나
열놈이 百말을헐지라도 勸酒ㅎ여드르시소.

◉ 대조; 남창 147번과 중복

145
죽어 니져야ㅎ랴 술아서 글여야ㅎ랴
죽어닛기도어렵고술아 글이기도어려웨라
저님아 한말슴만ㅎ소리보ᄌ 死生決斷ㅎ리라.

◉ 대조; 남창 323번과 중복

146
柚子는 根源이重ㅎ야 한곡지예 둘씩셋씩
狂風大雨라도 쩌러질쥴모로는고야
우리도 져柚子갓치 쩌러질쥴모로리라.

　柚子(유자)는 根源(근원)이 重(중)ㅎ야 한 곡지예＝유자의 열매는 근원을 중히 여겨 한 꼭지에 ◇狂風大雨(광풍대우)라도＝사나운 바람과 많은 비에라도.

147
君不見黃河之水 天上來ㅎ다 奔流到海 不復廻라
又不見高堂明鏡悲白髮ㅎ다 朝如靑絲暮成雪이로다
人生得意須盡歡이니 莫使金樽으로 空對月을ㅎ소라

◉ 대조; 남창 573번과 중복. 'ㅎ다'는 '호다'의 잘못임.

148
압논에오레를뷔혀 白花酒를비져두고

뒤東山松枝에 箭筒우희활지여걸고 흣더진바독쓰룻치고 고기를낙가 움버
들에쎄여물에치와두고
兒禧야 날볼손오셔드란 긴여흘노술와라.

◉ 대조; 남창 461번과 중복. 남창에 있는 '쓰룻치고' 다음 '손조 구글무지낙
가움버들에쎄여 돌지줄너물에치와두고'와 차이가 있음.

149
압너나 뒷너나中에 소먹이는 아희놈들아
압너옛고기와뒷너옛고기를 다몰쏙줍아니다락씨에너허 쥬어든네쇠 궁둥
치예걸쳐다가쥬렴
우리도 밧비가는길이오믹 傳헐쏭말쏭ㅎ여라.

◉ 대조; 남창 509번과 중복. 종장이 남창에는 '우리도 西疇에 일이 만하 소
먹여밧비 모라가는 길히오믹 傳헐쏭말쏭ㅎ여라'로 되어 있음.

150
스랑을 스쟈ㅎ니 스랑팔니 뉘이시며
離別을팔즈ㅎ니 離別스리뉘이시리
스랑離別을 팔고스리업스니 長스랑長離別인가ㅎ노가.

스랑을 스쟈 ㅎ니 스랑 팔 니 뉘 이시며＝사랑을 사자고 하니 사랑
을 팔 사람이 누가 있으며 ◇離別(이별)을 팔즈ㅎ니 離別(이별) 스리
뉘 이시리＝이별을 팔자 하니 이별 살 사람이 누가 있으랴

151
스랑을찬찬얽동혀뒤셜머지고 泰山峻嶺을 허위허위넘어가니
모르는벗님네는 그만ㅎ야브리고가라ㅎ건마는
가다가 쟈즐녀죽을쎈졍 나는아니브리고갈까ㅎ노라.

ᄉ랑을 찬찬 얽동혀 뒤설머지고=사랑을 칭칭 얽고 동여 짊어지고
◇그만ᄒ야 ᄇ리고 가라 ᄒ건마는=그만하면 버리고 가라고 하지마는
◇쟈즐녀 죽을쎈졍=(무게에)눌려 죽을지언정.

界樂

152
靑山도 졀노졀노 綠水ㅣ라도 졀노졀노
山졀노졀노水졀노졀노 山水間에나도졀노졀노
우리도 졀노졀노자란몸이니 늙기도졀노졀노늙으리라.

졀노졀노 자란 몸이니 늙기도 졀노졀노 늙으리라=저 혼자의 힘으로
자란 몸이니 늙는 것도 저 혼자의 힘으로 늙겠다.

153
靑山裏 碧溪水야 슈이감을 ᄌ랑마라
一到滄海ᄒ면 다시오기어려웨라
明月이 滿空山ᄒ니 쉬여간들엇더리.

靑山裏碧溪水(청산리벽계수)야 슈이 감을 ᄌ랑마라=푸른 산속을 흐
르는 시냇물아 빨리 흘러가는 것을 자랑하지 마라 ◇一到滄海(일도창
해)ᄒ면 다시 오기 어려웨라=한 번 푸른 바다에 이르면 다시 오기는
어렵다 ◇明月(명월)이 滿空山(만공산)ᄒ니=밝은 달이 텅 빈 산에 가득
하니. 벽계수와 명월은 중의(重義)적인 표현으로 벽계수는 황진이를 가
볍게 여긴 종실(宗室) 벽계수(碧溪守)를, 명월은 자신을 가리키는 말임.

154
ᄇ롬도 쉬여넘고 구름이라도 쉬여넘는고기

山陳이手陳이라도 쉬여넘는高峯掌星嶺고기
그넘어 님이왓다ᄒ면 나는아니혼번도쉬여넘우리라.

山陳(산진)이 水陳(수진)이라도 쉬여 넘는 高峯(고봉) 掌星嶺(장성령)
고기=‘高峯掌星嶺’(고봉장성령)은 ‘고봉장성’(高峯長城)의 잘못. 산에서
자란 매도 사람의 수중에서 자란 매도 쉬어 넘는다는 높은 봉우리 장
성의 고개.

155
屛風에압니 쟉근동부러진괴그리고 그괴압헤조고만 麝香쥐를그려두니
어허조괴삿쑤룬양ᄒ여그림에쥐를잡우려좃니는고야
우리도 남의님거러두고좃니러볼짜ᄒ노라.

屛風(병풍)에 압니 쟉근동 부러진 괴 그리고=병풍에 앞 이빨이 똑
부러진 고양이를 그리고 ◇어허 조 괴 삿쑤룬 양ᄒ야 그림에 쥐를 줍
우려 좃니는고야=어허 저 고양이 약삭빠른 체하여 그림 속의 쥐를 잡
으려고 쫓아다니는 구나 ◇남의 님 거러두고 좃니러 볼짜=임자 있는
님을 약속해 두고 좇아 다녀볼까.

156
이몸이 죽거드란 뭇디말고 쥽푸릐여메여다가
酒泉웅덩이에 풍드릇쳐둥둥씌워두면
平生에 즐기던술을 長醉不醒ᄒ리라.

◉ 대조; 남창 540번과 중복.

157
이몸이 싀여져셔 三水甲山 제바나되여
님의집窓밧椿舌곳마다 집을ᄌ루종종지여두고
밤ᄃ中만 제집으로드는체ᄒ고 님의품에들니라.

158
노시노시 每樣長息노시 밤도놀고 낫도놀시
壁上에글인黃鷄숫닭이 홰홰쳐우도록노시노시
人生이 아츰이슬이니 아니놀고어이리.

159
스랑이긔엇덧터탸 둥그더냐 모나더냐
길더냐뎌르더냐 밤쏘남아지일너냐
굿ᄒ여 긴쥴은모로되 찢간듸를모를너라

둥그더냐 모나더냐=둥글더나 모가 났더냐 ◇밟고 남아 지일너냐=밟고 남아서 재겠더냐 ◇굿하여긴쥴은 모로되 찢간 듸를 모를너라=구태여 긴 줄은 모르겠으나 끝 간 곳을 모르겠더라.

160
한字쓰고 눈물지고 두字쓰고 한숨지니
字字行行이 水墨山水가되거고나
뎌님아 울며쓴片紙니 斟酌ᄒ여보시쇼.

字字 行行(자자행행)이 水墨 山水(수묵산수)가 되거고나=글자마다 줄마다 수묵으로만 그린 산수화가 되겠구나.

161
淸明時節 雨粉粉ᄒ니 路上行人이欲斷魂이로다

뭇노라牧童아 술프는집이어듸메나ㅎ뇨
져건너 靑帘酒旗風이니 게가셔무러보시소.

◉ 대조; 남창 527번과 중복. '粉粉'은 '紛紛'의 잘못.

162
南山에 눈날리는樣은 白松鶻이 당도는듯
漢江에비쓴樣은 江城두룸이 고기를물고넘노는듯
우리도 남의님거러두고 넘노라볼가ㅎ노라.

◉ 대조; 남창 535번과 중복.

163
건너셔는 손을치고 집의셔는 들나ㅎ니
門닷고드즈ㅎ랴 손치는데로가자ㅎ랴
이니몸 둘헤니여서 예半제半ㅎ리라.

건너셔는 손을 티고 집의셔는 들나 ㅎ니=건너편에서는 손짓을 하고
집에서는 들어오라 하네 ◇門(문) 닷고 드즈ㅎ랴 손 치는 데로 가자ㅎ
랴=문을 닫고 들어가야 하랴 손짓하는 데로 가야 하랴 ◇둘에 니여셔
예 半(반) 제 半(반) ㅎ리라=둘로 나누어서 여기에 반 저기에 반을 하
겠다.

164
兒孩야 硯水너여라 님계신듸 片紙ㅎ즈
검은먹흰조희는 님을應當보련마는
져붓디 날과갓트여 글이기만ㅎ도다.

硯水(연수) 니여라=벼루에 물을 부어라 ◇검운 먹 흰 됴희는 님을
應當(응당) 보련마는=검은 먹과 흰 종이는 마땅히 님을 보겠지만 ◇

져 붓더 날과 갓트여 글이기만 ㅎ도다=저 붓대는 나와 같아서 그리기만 하도다. 그리다는 그리워하다는 뜻으로도 해석이 가능한 중의(重義)의 표현임.

165
齊도 大國이요 楚도쏘한 大國이라
조고만滕나리히 間於齊楚ㅎ얏시니
두어라 何事非君이랴 事齊事楚ㅎ리라.

◉ 대조; '나리히'는 '나라히'의 잘못임.

齊·楚·滕(제·초·등)=춘추전국시대에 있던 나라들 ◇間於齊楚(간어제초)ㅎ얏시니=제나라와 초나라의 사이에 위치하였으니 ◇何事非君(하사비군)이랴 事齊事楚(사제사초) ㅎ리라=어느 것인들 임군을 섬기는 것이 아니겠느냐 제나라고 섬기고 초나라도 섬기겠다.

編數大葉

166
南山松柏 鬱鬱蒼蒼 漢江流水 浩浩洋洋
主上殿下는 此山水것치 山崩水渴토록聖壽无彊ㅎㅅ 千千萬萬歲를 太平으로누리시든
우리는 逸民이되여康衢烟月에 擊壤歌를부르리라

◉ 대조; 남창 614번과 중복.

167
待人難 待人難ㅎ니 鷄三呼ㅎ고 夜五更이라
出門望出門望ㅎ니 靑山은萬重이요綠水는千回로다

이윽고 기짓는소리에 白馬遊冶郎이넌즈시도라드니반가운마음이無窮耽耽
ㅎ여오늘밤셔로즐거옴이야 어늬긋이잇시리.

待人難 待人難(대인난대인난)ㅎ니 鷄三呼(계삼호)ㅎ고 夜三更(야삼경)
이라=사람을 기다리기가 어렵다 어렵다 하니 닭이 세 홰 째 울고 밤
은 이미 오경이 되었다. ◇出門望出門望(출문망출문망)ㅎ니 靑山(청산)
은 萬重(만중)이요 綠水(녹수)는 千廻(천회)로다=문을 나서 바라보고
바라보니 푸른 산은 첩첩이요 푸른 물은 천 굽이로다 ◇기짓는 소리
에 白馬游冶郎(백마유야랑)이 넌즈시 도라드니 반가운 마음이 無窮耽
耽(무궁탐탐)ㅎ여=개 짖는 소리에 백마를 탄 난봉꾼 남편이 슬그머니
돌아오니 반가운 마음이 한이 없어.

168

오늘도 져무러지게 저물면은 시리로다
시면이님가리로다 가면못오려니 못오면그리려니그리면應當病들녀니 病
곳들면못술니로다
病드러 못술쥴알냥이면 쟈고ㄴ갈가ㅎ노라.

오늘도 져무러지게 져물면은 시리로다=오늘도 저물었구나 저물면은
날이 샐 것이로다 ◇그리면 應當(응당) 病(병)들녀니 病(병)곳들면 못
술니로다=그리워하면 응당 병이 들 것이니 병들면 못 살리로다.

169

모시를 이리져리숨아 두루숨아 감숨다가
ㄱ다가한가운디 쏙끈쳐지ㅇ거든 皓齒丹脣으로 홈쌜며감쌔라 纖纖玉手로
두긋마조줍아 뱌뷔쳐 니오리라져모시를
우리도ㅅ랑긋쳐갈제 져모시것치니으리라.

모시를 이리져리 숨아 두루 숨아 감숨다가=모시를 이렇게 저렇게 삶

아 누루 삼아 더욱 삼다가 ◇皓齒丹脣(호치단순)으로 홈쌜머 감쌔라 纖
纖玉手(섬섬옥수)로 두 긋 마조 줍아 바뷔쳐 니오리라 져 모시를=하얀
이빨과 붉은 입술로 흠뻑 빨며 감칠 맛나게 빨아 가늘고 고운 손으로
두 끝을 마주잡아 뱌비작거려 이으리라 저 모시를.

170

牧丹은 花中王이요 向日花ᄂᆞᆫ 忠臣이로다
  蓮花ᄂᆞᆫ君子요 杏花小人이라 菊花ᄂᆞᆫ隱逸士요 梅花寒士이로다 박곳즌老人
이요 石竹花ᄂᆞᆫ少年이라 葵花巫儻이요 海棠花ᄂᆞᆫ娼女ㅣ로다
  이中에 李花詩客이요 紅桃碧桃三色桃ᄂᆞᆫ 風流郞인가ᄒᆞ노라.

牧丹(목단)은 花中王(화중왕)이요 向日花(향일화)는 忠臣(충신)이로다
=모란은 꽃 가운데 왕이요 해바라기는 충신이다. ◇葵花 巫儻(규화무
당)이요 海棠花(해당화)는 娼女(창녀)ㅣ로다='巫儻'(무당)은 '巫堂'(무당)
의 잘못. 해바라기는 무당이요 해당화는 창녀로다.

171

玉것튼님을일코 님과가튼 ᄌᆞ네를보니
  ᄌᆞ네건지긔ᄌᆞ네런지 아무건줄니몰너라
  ᄌᆞ네긔나 긔ᄌᆞ네낫中에 자구ᄂᆞ갈까ᄒᆞ노라.

자네 긘지 긔 ᄌᆞ네런지 아무 건줄 니 몰니라=자네가 그인지 그가
자네인지 아무인 줄을 내 모르겠구나.

172

文讀春秋 左氏傳ᄒᆞ고 武使靑龍 偃月刀ㅣ라
  獨行千里ᄒᆞᄉ 五關을지너실제 ᄯ루ᄂᆞᆫ져將師야 固城북소리를드러ᄂᆞ냐못
드러ᄂᆞ냐
  千古에 關公을未信者ᄂᆞᆫ翼德인가ᄒᆞ노라.

◉ 대조; 남창 620번과 중복.

173
月一片燈三更인제 나간님을 혜여ᄒ니
靑樓酒肆에 시님을거러두고 不勝蕩情ᄒ야 花間陌上春將晚ᄒᄃᆡ 走馬鬪鷄猶未返이라
三時出門望 無消息ᄒ니 盡日欄頭에 空斷腸을ᄒ소라.

◉ 대조; 남창 486번과 중복

174
一定百年 술줄알면 酒色춤다 關係ᄒ랴
ᄒᆡᆼ혀춤운後에百年을못술면 긔아니이다를소냐
人命이 自有天定이니 酒色을춤운들 百年술기쉬우랴.

ᄒᆡᆼ혀 춤운 後(후)에 百年(백년)을 못 술면 긔 아니 이달을소냐=행여
나 참은 뒤에 백년을 못 살면 그 아니 애닯지 않겠느냐 ◇人命(인명)
이 自有天定(자유천정)이니 酒色(주색)을 춤운들 百年(백년) 술기 쉬우
랴=사람의 목숨이 하늘이 정해 주는 것이니 주색을 참은들 백년을 살
기가 쉽겠느냐.

175
酒色를 슴가ᄒ란말이 녯ᄉ람의 警誡로되
踏靑登高節에벗님네ᄃ리고 詩句를을풀젹에 滿樽香醪를 아니醉키어려으며
旅館에 殘燈을對ᄒ야 獨不眠힐제 絶代佳人만나이셔 아니ᄌ고어이리

◉ 대조; 남창 619번과 중복.

176
大川바다 혼가운ᄃᆡ 中針細針풍덩ᄲᅥ져
여라문沙工놈이 길넘운 樣枒ᄃ디로 귀쮀여넉단말이 잇셔이다님아님아

열놈이 百말을헐지라도 斟酌ᄒ여드르시소.

◉ 대조: 남창 617번과 중복

177
水박것치 두렷흔님아 춤외것치 단말슴마소
茄支茄支ᄒ시는말슴 윈말슴인쥴니몰너라
九十月 씨동아것치 속셩근말마르시소.

水(수)박 것치 두렷흔 님아 춤외 것치 단 말슴 마소=수박처럼 둥그런 님아 참외처럼 달콤한 말을 하지 마시오 ◇茄支茄支(가지가지) ᄒ시는 말슴 윈 말슴인쥴 니 몰너라=가지가지로 하시는 말씀이 잘못된 말인 줄 내 모르겠다 ◇씨 동아 것치 속 셩근 말 마르시소=씨를 받을 동아처럼 속이 엉성한 말을 마십시오.

178
花灼灼 범나뷔雙雙 楊柳靑靑쇠쏘리雙雙
날즘싱길버러지 다雙雙이노니는듸
우리도 情든님다리고 雙지여놀녀ᄒ노라.

花灼灼(화작작) 범나뷔 雙雙(쌍쌍) 楊柳靑靑(양류청청) 쇠꼬리 雙雙(쌍쌍)=꽃이 활짝 피었는데 범나비들이 쌍쌍 버드나무가 푸른데 쇠꼬리가 쌍쌍 ◇날즘싱 길벌어지 다 雙雙(쌍쌍)이 노니는듸=새나 곤충들이 다 쌍쌍이 노니는데.

179
눈풀풀 蝶尋紅이요 술充充 蟻浮白을
거문고당당노러ᄒ니 두룸이둥둥춤을춘다
兒禧야 柴門에기즛즈니 벗오시나보아라.

눈 풀풀 蝶尋紅(접심홍)이요 술 틍틍 蟻浮白(의부백)을=눈이 풀풀 날리는 것은 나비가 꽃을 찾아 나는 것이고 술이 흐리고 흐린 것은 밥알 뜬 것이 마치 개미가 허옇게 뜬 것 같은 것을.

180

스랑이긔엇덧터냐 둥그더냐 모나더냐
기더냐져르더냐 밤쏘남아지일너냐
굿ᄒ여 긴쥴은모로되 씃간듸를몰닉라.

◉ 대조; 여창 159번과 중복.

181

碧桃花를 손에들고 白玉盞에 술을부어
우리聖母쎄비닌 말슴져碧桃와갓트소셔 三千年에곳이퓌고 三千年에열미밋
져 곳도無盡열미도無盡無盡長春色이라
아마도 瑤池王母의千千壽를 聖母쎄드리고져ᄒ노라. 翼宗大王

瑤池 王母(요지왕모)의 千千壽(천천수)를 聖母(성모)쎄 드리고져=요
지연의 서왕모의 삼천년에 열매를 맺는다는 복숭아를 성모님께 드리
고자.

男唱歌編

182

지넘어 싀앗슬두고 손쎡티며읶써넘어가니
말만호草屋에 헌덕셕나소쌀고 년놈이마조누어 얽어지고트러젓네 이제스
어림쟝이 반로숀에들거고나
두어라 모밀쩍에두長鼓를 시와무숨ᄒ리요.

재 넘어 석앗슬 두고=고개 너머에 첩을 두고. ◇말만흔 草屋(초옥)에 헌덕셕 나소 쌀고=조그만 초가집에 짚으로 만든 덕석을 나누어 깔. ◇이제샤 어림쟝이 반로쏜에 들거고나=이 지경에 되면 어리숙한 발룩군의 축에 들겠구나. 발룩군은 하는 일 없이 떠돌아다니는 난봉꾼을 가리키는 말 ◇모밀쩍에 두 長鼓(장고)를 시와 무슴 흐리요=메밀떡에 두 장구를 시기하여 무엇 하랴. 메밀떡 두 장고는 '메밀떡 굿에 쌍장구를 친다'는 말로 가난한 사람이 처첩을 거느리고 사는 경우처럼 어울리지 않음을 빗대서 하는 말임.

183
一身이스쟈흐엇더니　물쎳계워못슬니로다
琵琶것튼蟊蚋삭기使令것튼등에어이갈쓰귀솜위약이센박퀴누룬박퀴핏겨것
튼가랑이며보리알것튼슈퉁이며쥬린니갓싼이잔벼룩倭벼룩쒸는놈긔는놈에다
리기다흔모긔부리쑈족흔모긔술진모긔여읜모긔그리마쑈록이甚흔唐비루에더
어려웨라
그즁에 춤아알뮈울쓴五六月伏다림에쉬파린가흐노라.

一身(일신)이 스쟈 흐엇드니 물쎳 계워 못 슬니로다=한 몸뚱이 살자고 마음먹었더니 무는 것들이 지겨워 못 살겠구나 ◇琵琶(비파) 것튼 蟊蚋(빈대)삿기 使令(사령)것튼 등에 어이 갈쓰귀 솜위약이 센 박퀴 누룬 박퀴 핏겨것튼 가랑니며 보리알 것튼 수퉁이며=비파 같은 빈대 새끼 사령 같은 다 자란 등에 각다귀 버마재비 흰 바퀴 누런 바퀴 볏겨 같은 가랑이며 보리알 같은 수퉁이며 ◇五六月 伏(오뉴월복)다림에 쉬파린가=오뉴월 복더위에 쉬파리인가.

數大葉

184
술먹지 마자호고 重호盟誓ㅣ 호엿더니
盞줍고굽어보니 盟誓ㅣ 듕듕술에썻다
兒禧야 盞가득부어라 盟誓ㅣ 푸리호리라.

重(중)호 盟誓(맹서)ㅣ=단단히 맹서를 ◇盞(잔) 줍고 굽어보니 盟誓
(맹서) 듕듕 술에 썻다=잔을 잡고 술알 내려다보니 술을 먹지 않겠다
고 한 맹세가 술에 둥둥 떴다 ◇盟誓(맹서)ㅣ 푸리 호리라=맹세를 풀
어버리겠다.

中擧

185
靑山 自仆松아 네어이 누엇는다
風霜을못이긔여 쑤리젓져누엇노라
가다가 良工을만나거든 날옛더라닐러라.

靑山 自仆松(청산자부송)아 네 어이 누엇는다=산속에 넘어져 있는
소나무야 너는 어찌 누워 있느냐 ◇쑤리 젓져 누엇노라=뿌리가 뽑혀
누었노라 ◇良工(양공)을 만나거든 날 옛더라 닐러라=훌륭한 목수를
만나거든 내가 여기에 있더라고 말하여라.

漁父詞

　　雪鬢漁翁이 住浦間ᄒ야 自言居水勝居山을 至菊叢至菊叢於斯臥ᄒ니 依船
漁父一肩高ㅣ라 비ᄭᅴ여라비ᄭᅴ여라 早潮纔落晩潮라 青菰葉上凉風起ᄒ고 紅
蓼花邊白鷺閑을 닷드러라닷드러라 洞庭湖裏駕歸風을 至菊叢至菊叢於斯臥
ᄒ니 帆急前山忽後山을 盡日泛舟烟裏去ᄒ야 有時搖棹月中還을 어워라어워
라하니 我心隨處自忘磯를 至菊叢至菊叢於斯臥ᄒ니 叩枻乘流無定去를 萬事
無心一竿이요 三公不換此江山을 돗지여라돗지여라 山雨溪風捲釣絲를 至菊
叢至菊叢於斯臥ᄒ니 一生踪跡이在滄浪을 東風西日楚江深ᄒ니 隔岸漁村兩
三家를 濯纓歌罷汀靜ᄒ니 竹逕柴門猶未開라 비져어라비져어라 夜泊秦淮近
酒家를 至菊叢至菊叢於斯臥ᄒ니 瓦甌蓬箸로 獨斟時를 醉來睡看無人喚ᄒ니
流下前灘也不知를 비미여라비미여라 桃花流水鱖魚肥를 至菊叢至菊叢於斯
臥ᄒ니 滿江風月屬漁船을 夜靜水寒魚不食ᄒ니 滿船空載月明歸를 닷지여라
닷지여라 罷釣歸來繫短蓬을 至菊叢至菊叢於斯臥ᄒ니 風流未必載西施를 一
自持竿上釣舟로 世間名利盡悠悠를 비붓쳐라비붓쳐라 繫舟猶有去年痕을 至
菊叢至菊叢於斯臥ᄒ니 欸乃一聲山水綠을.

　　雪鬢漁翁(설빈어옹)이　住浦間(주포간)하야　自言居水勝居山(자언거수
승거산)을=머리가 허연 고기잡이 늙은이가 포구 사이에 살면서 물가
에 사는 것이 산속에서 사는 것보다 낫다고 스스로 말하거늘 ◇至菊
叢至菊叢於斯臥(지국총지국총어사와)=배의 노를 젓는 소리 ◇依船漁
夫一肩高(의선어부일견고)ㅣ라=배에 기댄 어부의 한쪽 어깨가 높구나
◇早潮纔落晩潮(조조재락만조)라='晩潮라'는 '晩潮來라'의 잘못. 이른
아침의 조수가 밀려가자 바로 늦은 저녁의 조수가 밀려오는구나 ◇青
菰葉上(총고엽상)에　凉風起(양풍기)ᄒ고　紅蓼花邊白鷺閑(홍료화변백로
한)을=푸른 줄풀 잎에 서늘한 바람이 일어나고 붉은 여뀌꽃 곁에 백
로가 한가로움을 ◇洞庭湖裏駕歸風(동정호리가귀풍)을=동정호의 안에
서 바람을 타고 돌아오니 ◇帆急前山忽後山(범급전산홀후산)을=급히
배를 저어 앞산 쪽으로 가니 어느새 뒷산이 되었거늘 ◇盡日泛舟烟裏

去(진일범주연리거)ᄒᆞ야   有時搖棹月中還(유시요도월중환)을=종일토록 배를 띄워 안개 속을 저어가니 때때로 노를 흔들며 달빛을 띄고 돌아옴을 ◇我心隨處自忘磯(아심수처자망기)를=내 마음 내키는 곳마다 스스로 낚시하던 곳을 잃어버림을 ◇叩枻乘流無定去(고예승류무정거)를 萬事無心一竿(만사무심일간)이요=‘一竿’은 ‘一竿竹’의 잘못. 사앗대를 두드리며 물결을 따라 정처 없이 가니 세상 모든 일에 무심하고 낚싯대 하나뿐이라 ◇三公不換此江山(삼공불환차강산)을=삼공과 같은 벼슬이라도 이 강산과는 바꿀 수 없음을 ◇山雨溪風捲釣絲(산우계풍권조사)를=산에는 비가 내리고 계곡의 바람이 낚싯줄을 걷거늘 ◇一生縱跡(일생종적)이 在滄浪(재창랑)을 東風西日楚江深(동풍서일초강심)ᄒᆞ니=한평생의 흔적이 푸른 물에 있고 동풍이 불고 서쪽으로 해가 져 초강이 깊으니 ◇隔岸漁村兩三家(격안어촌양삼가)를=건너편 어촌의 두서너 집을 ◇濯纓歌罷汀靜(탁영가파정정)ᄒᆞ니 竹逕柴門猶未開(죽경시문유미개)라=‘汀靜’은 ‘汀洲靜’의 잘못. 탁영가를 끝내니 물가의 모래톱이 조용하니 대나무길 사립문은 아직 열지를 않았구나 ◇夜泊秦淮近酒家(야박진회근주가)를=밤에 진회의 근처 술집에 배를 대기를 ◇瓦甌蓬箸(와구봉저)로 獨斟時(독짐시)를=술항아리와 쑥으로 만든 젓가락으로 술을 마시며 어느 시각쯤이나 되었을까 짐작하니 ◇醉來睡着無人喚(취래수착무인환)ᄒᆞ니 流下前灘也不知(유하전탄야부지)를=취한 김에 잠이 들어 사람을 부르나 대답이 없으니 물결 따라 앞 여울로 왔어도 알지를 못하네 ◇桃花流水鱖魚肥(도화유수궐어비)를=복숭아꽃 떠가는 물에 쏘가리가 살졌음을 ◇滿江風月屬漁船(만선풍월촉어선)을=강에 가득한 바람과 달은 고기잡이배를 재촉함을 ◇夜靜水寒魚不食(야정수한어불식)ᄒᆞ니 滿船空載月明歸(만선공재월명귀)를=밤은 고요하고 물결이 차가우니 고기는 미끼를 물지 않아 배 가득이 빈 달빛만 싣고 돌아오도다 ◇罷釣歸來繫短蓬(파조귀래계단봉)을=낚시를 그만두고 돌

아와 조그만 배를 부두에 매고 ◇風流未必載西施(풍류미필재서시)를=
풍류란 반드시 서시와 같은 미인을 태워야 하는 것이 아님을 ◇一自
持竿上釣舟(일자지간산조주)로　世間名利盡悠悠(세간명리진유유)를=낚싯
대 하나를 가지고 낚싯배에 오르니 세상의 명리가 다 유유함을 ◇繫
舟猶有去年痕(계주유유거년흔)을　欸乃一聲山水綠(애내일성산수록)을=
매어 둔 배에 오히려 지난해의 흔적이 남아 있거늘 노 젓는 소리에
산수가 푸름을.

處士歌

平生我才쓸듸업서　世上功名을下直ᄒ고　兩間受命ᄒ야　雲林處士되오리라
九升葛布몸에걸고　三節竹杖손에쥐고　落照江路景됴흔데로　芒鞋緩步드러가
니　寂寂松關닷앗ᄂᆞᆫ듸　蓼蓼杏園기즛는다　景槩無窮됴흘시고　山林草木프르럿
다　蒼巖屛風둘넛ᄂᆞᆫ듸　白雲深處여긔로다　江湖漁父갓치ᄒ여　竹竿簑笠졋게쓰
고　十里沙汀나려가니　白鷗飛去ᄲᅵ이로다　一葦扁帆놉히달고　萬頃滄波로흘니
져어　數尺銀魚낙가너니　松江鱸魚비길소냐　子陵灘頭낙든덴가　銀鱗玉尺쮜노
는다　箕山潁水예아니면　別有天地ᄯᅩ히로다　日落淸江져문날에　泊舟浦渚도라
드니　南北孤村두세집이　落霞暮烟줌겨세라　아마도이江山님ᄌᆞᆫ나ᄲᅮᆫ인가ᄒ
노라.

平生我才(평생아재) 쓸 듸 업서=생전의 나의 재주가 쓸 곳이 없어
◇兩間受命(양간수명)ᄒ야　雲林處士(운림처사) 되오리라=‘兩間’은 ‘養
閑’의 잘못인 듯. 한가로이 수양이나 하라는 명령을 받고 조용히 시골
에 사는 사람이 되리라 ◇九升葛布(구승갈포) 몸에 걸고 三節竹杖(삼절
죽장)=거친 칡넝쿨에서 만든 실로 짠 옷을 몸에 걸치고 서너 마디의
대지팡이 ◇落照江路(낙조강로) 景(경) 됴흔 데로 芒鞋緩步(망혜완보)로
=‘落照江路’는 ‘落照江湖’(낙조강호)의 잘못인 듯. 해질 무렵의 시골의
경치가 좋은 곳으로 짚신을 신고 천천한 걸음으로 ◇寂寂松關(적적송

관) 닷앗눈터 寥寥杏園(요요행원) 기즛눈다=조용하고 소나무 빗장도
잠겼는데 고요한 정원에 개가 짖는구나 ◇景槩無窮(경개무궁) 됴흘시
고=경치가 아주 좋구나 ◇蒼巖屛風(창암병풍) 둘넛는듸 白雲深處(백운
심처)=푸른 바위가 병풍처럼 둘렸는데 흰 구름 잔뜩 긴 곳이 ◇竹竿
簑笠(죽간사립) 졋게 쓰고=낚싯대를 둘러메고 삿갓을 젖혀 쓰고 ◇十
里沙汀(십리사정) 나려가니 白鷗飛去(백구비거) 쑨이로다=십여 리나
하는 물가를 따라 내려가니 갈매기만 날아갈 뿐이다 ◇一葦扁帆(일위
편범) 놉히 달고 萬頃滄波(만경창파)로 흘리저어=갈대 잎처럼 작은 돛
을 높이 달고 널리 물결이 치는 곳으로 배가 흘러가는 대로 저어 ◇
數尺銀魚(수척은어) 낙가너니 松江鱸魚(송강농어) 비길소냐=커다란 은
어를 낚아 올리니 송강의 농어 맛에 비길쏘냐. 송강 농어는 오(吳)나라
장한(張翰)이 고향 송강의 농어와 순채가 생각이 나 벼슬을 그만두고
고향으로 돌아갔다고 함 ◇子陵灘頭(자릉탄두) 낙든 덴가 銀鱗玉尺(은
린옥척) 쒸노는다=엄자릉이 고기 낚던 여울머리인가 비늘을 번쩍이는
커다란 고기들이 뛰노는구나. 엄자릉은 후한(後漢) 때 엄광(嚴光)으로
광무제(光武帝)와 함께 지낸 적이 있으며, 뒤에 광무제가 즉위한 뒤에
불렀으니 동강(桐江) 칠리탄(七里灘)에서 낚시질하면서도 나오지 않았음
◇箕山潁水(기산영수) 예 아니면 別有天地(별유천지) 쓴히로다=요 임금
때 은사(隱士) 소보(巢父)와 허유(許由)가 머물렀다고 하는 기산과 영수
가 이곳이 아니면 특별한 별천지의 세계로다 ◇日落淸江(일락청강) 져문
날에 泊舟浦渚(박주포저)=맑은 강에 해가 지는 저녁나절에 물가에 배를
대고 ◇南北孤村(남북고촌) 두세 집이 落霞暮烟(낙하모연) 즘겨세라=남
북에 흩어져 있는 외로운 두세 집이 저녁 노을과 연기 속에 잠겼구나.

相思別曲

　　人間離別萬事中에　獨宿空房더욱셟다　相思不見이닉眞情을　제뉘라셔알니
밋친시름이렁저렁이라훗트러지근심다후룻처더뎌두고　쟈나씨나씨나자나　님
을못보아ᄀᆞ슴이답답　언린　樣姿고은소리　눈에黯黯ᄒᆞ고귀에錚錚　보고지고님
의얼골 듯고지고님의말슴　비ᄂᆞ이다하늘님게　이제보게ᄒᆞ오소셔　前生此生이
라무슴罪로　우리둘이숨겨나셔　글인相思한데만나　離別마ᄌᆞ百年期約　죽지말
고한데잇셔　닛지마ᄌᆞ처음盟誓ㅣ　千金珠玉귀밧기요　世事一貧關係ᄒᆞ랴　根源
흘너沼이되야　깁고깁고다시깁고　ᄉᆞ랑뫼혀뫼히되여　놉고놉고다시놉하　문허
질쥴모로거든　쓴쳐질쥴어이알니　造物이시오ᄂᆞ지　鬼神이戲짓ᄂᆞ지　一朝郞君
離別後에　消息좃ᄎᆞ頓絶ᄒᆞ랴　오늘이나드러올가　來日이나奇別올ᄭᅡ　日月無情
졀노가니　玉鬢紅顔이空老ㅣ로다　梧桐秋夜셩귄비애　밤은어이더듸시며　綠陰
芳草져문날에　히ᄂᆞ어이기돗던고　이닉相思아랏시면　님도날을글이ᄂᆞ가　獨宿
空房혼ᄌᆞ안저　다만한숨이닉벗이라　一寸肝腸구뷔구뷔　펴여나니가슴답답　우
ᄂᆞ눈물밧아니면　비를타고아니가랴　뛰는불이니러나면　님의옷셰당긔리라　ᄉᆞ
랑겨워우든우름　싱각ᄒᆞ면목이메고　嬌態게워웃던우슴　혜여보니더옥셟다　咫
尺東南千里되여　도라보니눈이싀고　萬里相思그려닌들　ᄒᆞᆫ붓스로다그리랴　나
리돗틴鶴이되여　나라가면보련마는　山은疊疊ᄒᆞ여고기되고　물은틍틍흘너沼
히로다　天地人間離別中에　날갓트니ᄯᅩ잇ᄂᆞᆫ가　곳즌퓌여졀노지고　히ᄂᆞ돌아져
문날에　이슬갓든이人生이　무슴일노숨겨ᄂᆞᆫ고　ᄇᆞ람부러구즌비와　구름ᄭᅵ여져
문날에·나며들며뷘房으로　오락가락혼ᄌᆞ셔셔　님가신데ᄇᆞ라보니　이닉相思虛
事ㅣ로다　空房美人獨相思ᄂᆞᆫ　예로부터이러ᄒᆞᆫ가　너라혼ᄌᆞ이러ᄒᆞᆫ가　님도아니
이러ᄒᆞᆫ가　날ᄉᆞ랑ᄒᆞ던ᄆᆞᆺ터　남ᄉᆞ랑ᄒᆞ시난가　無情ᄒᆞ여이졋ᄂᆞᆫ가　山鷄野鶩길흘
드려　노흘쥴모로난가　路柳墻花것거쥐고　春色으로논노니ᄂᆞᆫ가　가ᄂᆞᆫ꿈이ᄌᆞ최
되면　오ᄂᆞᆫ길이무되리라　한번죽어도라가면　다시보기어려우니　아마도　옛情
이잇거든　다시보게ᄒᆞᆷ기소셔

훗트러지 근심 다 후룻처 더뎌두고='훗트러지'는 '흐트러진'의 잘못.
흐트러진 근심을 다 팽개쳐 던져버리고 ◇언린 樣姿(양자) 고은 소리
눈에 黯黯(암암)ᄒᆞ고 귀에 錚錚(쟁쟁)='언린'은 '어린'의 잘못. 어른거
리는 고운 얼굴과 맵시와 고운 목소리는 눈에 어른거리고 귀에 쟁쟁

◇千金珠玉(천금주옥) 귀 밧기요 世事一貧(세사일빈) 關係(관계)ㅎ랴=
천금과 주옥처럼 소중한 약속도 들리지 아니하고 세상살이 가난한 것
도 관계없다 ◇根源(근원) 흘너 沼(소)이 되야=샘이 흘러 웅덩이가 되
어 ◇造物(조물)이 시오는지 鬼神(귀신)이 戲(희)짓는지=조물주가 시기
하는지 귀신이 장난을 치는지 ◇玉鬢紅顏(옥빈홍안)이 空老(공로)ㅣ로
다=젊음이 헛되이 늙어가는구나 ◇咫尺東南(지척동남) 千里(천리) 되
어 도라보니 눈이 싀고=가까운 거리도 천리처럼 느껴져 돌아보니 눈
물이 나오고 ◇萬里相思(만리상사) 그려닌들 흔 붓스로 다 그리랴=만
리나 떨어져 서로 그리는 심정을 붓 하나로 다 그릴 수가 있으랴 ◇
희는 돌아 저문 날에=해는 기울어 저문 때에 ◇空房美人獨相思(공방
미인독상사)는=님이 없는 빈 방에서 미인이 혼자서 님을 그리워함은
◇山鷄野鶩(산계야목) 길흘드려 노흘 쥴 모로난가=아무리 거친 사람
이라도 길들여 같이 즐길 줄을 모르는가 ◇路柳墻花(노류장화) 것거
쥐고 春色(춘색)으로 논니는가=기생을 얻어서 즐기며 노니는가 ◇가
는 쑴이 즈최되면 오는 길이 무되리라=떠나가는 것만 좋아하게 되면
오는 것이 힘들 것이다.

春眠曲

　春眠을 느즛깨여 竹窓을 半開ㅎ니 庭花는 灼灼ㅎ야 가는나뷔머무는듯 岸
柳는 依依ㅎ야 셩긘니를띄워세라 窓前에덜괸술을 二三盃먹은後에 豪蕩흔밋
친興을 부졀업시자아너며 白馬金鞭으로 冶遊園을 츠자가니 花香은 襲衣ㅎ
고 月色은滿庭흔듸 狂客인듯醉客인듯 興을겨워머무는듯 徘徊顧眄ㅎ여 有
情이엿노라니 翠瓦朱欄놉푼집에 綠衣紅裳一美人이 紗窓을半開ㅎ고 玉顏을
暫間드러 웃는듯반기는듯 嬌態ㅎ야 마즈드려 秋波를暗注ㅎ고 綠綺琴빗기
안고 淸歌一曲으로 春意를자아너니 雲雨陽臺에 楚夢이多情ㅎ다 스랑도그
지업고 緣分도깁풀시고 이스랑이緣分은 비길데가젼혀업다 너는죽어쏫치되

고 나는죽어나뷔되여 三春이다盡토록 쩌느스지마짓더니 人間에일이만코
造物좃츠싀암발나 新情이未洽흔듸 의다를쓴離別이야 淸江에노든鴛鴦 우려
네고써나는듯 狂風에놀난蜂蝶가다ㄱ셔돌치는듯 夕陽은다져가고 狂馬는자
로울제 羅衫을뷔혀줍고 黯然이여휜後에 밋친시름술든情을 님의편에붓쳐두
고 슬푼노러긴한숨을 벗을슴아도라오니 어져 이님이냐싱각ㅎ니寃讎ㅣ로다
肝腸이다석으니 목숨인들保全ㅎ랴 一身에病이되고 萬事에無心ㅎ야 紗窓을
굿이닷고 섬써이누엇시니 花容月態는 眼中에森然ㅎ고 粉壁紗窓은 枕邊에
如舊ㅣ로다 花叢에雨滴ㅎ니 別淚를쑤리는듯 柳暮에烟籠ㅎ니 離恨을머무는
듯 空山夜月에 杜鵑이슯히울제 슬푸다져시소러 너말갓치不如歸라 三更에
못든잠을 四更에비러드니 相思ㅎ던우리님은 쑴가온데暫間보고 千愁萬恨못
다일너 一場蝴蝶훗터지니 아릿다온玉鬢紅顔 겻테얼풋안젓는듯 於臥怳忽ㅎ
다 쑴을常時슴고지고 撫枕戲欷ㅎ야 밧비니러브라보니 雲山은疊疊ㅎ여 千
里眼을가리왓고 皓月은 蒼蒼ㅎ야 兩鄕心에빗최엿다 어져너일이야 나도모
를일이로다 이리져리그리면셔 어이그리못보는고 弱水三千머단말을 이런데
를니르도다 佳期는杳然ㅎ고 歲月은如流ㅎ야 엊그제二月곳치 綠岸邊에붉것
더니 그덧졔凋忽ㅎ야 秋風落葉되단말가 시벽달지실젹에 외기럭이우러녠다
반가운님의消息 倖兮올까브랏더니 蒼茫흔구름밧게 뷘소리쑌이로다 支離ㅎ
다이離別을 언제만나다시볼꼬 山頭片月되야 님의낫체빗최고져 石上梧桐되
여님의무릅베오고져 屋上雕樑에져비되여날고지고 玉窓櫻桃에나뷔되여나니
고져 華山이平地되고 錦山이다마른다 平生에슬픈懷抱 어디다가가흘ㅎ리
書中有女란말나도暫間드럿더니 ᄆ음을고쳐먹고 慷慨를다시너여 丈夫의功
名을 일노초ᄎ알니로다.

庭花(정화)는 灼灼(작작)ㅎ야=뜰에 있는 꽃은 눈부시게 피어 ◇岸柳
(안류)는 依依(의의)ㅎ야 셩권 너를 씌워셰라=둔덕의 버들은 가지가
무성하여 뿌연 안개를 띠었구나 ◇窓前(창전)에 덜 괸 술을=창 앞에
서 아직 덜 익은 술을 ◇豪蕩(호탕)흔 밋친 興(흥)을 부졀업시 자아니
며=좋은 기분이 넘쳐나는 흥을 쓸데없이 일으키며 ◇白馬金鞭(백마금
편)으로 冶遊園(야유원)을=호화스런 치장으로 기생집을 ◇花香(화향)은
襲衣(습의)ㅎ고 月色(월색)은 滿庭(만정)흔듸=꽃향기는 옷에 스며들고

달빛은 뜰에 가득한데 ◇狂客(광객)인 듯 醉客(취객)인 듯=마치 미친
사람인 듯 아니면 술 취한 사람인 듯 ◇徘徊顧眄(배회고면)ᄒ여 有情
(유정)이 섯노라니=이리저리 거닐며 사방을 둘러보며 감격한 듯 서있
으니 ◇翠瓦朱欄(취와주란) 놉푼 집에 綠衣紅裳(녹의홍상) 一美人(일미
인)이=푸른 기와에 붉은 난간을 한 높다란 집에 푸른 저고리 붉은 치
마를 입은 미인 하나가 ◇紗窓(사창)을 半開(반개)ᄒ고 玉顔(옥안)을 暫
間(잠간)드러=비단이 쳐진 창문을 반쯤 열고 아름다운 얼굴을 잠깐
들어 ◇嬌態(교태)ᄒ야 마즈드려=아양을 떠는 모양으로 맞아들여 ◇
秋波(추파)를 暗注(암주)ᄒ고 綠綺琴(녹기금) 빗기 안고=은근한 눈짓을
가만히 보내고 가야금을 비스듬히 안고 ◇淸歌一曲(청가일곡)으로 春
意(춘의)를 즈아너니=맑은 목소리로 부르는 노래 한 가락으로 춘정(春
情)을 자극하니 ◇雲雨陽臺(운우양대)에 楚夢(초몽)이=남녀 간에 즐기
는 단꿈이 ◇造物(조물)좃ᄎ 시암발나=조물주마저 시새움이 많다 ◇
新情(신정)이 未洽(미흡)ᄒ듸 이다를쓴 離別(이별)이야=새로운 정이 흡
족하지 못한데 슬픈 것은 이별이구나 ◇우러 녜고 썬나는 듯=울면서
떠나가는 듯 ◇狂風(광풍)에 놀난 蜂蝶(봉접) 가다ᄀ셔 돌치는 듯=사
나운 바람이 놀란 벌과 나비들이 가다가 돌아서는 듯 ◇狂馬(광마)는
자로 울제='狂馬'는 '征馬'(정마)의 잘못. 멀리 가려고 하는 말은 자주
울 때 ◇羅衫(나삼)을 뷔혀줍고 黯然(암연)이 여힌 後(후)에=비단 옷소
매를 움켜쥐고 슬프게 이별한 뒤에 ◇紗窓(사창)을 굿이 닷고 섬쩌이
누엇시니=창문을 일부러 닫고 잠자는 척 누웠으니 ◇枕邊(침변)에 如
舊(여구)로다=잠자리 주변에 예전과 같구나 ◇花叢(화총)에 雨滴(우적)
ᄒ니 別淚(별루)를 쑤리는 듯=꽃떨기에 빗방울이 떨어지니 마치 이별
의 눈물을 뿌리는 듯 ◇柳暮(유모)에 烟籠(연롱)ᄒ니 離恨(이한)을 머무
는 듯='柳暮'는 '柳幕'(유막)의 잘못인 듯. 버드나무가 늘어선 곳에 안
개가 어리니 이별의 한이 머무는 듯 ◇三更(삼경)에 못든 잠을 四更(사

경)에 비러드니=한밤중까지 못 자던 잠을 샐녁에야 비로소 드니 ◇ 撫枕戲欷(무침희희)호야 밧비 니러 브라보니='희희'는 '噓唏'(허희)의 잘못인 듯. 베개를 어루만지며 슬피 탄식하며 바삐 일어나 바라보니 ◇雲山(운산)은 疊疊(첩첩)호여 千里眼(천리안)을 가리왓고=구름 긴 산은 쌓이고 싸여 먼 곳까지 볼 수 있는 눈을 가렸고 ◇皓月(호월)은 蒼蒼(창창)호야 兩鄕心(양향심)에 빗최엿다=밝은 달은 환하게 비춰 두 곳 고향을 그리는 마음에 비추었다 ◇弱水三千(약수삼천) 머단 말이 이런 데를 니르도다=약수가 삼천리나 되어 멀다고 하는 말이 이런 경우를 두고 하는 말이다 ◇佳期(가기)는 杳然(묘연)호고 歲月(세월)은 如流(여류)호야=좋은 시절은 까마득하고 세월은 물 흐르듯하여 ◇그덧제 凋忽(조홀)호야=그 사이에 말라 훌훌 떨어져 ◇山頭片月(산두편월)되야 님의 낫체=산마루에 조각달이 되어 님의 얼굴에 ◇石上梧桐(석상오동)되여 님의 무릅 베오고져=바위 위에 오동나무가 되어 그 나무로 만든 가야금이 되어서 님의 무릎을 베고 싶어 ◇雕樑(조량)에 져비 되어='雕樑'은 '朝陽'(조양)으로 된 곳이 있음. 아침 햇볕에 나는 제비가 되어 ◇華山(화산)이 平地(평지) 되고 錦山(금산)이 다 마른다='華山'과 '錦山'은 각각 '泰山'(태산)과 '錦江'(금강)의 잘못인 듯. 태산에 평지가 되고 금강이 다 마른다 ◇어듸다가 가흘호리=어디에다 비교하리 ◇書中有女(서중유녀)란 말='書中有玉顔'(화중유옥악)의 잘못인 듯. 글 가운데 예쁜 여자가 있다고 하는 말.

名妓歌

닉本是虛浪호여 酒肆靑樓거니더니 靑袍仙보려호고 月烟臺에올나가니 三春이저문後에 桃李花지거구나 雲深不知處에 눌다려무러보니 紅桃花지는곳에 柳色만남아세라 氣烈獨香으로 靑蝶을머무는듯 殘枝舊葉을 松梅에比헐소냐 杜梅處處에 粉丹을바아는듯 木蓮花혼柯枝예 碧香을씌여세라 柯枝柯

枝 香丹이요 葉葉히芙蓉이라 夕陽芳芳草에風景을漸受ᄒ야 秦樓져문날에
望月徘徊ᄒ니 一片銀蟾이 春景도美愛헐제 맑고붉은비치 月下樓빗최엿다
禮心恭謹ᄒ야 柳惠를ᄉ랑ᄒ니 襄王의 醉혼꿈이楚情을 戲弄ᄒ니 潤玉雙金
이 環佩를나붓긴다 楚雲깁푼곳에 彩雲이날니는듯 落梅花혼曲調에 醉仙을
씨오는듯 玉貌花容은翠蟾도ᄒ려니와 淸歌妙舞야 翠仙인들ᄇ릴소냐 長相思
在長安에 不見千愁萬恨ᄒ니 骨髓에病이되고 가슴이뭉그리라 蕭少娥落葉聲
에 이늬肝腸다쓴는다 楚江漁父들아 龍의如意珠를 슈고로이낙가뉘여 龍의
愁心바아는듯 그ᄉ랑이늬ᄆ음 님의比헐손가 蒼林秋九月에 淸風이細丹ᄒ니
此節이佳節이라 細梅를것거쥐고 細丹을次丹ᄒ여 其餘를ᄎᄌ가니 紅蓮花붉
은골에 梅月이빗최엿다 醉興을못늭의여 西閣을ᄎᄌ가니 空庭에젓는石梅
날을보고반기는듯 草壇에긔여올나 梅花를굽어보니 淸風이徐來ᄒ고 楚月이
團團이라 氷玉갓치고은梅花 우리를怒ᄒ는듯 난듸업슨버러지는 落落長松다
가운다 鴛鴦枕翡翠衾에一夜를愛宿ᄒ면 丈夫의노리는이뿐인가ᄒ노라.

늬 本是(본시) 虛浪(허랑)ᄒ여 酒肆靑樓(주사청루) 거니더니=내가 본
래부터 착실하지 못하여 술집과 기생집에나 출입하더니 ◇靑袍仙(청포
선)을 보려ᄒ고 月烟臺(월연대)에 올나가니=푸른색 도포를 입은 신선
을 만나려고 달빛이 어려 있는 누대에 올라가니. 월연대는 실제가 아
닌 상상인 듯 ◇三春(삼춘)이 저문 後(후)에 桃李花(도리화) 지거구나=
봄철이 다 지난 뒤라 복숭아와 오얏꽃이 다 지겠구나 ◇雲深不知處(운
심부지처)에 눌 다려=구름이 잔뜩 끼어 어딘지를 분간하기 힘든 곳에
누구에게 ◇紅桃花(홍도화) 지는 곳에 유색(柳色)만 남아세라=붉은 복
숭아꽃이 떨어지는 곳에 푸른 버들빛만 남았구나. 유색은 기생의 이름
인 듯 ◇氣烈獨香(기열독향)으로 靑蝶(청접)을 머무는 듯=향기가 강렬
하고 독특해서 푸른 나비가 머무는 듯 ◇殘枝舊葉(잔지구엽)을 松梅(송
매)에 比(비)헐소냐=남아있는 가지나 예전의 잎을 소나무나 매화에 비
교하겠느냐. 송매는 기생의 이름인 듯 ◇杜梅處處(두매처처)에 粉丹(분
단)을 바아는 듯=향기로운 매화가 핀 곳곳에 붉게 단장한 것이 눈부
신 듯 ◇碧香(벽향)을 씌여세라=짙은 향기를 띄었구나 ◇柯枝柯枝(가

지가지) 香丹(향단)이요 葉葉(엽엽)히 芙蓉(부용)이라=가지마다 향 덩어
리요 잎마다 연꽃이다. 향단과 부용은 기생의 이름인 듯 ◇夕陽芳芳草
(석양방방초)에 風景(풍경)을 漸受(점수)ㅎ야 저녁=무렵 싱그러운 풀밭
에 아름다운 경치가 점차로 만들어져 ◇秦樓(진루) 저문 날에 望月徘
徊(망월배회)ㅎ니=진루의 저문 날에 달을 바라보며 배회하니 ◇一片
銀蟾(일편은섬)이 春景(춘경)도 美愛(미애)헐졔=조각달이 봄의 아름다
운 경치를 사랑할 때 ◇禮心恭謹(예심공근)ㅎ야 柳惠(유혜)를 ᄉ랑ㅎ니
=예의바른 마음으로 공손하고 삼가 유혜를 사랑하니. 유혜는 기생의
이름인 듯 ◇襄王(양왕)의 醉(취)ㅎᆫ 꿈이 楚情(초정)을 戲弄(희롱)ㅎ니=
초(楚)나라 양왕이 고당(高唐)에서 유락(游樂)할 때, 꿈에 무산의 신녀
(神女)와 만나 즐겼다는 꿈이 그때의 감정을 희롱하는 듯하니 ◇潤玉
雙金(윤옥쌍금)이 環佩(환패)를 나붓긴다=옥처럼 번쩍이는 금붙이들이
허리에 찬 구슬고리를 나부낀다 ◇楚雲(초운) 깁푼 곳에 彩雲(채운)이
날니는 듯=남녀 간의 애정이 무르익은 곳에 오색의 아름다운 구름이
날리는 듯 ◇落梅花(낙매화) ᄒᆫ 曲調(곡조)에 醉仙(취선)을 ᄭ이오는 듯=
낙매화 한 가락에 취한 신선을 깨우는 듯. 낙매는 강적(羌笛)의 곡명임
◇玉貌花容(옥모화용)은 翠蟾(취섬)도 ᄒ려니와=맵씨 있는 태도와 아
름다운 얼굴은 취섬도 그렇거니와. 취섬은 기생의 이름인 듯 ◇淸歌妙
舞(청가묘무)야 翠仙(취선)인들 ᄇ랄소냐=맑은 소리로 노래 부르고 간
드러진 춤이야 취선인들 바랄쏘냐. 취선은 기생인 듯 ◇長相思在長安
(장상사재장안)에 不見千愁萬恨(불견천수만한)ㅎ니=오랫동안 그리워하
던 님이 장안에 있으나 만나지 못하는 것이 헤아릴 수 없는 근심과
한이 되니 ◇가슴이 뭉긔리라=가슴이 무너지리라 ◇蕭少蛾落葉聲(소
소아낙엽성)에='蕭少蛾'는 '蕭蕭ㅎᆫ'의 잘못인 듯. 쓸쓸한 낙엽소리에
◇슈고로이 낙가너여 龍(용)의 愁心(수심) 바아는 듯=어렵게 낚아내어
용의 근심을 재촉하는 듯 ◇淸風(청풍)이 細丹(세단)ㅎ니=맑은 바람이

가벼이 부니. 세단은 기생의 이름인 듯 ◇細梅(세매)를 것거쥐고 細丹 (세단)을 次丹(차단)ᄒ여 其餘(기여)를 츳즈가니=어린 매화를 꺾어쥐고 세단을 꺾어 다른 기생을 찾아가니, 세매는 기생인 듯 ◇淸風(청풍)이 徐來(서래)ᄒ고 楚月(초월)이 圓圓(원원)이라=맑은 바람은 천천히 불어 오고 선명한 달이 둥글더라 ◇鴛鴦枕 翡翠衾(원앙침비취금)에 一夜(일 야)를 愛宿(애숙)ᄒ면=원앙을 수놓은 베개와 비취색 이불로 하룻밤을 즐기며 자게 되면.

關東別曲

　　江湖에病이드러 竹林에누엇더니 關東八百里을 特命으로맛기시니 於臥聖 恩이여 가지록岡極ᄒ다 迎秋門드리다라 慶會南門ᄇ라보고 下直고도ᄅ셔니 玉節이압해셧다 平丘驛馬갈아타고 黑水로도라드니 蟾江은어듸메오 雉岳山 이 여긔로다 昭陽江나린물이 어듸메로드단말고 孤臣去國에 白髮도ᄒ도홀 쏜 東州ㅣㄷ밤겨오시와 北關亭올라가니 三角山第一峯을 ᄒ마ᄒ면보리로다 弓王大闕터에 烏鵲이즈져괴니 千古興亡을아는다모로는다 淮陽옛일홈이맛 초아갓틀시고 汲長孺風采를곳저아니볼쎠이고 時節이三月인제 營中에無事 ᄒ니 花川시닛길에風樂으로버렷시니 行裝을다썰치고 石逕에막더딥고 百川 洞겻혜두고 萬瀑洞드러가니 銀것흔무지게와 玉것흔龍의초리 섯돌며쏨는소 리 十里에ᄌ잣시니 드를제눈우레러니 보니눈물이로다 金剛臺민웃層에 仙 鶴이삿기치고 春風玉笛소리첫줌을ᄭ오는듯 皓衣玄裳이半空에소소쓰니 西 湖옛主人을 반겨셔넘노는듯 小香爐大香爐를 樓아리굽어보니 正陽寺歇惺樓 에 혼ᄌ올ᄂ안즌말이 廬山眞面目이 여긔와다뵐노다 於臥造化翁아헌ᄉ도헌 ᄉ헐샤 날거든쮜지마라 셧거든솟지마라 芙蓉을곳ᄌ는듯 白玉을묵것는듯 東溟을박츠는듯 北極을괴왓는듯 놉플ᄉ望君臺와 외로올ᄉ穴望峯을 開心臺 올ᄂ안져衆香城바라보며 萬二千峯을歷歷히바라보니 峯마다밋쳐닛고ᄭ옻마다 서린氣運 맑거든조치마라 조커든맑지마라 이氣運허러닉여 人傑을밍글과져 形容도그지업고 體勢도하도할ᄉ 天地삼기실제 自然이되련마는 이제와보게 되면 有情함도有情헐사 毘盧峯上上峰에 올나보니긔뉘신고 東山과泰山이어

늬야놉단말고 魯國돕을줄을 우리는모로거니 넙우나넙은天下 뉘라셔돕다던
고 於臥져境界를 어이ᄒ야알꺼이고 오리잇지못ᄒ거든 나려감이怪異ᄒ랴
圓通골가넌길에獅子峯에올나가니 그아리너른ᄇ회九龍沼이되여세라 千年老
龍이 구뷔구뷔셔려잇셔 晝夜로흘너ᄂ려 滄海에니엇시니 風雲은어졔잇어
三日雨를니여다가 陰崖에이운풀을 다슬나너여스라 摩訶衍妙吉祥에 雁門水
岾넘어드러 외나무셕은다리 佛頂臺올나가니 千尋絶壁을 半空에셰워두고
銀河水ᄒᆞᆫ구뷔을 寸寸이쓴어너여 실것치풀쳐너여 뵈것치거럿시니 圖逕열두
구뷔 니보미여러히라 李謫仙이이졔와셔 곳쳐議論ᄒ게되면盧山이여긔도곤
낫단말못ᄒ려니 山中을每樣보랴 東海로가자셰라 藍輿를倚支ᄒ야 山映樓에
올나가니 玲瓏碧溪와數聲鳴鳥는 景物을즈랑ᄒ고 離恨을 怨ᄒ는듯 旋旗를
다썰치고 五色이넘노는듯 鼓角을셧거부니 海雲이다긋는듯 明沙씰닉은막쎄
醉仙을빗기실어 碧波를戲弄ᄒ며 海棠花路드러가니 白玉樓남운기동다만네
히셔이셰라 公輸子의精靈인가 鬼斧로다듬인가굿ᄐ야 굿은面을 무엇스로象
톳턴고 高城을몬져보고 三日浦로드러가니丹書는完然ᄒ고四仙은어듸간고
예셔스흘머문後에 쏘어디가묵을손고 仙遊潭永郎湖에거긔나가잇는가 祥雲
이집헛는듯 六龍이밧드는듯 日出을보랴ᄒ고밤ᄃ中만 니러보니洛山東畔에
義成臺올나가니 바다혜쎠날졔는 萬國이어릐더니 天中에쎠오르니毫髮을혜
리로다 아마졔구름이 近處에머물셰라 神仙은어듸가고海苔만남앗나니 天地
間壯한奇別 仔細이알거이고 斜陽峴山에 躑躅을문이밟아 芝輪羽盖로 鏡浦
臺올라가니 十里氷紈으로돌니곳쳐더혀 물결도춤도출샤 모래를혜리로다 長
松鬱鬱ᄒᆞᆫ듸 슬킈쟝펼쳣시니 孤舟를解纜ᄒ고 亭子우헤올나가니 江門橋넙운
겻히 大洋이여긔로다 紅粧의古事는 헌ᄉ라ᄒ리로다 이곳에셔가즌곳이 쏘
어듸가잇단말가 從容할ᄉ져氣像 調遠할ᄉ져境界야 江陵大都護는 風俗도됴
흘시고 節孝旌門이 골골버럿시니 比屋可封이 이졔잇다ᄒ리로다 眞珠宮竹
西樓에 五十川 나린물이 太白山그림ᄌᆞ를 東海로당아가니 출하로漢江에가
南山을다히고져 玉程이有限ᄒ고 風景을모슬뮈워 天根을못ᄂᆡ보아 望洋亭올
나가니 仙槎를씌여너여 斗牛를向ᄒ실가 幽懷도ᄒ도홀샤 客愁도긋이업다
바다밧게ᄒᆞ늘이요 ᄒᆞ늘밧게무어신고 仙娥를츠즈리라 丹穴에머무실싸 갓득
에性넌고리 뉘라셔놀너관ᄃ 불거니쑴거니 어즈러이구는지고 銀山을것거니
여 六合이나리는듯 五月長天에 白雪은무슴일고 져근듯밤이드러 風浪이定
ᄒ거늘 扶桑咫尺에明月을기다리니 瑞光千丈이 뵈는ᄂᆞᆺ숨는고나 珠簾을곳쳐
玉階를다스리고 啓明星돗아올듯 곳초안ᄌ바라보니 白蓮花ᄒᆞᆫ柯枝를 뉘라셔

보니신고 이됴흔世界를남티도보고지고 梨花酒부어쥬고 달드려무른말이 英
雄은어딕가고四仙은뉘런고 아무나만나보아 녯奇別뭇즈ㅎ니 三山東海에 갈
씰이멈도멀스 松根을벼고누어픗줌을엇픗드니 꿈에흔스람이 날다려니른말이
그딕를닉알거니 上界에神仙이라 黃庭經一字를 어이ㅎ야그룻닑고 人間에謫
下ㅎ야 우리들모로나냐 젹은듯가지말고 이슐흔盞먹어보고 北斗星기리켜 滄
海酒부어닉여 져먹고날勸커늘 一二盃거우르니 春風이習習ㅎ여 兩腋을취혀
드니 九萬里長空에 덕이면날니로다 이슬흔盞부어더가 四海에고로논화 億萬
蒼生을 다醉킈믹근後에 그제야다시만나 쏘흔盞먹즈ㅎ니 달지즈鶴을타고 九
霄에올나가니 空中玉笛소리 어제런가그제런가 나도줌을찍야 滄海굽어보니
깁퓌를모로거든가인들어이알니 기러니다다기러니며 퍼니다다퍼니라 兒嬉야
盞을씨셔 이슐흔盞어다가 九重으로도라가셔 모다취케ㅎ오리라.

病(병)이 드러―病(병)이 깁퍼 ◇特命(특명)으로 맛기시니―方面(방면)
을 맛디시니 ◇聖恩(성은)이여―聖恩(성은)이야 ◇下直(하직)고 도른셔
니―下直(하직)고 믈너나니 ◇平丘驛馬(평구역마) 갈아타고=平丘驛(평
구역) 물을 マ라 ◇北寬亭(북관정) 올나가니―北寬亭(북관정)올나ㅎ니
◇時節(시절)이 無事(무사)ㅎ니―營中(영중)이 無事(무사)ㅎ고 時節(시절)
이 三月(삼월)인제 ◇風樂(풍악)으로 버렷시니―楓岳(풍악)으로 버더잇
다 ◇막딕 집고―막대 디펴 ◇보니는 물이로다―보니는 눈이로다 ◇
春風玉笛(춘풍옥적)소리 첫줌을 찍오는 듯―春風玉笛聲의 첫줌을 찍둧
던디 ◇樓(누) 아리 굽어보니―눈 아래 구버보며 ◇正陽寺 歇惺樓(정
양사헐성루)에 혼즈 올느 안즌마리=正陽寺 眞歇臺 고텨 올나 안즌말
이 ◇놉풀스 望君臺(망군대)와―놉흘시고 望高臺 ◇'穴望峯(혈망봉)을'
다음에 '開心臺'(개심대) 사이에 "하늘에 추미러 므슴 물숨 스로리라
千萬劫 디나도록 구필줄 모르는다 어와 너여이고 너 マ트니 쏘 잇는
가"가 빠졌음 ◇開心臺(개심대) 올느안져=開心臺 고텨올나 ◇歷歷(역
력)히 바라보니―歷歷히 혜여ㅎ니 ◇이 氣運(기운) 허러닉여―져 긔운
흐터내야 ◇이제와 보게되면―이제와 보게되니 ◇뉘 하셔 돕다턴고―

엇찌ᄒ야 젹닷말고 ◇오릭 잇지 못ᄒ거든-오릭지 못ᄒ거니 ◇나려감이 怪異(괴이)ᄒ랴-ᄂ려가미 고이ᄒ랴 ◇圓通(원통)골 가넌 길에-圓通골 ᄀ는길로 ◇獅子峯(사자봉)에 올나가니-獅子峯을 ᄎ자가니 ◇그 아리 너른 ᄇ회-그 앏픠 너러바회 ◇九龍沼(구룡소)이 되어세라-火龍쇠 되어세라 ◇風雲(풍운)은 지제 잇어-風雲을 언제 어더 ◇三日雨(삼일우)를 너여다가=三日雨를 디련는다 ◇雁門水岾(안문수점) 넘어드러-안문재 너머디여 ◇寸寸(촌촌)이 ᄭᆫ어ᄂ이여-촌촌이 버혀내여 ◇圖逕(도경) 열두 구뷔-圖經 열두 구비 ◇李謫仙(이적선)이 이제 와셔-李謫仙이 이제이셔 ◇藍興(남여)를 倚支(의지)ᄒ야-藍興緩步ᄒ야 ◇山映樓(산영루)에 올나가니-山暎樓의 올나ᄒ니 ◇數聲鳴鳥(수성명조)는 景物(경물)을 ᄌ랑ᄒ고 離恨(이한)을 怨(원)ᄒ는 듯-數聲啼鳥는 離別을 怨ᄒ는 듯 ◇旋旗(선기)를 다 썰치고-旌旗를 썰티니 ◇海雲(해운)이 다 굿는 듯-海雲이 다 것는 듯 ◇名沙(명사)씔 닉은 박쎄-鳴沙 길 니근 물이 ◇碧波(벽파)를 戱弄(희롱)ᄒ며 海棠花路(해당화로) 드러가니-바다홀 겻틱 두고 海棠花로 드러가니 ◇'드러가니' 다음에 "白鷗애 ᄂ디마라 네 벗인 줄 엇디아는 金幱窟 도라드러 叢石亭의 올라ᄒ니"가 빠졌음 ◇公輸子(공수자)의 精靈(정령)인가-工倕(공수)의 성녕인가 ◇굿ᄐ야 굿은 面(면)은-구ᄐ야 六面은 ◇高城(고성)을란 몬져 보고 三日浦(삼일포)로 드러가니-高城(고성)을란 뎌만 두고 三日浦(삼일포)를 ᄎ자가니 ◇예셔 ᄉ흘 머문 後(후)애 ᄯ오 어디 가 묵을손고-예 ᄉ흘 머믄 後(후)의 어디 가 ᄯ오 머믈고 ◇'가잇는가' 다음에 "淸澗亭 萬景臺 몃 고디 안돗던고 梨花는 볼셔 디고 졉동새 슬피 울제 洛山 東畔으로 義相臺예 올라안자 日出을 보리라 밤듕만 니러ᄒ니"가 빠졌음 ◇祥雲(상운)이 집헛는 듯 六龍(육룡)이 밧드는 듯-祥雲(상운)이 집 픠는동 六龍(육룡)이 바되는동 ◇萬國(만국)이 어릐더니-萬國이 일위더니 ◇天中(천중)에 ᄯ오르니-天中의 팁ᄯ니 ◇아마 ᄶᅦ구름이-아마

도 녈 구름이 ◇神仙(신선)은 어듸가고 海苔(해태)난 남앗나니=詩仙(시
선)은 더듸 가고 咳唾(해타)만 나맛ᄂ니 ◇仔細(자세)이 알거이고=ᄌ셔
히도 흘셔이고 ◇芝輪羽盖(지륜우개)로 鏡浦臺(경포대) 올라가니-羽盖
芝輪(우개지륜)이 鏡浦(경포)로 ᄂ려가니 ◇十里氷紈(십리빙환)으로 돌
니 곳쳐 디혀-十里氷紈을 다리고 고텨 다려 ◇長松鬱鬱(장송울울)ᄒ
듸=장송 울ᄒ 소개 ◇'펼쳣시니' 다음에 "물결도 자도잘샤 모래롤 혜
리로다"가 빠졌음 ◇大洋(대양)이 여긔로다-大洋(대양)이 거긔로다 ◇
紅粧(홍장)의 古事(고사)는 헌ᄉ라 ᄒ리로다 이곳에셔 가즌 곳이 ᄯ 어
듸가 잇단말가 從容(종용)할ᄉ 져 氣像(기상) 調遠(조원)할ᄉ 져 境界
(경개)야-紅粧古事(홍장고사)롤 헌ᄉ타 ᄒ리로다 從容(종용)ᄒ다 이 氣
像(기상) 濶遠(활원)ᄒ다 뎌 境界(경계) 이도곤 ᄀ즌듸 ᄯ 어듸 잇단말
고 ◇東海(동해)로 당아가니=東海로 담아가니 ◇天根(천근)을 못내 보
아 望洋亭(망양정)올나가니 仙槎(선사)를 쯰여내여 斗牛(두우)를 向(향)
ᄒ실가 幽懷(유회)도 ᄒ도홀샤 客愁(객수)도 긋이 업다 바다 밧게 ᄒ늘
이요 ᄒ늘 밧게 무어신고 仙娥(선아)를 ᄎᄌ리라 丹穴(단혈)에 머무실
짜 갓득에 性(성)닌 고릭 뉘라셔 놀닉관듸 불거니 쏨거니 어즈러이 구
ᄂ지고-幽懷(유회)도 하도할샤 客愁(객수)도 둘 듸 업다 仙槎(선사)를
쯰워내여 斗牛로 向ᄒ살가 仙人(선인)을 ᄎᄌ려 丹穴(단혈)에 머므살가
天根(천근)을 못내 보아 望洋亭(망양정)의 올은말이 바다 밧근 하늘이
니 하늘 밧근 무어신고 ᄀ득 怒ᄒ 고래 뉘라셔 놀내관대 불거니 쏨거
니 어즈러이 구ᄂᄂ디고 ◇珠簾(주렴)을 곳쳐 玉階(옥계)를 다스리고-珠
簾을 고텨 것고 玉階롤 다시 쓸며 ◇啓明星(계명성) 돗아올 듯-啓明
星돗도록 ◇이 됴흔 世界(세계) 남더도 보고지고-일이 됴흔 世界 늠
대되 다 뵈고져 ◇梨花酒(이화주) 부어 줍고-流霞酒(유하주) ᄀ득 부
어 ◇三山(삼산) 東海(동해)에-仙山 東海에 ◇그듸를 닉 알거니 上界
(상계)에 神仙(신선)이라-그듸롤 내 모라라 上界예 眞仙이라 ◇어이ᄒ

애 그릇 넑고=엇디 그릇 널거두고 ◇人間(인간)에 謫下(적하)ᄒ야 우
리들 모로나냐—人間의 내려와셔 우리롤 쏠오는다 ◇이 슐 ᄒ 盞(잔)
먹어보고—이 술 ᄒ 잔 먹어보오 ◇北斗星(북두성) 기리켜 滄海酒(창해
주)—北斗星 기우려 滄海水 ◇져 먹고 날 勸(권)커늘 一二盃(일이배) 거
우르니—저 먹고 날 먹여놀 서너 잔 거후로니 ◇이 술 ᄒ 盞(잔) 부어
다가—이 술 가져다가 ◇그제야 다시 만나 쏘 ᄒ 盞 먹자ᄒ니—그제
야 고텨 만나 쏘 ᄒ 잔 ᄒ쟛고야 ◇달 지ᄌ 鶴(학)을 타고 九霄(구소)
에 올나가니—말 디쟈 鶴을 타고 九空의 올나가니 ◇滄海(창해) 굽어
보니—바다홀 구버보니 ◇기러너다 다 기러너며 퍼너다 다 퍼너랴 兒
禧(아희)야 盞(잔)을 씨셔 이 술 ᄒ 盞 어더가 구중(九重)으로 도라가셔
모다 취케ᄒ오리라—明月이 千山萬落(천산만락)의 아니 비쵠 더 업다.
(『松江歌辭』의 성본(義城本)과 차이 나는 것. 앞이 『協律大成』임)

白鷗詞

白鷗야풀풀나지마라 너잡을너아니로다 聖上이바리시니 너를좃츠에왓노
라 五柳春光景됴ᄒᄃᆡ 白馬金鞭花柳가쟈 雲沈碧溪花紅柳綠ᄒᄃᆡ 萬壑千峯빗
츤시롸 壺中天地에別乾坤이여ᄀ로다 高峯萬丈淸溪蔚ᄒᄃᆡ 綠竹蒼松은놉기
를닷퇴 明沙十里에海棠花만퓌여셔 모진狂風을견ᄃᆡ지못ᄒ야 쑥쑥쩌러져셔
아쥬펄펄나라나니 긴들아니景이런가 바회岩上에다람쥐ᄀ고 시니溪邊에金
ᄌ리ᄀᆫ다 줍팝남게피쥭시소리며 함박꼿헤벌이나셔 몸은둥글고발은격어 제
몸을못익여 東風건듯불제마다 이리로접뒤적져리로접뒤적너훌너훌춤을츄니
긴들아니景아런가 黃金것튼쇠꼬리식는버들스이로往來ᄒ고 白雪것튼흰나뷔
ᄂᆫ곳즐보고반기녁여 나라든다두나리펼치고 나라든다쩌든다 감아케별것치
놉다케 달것치펄펄나라드니 긴들아니景이런가.

聖上(성상)이 바리시니 너를 좃츠 에 왓노라=임금님이 내치시니 너
를 따라 여기에 왔노라 ◇五柳春光(오류춘광) 景(경) 됴흔 ᄃᆡ 白馬金鞭

(백마금편) 花柳(화류)가쟈=도연명의 오류촌처럼 봄의 경치가 좋은 곳
으로 호사스런 치장으로 꽃놀이를 가자구나 ◇雲沈碧溪(운침벽계) 花
紅柳綠(화홍유록)호되 萬壑千峰(만학천봉) 빗츤시롸=‘雲沈碧溪’는 ‘雲
深碧溪’(운심벽계)의 잘못이고, ‘빗춘시’는 ‘비천사’(飛天瀉)인 듯. 구름
이 잔뜩 긴 곳의 푸른 시내에 꽃은 붉게 피었고 버들은 푸른데 폭포
는 나는 것처럼 쏟아진다 ◇壺中天地(호중천지)에 別乾坤(별건곤)이 여
긔로다=술을 먹어 몽롱한 것처럼 특별한 세계가 바로 여기로구나 ◇
高峰萬丈(고봉만장) 淸溪蔚(청계울)호되 綠竹蒼松(녹죽창송)은 놉기를
다퇴=‘淸溪’(청계)는 ‘淸氣’(청기)의 잘못인 듯. 만 길이나 됨직한 높은
산봉우리에 맑은 기운은 자욱한데 푸른 대나무와 소나무는 서로 높기
를 다투어 ◇긴들 아니 景(경)이런가=그것인들 보기 좋은 경치가 아
니겠느냐 ◇좁팝남게 피죽시 소리여 함벅곳헤 벌이 나셔=조팝나무에
피죽새 소리며 함박꽃에 벌이 날아 ◇이리로 접 저리로 접뒤적=이리
로 뒤척 저리로 뒤척 ◇감아케 벌것치 놉다케잘것치=벌처럼 새까맣게
달려들고 달같이 높다랗게.

勸酒歌

    잡우시요잡우시요 이슬호盞잡우시요 이슬한盞줍우시면 千萬年이ㄴ소오
리다 이술이술이아니라 漢武帝의承露盤에 이슬바든거시오니 쓰ㄴ다ㄴ줍우
시요 勸홀적에줍우시요 제것두고못먹으면 王將軍之庫子ㅣ오니 若飛蛾之拍
燈이며 似赤子之入井이라 단불에나뷔몸이 곳즐것거 籌를녹코 無盡無盡먹
스이다 名沙十里海棠花야 곳진다고슬허마라 明年三月봄이되면 너는다시픠
러니와 可憐호다우리人生 쑤리업슨萍草ㅣ라 紅顏白髮이절노오니 권들아니
셥단말가 駕一葉之扁舟호야 擧瓠樽而相屬이라 寄蜉蝣於天地호니 渺滄海之
一粟이라 哀吾生之須臾호고 羨長江之無窮이라 挾飛仙而邀遊호고 抱明月而
長終이라 知不可乎驟得일시 시벽셔리친브람에 외기럭이슬피운다 님의消息
바랏더니 蒼茫훈구름밧게 쑤인소리쑨이로다 梧桐秋夜밝은달에 님싱각이시

로이라 님도날을싱각눈가 人生한번도라가면 뉘라흔번먹즈ᄒ리 술앗슬제이
리노시 勸君終日酩酊醉ᄒ쟈 酒不到劉伶墳上土ㅣ니 相思ᄒ던우리郞君을 꿈
가운디暫間만나 萬端情懷다못ᄒ여 ᄒ늘이 將次밝아온다.

漢武帝(한무제)의 承露盤(승로반)에=한 무제가 장수(長壽)를 위해 이
슬을 받던 쟁반이니 ◇제 것 두고 못 먹으면 王將軍之庫子(왕장군지고
자)ㅣ오니=제 것을 쌓아두고도 먹지 못한다면 왕장군의 창고지기와
똑같으니 ◇若飛蛾之拍燈(약비아지박등)이며 似赤子之入井(사적자지입
정)이라=불에 날아드는 나비와 같고 우물에 들어가려는 아이와 같다.
죽을 것을 모른다 ◇단불에 나뷔 몸이=뜨거운 불에 뛰어드는 나비와
같은 인생이 ◇駕一葉之扁舟(가일엽지편주)ᄒ야 擧匏樽而相屬(거포준이
상촉)이라=나뭇잎처럼 작을 배를 타고 술잔을 들어 서로 마시기를 재
촉한다 ◇寄蜉蝣於天地(기부유어천지)ᄒ니 渺滄海之一粟(묘창해지일속)
이라=이 세상에 하루살이처럼 붙어사니 마치 푸른 바다에 좁쌀 하나
처럼 아득하구나 ◇哀吾生之須臾(애오생지수유)ᄒ고 羨長江之無窮(선장
강지무궁)이라=우리네 인생의 짧음을 슬퍼하고 기다란 강처럼 무궁함
을 부러워하다 ◇挾飛仙而遨遊(협비선이요유)ᄒ고 抱明月而長終(포명월
이장종)이라=창공을 나는 신선을 맞아 함께 놀고 밝은 달빛을 안고
오래도록 끝내고 싶다 ◇知不可乎驟得(지불가호취득)일시=모두를 다
얻을 수 없음을 알새 ◇쑤인 소리 뿐이로다='쑤인'은 '뷘'의 잘못임.
빈 소리뿐이로다. 허망한 소리뿐이다. ◇勸君終日酩酊醉(권군종일명정
취)ᄒ쟈 酒不到劉伶墳上土(주부도유령분상토)ㅣ니=그대에게 권하노니
종일을 마음껏 취하자 술이 죽은 유령의 무덤 위까지는 오지 않는다.
당나라 시인 이하(李賀)의 「將進酒」(장진주)의 한 구절임.

歌終奏臺 女唱

186
이리ᄒ여도 太平聖代 져리ᄒ여도 聖代로다
堯之日月이요 舜之乾坤이로다
우리도 太平聖代니 놀고놀녀ᄒ노라.

堯之日月(요지일월)이요 舜之乾坤(순지건곤)이라=요 임금 때의 세월
이요 순 임금 때의 세상이라.

作家索引

(중복 포함, 숫자는 歌番임 (　)은 여창임)

作品索引

(중복 포함, 숫자는 歌番임 ( )은 여창임)

● ● 註釋 황충기(黃忠基)

　경기도 여주(驪州)에서 출생하여, 고려대학교 문과대 국어국문학과 및 경희대학교 대학원 국문학과를 졸업했다. 현재 한국어문교육연구회 회원으로 활동하고 있다.

　편저서(編著書)로『校註 海東歌謠』(1988)『古時調註釋事典』(1994)『蘆溪 박인로 연구』(1994)『역대 한국인편저서목록』(1996)『해동가요에 관한 연구』(1996)『가곡원류에 관한 연구』(1997)『韓國閭巷時調 연구』(1998)『閭巷人과 기녀의 시조』(1999)『長時調 연구』(2000)『註解 장시조』(2000)『한국학주석사전』(2001)『한국학 사전』(2002)『여항시조사연구』(2003)『기생 時調와 漢詩』(2004)『고전주해사전』(2005)『청구영언』(2006)『靑丘樂章』(2006)『가곡원류』(2007)『가사집』(2007)『성을 노래한 고시조』(2008)『기생 일화집』(2008)『名妓 일화집』(2008)『海東樂章』(2009)『조선시대 연시조 註解』(2009)『古詩調 漢詩譯의 註釋과 反譯』(2010) 등이 있다.

協律大成

인쇄 2013년 5월 27일 | 발행 2013년 5월 31일

주 석 • 황 충 기
펴낸이 • 한 봉 숙
펴낸곳 • 푸른사상사
주간 • 맹문재 | 편집 • 김소영 | 디자인 • 김재호

등록 제2-2876호
서울시 중구 충무로 29(초동) 아시아미디어타워 502호
대표전화 02) 2268-8706(7) 팩시밀리 02) 2268-8708
메일 prun21c@hanmail.net / prunsasang@naver.com
홈페이지 www.prun21c.com

ⓒ 황충기, 2013
ISBN 978-89-5640-092-1 93810

값 33,000원

☞ 저자와의 합의에 의해 인지는 생략합니다.
　이 책의 전부 또는 일부 내용을 재사용하려면 사전에 저작권자와 푸른사상사의
　서면에 의한 동의를 받아야 합니다.
　e-CIP 홈페이지(http : //www.nl.go.kr/cip.php)에서 이용하실 수 있습니다
　(CIP제어번호 : CIP2013007408)